Knaur

W0035001

Vom Herausgeber sind außerdem erschienen:

Die schönsten Weihnachtsmärchen
Die schönsten Märchen von Himmel und Hölle
Die schönsten Märchen von Müttern und Töchtern
Die schönsten Märchen von Sonne, Mond und Sternen

Über den Autor:

Dr. Hans-Jörg Uther, geboren 1944, gehört zu den bekanntesten Märchenexperten Deutschlands. Er ist tätig in der Redaktion der »Enzyklopädie des Märchens«, einer Arbeitsstelle der Göttinger Akademie der Wissenschaften, und lehrt als Privatdozent Literaturwissenschaft an der Universität Essen. Die Reihe »Die Märchen der Weltliteratur« betreut er als Herausgeber, ist Mitherausgeber der internationalen Zeitschrift »Fabula«, Autor zahlreicher Beiträge zur Erzählforschung und hat bedeutende Märchen- und Sagensammlungen veröffentlicht, darunter eine vierbändige und kommentierte Ausgabe der Grimmschen »Kinder- und Hausmärchen«.

Die schönsten Märchen vom Heilen

Zusammengestellt und herausgegeben von
Hans-Jörg Uther

Knaur

Besuchen Sie uns im Internet:
www.droemer-weltbild.de

Vollständige Taschenbuchausgabe 2000
Droemersche Verlagsanstalt Th. Knaur Nachf., München
Copyright © 1999 by Heinrich Hugendubel Verlag,
Kreuzlingen/München 1999
Alle Rechte vorbehalten. Das Werk darf – auch teilweise –
nur mit Genehmigung des Verlages wiedergegeben werden.
Umschlaggestaltung: ZERO Werbeagentur, München
Satz: Ventura Publisher im Verlag
Druck und Bindung: Clausen & Bosse, Leck
Printed in Germany
ISBN 3-426-61777-3

2 4 5 3

INHALT

VORWORT

Mit der Frage »Wie geht's«, oft zur Formel bei der Begegnung von Menschen erstarrt, wird ein Dialog begonnen und eine Auskunft über das augenblickliche persönliche Befinden erwartet. Da Gesundheit für jeden Menschen wesentlich ist, werden Krankheiten, welche als Störungen des physischen, geistigen oder sozialen Wohlbefindens unser Leben beeinträchtigen, um so schlimmer empfunden. Im Gespräch und in Erzählungen wird kaum jemals ein anderes Thema so ausführlich erörtert wie dieses!

Wer einmal krank ist, für den ist nichts wichtiger als geheilt zu werden. Allen, die dabei helfen können, wird größtes Vertrauen entgegengebracht. Man erwartet schier Unmögliches von Ärzten und Heilkundigen und ist auch bereit, alles nur Erdenkbare zur Wiederherstellung der Gesundheit auf sich zu nehmen. Wie nahe Erfolg und Mißerfolg liegen und wie sehr Menschen geneigt sind, in ausweglos erscheinenden Situationen den Versprechungen zweifelhafter Heiler zu folgen, zeigen täglich Berichte in den Medien. Sie sind gefüllt mit Geschichten von Menschen, denen Wunder- und Heilkräfte zugeschrieben werden. Da ist z. B. von der Moskauer Wunderheilerin Dunja zu lesen, die allein durch Handauflegen viele Menschen von zum Teil jahrelangen Beschwerden befreit haben soll. Anderen wird die Fähigkeit zugeschrieben, abseits der herkömmlichen Medizin mittels Erdstrahlen, magnetischer Kräfte usw. von langwierigen Krankheiten heilen zu können. Daß diese Irrationalität in uns Menschen angelegt ist und trotz aller technischer Fortschritte weiterlebt, be-

9

legen Umfragen über außergewöhnliche Heilungsmethoden und das Wissen darüber, kurzum alles, was die Wissenschaft als Volksmedizin bezeichnet, immer wieder. Offenbar gehört der Glaube an schier Unmögliches, das »Prinzip Hoffnung«, wie es Ernst Bloch genannt hat, zum menschlichen Wesen. Der Glaube hilft uns, schwere Schicksalsschläge, Niederlagen, Katastrophen und dergleichen zu überwinden. Es bedarf keiner prophetischen Gabe: All diese Vorstellungen haben auch in Volkserzählungen ihren Niederschlag gefunden.

Doch schildern uns Märchen, Schwänke, Sagen und Legenden Krankheiten und Krankheitsbilder nicht aus ärztlicher Sicht. Weder können wir etwas über Halsschmerzen und Zahnweh lesen, noch beschreiben Märchen ernsthaftere Erkrankungen wie Herzinfarkte oder Schlaganfälle. Im Märchen bedeutet Kranksein eine Bedürftigkeit, und eine »wirkliche oder scheinbare Hilflosigkeit des Helden oder der Heldin« (M. Lüthi) ist eine Voraussetzung für die Hilfe. Die Helden und Heldinnen sind Repräsentanten aller Kranken und Gebrechlichen: Sie haben einen Mangel, und dieser Mangel muß behoben werden, um die Handlung zu einem glücklichen Ende zu bringen. So gehören Erkrankung und auch Heilung zu den zentralen Themen des Märchens; sie entsprechen der Gesamtstruktur: Aufgabe und Lösung. Gar vielfältig sind die Arten des Krankseins und ebenso die verwendeten Mittel zur Wiederherstellung der Gesundheit. Aus der Fülle des europäischen Erzählguts sind in unserer Ausgabe die wichtigsten Volksüberlieferungen mit ihren Stoffen und Motiven zusammengestellt.

MAGISCHE HEILMITTEL

Zu Beginn vieler Märchen wird öfters von einem kranken, manchmal blinden König erzählt, oder davon, daß eine Königstochter an einer unheilbaren Krankheit leidet. Die Ursachen sind nicht weiter wichtig. Kein Arzt stellt eine Diagnose, selten erfolgt sie durch einen Heiler. Wie die Krankheit besiegt werden kann, erfahren die Personen oft durch einen Traum, eine Prophezeiung – oder es ist einfach Inspiration. Oft heißt es, daß der Herrscher bzw. die Prinzessin ein schwer zu erlangendes Heilmittel benötigten oder den Gesang eines seltenen Vogels hören müßten. Selbst Wiedererweckungen sind möglich, indem Schlangen durch Kraut Tote zum Leben bringen, wovon auch schon die antiken Geschichtsschreiber Apollodor und Hyginus Kunde geben. Immer gilt: Scheinbare Hilflosigkeit ist Voraussetzung für Unterstützung durch andere.

Das Heilmittel wird allgemein als Lebenswasser, Lebenskraut, Löwen- oder Tigermilch bezeichnet. Über die Zusammensetzung verrät das Märchen kaum etwas. Selten heißt es etwas konkreter, daß Blätter als Heilmittel verwendet werden müßten, mit denen der Ermordete ins Leben zurückgeholt werden kann. Dies erscheint als eine originelle Zutat, da die sonst in Märchen benutzten Heilmittel eine seit alters bekannte Wirkkraft nicht besitzen. Stets handelt es sich um eine magische Pflanze, ein Kraut von allgemeiner Wunderkraft. Niemand kann das Heilmittel herstellen, es muß besorgt werden. Und beim Auffinden hilft der glückliche Zufall!

Erfolg stellt sich jedoch erst nach einer gefährlichen Suche ein. Wer vermag eine solche Aufgabe zu lösen? Es muß ein außerge-

13

wöhnlicher Mensch sein. Viele scheitern – nur einer nicht. Dieses gängige Strukturelement trägt zur Dynamisierung der Handlung bei. Indem sich verschiedene Handlungsträger in einer Ausnahmesituation befinden, bewähren sich alle nicht – bis auf einen: Keine Aufgabe erscheint ihm unlösbar. Er übersteht schwierige Aufgaben, vollbringt ausweglos scheinende Bewährungsproben und gibt selbst dann nicht auf, wenn sich ihm Unholde und schließlich gar der Teufel in den Weg stellen. Die Lösung des Problems stellt sich als positive Aussage dar.

In anderen volkstümlichen Überlieferungen stehen Lebenskraut, Lebenswasser und anderen zauberischen Mitteln auch ganz konkrete Heilmittel gegenüber. Sie sind seit alters erprobt. Sagen des 19. Jahrhunderts erzählen von der Kraft des Franken- und besonders des Moselweins als Heilmittel gegen Krankheiten jeglicher Art – und in Maßen genossen wird er als Allerweltsmittel geschätzt, was auch in Sprichwörtern seinen Niederschlag gefunden hat: »Alter Wein verjüngt den Greis«, »Alter Wein und frisches Brot sind gut in jeder Lebensnot« ...

Es war einmal ein König, der war krank, und niemand glaubte, daß er mit dem Leben davonkäme. Er hatte aber drei Söhne, die waren darüber betrübt, gingen hinunter in den Schloßgarten und weinten. Da begegnete ihnen ein alter Mann, der fragte sie nach ihrem Kummer. Sie sagten ihm, ihr Vater wäre so krank, daß er wohl sterben würde, denn es wollte ihm nichts helfen. Da sprach der Alte: »Ich weiß noch ein Mittel, das ist das Wasser des Lebens, wenn er davon trinkt, so wird er wieder gesund; es ist aber schwer zu finden.«

Der Älteste sagte: »Ich will es schon finden«, ging zum kranken König und bat ihn, er möchte ihm erlauben auszuziehen, um das Wasser des Lebens zu suchen, denn das könnte ihn allein heilen. »Nein«, sprach der König, »die Gefahr dabei ist zu groß, lieber will ich sterben.« Er bat aber so lange, bis der König einwilligte. Der Prinz dachte in seinem Herzen: »Bringe ich das Wasser, so bin ich meinem Vater der Liebste und erbe das Reich.«

Also machte er sich auf, und als er eine Zeitlang fortgeritten war, stand da ein Zwerg auf dem Wege, der rief ihn an und sprach: »Wo hinaus so geschwind?«

»Dummer Knirps«, sagte der Prinz ganz stolz, »das brauchst du nicht zu wissen«, und ritt weiter. Das kleine Männchen aber war zornig geworden und hatte einen bösen Wunsch getan. Der Prinz geriet bald hernach in eine Bergschlucht, und je weiter er ritt, je enger taten sich die Berge zusammen, und endlich ward der Weg so eng, daß er keinen

Schritt weiter konnte; es war nicht möglich, das Pferd zu wenden oder aus dem Sattel zu steigen, und er saß da wie eingesperrt.

Der kranke König wartete lange Zeit auf ihn, aber er kam nicht. Da sagte der zweite Sohn: »Vater, laßt mich ausziehen und das Wasser suchen« und dachte bei sich: »Ist mein Bruder tot, so fällt das Reich mir zu.« Der König wollt ihn anfangs auch nicht ziehen lassen, endlich gab er nach.

Der Prinz zog also auf demselben Weg fort, den sein Bruder eingeschlagen hatte, und begegnete auch dem Zwerg, der ihn anhielt und fragte, wohin er so eilig wolle. »Kleiner Knirps«, sagte der Prinz, »das brauchst du nicht zu wissen«, und ritt fort, ohne sich weiter umzusehen.

Aber der Zwerg verwünschte ihn, und er geriet wie der andere in eine Bergschlucht und konnte nicht vorwärts und rückwärts. So geht's aber den Hochmütigen.

Als auch der zweite Sohn ausblieb, so erbot sich der jüngste, auszuziehen und das Wasser zu holen, und der König mußte ihn endlich ziehen lassen. Als er dem Zwerg begegnete und dieser fragte, wohin er so eilig wolle, so hielt er an, gab ihm Rede und Antwort und sagte: »Ich suche das Wasser des Lebens, denn mein Vater ist sterbenskrank.«

»Weißt du auch, wo das zu finden ist?«

»Nein«, sagte der Prinz. »Weil du dich betragen hast, wie sich's geziemt, nicht übermütig wie deine falschen Brüder, so will ich dir Auskunft geben und dir sagen, wie du zu dem Wasser des Lebens gelangst. Es quillt aus einem Brunnen in dem Hofe eines verwünschten Schlosses, aber du dringst nicht hinein, wenn ich dir nicht eine eiserne Rute gebe und zwei Laiberchen Brot. Mit der Rute schlag dreimal an das ei-

16

serne Tor des Schlosses, so wird es aufspringen; inwendig liegen zwei Löwen, die den Rachen aufsperren, wenn du aber jedem ein Brot hineinwirfst, so werden sie still, und dann eile dich und hol von dem Wasser des Lebens, bevor es zwölf schlägt, sonst schlägt das Tor wieder zu, und du bist eingesperrt.« Der Prinz dankte ihm, nahm die Rute und das Brot und machte sich auf den Weg.

Und als er anlangte, war alles so, wie der Zwerg gesagt hatte. Das Tor sprang beim dritten Rutenschlag auf, und als er die Löwen mit dem Brot besänftigt hatte, trat er in das Schloß und kam in einen großen schönen Saal; darin saßen verwünschte Prinzen, denen zog er die Ringe vom Finger, dann lag da ein Schwert und ein Brot, das nahm er weg. Und weiter kam er in ein Zimmer, darin stand eine schöne Jungfrau, die freute sich, als sie ihn sah, küßte ihn und sagte, er hätte sie erlöst und sollte ihr ganzes Reich haben, und wenn er in einem Jahr wiederkäme, so sollte ihre Hochzeit gefeiert werden. Dann sagte sie ihm auch, wo der Brunnen wäre mit dem Lebenswasser, er müßte sich aber eilen und daraus schöpfen, eh es zwölf schlüge.

Da ging er weiter und kam endlich in ein Zimmer, wo ein schönes frischgedecktes Bett stand, und weil er müde war, wollt er erst ein wenig ausruhen. Also legte er sich und schlief ein; als er erwachte, schlug es dreiviertel auf zwölf. Da sprang er ganz erschrocken auf, lief zu dem Brunnen und schöpfte daraus mit einem Becher, der daneben stand, und eilte, daß er fortkam.

Wie er eben zum eisernen Tor hinausging, da schlug's zwölf; und das Tor schlug so heftig zu, daß es ihm noch ein Stück von der Ferse wegnahm. Er aber war froh, daß er das

Wasser des Lebens erlangt hatte, ging heimwärts und kam wieder an dem Zwerg vorbei.

Als dieser das Schwert und das Brot sah, sprach er: »Damit hast du großes Gut gewonnen, mit dem Schwert kannst du ganze Heere schlagen, das Brot aber wird niemals all.« Der Prinz wollte ohne seine Brüder nicht zu dem Vater nach Haus kommen und sprach: »Lieber Zwerg, kannst du mir nicht sagen, wo meine zwei Brüder sind? Sie sind früher als ich nach dem Wasser des Lebens ausgezogen und sind nicht wiedergekommen.«

»Zwischen zwei Bergen stecken sie eingeschlossen«, sprach der Zwerg, »dahin habe ich sie verwünscht, weil sie so übermütig waren.« Da bat der Prinz so lange, bis der Zwerg sie wieder losließ, aber er warnte ihn und sprach: »Hüte dich vor ihnen, sie haben ein böses Herz.«

Als seine Brüder kamen, freute er sich und erzählte ihnen, wie es ihm ergangen wäre, daß er das Wasser des Lebens gefunden und einen Becher voll mitgenommen und eine schöne Prinzessin erlöst hätte, die wollte ein Jahr lang auf ihn warten, dann sollte Hochzeit gehalten werden, und er bekäme ein großes Reich. Danach ritten sie zusammen fort und gerieten in ein Land, wo Hunger und Krieg war, und der König glaubte schon, er müßte verderben, so groß war die Not. Da ging der Prinz zu ihm und gab ihm das Brot, womit er sein ganzes Reich speiste und sättigte; und dann gab ihm der Prinz auch das Schwert, damit schlug er die Heere seiner Feinde und konnte nun in Ruhe und Frieden leben. Da nahm der Prinz sein Brot und Schwert wieder zurück, und die drei Brüder ritten weiter.

Sie kamen aber noch in zwei Länder, wo Hunger und

Krieg herrschten, und da gab der Prinz den Königen jedesmal sein Brot und Schwert und hatte nun drei Reiche errettet. Und danach setzten sie sich auf ein Schiff und fuhren übers Meer. Während der Fahrt, da sprachen die beiden Ältesten unter sich: »Der Jüngste hat das Wasser des Lebens gefunden und wir nicht, dafür wird ihm unser Vater das Reich geben, das uns gebührt, und er wird unser Glück wegnehmen.« Da wurden sie rachsüchtig und verabredeten miteinander, daß sie ihn verderben wollten. Sie warteten, bis er einmal fest eingeschlafen war, da gossen sie das Wasser des Lebens aus dem Becher und nahmen es für sich, ihm aber gossen sie bitteres Meerwasser hinein.

Als sie nun daheim ankamen, brachte der Jüngste dem kranken König seinen Becher, damit er daraus trinken und gesund werden sollte. Kaum aber hatte er ein wenig von dem bitteren Meerwasser getrunken, so ward er noch kränker als zuvor. Und wie er darüber jammerte, kamen die beiden ältesten Söhne und klagten den jüngsten an, er hätte ihn vergiften wollen, sie brächten ihm das rechte Wasser des Lebens, und reichten es ihm. Kaum hatte er davon getrunken, so fühlte er seine Krankheit verschwinden und ward stark und gesund wie in seinen jungen Tagen. Danach gingen die beiden zu dem Jüngsten, verspotteten ihn und sagten: »Du hast zwar das Wasser des Lebens gefunden, aber du hast die Mühe gehabt und wir den Lohn; du hättest klüger sein und die Augen aufbehalten sollen, wir haben dir's genommen, während du auf dem Meere eingeschlafen warst, und übers Jahr, da holt sich einer von uns die schöne Königstochter. Aber hüte dich, daß du nichts davon verrätst, der Vater glaubt dir doch nicht, und wenn du ein einziges Wort sagst, so sollst du noch obendrein dein Leben verlieren, schweigst du aber, so soll dir's geschenkt sein.«

Der alte König war zornig über seinen jüngsten Sohn und glaubte, er hätte ihm nach dem Leben getrachtet. Also ließ er den Hof versammeln und das Urteil über ihn sprechen, daß er heimlich sollte erschossen werden. Als der Prinz nun einmal auf die Jagd ritt und nichts Böses vermutete, mußte des Königs Jäger mitgehen. Draußen, als sie ganz allein im Wald waren und der Jäger so traurig aussah, sagte der Prinz zu ihm: »Lieber Jäger, was fehlt dir?« Der Jäger sprach: »Ich kann's nicht sagen und soll es doch.« Da sprach der Prinz: »Sage heraus, was es ist, ich will dir's verzeihen.«

»Ach«, sagte der Jäger, »ich soll Euch totschießen, der König hat mir's befohlen.« Da erschrak der Prinz und sprach: »Lieber Jäger, laß mich leben, da geb ich dir mein königliches Kleid, gib mir dafür dein schlechtes.« Der Jäger sagte: »Das will ich gerne tun, ich hätte doch nicht nach Euch schießen können.« Da tauschten sie die Kleider, und der Jäger ging heim, der Prinz aber ging weiter in den Wald hinein.

Über eine Zeit, da kamen zu dem alten König drei Wagen mit Gold und Edelsteinen für seinen jüngsten Sohn; sie waren aber von den drei Königen geschickt, die mit des Prinzen Schwert die Feinde geschlagen und mit seinem Brot ihr Land ernährt hatten und die sich dankbar bezeigen wollten. Da dachte der alte König: »Sollte mein Sohn unschuldig gewesen sein?« Und sprach zu seinen Leuten: »Wäre er noch am Leben, wie tut mir's so leid, daß ich ihn habe töten lassen.«

»Er lebt noch«, sprach der Jäger, »ich konnte es nicht übers Herz bringen, Euern Befehl auszuführen«, und sagte dem König, wie es zugegangen war. Da fiel dem König ein Stein von dem Herzen, und er ließ in allen Reichen verkündigen, sein Sohn dürfte wiederkommen und sollte in Gnaden aufgenommen werden.

Die Königstochter aber ließ eine Straße vor ihrem Schloß machen, die war ganz golden und glänzend, und sagte ihren Leuten, wer darauf geradenwegs zu ihr geritten käme, das wäre der Rechte, und den sollten sie einlassen, wer aber daneben käme, der wäre der Rechte nicht, und den sollten sie auch nicht einlassen. Als nun die Zeit bald herum war, dachte der Älteste, er wollte sich eilen, zur Königstochter gehen und sich für ihren Erlöser ausgeben, da bekäme er sie zur Gemahlin und das Reich daneben.

Also ritt er fort, und als er vor das Schloß kam und die schöne goldene Straße sah, dachte er: »Das wäre jammerschade, wenn du darauf rittest«, lenkte ab und ritt rechts nebenher. Wie er aber vor das Tor kam, sagten die Leute zu ihm, er wäre der Rechte nicht, er sollte wieder fortgehen.

Bald darauf machte sich der zweite Prinz auf, und wie der zur goldenen Straße kam und das Pferd den einen Fuß darauf gesetzt hatte, dachte er: »Es wäre jammerschade, das könnte etwas abtreten«, lenkte ab und ritt links nebenher. Wie er aber vor das Tor kam, sagten die Leute, er wäre der Rechte nicht, er sollte wieder fortgehen.

Als nun das Jahr ganz herum war, wollte der dritte aus dem Wald fort zu seiner Liebsten reiten und bei ihr sein Leid vergessen. Also machte er sich auf und dachte immer an sie und wäre gerne schon bei ihr gewesen und sah die goldene Straße gar nicht.

Da ritt sein Pferd mitten darüber hin, und als er vor das Tor kam, ward es aufgetan, und die Königstochter empfing ihn mit Freuden und sagte, er wär ihr Erlöser und der Herr des Königreichs, und ward die Hochzeit gehalten mit großer Glückseligkeit. Und als sie vorbei war, erzählte sie ihm, daß sein Vater ihn zu sich entboten und ihm verziehen hätte. Da ritt er hin und sagte ihm alles, wie seine Brüder ihn betrogen und er doch dazu geschwiegen hätte. Der alte König wollte sie strafen, aber sie hatten sich aufs Meer gesetzt und waren fortgeschifft und kamen ihr Lebtag nicht wieder.

DIE SCHLÖSSER AM MEER

Ist einmal ein König gewesen, der hat zwei Kinder gehabt, einen Sohn und eine Tochter. Den Sohn behielt er in der Königsstadt, die Tochter aber, die ihm schon als Kind viele Sorgen wegen ihres Ungestüms machte, gab er auf eines seiner Landgüter. Eines Tages aber wurde ihm von dem Mädchen etwas berichtet, was seine königliche Würde aufs tiefste beleidigte, und er beschloß, sie auf eine schreckliche Weise ihrem Schicksal zu überlassen. Er ließ ein kleines Schifflein ausrüsten, viel Speisevorräte und Getränke hineingeben, auch Geschirr und Waffen. Dieses Schiff mußte nun ein anderes weit hinaus ins Meer schleppen, dort das Seil ablösen und allein heimfahren.

Wohl bat und weinte die Prinzessin, doch der Kapitän hatte strengste Weisung, und übrigens konnte ja das Schifflein mit dem Mädchen irgendwo wieder landen. So fuhr der Kapitän rasch nach Hause und meldete dem König die genaue

Ausführung des Befehls. Währenddessen saß das Mädchen mit ihren Vorräten allein und hilflos auf weitem Meer, vielleicht um nach monatelangem Leiden elend zugrunde zu gehen. Weinend bat sie daher den Himmel, er möge einen Sturm schicken, damit sich ihr Los rasch erfülle.

Und der Himmel schien ihren Wünschen zu entsprechen. Denn schon am nächsten Morgen erhob sich ein furchtbarer Sturm, und das Schifflein schaukelte wie eine Nußschale auf den haushohen Wellen. Und der Sturm trug sie weit, weit fort von der Heimat, und ein paar Tage schoß das segellose Boot wie ein Blitz über das Meer dahin, bis es in einer Nacht plötzlich mit einem Ruck stehenblieb. Am nächsten Tag nun sah sie, daß das Schifflein an einer Flachküste gelandet hatte, doch war kein Haus noch Ackerland weit und breit, nur Wald die ganze Küste entlang zu sehen. Sie zog das Boot noch etwas weiter ans Land und seilte es an einem Baum an. Dann aber strebte sie, eine Waffe in der Hand, dem Innern des Waldes zu.

Sie hatte bei all ihrem Elend Glück. Unweit vom Boot türmte sich im Walde ein Fels auf, und darin war eine Höhle, daneben aber rollte eine muntere Quelle durch den Sand. Diese Höhle wählte sie als künftige Wohnstätte. Sie untersuchte sie, trug Bretter aus dem Boot hinein und machte einen Fußboden. An der Rückseite häufte sie trockenes Waldmoos auf für ein weiches Bett. Und hernach schaffte sie langsam alle Vorräte, alles Geschirr und alle Waffen in die Höhle und begann sich häuslich einzurichten, so gut es ging. Und nach Monatsfrist bekam sie ein winziges Knäblein, dem sie bei der Taufe an der Quelle den Namen Heinrich gab.

23

Sorgfältig erzog sie das Kind, lehrte es beten, aber mit größerer Andacht, als sie es als Kind getan; auch lesen und schreiben mußte Heinrich lernen, Beeren und Pilze sammeln, und als er fünfzehn Jahre alt war, mußte er jagen gehen. Noch hatte er aber keinen Menschen gesehen als sich im Wasserspiegel und die Mutter.

Eines Tages traf es sich, daß er bei seinem Jagen einem weißen Hirsch begegnete; schon wollte er auf ihn anlegen, da sprach der Hirsch zu ihm: »Schieß nicht auf mich, sondern komm mit mir!«

Erstaunt, daß auch ein Tier reden könne, folgte er ihm und kam zu einer Waldblöße. In der Mitte machte der Hirsch mit einem Vorderlauf einen Kreis und sagte dem jungen Heinrich, er solle hier nachgraben. Der Jüngling tat, wie ihm geheißen, und kam beim Nachgraben auf eine goldene Kette. »Diese Kette trug vor vielen Jahren ein Seeräuberhauptmann«, ließ der Hirsch sich vernehmen, »und der Mann wurde dadurch der stärkste auf der Welt. Trag nun du sie, aber leg sie nicht ab, auch beim Schlafen nicht. So wirst du der stärkste Mann auf der Welt sein. Morgen aber verlaß deine Mutter und den Wald; steig aufwärts und du wirst zu einem Seeräuberschloß kommen. Fürchte dich nicht, sondern geh hinein und vernichte die Räuber alle. Wenn du jedoch dort oder irgendwo in Nöte kommen sollst, so rufe mich; ich werde bei dir sein!«

Hocherfreut legte Heinrich die Kette um den Hals und sagte dem Hirschen vielen Dank; doch dieser war verschwunden. Zuerst ging er freilich nochmals zur Höhle seiner Mutter zurück und verkündete ihr, er werde sie am nächsten Morgen für kurze Zeit, etwa gar nur einen Tag, verlassen. Was er aber unternahm, sagte er ihr nicht; auch die Kette der Kraft zeigte er der Mutter nicht.

Am nächsten Tag verließ er bereits bei grauendem Morgen die Höhle und den Wald und kam zum Räuberschloß. Im Untergeschoß war keine Seele, aber die Wände hingen voller Waffen. Die besten nahm er sich herab und stieg empor ins Obergeschoß. Dort fand er einen großen Saal, der war für dreihundert Seeräuber gedeckt. Ein junges Fräulein trat von der Küche in den Saal, als er gerade die Plätze zählte; er ging auf sie zu und bat um Nachtherberge.

»Ach«, sprach sie, »mein lieber Freund, man wird dich töten, wenn man dich bemerkt. Denn die Seeräuber sind lauter rohe Gesellen und dulden keinen andern in ihrem Schloß.«

»Jungfrau, ich fürcht mich nicht, aber sag, wie kommst du denn hierher, ein zartes Fräulein mitten unter solchen rauhen Gesellen?«

»Ich bin eine Tochter des Königs von Spanien und wurde von den Seeräubern entführt«, sprach sie, »kaum daß ich vier Jahre alt war. Doch komm und iß, ehe die Leute kommen!«

Er setzte sich nun an die Tafel und aß und trank und tat sich gemütlich dabei und kehrte sich gar nicht darum, als er die Seeräuber die Stiege herauftrampeln hörte. Er blieb ruhig sitzen, als sie eintraten, so daß erstaunt der Hauptmann fragte: »Was machst denn du da?«

»Ach«, erwiderte Heinrich, »ich bitt um eine Nachtherberg.«

»Und da ißt du zuerst das Beste aus unserer Schüssel«, rief wütend der Hauptmann aus, »schafft ihn fort!«

Das war wohl leicht gesagt, aber nicht leicht getan. Denn der Räuber, der ihn wegführen wollte, sank, von einem

25

Faustschlag Heinrichs getroffen, leblos zu Boden. Nun sprangen mehrere herzu, aber auch diese erschlug Heinrich noch ohne Waffe. Als aber ein Rudel auf ihn eindrang, da zog er blank, und ein Seeräuber nach dem andern sank tot zu Boden. Und so standen zuletzt der Jüngling und der Räuberhauptmann allein einander gegenüber. Diesen packte er und sperrte ihn ins dunkle Verlies. Hierauf machte er den Saal rein. Die Leichname warf er durchs Fenster hinab ins Meer und kehrte das Blut die Stiege hinab. Der Königstochter Mathilde aber sagte er, sie solle dem Hauptmann ab und zu etwas zu essen bringen. Und er bat das Mädchen, es möge auch weiterhin hier bleiben; es möge seine Freundin werden.

Spät in der Nacht kam er zur Höhle seiner Mutter und sagte ihr: »Komm, Mutter, geh mit mir! Ich habe ein Seeräuberschloß erobert. Laß das Geschirr hier! Solcherlei haben wir im Schlosse im Überfluß.«

So zog denn die Mutter mit ihm zum Seeräuberschloß. Als sie jedoch sah, daß Heinrich mit Mathilde hielt, da fühlte sie sich vereinsamt und beneidete das Mädchen nicht wenig.

Eines Tages ging Heinrich mit seiner Freundin spazieren, die Mutter aber blieb daheim. Da fand sie nun Gelegenheit, alles im Schloß zu durchstöbern, und wollte auch in die Kerker hinabsteigen, zumal sie schon öfters die Mathilde mit Speisen über die Kellerstiege hatte hinabeilen sehen. Bei allen Türen klopfte sie an, und erst bei der letzten meldete sich jemand. Das neugierige Weib fragte nun durch das Schlüsselloch hinein, wer drinnen sei.

»Der Hausherr dieses Schlosses. Laß mich hinaus!« erwiderte es drinnen.

Als Heinrich heimkam, ging die Mutter zu ihm und bat

ihn, er möge den Hausherrn freilassen. Und so lange bettelte sie, bis er endlich einwilligte.

Der Hauptmann war anfangs bescheiden wie ein Diener. Aber er wußte es schlau anzustellen, daß die Mutter zu ihm zu halten begann. Und bald waren diese so gut befreundet wie Heinrich und Mathilde.

Einmal nun bat die Mutter, vom Hauptmann dazu aufgehetzt, den Sohn, er möge einmal in ihrem Zimmer schlafen. Heinrich wußte nicht, warum das wohl geschehe, und sagte zu. Der Hauptmann aber lag in dieser Nacht unter dem Bett Heinrichs. Wie nun der junge Mann sich zu Bett begab und die schwere goldene Kette um den Hals behielt, da meinte die Mutter zu ihm: »Geh, leg doch diese schwere Kette ab!«

Und so gehorchte Heinrich ihr und legte die Kette auf den Tisch neben dem Bett; dann schlief er ein. Der Hauptmann aber nahm die Kette, legte sie sich um den Hals und befahl Heinrich, der rasch nach der Kette griff, aufzustehen. Da sah er die Kette an der Brust des Hauptmanns und wußte, daß nun er der Schwächere sei. Aus dem Mauerkastel nahm der Hauptmann einen Tiegel und führte noch in der Nacht den jungen Mann hinauf auf einen Felsriegel gegenüber der Burg und sagte dort zu ihm: »Das alles war mein, dann war es dein, nun ist es wieder mein.«

Darauf strich er ihm aus dem Tiegel eine Salbe über die Augen, und Heinrich war blind. »So, jetzt hilf dir, wenn du kannst«, höhnte der Hauptmann und stieß ihn über den Felsen in das Meer. Jedoch knapp ober der Gischt blieb Heinrich an einer Felskante hängen und rief in seiner Hilflosigkeit nach dem weißen Hirsch. Dieser kam denn auch den Felsen herab, so leicht, als wenn es ebener Boden gewesen wäre, und sagte zum blinden Heinrich: »Sieh dein Unheil, weil du nicht gehorcht und des einzigen Räubers dich erbarmt hast. Jetzt mußt du mit mir übers Meer zur anderen Insel. Faß meinen Lauf an und steig auf mich!«

Das tat nun Heinrich, und der weiße Hirsch trug ihn durch die Wellen hinüber zu einer Insel mitten im Meer: dort stand ein altes, halbverfallenes Schloß. Oft hatte Heinrich in gesunden Tagen von seines Schlosses Fenster hinübergeschaut!

Nun war er dort, und der weiße Hirsch trug ihn in einen Saal hinein zu einem Mauerkastel. »So, Heinrich, das öffne!« sprach der Hirsch. »Drinnen wirst du ein Büchslein finden mit einer Salbe. Die streich dir auf die Augenlider, und du wirst sehend werden. Doch merke auf! Verlaß dieses Schloß, das für etliche Tage Vorräte birgt, nicht eher, bis dein Besuch dir die goldene Kette gebracht hat! Denn ein zweites Mal könnte ich dir nicht helfen!«

Heinrich stieg vom Rücken des freundlichen Hirsches, öffnete das Kastel und strich die Salbe sich über die Augen. Da ward es hell um ihn herum, und er konnte wieder sehen. Der Hirsch aber war verschwunden.

Während nun Heinrich das Schloß durchschritt und in einer Kammer Vorräte in großer Menge fand, schwamm der Hirsch wieder zurück zum Räuberschloß und stellte sich in einen dichten Hollerbusch im Garten. Mathilde war gerade dort und goß die Blumen. »Hör, Mathilde«, sprach der Hirsch, »verlaß noch heute das Schloß und fahre auf einem Kahn hinüber zum Inselschloß. Dort wirst du den Heinrich finden.«

28

Erstaunt hörte Mathilde diese Worte, sah jedoch niemanden. Sie wußte auch noch nichts von dem großen Unglück, das dem Jüngling zugestoßen war, und so löste sie, als es Abend wurde, den Kahn vom Ring und fuhr hinüber zum Inselschloß.

Welche Freude da Heinrich hatte, als Mathilde zu ihm kam, ist nicht zu beschreiben. Ihr erzählte er nun alles, angefangen von dem Betrug seiner Mutter bis zu seiner Rettung durch den weißen Hirschen.

Wie Mathilde dies alles hörte, da erwuchs in ihr ein solcher Abscheu gegen den Räuberhauptmann, daß sie am liebsten ganz bei Heinrich geblieben wäre und gar nie mehr ins Räuberschloß zurückgekehrt wäre.

Am nächsten Tag jedoch sagte Heinrich, sie müsse trachten, daß sie ihm wieder zur Kette verhelfe. Dann wäre beider Glück endgültig gemacht. Und so nahm Mathilde Abschied von Heinrich und fuhr hinüber zum Seeräuberschloß.

Ihr Ausbleiben war gar nicht aufgefallen, und so konnte sie ohne Schwierigkeit ihrer Häuslichkeit nachkommen. Sie war mit der betörten Mutter sehr lieb, ihr untertan; denn daß Heinrich gar nicht wiederkam, ging ihr doch zu Herzen. Dem Hauptmann war sie für häusliche Dienste stets bereitwillig, kein Wunder, daß sie nach Verlauf einer Woche das Vertrauen von beiden hatte wie bisher.

Eines Abends nun, als der Hauptmann zu tief ins Glasel geschaut hatte, legte sich Mathilde ganz geheim unter des Hauptmanns Bett. Dieser wackelte kurz darauf herein, warf die Kette auf den Tisch, zog sich zur Hälfte aus und legte sich ins Bett. Um Mitternacht aber nahm Mathilde die Kette vom Tisch, hängte sie sich um und ging dann hinab zum Boot am

29

Strande. Gar bald war sie drüben bei Heinrich im alten Schloß.

Kaum hatte dieser die Kette umgehängt, setzte er Mathilde wieder ins Boot und fuhr zurück zum Räuberschloß, daß der Hauptmann ihm nicht entschlüpfe. Schon war es Morgen, als sie ankamen, aber noch schlief der Hauptmann einen tiefen Schlaf in seiner Kammer. Da trat Heinrich bei ihm ein, faßte ihn, nahm die Salbe aus dem Mauerkastel und führte ihn hinaus auf den Riegel, wo er vor einer Woche gestanden. Dort sagte er zum Hauptmann: »Das war früher dein, dann ward es mein, dann wieder dein, nun wieder mein.«

Darauf strich er dem heftig sich Wehrenden die Salbe um die Augen und stürzte ihn den Felsen hinab ins Meer, dessen Wellen sich gierig über ihm schlossen. Aber auch seine Mutter führte er fort vom Schloß zur Höhle zurück, wo sie so manches Jahr gewohnt hatte.

So waren nun Heinrich und Mathilde allein im großen Seeräuberschloß. In den ersten Tagen fühlten sie sich freilich wohl, so ganz füreinander zu leben, aber mit der Zeit wurde es ihnen doch einsam. Sie wollten auch einmal die Welt sehen. Und so trugen sie viel Holz auf dem Riegel zusammen und machten dort ein großes Zeichenfeuer. Und wirklich kam bald ein Schiff. Da erzählten sie nun dem Kapitän, daß sie von Seeräubern überfallen und hier ausgesetzt worden seien und daß ihr Reiseziel Spanien wäre; denn Mathilde sei des Königs Tochter und Heinrich würde durch sie König werden.

Wie dies der Kapitän hörte, lud er sie ein, mit ihm zu fahren, denn auch er sei auf der Fahrt nach Spanien. Und Heinrich und Mathilde stiegen mit einer Tasche voll Gold in das Schiff ein.

Der Kapitän war ein böser Mann und hatte böse Gedanken. Er selber wollte König von Spanien werden. Als nun eines Tages Heinrich an der Brüstung des Schiffes lehnte und in die Wogen hinabsah, schlich sich der Kapitän heran, faßte plötzlich den Jüngling und warf ihn ins Meer. Das Schiff aber, von einem scharfen Wind getrieben, flog dahin, und bald sah es der mit den Wellen ringende Heinrich nicht mehr. Da nun rief er in seiner Verzweiflung den weißen Hirsch. Der stand denn auch sogleich da, und Heinrich ritt auf seinem Rücken über das Meer nach Spanien, weit schneller, als das Schiff fuhr.

Der Kapitän stieg nach vollbrachter Missetat zu Mathilde in die Kajüte hinab und meldete ihr, daß Heinrich über Bord gefallen und ertrunken sei. Er nehme sie wohl weiter mit nach Spanien, aber sie müsse ihm heilig versprechen, vor ihrem königlichen Vater zu sagen, er sei ihr Lebensretter; sonst würde er sie dem Heinrich ins Meer nachwerfen. Was blieb ihr übrig, als das Verlangte zuzusagen?

Kaum war das Schiff in Spanien gelandet, ließ der Kapitän dem König die Ankunft seiner so lang verschollenen Tochter melden und wurde mit ihr vom König und dem Volke mit großen Ehren und Gepränge aufgenommen.

Aber auch Heinrich kam in die Hauptstadt von Spanien und sah den Einzug Mathildens mit dem Mörder an. Darauf sagte der weiße Hirsch zu ihm, er müsse sich als Maler verkleiden und dem König seine Kunst antragen.

»Aber, lieber Freund«, entgegnete Heinrich, »ich kann ja gar nicht malen, habe keinen Begriff davon!«

»Macht nichts. Tu, wie ich dich geheißen habe«, erwiderte der Hirsch. »Sei versichert, ich werde dir beizeiten helfen.«

Und so ging denn Heinrich zum König und trug ihm seine Dienste an. Nun war zur bevorstehenden Hochzeit sehr viel zu richten, und der König nahm mit Freuden das Anerbieten des Malers an. Er sollte eine Villa schön mit Darstellungen ausmalen und zur Verlobungsfeier in einer Woche fertig sein.

Heinrich ließ sich dann Farben geben, rührte sie an, mischte sie nicht selten zu graugrünen Suppen und stand und lag in der Villa herum und verschlief die halbe Zeit. So verging die Woche, es kam der letzte Tag, und es war noch kein Strich geschehen. Aber auch vom weißen Hirschen, der ihm seine Hilfe versprochen hatte, war keine Spur zu sehen.

Als nun der Abend kam, begann dem Heinrich doch ein wenig bang zu werden. Endlich um Mitternacht klopfte der Hirsch an die Tür der Villa. Rasch öffnete Heinrich die Tür und sagte halb vorwurfsvoll: »Ach, guter Freund, schau, ich hab gar nichts gemacht, und morgen soll alles fertig sein. Ich hab mich auf dich verlassen, und du kommst erst um Mitternacht!«

»Ei, leg dich zur Ruhe«, begütigte ihn der Hirsch, »und morgen früh komm wieder!«

Als ihn am nächsten Tag der Hirsch frühmorgens in den großen Speisesaal und in die Nebensäle führte, blieb er staunend stehen. Die prächtigste Malerei hatte der Hirsch in kurzer Zeit zustande gebracht. Große Landschaften mit Burgen, dazwischen Fruchtbäume, sah er, und als er genauer schaute, erkannte er die zwei Schlösser am Meer. Und unten herum durch den ganzen Saal reihte sich Bild an Bild, Darstellungen aus seinem Leben, die Höhle seiner Mutter, wie er sich die

Kette ausgrub, wie er Mathilde kennenlernte, wie er die See-räuber erschlug, und so weiter alles bis zum Ritt übers Wasser nach Spanien.

Am Vormittag kam der König mit Mathilde und dem Ka-pitän in die Villa, und viele Herren und Frauen waren mit ih-nen. Denn es sollte im Saale die große Verlobungsfeier der Prinzessin sein. Und da schaute der König den Saal an und staunte. Aber auch Mathilde war verblüfft über alles und rief freudig aus: »Das ist ja das Schloß am Meer!«

Da traf sie ein böser Blick des Kapitäns, und sie schwieg. Der König aber sah unten die vielen Darstellungen und woll-te wissen, was das alles zu bedeuten habe. Deshalb ließ er den Maler bringen.

Wie Heinrich den Saal betrat, wurde dem Kapitän plötz-lich unwohl. Aber auch Mathilde stürzte mit einem Schrei zu Boden. Heinrich jedoch erklärte dem König, das sei des Ma-lers Lebenslauf, und erzählte nun alles, wie es gewesen, und daß der Kapitän ihn ins Meer gestürzt habe.

Wohl schrie der Kapitän, das sei alles Lüge, aber Heinrich sagte ruhig: »Zum Zeichen, daß alles wahr ist, rufe ich den weißen Hirsch.«

Da öffnete sich die Tür mit beiden Flügeln, und alle sahen den weißen Hirschen in der Tür stehen.

Der König befahl aber jetzt, den Kapitän gefangenzuset-zen und ihn durch zwei Ochsen auseinanderreißen zu lassen.

Heinrich aber heiratete Mathilde und wurde König von Spanien.

DAS ZAUBERROSS

Der Vater war gestorben und hatte seinem Jungen nichts hinterlassen als ein Schwert; damit zog er fort und wollte dienen gehen. Nur einmal begegnete ihm ein alter Mann, der war auf einem Auge blind und sah auch mit dem andern nicht recht, der fragte ihn: »Wo gehst du hin, Junge?«

»Dienen!« sprach der Junge.

»Ich brauche gerade so einen; willst du meine Schafe weiden?« Es war dem Jungen recht, und der Alte nahm ihn mit sich. Als er ihm die Herde übergeben, sprach er: »Hüte dich nur, in jenen Wald zu gehen, denn keiner meiner Knechte ist lebendig herausgekommen.«

Der Junge hielt sich einige Zeit daran, aber bald dachte er bei sich: »Du mußt doch einmal sehen, was dort ist; was könnte dir schaden, du hast ja dein gutes Schwert!« Kaum hatte er den Wald betreten und die große Herrlichkeit darin angesehen, so kam ein dreihäuptiger Drache auf ihn zu und schrie: »Menschenkind, wie kommst du herein? Kein Vöglein wagt es, meinen Wald zu verunreinigen, willst du ihn mit deinen Schafen verätzen? Du mußt mit mir schlagen oder ringen, was willst du lieber?«

»Ringen!« sprach der Junge. Da faßte ihn der Drache und schlug ihn bis zu den Knien in den Erdboden. Der Junge faßte darauf sein Schwert und hieb dem Drachen die drei Häupter ab und trug sie nach Hause und hing sie auf die Zaunpfähle.

»Was hast du da?« fragte der Alte, denn er konnte es nicht

sehen. »Drei Häupter von einem Bock, den ich im Walde erschlagen!«

»Du Junge, das mag dir schlecht frommen; gehe nicht mehr in den Wald!«

Aber am anderen Tage trieb die Lust den Knaben noch tiefer hinein; da war es noch stiller und herrlicher; nur einmal kam ein sechshäuptiger Drache: »Ha, Menschenkind, kein Vöglein kommt in unsern Wald, du hast ihn mit deinen Schafen verunreinigt und mir meinen Bruder umgebracht; du mußt mit mir schlagen oder ringen, was willst du lieber?«

»Ringen!« Da faßte ihn der Drache und schlug ihn bis an den Nabel in den Erdboden. Der Junge ergriff sein Schwert und hieb dem Drachen alle Häupter ab und trug sie nach Haus und steckte sie auf die Zaunpfähle.

»Was hast du da?« fragte der Alte. »Sechs Häupter von einem Bock, den ich im Wald erschlagen!«

»Das mag dir schlecht frommen, gehe nicht mehr in den Wald!« Tags darauf hatte der Knabe noch viel größere Lust und ging tiefer in den Wald, und es war da noch stiller und herrlicher. Nur einmal kam ein neunhäuptiger Drache: »Ha, Menschenkind, kein Vöglein kommt in unsern Wald, du hast ihn verunreinigt und meine Brüder umgebracht; du mußt mit mir schlagen oder ringen, was willst du lieber?«

»Ringen!« Da faßte ihn der Drache und schlug ihn bis unter die Achseln in den Erdboden. Der Knabe konnte sein Schwert noch schwingen und hieb dem Drachen alle Häupter ab, trug sie nach Hause und steckte sie zu den andern auf die Zaunpfähle.

»Was hast du da wieder?« fragte der Alte. »Neun Häupter von einem Bock, den ich im Wald erschlagen!«

»Das mag dir schlecht frommen, gehe nicht mehr in den Wald!« Aber am folgenden Tag drang der Junge noch tiefer hinein, und es war da noch viel stiller und herrlicher. Nur einmal kam ein zwölfhäuptiger Drache herangefahren: »Ha, Menschenkind, kein Vöglein kommt in unsern Wald, du hast ihn verunreinigt und meine Brüder umgebracht; du mußt mit mir schlagen oder ringen, was willst du lieber?«

»Schlagen!« sprach der Junge. Denn er fürchtete, der Drache werde ihn bis über den Kopf in den Erdboden stoßen, und dann könnte er sein Schwert nicht brauchen. Da schlug der Drache ihn mit seinem Schweif, daß er zwölf Klafter weit fortflog. Jetzt kam aber der Junge mit seinem Schwert herbeigelaufen und hieb dem Drachen elf Häupter auf einmal ab. Bis er das zwölfte abschlug, waren die andern elf wieder gewachsen, und wenn er die elf abschlug, wuchs das zwölfte wieder. So ging es bis gegen Abend.

Als aber die Sonne unterging, verlor der Drache alle Kraft, und die des Knaben wuchs, und so schlug er die zwölf Häupter auf einmal ab. Als er nach Hause kam, steckte er sie zu den andern auf die Zaunpfähle, und alle Pfähle um den Hof waren jetzt besetzt. Da fragte der Alte: »Was hast du da?«

»Zwölf Häupter von einem Bock, den ich im Wald erschlagen!«

»Das wird dir schlecht frommen, gehe nicht mehr in den Wald!« Allein jetzt war die Lust und Begierde des Knaben gerade auf das höchste gestiegen: »Was wird noch da sein!« dachte er und ging am folgenden Tage noch tiefer hinein. Da war es viel stiller und schöner. Nur einmal sah er in der Ferne ein Häuschen, und davor stand eine steinalte Frau, das war die Buschmutter. Er ging zu ihr und grüßte sie freundlich. »Komm herein!« sprach die Alte. Da führte sie ihn in ein Zimmer, darin lag ein Toter. »Das ist mein jüngster Sohn, den du mir zuerst erschlagen hast!«

Dann kamen sie in ein anderes Zimmer: »Hier liegt sein älterer Bruder, den du zum zweitenmal erschlugst!« Sie öffnete eine andere Türe und rief: »Und dahin kommst du!« Da wollte sie ihn packen, aber der Knabe erhob sein Schwert und schlug sie gleich zu Boden. Doch konnte er sie, wie sehr er auch schlug, nicht verwunden, und die Alte verlachte und verhöhnte ihn. Wie aber seine rechte Hand ermüdet war, nahm er das Schwert in die linke: »O weh! O weh!« schrie sogleich die Alte. »Haue nicht, ich will dir was Heilsames sagen!«

»So sprichst du gleich!« rief der Junge und hielt das Schwert gezückt über ihr. Die alte Hexe zitterte und sprach: »Hinter diesem Hause steht ein Baum, unter dessen Wurzel ist ein mächtiger Stein, und darauf liegt eine Kröte; nimm diese und bestreiche damit dreimal dem Alten die Augen und schleudere sie ihm zuletzt gegen die Stirn, daß sie zerplatzt; so wird er wieder sehen!«

»Ist das alles?« sprach der Junge. »Ja!« sprach die Hexe. Kaum hatte sie es gesagt, so ließ er das Schwert auf sie niederfahren, und ihr Kopf lag gleich auf dem Boden.

Nun grub er unter dem Baum bis auf den mächtigen Stein, fand die Kröte, nahm sie und eilte nach Hause, bestrich dem Alten dreimal die Augen und schleuderte sie ihm dann an die Stirn, daß sie in tausend Stücke zerschmettert wurde, und alsbald waren seine Augen heil, und er sah wie die Sonne.

37

Aus der zerschmetterten Kröte war aber auch eine kleine Gestalt hervorgesprungen. Diese rief: »Ich danke dir, daß du mich erlöst hast. Die alte Hexe hat nicht alles gesagt. Ich mußte, in die garstige Kröte verschlossen, auf dem Schatz der Drachenbrüder liegen und ihn bewachen!« Damit schlüpfte sie in eine Bergspalte.

Nun sah der Junge gleich nach und fand richtig unter dem mächtigen Stein den unermeßlichen Schatz. »Lasse den Schatz da«, sprach der Alte, »den kannst du jederzeit heben. Allein ich gebe dir eine köstlichere Gabe dafür, daß du mir das Licht der Augen zurückgegeben, das mir die alte Hexe genommen hatte! Nimm das Roß aus meinem Stall, damit reite in die Welt, denn du bist noch jung.«

Das Roß aber war kein gewöhnliches; es hatte acht Füße und war wunderschön, aber das Beste an ihm war, daß es sprechen konnte und große Weisheit besaß. Der Junge war sehr froh, setzte sich gleich auf und ritt in die Welt. Wie er ein Stück geritten war, sah er auf der Erde eine kupferne Feder liegen. »Die mußt du aufheben!« sprach das Roß. Der Junge tat es. Ein wenig weiter lag eine silberne Feder und noch ein wenig weiter eine goldne. Auch diese hob er auf, wie ihn das Roß geheißen hatte.

Nun gelangte er bald in die große Stadt, wo der König wohnte. Er ging an den Hof und fragte, ob man keinen Knecht brauche, er wolle gerne dienen mit seinem Roß. Der König nahm ihn an. Nach einiger Zeit machte man eine Jagd. Da erjagte der Junge eine Menge Wild, denn mit seinem Roß konnte er alles ereilen. Das gefiel nun dem König so sehr, daß er den Jungen liebgewann vor den andern Knechten. Diese aber überkam der Neid, und sie sannen darauf, wie sie ihren

Kameraden verderben könnten. Der Junge hatte dem König die kupferne, silberne und goldene Feder geschenkt. Da gingen eines Tages die andern Knechte zu ihrem Herrn und sagten: »Der Jungknecht hat sich gerühmt: Ja, es wäre ihm ein leichtes, auch die drei Vögel zu bekommen, von denen die Federn wären.«

Den König überkam sogleich die Lust und Begierde, die Vögel zu besitzen. Er ließ den Jungen rufen und sagte: »Wenn du mir in drei Tagen die Vögel nicht zur Stelle schaffst, so ist es aus mit deinem Leben!« Da war der Junge traurig und wußte sich nicht zu helfen. Wie er in den Stall trat, fragte ihn sein Roß: »Warum bist du so traurig?« Da erzählte es der Junge. »Geh zum König«, sprach das Roß, »und verlange von ihm einen kupfernen, silbernen und goldnen Vogelkorb.«

Als er die drei Käfige hatte, sprach das Roß weiter: »Jetzt setze dich auf mich und reite ins Feld.« Und wie sie dort angelangt waren, sprach es wieder: »Nun rufe einmal nach allen vier Weltgegenden ›Vögel her!‹« Kaum war das geschehen, so kamen eine Menge Vögel von allen Seiten herbei, und auch der Vogelkönig erschien und fragte den Jungen, was er befehle. »Kannst du mir nicht sagen, wo die drei Vögel zu finden, von denen diese Federn sind?«

»Die gehören nicht meinem Reiche an!« sprach der Vogelkönig. »Gleich will ich aber bei meinem Volke fragen, ob niemand Bescheid weiß.« Aber kein Vogel konnte Auskunft geben. »Fehlt niemand?« fragte der König. Als man jetzt nachzählte, so fehlten drei Vögel, die kamen eben herbeigeflogen und waren sehr müde. »Wir hörten wohl den Ruf, aber wir konnten nicht so leicht kommen. Denn wir waren am Welt-

39

ende!« sprachen sie und erzählten nun von den Wunderdingen, die sie gesehen, der eine vom kupfernen Drachen und kupfernen Vogel, der andere vom silbernen Drachen und silbernen Vogel und der dritte vom goldnen Drachen und vom goldnen Vogel, wie die Drachen sich gesonnt und wie die drei Vögel sie in den Schlummer gesungen hätten.

Das war dem Jungen sehr angenehm zu hören, und der Vogelkönig befahl, daß die drei ihm den Weg zeigen sollten. Auf seinem schnellen Roß war er bald an Ort und Stelle, und mit seinem Schwert erschlug er die Drachen alsbald, und der kupferne und silberne und goldene Vogel ließen sich leicht fangen. Der König freute sich sehr, als der Junge ihm nur einmal die Vögel brachte, und von da an liebte er ihn noch viel mehr.

Aber die anderen Knechte wurden um so neidischer und falscher und suchten immer, wie sie ihn verderben könnten. Da sprachen sie eines Tages wieder zum König: »Der Jungknecht hat sich gerühmt, es sei ihm ein leichtes, die schöne Meerjungfrau seinem Herrn zu verschaffen.« Den König ergriff sogleich ein unendliches Verlangen, das schöne Weib zu besitzen. Er ließ den Knaben vor sich kommen und sprach: »Wenn du in drei Tagen mir nicht die schöne Meerjungfrau bringst, so hat dein Leben ein Ende. Bringst du sie aber, so sollst du mein halbes Königreich und meine Schwester zur Frau bekommen!« Der Junge freute sich über das letzte, wie er aber an das erste, an den schweren Auftrag dachte, ward er sehr betrübt. Da fragte ihn wieder sein Roß, warum er so traurig sei. Er erzählte ihm's. »Geh hin zum König und verlange von ihm ein ganz weißes Brot und eine Flasche vom besten Wein.« Als der Junge das Brot und den Wein brachte,

40

sprach das Roß wieder: »Nun setze dich auf mich und reite zum Meere!«

Als sie da anlangten, sagte es weiter: »Jetzt lege Brot und Wein ans Ufer, sobald das Meer dann anfängt zu steigen, wird die Meerjungfrau kommen und vom Brot essen und vom Wein trinken. Sobald das geschehen, rufe gleich aus dem Versteck ›Gesehen, gefangen!‹, aber ja nicht eher, als bis sie gegessen und getrunken, denn es wäre dann umsonst und sie verschwände schnell in die Flut, aber ja früher, als bis die Welle ihren Fuß wieder genetzt hat. Dann ist sie gebannt und muß uns zu Hofe nachfolgen.«

Also tat der Knabe, wie ihn das weiße Roß gelehrt hatte. Die Jungfrau kam langsam, sah zuerst genau um sich, horchte, endlich trat sie aus dem Wasser ans Ufer, nahm von dem Brot und trank von dem Wein, und schon wollte sie zurück. Nun erscholl der Ruf »Gesehen, gefangen!«. Da stand sie bleich und festgebannt, und der Junge mit dem Roß sprang schnell hervor, grüßte sie schön und bat sie zu folgen, denn sie solle die Gemahlin seines Königs werden. Die Jungfrau folgte, weil sie mußte, aber sie trug mit sich großen Zorn. Als der König sie sah, grüßte er sie fein und freute sich sehr und hätte gerne bald Hochzeit gehalten. Doch die Meerjungfrau blickte finster und sprach: »Zuerst mußt du mir noch meinen Fohlenhengst und mein Gestüte hierherschaffen.« Da ging der König wieder zum Knaben und sagte: »Hast du mir die Meerjungfrau gebracht, so mußt du mir auch ihren Fohlenhengst und ihr Gestüte hierherführen, sonst hat dein Leben ein Ende. Ist das aber vollbracht, so will ich nichts mehr von dir verlangen, und dann sollst du den versprochenen Lohn haben!«

41

Der Knabe ward wieder ganz betrübt, und wie er so in den Stall kam, fragte ihn wieder sein Roß, was ihm fehle. Er erzählte ihm von dem neuen Auftrag. »Geh zum König und verlange von ihm zwölf Büffelhäute und zwölf Pfund Harz, dann klebe diese zusammen und überziehe mich damit.« Als das geschehen war, sprach das Roß weiter: »Jetzt sitze auf mich und ziehe ans Meer!« Als sie da angekommen waren, sprach das Roß wieder: »Jetzt nimm meinen Halfter und verkrieche dich. Dann will ich den Hengst herbeilocken und mit ihm kämpfen. Wenn du siehst, daß er zur Erde fällt, so komme und lege ihm den Halfter an.« Kaum hatte sich der Junge versteckt, so stampfte das Roß und wieherte. Nur einmal kam der Fohlenhengst herbeigerannt und schnaubte Feuer und Flammen. Da fing der Kampf an. Er durchbiß ein Büffelfell nach dem anderen, als er aber das zwölfte durchbissen hatte, sank er vor Ermattung nieder. Jetzt lief der Junge hinzu und legte ihm den Halfter an. »Nun schnell auf und davon!« flüsterte ihm sein Roß zu. Der Junge schwang sich auf, und der Fohlenhengst mußte aufstehen und nachfolgen. Da stampfte er einmal gewaltig und wieherte so laut, daß es dem Jungen durch Mark und Bein ging. Nach einiger Zeit sprach das Roß: »Sieh zurück, merkst du nichts?«

»Ich sehe eine Wolke aufsteigen.«

»Das ist das Gestüt, wenn das uns erreicht, so sind wir verloren, denn wir werden von ihm zertreten!« Da stampfte der Fohlenhengst noch einmal und wieherte. »Sieh zurück!« sprach das Roß. »Ich sehe schon die vielen Pferdehäupter!« Da rannten sie aus allen Kräften, und als sie durchs Schloßtor zogen, so stampfte der Schloßhengst zum drittenmal und wieherte. Alsbald waren auch die Stuten da und kamen in den Schloßhof.

Der Junge aber hatte sein Roß schnell in den Stall gebunden und hatte dem König die Nachricht gebracht, der Auftrag sei vollführt. Der freute sich sehr. Die Meerjungfrau jedoch sah noch viel wilder und entsetzlicher aus als früher. »Bis du nicht alle Stuten gemolken und in der siedenden Milch dich gebadet hast, werde ich dein Weib nicht!« Da kam der König wieder zum Knaben und sprach: »Melke die Stuten sogleich in einen großen Kessel, und wenn du es nicht tust, so ist dein Leben am Ende.«

»O König«, sprach der Junge, »hältst du so dein Versprechen?« Er ward traurig, ging in den Stall und klagte seinem Roß. »Was gibt es denn wieder?« fragte dieses. Er sagte ihm von dem neuen Auftrag. »Führe mich in den Hof, so wirst du gleich melken können!«

Kaum war das geschehen, blies das Roß aus seinem linken Nasenflügel solche Kälte heraus, daß die Füße der Stuten an die Erde anfroren; so molk der Knabe leicht, denn die Stuten standen ruhig wie Lämmer.

Als der Kessel voll war, machte man Feuer darunter, und als die Milch siedete, zitterte der König, denn er merkte, es könne sein Leben kosten. Da rief die Meerjungfrau: »Der Knecht soll zuerst baden, der mich und meinen Fohlenhengst und mein Gestüt hierhergebracht hat!« Denn sie haßte ihn deshalb und wollte ihn zuerst verderben. »Ja«, rief der König, »nur schnell, steige hinein.« Der Junge dachte: »Nun ist es aus mit dir« und war ganz niedergeschlagen: »Lasse mich nur einmal noch mein Roß sehen!« Das wurde ihm gestattet.

Als er hinkam, sagte ihm das Roß: »Führe mich nur zum

43

Rande des Kessels und fürchte dich dann nicht.« Also tat der Knabe, und sowie er in den Kessel stieg, blies das Roß auf einmal so viel Kälte hinein, daß die Milch lauwarm wurde. Es dünkte ihn sehr gut, und er rief: »Wie tut das wohl!« Als der König sah, daß sein Knecht unversehrt blieb, bekam er Mut und sprach: »Heraus mit dir, daß ich jetzt einsteige.«

Kaum war der Junge heraus, so war auch der König schon drinnen, und das Bad schien ihm angenehm. Aber nun blies das Roß aus dem rechten Nasenflügel auf einmal so viel Glut in den Kessel, daß die Milch gleich hoch aufsiedete und der König verbrannte.

Da lächelte die Meerjungfrau und dachte, der Junge werde nun ihr Gemahl werden, doch er ging hin und nahm die Schwester des Königs. Die stolze Meerjungfrau aber, die ihn hatte verderben wollen, machte er zu ihrer Dienstmagd. Als er nun Herr und König war, sagte das Roß zum Jungen: »Noch einen Dienst kann ich dir tun, setze dich auf mich und nimm den Fohlenhengst und alle Stuten und bringe dir den Schatz her.« Da zog der Knabe hin und brachte den unermeßlichen Schatz, der unter dem Baum lag. Als das geschehen war, sprach das Roß: »Von nun an bedarfst du meiner nicht« und verschwand vor den Augen des Jungen. Wahrscheinlich zog es wieder zu jenem alten Mann, seinem Herrn. Die Meerjungfrau aber, ihren Fohlenhengst und ihre Stuten behielt der neue König immerfort in seinem Dienst und war reich und mächtig, glücklich und zufrieden.

44

Die Königin Angelica

Es war einmal ein König, der hatte drei Söhne. Dieser König war blind, und er ließ sich von allen Ärzten untersuchen, die in sein Land kamen, aber niemand hatte es bisher verstanden, ihn zu heilen. Eines Tages sagte so ein Arzt: »Es gibt in diesem Falle kein anderes Heilmittel als das Wasser der Königin Angelica; wenn man es finden könnte, würde der König sicherlich gesund werden.«

»Das werde ich holen gehen«, sagte der älteste Sohn. In der Tat erbittet er sich von seinem Vater den Segen, nimmt sich Geld mit und einen Diener und zieht los. Er geht und geht und sucht und fragt nach dem Wasser der Königin Angelica, aber niemand konnte ihm sagen, wo er es finden könne. »Aber ich muß es doch finden«, sagte er bei sich, und er schickte den Diener zurück, um zu Hause sagen zu lassen, wenn er nach einem Jahr und drei Tagen nicht zurückgekehrt wäre, dann könnten sie damit rechnen, daß er tot sei. Und er verfolgte seinen Weg und kam in einen Wald; es war Nacht, und es regnete stark. Er bleibt stehen, schaut um sich, und da scheint es ihm, als ob in der Ferne zwischen den Bäumen ein Lichtlein brenne. So läuft er in diese Richtung, und wirklich findet er ein Haus, und müde wie er war, tritt er ein, um ein bißchen Schutz zu finden.

In diesem Haus wohnten drei schöne Mädchen, und als sie diesen Herrn so durchnäßt sahen, da kamen sie ihm mit großer Freundlichkeit entgegen, sahen zu, daß er sich neben dem Feuer trocknen konnte, und gaben ihm etwas zur Stärkung. Als er sich erholt hatte, erzählte er den Mädchen seine Geschichte und wie es kam, daß er sich in dieser Gegend befand. Die Mädchen hörten ihm zu, aber als er sagte, daß er morgen schon in der Frühe seinen Weg fortsetzen wollte, da taten und baten sie so lange, daß er zu bleiben versprach. Und so blieb er dort und verliebte sich, und an den blinden Vater und an die Königin Angelica dachte er nicht mehr.

Das Jahr und die drei Tage waren dann bald vergangen; zu Hause sah man ihn nicht zurückkehren, und so glaubten sie, er sei gestorben. »Na schön, jetzt will ich es probieren«, sagte der zweite Bruder, und auch er bittet um den Segen des Vaters, nimmt sich Geld und einen Diener und zieht los. Aber das Wasser der Königin Angelica fand auch er nicht. Er schickt den Diener nach Hause zurück, um zu sagen, wenn sie ihn innerhalb von einem Jahr und drei Tagen nicht kommen sähen, sollten sie ebenfalls denken, daß er gestorben sei. Und er setzt seinen Weg fort, und auch er kommt in den Wald, sieht das Lichtlein, geht in das Haus, und man kann sich seine Freude vorstellen, wie er den totgeglaubten Bruder vor sich sieht. Und die Mädchen bemühten sich um ihn: er solle doch bleiben, und auch der Bruder machte so lange, bis er dort blieb, und er blieb so lange, daß auch er sich verliebte und nicht mehr an den blinden Vater noch an die Königin Angelica dachte.

Als ein Jahr und drei Tage vergangen waren und sie daheim auch ihn nicht zurückkehren sahen, da sagte der letzte Bruder: »Jetzt bin ich dran«, und er zog los wie die anderen beiden und kam zu dem Haus der drei Mädchen. Diese taten mit Unterstützung der beiden älteren Brüder alles, um ihn dazubehalten, aber da war nichts zu machen. »Ich will fort, ich will fort, und ich will das Wasser der Königin Angelica

46

finden.« So macht er sich wieder auf die Reise; es war ein Hundewetter, es regnete in Strömen, und in den Wäldern konnte man sich nirgendwo unterstellen. Endlich entdeckt er ein Haus und findet da drinnen eine Frau, die ihm Unterschlupf gewährt, aber dann sagt sie: »Hör mal zu, dies ist das Haus des Ogers, und ich bin seine Frau; verstecke dich, denn wenn er kommt und dich hier findet, dann frißt er dich.« Und sie versteckt ihn. Jetzt, nach kurzer Zeit, kommt der Oger nach Hause und schnuppert und schnuppert: »Hier stinkt's nach Menschenfleisch!«, sagt er zu seiner Frau. Die Frau leugnete zuerst, aber nach einiger Zeit erzählte sie dem Oger alles und sagte ihm, der junge Mann habe ihr Geld gegeben, und sie bat ihn so lange, er solle ihm nichts Böses tun, bis der Oger versprach, brav zu sein.

Jetzt kam der junge Mann aus dem Versteck und erzählte dem Oger die ganze Geschichte seiner Reise.

»Du gefällst mir«, sagte der Oger, »und ich will dir helfen. Siehst du den Berg dort? Dort oben steht ein Palast, und in dem Palast wohnt die Königin Angelica. Du wirst am Eingang zwei Löwen und zwei Tiger finden. Hier hast du vier Brote, vier Stücke Fleisch und vier Stücke Papier. Das alles gibst du den Löwen und den Tigern, und dann schlafen sie ein. Im Palast findest du die Königin Angelica schlafend auf einem Bett. Du nimmst dir einen Schlüssel, der unter ihrem Kopfkissen liegt; damit öffnest du den Schrank, den du in dem Zimmer siehst, und dort findest du das Wasser, das du suchst. Du nimmst es dir, rennst weg und kommst wieder hier vorbei.«

So zog er los und machte alles ganz so, wie es ihm der Oger gesagt hatte. Er fand die Königin Angelica schlafend; sie war von sieben Schleiern bedeckt. Aus Neugierde hob er diese

Schleier, und er fand die Königin so schön, aber wirklich so schön, daß er sich nicht zurückhalten konnte und ihr einen Kuß gab. Dann nahm er sich einen Schleier und steckte ihn in die Tasche. Als er sich umdrehte, sah er am Boden zwei goldene Pantöffelchen; er nahm eines und steckte es ebenfalls zu sich. Dann fand er den Schlüssel, öffnete den Schrank, nahm die Flasche mit dem Wasser und rannte weg. Und er kehrte zu dem Oger zurück.

Der Oger nahm die Flasche mit dem Wasser und nähte sie ihm in die Kleider, damit sie niemand finden sollte, und sagte zu ihm: »Paß gut auf, diese Flasche darfst du erst dann herausholen, wenn du im Zimmer deines Vaters bist. Hier hast du eine ähnliche Flasche; die kannst du den anderen an Stelle der richtigen vorzeigen. Haben wir uns verstanden?« Der junge Mann dankte dem Oger, machte ihm ein schönes Geldgeschenk, verabschiedete sich und lief in Richtung Heimat.

Jetzt kommt er in eine Stadt, hört eine Totenglocke läuten und fragt nach, und man sagt ihm, daß zwei Übeltäter dem Tod entgegengehen. Er geht hin, um das zu sehen, und sieht … er sieht, daß es eben seine Brüder waren! Er gab sich zu erkennen, und da er ein Königssohn war, gelang es ihm, die Hinrichtung aufschieben zu lassen. Er hörte von ihnen, die drei Mädchen seien drei Hexen gewesen, und die hätten seine Brüder zum Schurkenleben von Dieben und Mördern verführt, und sie hatten ganz viele Schandtaten begangen, bis sie schließlich gefangen und zum Tode verurteilt worden seien. Da gab sich nun der brave Junge die größte Mühe, sie freizubekommen, und mit Hilfe von Bitten und von Geld schaffte er es schließlich, daß man sie freiließ. Er nahm sie dann mit sich, kleidete sie neu ein und erzählte ihnen die ganze Geschichte mit dem Oger und mit der Königin Angelica und schlug ihnen vor, sie sollten alle zusammen zu ihrem Vater zurückkehren. Die beiden anderen, die eben böse Gemüter hatten, waren eifersüchtig auf ihn, weil er vor dem Vater doch besser dastehen würde, und sie beschlossen, ihn umzubringen.

Nun zogen alle drei los, und als sie unterwegs waren, fingen die beiden bösen Brüder an, den dritten zu mißhandeln, und mit ihren Drohungen brachten sie ihn so weit, daß er ihnen die Flasche mit dem Wasser überließ. Der Jüngste gab ihnen also die Flasche ab und trennte sich von ihnen in der Stadt, in der sie gerade waren. Als sie zum Vater kamen, zeigten sie ihm die Flasche und erzählten alles umgekehrt, so wie wenn sie die Flasche gefunden hätten, und vom Bruder sagten sie alles Böse, so wie wenn er das alles gemacht hätte, was sie getan hatten. Der Vater segnete sie, und was den anderen Bruder anbetraf, so gab er den Befehl, man sollte ihn, sobald er sich an den Toren der Stadt zeigen würde, packen und in ein Gefängnis werfen, das voller Wasser und so feucht und stinkend war, daß man darin nach 24 Stunden starb.

In der Tat kam nach wenigen Tagen der dritte Bruder zurück, und er wurde sofort in das Gefängnis eingesperrt. Aber durch die Zauberkraft des Pantöffelchens, des Schleiers und des Wassers, das er bei sich trug, war das Gefängnis gar nicht feucht und auch nicht verpestet; für ihn stand immer etwas zu essen bereit, und es fehlte ihm an nichts. Inzwischen hatte der König das Wasser probiert, das ihm die anderen beiden Söhne gebracht hatten, aber es tat keinerlei Wirkung auf ihn. Nun wollte er auf den Thron verzichten und die beiden Söhne krönen lassen – da erschien plötzlich die Königin Angelica. Der Zauber, der sie so im Schlaf gehalten hatte, war gebrochen, sie war mit vielen Soldaten losmarschiert, und jetzt näherte sie sich mit Kanonendonner der Stadt dieses Königs. Der König schickte einen Gesandten zu ihr und ließ fragen, was sie wolle, und er lasse sie bitten, zum Palast zu kommen.

Als sie den Palast betreten hatte, fragte die Königin Angelica den König: »Wie viele Söhne habt Ihr?«

»Zwei«, erwiderte der König.

»Nicht mehr?«

»Ich hatte noch einen dritten, aber der muß jetzt tot sein«; und hier erzählte er die Geschichte dieses Sohns und redete über ihn alles Böse, während er die ersten beiden als sehr liebe Jungen hinstellte. Die Königin forderte, man solle nachsehen, ob der andere noch am Leben sei; der König sagte, es sei unmöglich, daß er noch lebe, aber um ihr zu Gefallen zu sein, ließ er doch nachsehen, und man fand ihn wirklich lebend und frisch wie eine Rose. Sie brachten ihn zu der Königin, die ihn sehen wollte, und die sagte zu ihm: »Kennst du mich?«

»Aber ja kenne ich Sie.«

»Und wer bin ich?«

»Die Königin Angelica.«

»Bist du in meinem Zimmer gewesen?«

»Ja, gnädige Frau.«

»Und du hast mir einen Schleier weggenommen?«

»Ja, gnädige Frau.«

»Na seht Ihr«, sagten die Brüder, »er ist wirklich ein Dieb.«

»Und das Pantöffelchen?«, fragte die Königin.

»Ich habe auch das Pantöffelchen mitgenommen«, antwortete er, und die Brüder nannten ihn abermals einen Dieb.

»Und mir hast du nichts getan?«

»Ich habe Euch einen Kuß gegeben.« Man sah an der Königin wirklich noch Spuren dieses Kusses. Zuletzt fragte sie ihn auch nach dem Wasser. »Das Wasser habe ich noch bei mir«, und damit zog er den Schleier und das Pantöffelchen heraus, und dann trennte er sich die Kleidung auf und brachte das Fläschchen mit dem Wasser hervor. Die Königin öffnete gleich das Fläschchen, wusch mit dem Wasser die Augen des Königs, und im Nu konnte der König wieder sehen.

Die beiden bösen Brüder wußten nicht, wo sie hinlaufen und sich verstecken sollten. Der Jüngste erzählte nun, wie das alles zugegangen war, und da war der Vater ganz bestürzt und wußte nicht, wie er die beiden Schurken so bestrafen sollte, wie sie es verdient hatten. »Wenn es Ihnen recht ist«, sagte die Königin, »dann werde ich die Strafe erledigen«, und der König sagte, ja, das solle sie nur tun. Da schrie die Königin: »Tiger, komm her, zerreiße den da! Und du, Löwe, zerreiße den anderen!« Da erschien ein Tiger und ein Löwe, und die beiden Kerle wurden zerfleischt. Dann krönte der König seinen Sohn, und der heiratete die Königin Angelica, und sie lebten glücklich und zufrieden, und so hört das Märchen auf.

DER WUNDERSCHIMMEL

In einer kleinen Stadt wohnte vor Zeiten ein armer Mann. Die Arbeit ging ihm aus, und er geriet dadurch in das äußerste Elend. Eines Tages ging er in einen nahe gelegenen Wald und wollte sich beim Förster erkundigen, ob ihn der nicht als Holzfäller bräuchen könne. Doch er bekam eine abschlägige Antwort und wollte eben trostlos heimkehren, als ihm ein Jäger begegnete, der ganz grün gekleidet war, und fragte, warum er so traurig sei. Da klagte ihm der Mann seine Not. Der Jäger erwiderte: »Wenn du mir gestattest, das in neun Jahren zu holen, was du heute zu Hause finden wirst, so gebe ich dir ein Säckchen voll Goldstücke.« Der Mann ging den Handel ein und mußte auch sein Versprechen schriftlich geben, wofür er die Goldstücke erhielt. In der Stadt angekommen, hörte er, sein Weib habe einen Sohn bekommen, und nun erst begriff er, was er getan hatte.

Die neun Jahre vergingen, und der kleine Ferdinand war zu einem schönen Knaben herangewachsen. Da kam der grüne Jäger und nahm ihn mit sich fort, ohne den Eltern zu sagen, wohin er ihn führen wolle. Darüber gerieten sie in große Angst.

Der Jäger brachte den Knaben in ein fremdes Land, wo er einen Palast hatte, den ein schöner Garten umgab. Sobald sie dort angelangt waren, zeigte er Ferdinand alle schönen Sachen in Schloß und Garten und sagte zu ihm: »Überall darfst du hingehen, nur nicht an den Teich, der dort vom Gesträuch umgeben ist.« Der Knabe merkte sich die ihm bezeichnete Stelle recht gut. Einige Tage darauf verließ ihn sein Pfleger, indem er vorgab zu verreisen. Dem Jungen ging nichts ab, da die Dienstleute für ihn sorgten. Er ging durch Schloß und Garten, bis er einmal zufälligerweise in die Nähe des bezeichneten Teichs kam. Von Neugierde geplagt, schlüpfte er durchs Gebüsch und bemerkte in dem vor ihm liegenden Wasser viele tausend Goldfische. Er wollte einen von diesen fangen, aber kaum hatte der eine Finger das Was-

52

ser berührt, so war er ganz vergoldet. Er versuchte, das Gold herunterzukratzen, doch alles war vergebens. Da umwickelte er den vergoldeten Finger mit einem Tuch. So lief er zurück und begegnete seinem Pflegevater, der sogleich den verbundenen Finger bemerkte. Er riß die Hülle weg, peitschte Ferdinand zur Strafe für sein Vergehen und klopfte mit einem kleinen Hammer auf den Finger, worauf sich das Gold loslöste.

Nach einiger Zeit verreiste der grüne Jäger wieder und verbot dem Knaben, das letzte Zimmer im Schloß zu betreten. Kaum war er einige Zeit fort, so ging Ferdinand neugierig hinein. Hier traf er einen Mann, den er als seinen Großvater erkannte und der ihm eine Bürste, einen Kamm und einen gläsernen Krug mit den Worten gab: »Nimm diese drei Dinge mit, sie werden dir einst, wenn du in Not bist, von Nutzen sein.« Ferner sagte er ihm: »Geh in den Stall, dort wirst du einen fleckenlosen Schimmel sehen; zu dem sage: ›Schimmel, mit uns ist's aus‹, und darauf wird er dir antworten.«

Ferdinand tat, wie ihm anbefohlen war. Als er zu dem Pferd jene Worte sprach, erwiderte es: »Setz dich auf!« Ferdinand schwang sich auf dessen Rücken, und pfeilschnell setzte das Roß über die Gartenmauer und eilte mit ihm fort. In ununterbrochenem Lauf trug das Tier seinen Reiter, und als dieser schon mehrere Stunden lang über Berg und Tal geritten war, sagte der Schimmel zu ihm: »Schau dich um, ob er uns schon erreicht hat.« Ferdinand sah sich um und gewahrte den ihnen nacheilenden grünen Jäger. Das sagte er dem Pferd, welches erwiderte: »Wirf deine Bürste weg!« Er tat es, und sogleich erhob sich hinter ihnen ein dichter Wald, der dem Verfolger den ebenen Weg versperrte.

53

Wiederum trug das Roß seinen Reiter einige Stunden im schnellsten Lauf fort und ermahnte ihn dann abermals, sich umzudrehen. Da gewahrte er wieder von weitem den Nachsetzenden. Das Pferd forderte ihn nun auf, den Kamm wegzuwerfen. Nachdem er dies getan hatte, entstand hinter ihnen ein großer Teich, und der Verfolger mußte sich erst um ein Fahrzeug umsehen, während Ferdinand auf seinem braven Schimmel schnell fortritt.

Nach einer Weile mußte er sich zum drittenmal umsehen und jetzt, da der grüne Jäger schon sehr nahe war, den gläsernen Krug wegwerfen, worauf ein gläserner Berg entstand, über welchen der Verfolger nicht mehr gelangen konnte.

Gegen Abend kamen sie in einem Dorf an, in dessen Nähe sich das Lustschloß des Königs befand. Als Ferdinand abstieg, sagte sein Pferd zu ihm: »Du bist nun einen Tag geritten und hast während dieser Zeit zehn Jahre deines Lebens zurückgelegt.«

Ferdinand stellte das Roß in einen Stall. Es gab ihm dann Geld und ein Kleid, auf welchem silberne Sterne gestickt waren, und sprach zu ihm: »Verdinge dich bei dem Gärtner jenes Schlosses, aber unter dem Vorbehalt, daß du nur des Nachts zu arbeiten brauchst.« Das tat Ferdinand auch. Man nahm ihn auf, und sobald es dunkel wurde, zog er sein Sterngewand an und arbeitete mit leichter Mühe. Alles, was er pflanzte, gedieh am besten, und er wurde darum auch öfter von seinem Herrn gelobt. Am Tage fand er sich in der Schenke ein, um das treue Tier zu sehen und mit ihm zu sprechen. Abends kehrte er ins Schloß zurück, um seinem Geschäft nachzugehen, bei dessen Verrichtung er gewöhnlich muntere Lieder sang. Die Königstochter hörte ihm immer zu, und der schöne Jüngling machte ihr großen Eindruck. Eines Tages geschah es, daß alle Ärzte des Landes zusammenberufen wurden, da der König schwer erkrankt war. Keiner von ihnen kannte ein Heilmittel für den König, da erklärte endlich ein alter Mann, durch den Genuß von Wolfs-, Bären- und Hirschenmilch könne der Kranke genesen. Der alte Mann war am andern Tag verschwunden, ohne die Arznei zu bringen, und der König schickte seine Jäger aus, diese Milcharten zu suchen. Aber alle kehrten unverrichteter Sache zurück. Da versprach der König, demjenigen seine Tochter zu geben, der ihm das Verlangte bringe. Ferdinand und zwei andere Gärtnerburschen beschlossen auszuziehen, um die drei Milcharten zu bringen.

Ferdinand besprach sich mit seinem Schimmel darüber; dieser trug ihn in den Wald, wo sich sogleich eine Wölfin einstellte und sich von ihm melken ließ. Auf dem Heimweg begegneten ihm seine beiden Dienstgenossen, welche trostlos waren, da sie ihren Weg umsonst gemacht hatten; sie baten, er möchte ihnen einen Teil seiner Milch geben. Anfangs weigerte er sich und sah fragend seinen Schimmel an. Da dieser aber bejahend mit dem Kopf nickte, so gab er jedem ein Drittel. Des andern Morgens zogen die drei Burschen abermals aus, und Ferdinand erlangte wieder die Bärenmilch, die er auch mit ihnen teilte. Dasselbe geschah am dritten Morgen mit der Hirschenmilch.

Nun gerieten sie aber in Streit, wer von ihnen dem König die Arznei bringen solle. Ferdinand, dem der Schimmel geraten hatte, sagte: »Wir wollen losen.« Dabei fiel ihm das kleinste Los zu, und er war demnach der letzte.

Er murrte zwar darüber, allein sein Pferd tröstete ihn und

55

sprach: »Der erste Überbringer der drei Milcharten wird den König sowenig heilen wie der zweite.« So geschah es auch; die beiden Gärtnerburschen wurden, da sich der Gesundheitszustand des Königs auf ihren Trank hin nicht besserte, nacheinander ins Gefängnis geworfen. Da übergab Ferdinand sein Milchgemisch, und der König wurde in kurzer Zeit gesund. Nun wollte aber dieser sein Versprechen nicht halten und Ferdinand mit Geld abspeisen, das nahm der aber nicht an. Als endlich die Prinzessin ihren Vater selbst bestürmte, gab dieser nach, und Ferdinand heiratete sie. Die Festlichkeit dauerte vier Tage. Danach besuchte der Bräutigam seinen Schimmel; da bat ihn dieser, ihm den Kopf abzuhauen, was Ferdinand nicht tun wollte. Endlich ließ er sich von dem Tier doch überreden und schlug ihm mit seinem Schwert den Kopf ab. Der Schimmel fiel zusammen, und aus seinem Rumpf flog eine weiße Taube und war in wenigen Augenblicken verschwunden.

Alsdann ließ Ferdinand seine Eltern zu sich kommen. Nach dem Tod seines Schwiegervaters wurde er König und regierte lange in Glück und Frieden.

DER KÖNIGSSOHN, DER SICH VOR NICHTS FÜRCHTET

Es war einmal ein Königssohn, dem gefiel's nicht mehr daheim in seines Vaters Haus, und weil er vor nichts Furcht hatte, so dachte er: »Ich will in die weite Welt gehen, da wird mir Zeit und Weile nicht lang, und ich werde wunderliche Dinge genug sehen.« Also nahm er von seinen Eltern Abschied und ging fort, immer zu, von Morgen bis Abend, und es war ihm einerlei, wohinaus ihn der Weg führte.

Es trug sich zu, daß er vor eines Riesen Haus kam, und weil er müde war, setzte er sich vor die Türe und ruhte. Und als er seine Augen so hin und her gehen ließ, sah er auf dem Hof des Riesen Spielwerk liegen: das waren ein paar mächtige Kugeln und Kegel, so groß als ein Mensch. Über ein Weilchen bekam er Lust, stellte die Kegel auf und schob mit den Kugeln danach, schrie und rief, wenn die Kegel fielen, und war guter Dinge. Der Riese hörte den Lärm, streckte seinen Kopf zum Fenster heraus und erblickte einen Menschen, der nicht größer war als andere und doch mit seinen Kegeln spielte. »Würmchen«, rief er, »was kegelst du mit meinen Kegeln? Wer hat dir die Stärke dazu gegeben?« Der Königssohn schaute auf, sah den Riesen an und sprach: »O du Klotz, du meinst wohl, du hättest allein starke Arme? Ich kann alles, wozu ich Lust habe.« Der Riese kam herab, sah dem Kegeln ganz verwunden zu und sprach: »Menschenkind, wenn du der Art bist, so geh und hol mir einen Apfel vom Baum des Lebens.«

»Was willst du damit?« sprach der Königssohn. »Ich will

den Apfel nicht für mich«, antwortete der Riese, »aber ich habe eine Braut, die verlangt danach; ich bin weit in der Welt umhergegangen und kann den Baum nicht finden.«

»Ich will ihn schon finden«, sagte der Königssohn, »und ich weiß nicht, was mich abhalten soll, den Apfel herunterzuholen.« Der Riese sprach: »Du meinst wohl, das wäre so leicht? Der Garten, worin der Baum steht, ist von einem eisernen Gitter umgeben, und vor dem Gitter liegen wilde Tiere, eins neben dem andern, die halten Wache und lassen keinen Menschen hinein.«

»Mich werden sie schon einlassen«, sagte der Königssohn. »Ja, gelangst du auch in den Garten und siehst den Apfel am Baum hängen, so ist er doch noch nicht dein: es hängt ein Ring davor, durch den muß einer die Hand stecken, wenn er den Apfel erreichen und abbrechen will, und das ist noch keinem geglückt.«

»Mir soll's schon glücken«, sprach der Königssohn.

Da nahm er Abschied von dem Riesen, ging fort über Berg und Tal, durch Felder und Wälder, bis er endlich den Wundergarten fand. Die Tiere lagen ringsherum, aber sie hatten die Köpfe gesenkt und schliefen. Sie erwachten auch nicht, als er herankam, sondern er trat über sie weg, stieg über das Gitter und kam glücklich in den Garten. Da stand mitteninne der Baum des Lebens, und die roten Äpfel leuchteten an den Ästen. Er kletterte an dem Stamm in die Höhe, und wie er nach einem Apfel langen wollte, sah er einen Ring davorhängen, aber er steckte seine Hand ohne Mühe hindurch und brach den Apfel. Der Ring schloß sich fest an seinen Arm, und er fühlte, wie auf einmal eine gewaltige Kraft durch seine Adern drang.

Als er mit dem Apfel von dem Baum wieder herabgestiegen war, wollte er nicht über das Gitter klettern, sondern faßte das große Tor und brauchte nur einmal daran zu schütteln, so sprang es mit Krachen auf. Da ging er hinaus, und der Löwe, der davorgelegen hatte, war wach geworden und sprang ihm nach, aber nicht in Wut und Wildheit, sondern er folgte ihm demütig als seinem Herrn. Der Königssohn brachte dem Riesen den versprochenen Apfel und sprach: »Siehst du, ich habe ihn ohne Mühe geholt.«

Der Riese war froh, daß sein Wunsch so bald erfüllt war, eilte zu seiner Braut und gab ihr den Apfel, den sie verlangt hatte. Es war eine schöne und kluge Jungfrau, und da sie den Ring nicht an seinem Arm sah, sprach sie: »Ich glaube nicht eher, daß du den Apfel geholt hast, als bis ich den Ring an deinem Arm erblicke.« Der Riese sagte: »Ich brauche nur heimzugehen und ihn zu holen« und meinte, es wäre ein leichtes, dem schwachen Menschen mit Gewalt wegzunehmen, was er nicht gutwillig geben wollte. Er forderte also den Ring von ihm, aber der Königssohn weigerte sich. »Wo der Apfel ist, muß auch der Ring sein«, sprach der Riese, »gibst du ihn nicht gutwillig, so mußt du mit mir darum kämpfen.« Sie rangen lange Zeit miteinander, aber der Riese konnte dem Königssohn, den die Zauberkraft des Ringes stärkte, nichts anhaben. Da sann der Riese auf eine List und sprach: »Mir ist warm geworden bei dem Kampf, und dir auch, wir wollen im Flusse baden und uns abkühlen, eh wir wieder anfangen.«

Der Königssohn, der von Falschheit nichts wußte, ging mit ihm zu dem Wasser, streifte mit seinen Kleidern auch den Ring vom Arm und sprang in den Fluß. Alsbald griff der Riese nach dem Ring und lief damit fort, aber der Löwe, der den

Diebstahl bemerkt hatte, setzte dem Riesen nach, riß den Ring ihm aus der Hand und brachte ihn seinem Herrn zurück. Da stellte sich der Riese hinter einen Eichbaum, und als der Königssohn beschäftigt war, seine Kleider wieder anzuziehen, überfiel er ihn und stach ihm beide Augen aus. Nun stand da der arme Königssohn, war blind und wußte sich nicht zu helfen. Da kam der Riese wieder herbei, faßte ihn bei der Hand, wie jemand, der ihn leiten wollte, und führte ihn auf die Spitze eines hohen Felsens. Dann ließ er ihn stehen und dachte: »Noch ein paar Schritte weiter, so stürzt er sich tot, und ich kann ihm den Ring abziehen.«

Aber der treue Löwe hatte seinen Herrn nicht verlassen, hielt ihn am Kleide fest und zog ihn allmählich wieder zurück. Als der Riese kam und den Toten berauben wollte, sah er, daß seine List vergeblich gewesen war. »Ist denn ein so schwaches Menschenkind nicht zu verderben!« sprach er zornig zu sich selbst, faßte den Königssohn und führte ihn auf einem andern Weg nochmals zu dem Abgrund; aber der Löwe, der die böse Absicht merkte, half seinem Herrn auch hier aus der Gefahr. Als sie nahe zum Rand gekommen waren, ließ der Riese die Hand des Blinden fahren und wollte ihn allein zurücklassen, aber der Löwe stieß den Riesen, daß er hinabstürzte und zerschmettert auf den Boden fiel. Das treue Tier zog seinen Herrn wieder von dem Abgrund zurück und leitete ihn zu einem Baum, an dem ein klarer Bach floß. Der Königssohn setzte sich da nieder, der Löwe aber legte sich und spritzte mit seiner Tatze ihm das Wasser ins Antlitz. Kaum hatten ein paar Tröpfchen die Augenhöhlen benetzt, so konnte er wieder etwas sehen und bemerkte ein Vöglein, das flog ganz nah vorbei, stieß sich aber an einen Baumstamm;

hierauf ließ es sich in das Wasser herab und badete sich darin, dann flog es auf, strich, ohne anzustoßen, zwischen den Bäumen hin, als hätte es sein Gesicht wiederbekommen.

Da erkannte der Königssohn den Wink Gottes, neigte sich herab zu dem Wasser und wusch und badete sich darin das Gesicht. Und als er sich aufrichtete, hatte er seine Augen wieder so hell und rein, wie sie nie gewesen waren. Der Königssohn dankte Gott für die große Gnade und zog mit seinem Löwen weiter in der Welt herum.

Nun trug es sich zu, daß er vor ein Schloß kam, welches verwünscht war. In dem Tor stand eine Jungfrau von schöner Gestalt und feinem Antlitz, aber sie war ganz schwarz. Sie redete ihn an und sprach: »Ach, könntest du mich erlösen aus dem bösen Zauber, der über mich geworfen ist.«

»Was soll ich tun?« sprach der Königssohn. Die Jungfrau antwortete: »Drei Nächte mußt du in dem großen Saal des verwünschten Schlosses zubringen, aber es darf keine Furcht in dein Herz kommen. Wenn sie dich auf das ärgste quälen und du hältst es aus, ohne einen Laut von dir zu geben, so bin ich erlöst; das Leben dürfen sie dir nicht nehmen.«

Da sprach der Königssohn: »Ich fürchte mich nicht, ich will's mit Gottes Hülfe versuchen.« Also ging er fröhlich in das Schloß, und als es dunkel ward, setzte er sich in den großen Saal und wartete. Es war aber still bis Mitternacht, da fing plötzlich ein großer Lärm an, und aus allen Ecken und Winkeln kamen kleine Teufel herbei. Sie taten, als ob sie ihn nicht sähen, setzten sich mitten in die Stube, machten ein Feuer an und fingen an zu spielen. Wenn einer verlor, sprach er: »Es ist nicht richtig, es ist einer da, der nicht zu uns gehört, der ist schuld, daß ich verliere.«

61

»Wart, ich komme, du hinter dem Ofen«, sagte ein anderer. Das Schreien ward immer größer, so daß es niemand ohne Schrecken hätte anhören können. Der Königssohn blieb ganz ruhig sitzen und hatte keine Furcht; doch endlich sprangen die Teufel von der Erde auf und fielen über ihn her, und es waren so viele, daß er sich ihrer nicht erwehren konnte. Sie zerrten ihn auf dem Boden herum, zwickten, stachen, schlugen und quälten ihn, aber er gab keinen Laut von sich. Gegen Morgen verschwanden sie, und er war so abgemattet, daß er kaum seine Glieder regen konnte; als aber der Tag anbrach, da trat die schwarze Jungfrau zu ihm herein. Sie trug in ihrer Hand eine kleine Flasche, worin Wasser des Lebens war, damit wusch sie ihn, und alsbald fühlte er, wie alle Schmerzen verschwanden und frische Kraft in seine Adern drang. Sie sprach: »Eine Nacht hast du glücklich ausgehalten, aber noch zwei stehen dir bevor.« Da ging sie wieder weg, und im Weggehen bemerkte er, daß ihre Füße weiß geworden waren.

In der folgenden Nacht kamen die Teufel und fingen ihr Spiel aufs neue an: sie fielen über den Königssohn her und schlugen ihn viel härter als in der vorigen Nacht, daß sein Leib voll Wunden war. Doch da er alles still ertrug, mußten sie von ihm lassen, und als die Morgenröte anbrach, erschien die Jungfrau und heilte ihn mit dem Lebenswasser. Und als sie wegging, sah er mit Freuden, daß sie schon weiß geworden war bis zu den Fingerspitzen. Nun hatte er nur noch eine Nacht auszuhalten, aber die war die schlimmste. Der Teufelsspuk kam wieder: »Bist du noch da?« schrien sie. »Du sollst gepeinigt werden, daß dir der Atem stehenbleibt.« Sie stachen und schlugen ihn, warfen ihn hin und her und zogen ihn an

Armen und Beinen, als wollten sie ihn zerreißen; aber er duldete alles und gab keinen Laut von sich.

Endlich verschwanden die Teufel, aber er lag da ohnmächtig und regte sich nicht: er konnte auch nicht die Augen aufheben, um die Jungfrau zu sehen, die hereinkam und ihn mit dem Wasser des Lebens benetzte und begoß. Aber auf einmal war er von allen Schmerzen befreit und fühlte sich frisch und gesund, als wäre er aus einem Schlaf erwacht, und wie er die Augen aufschlug, so sah er die Jungfrau neben sich stehen, die war schneeweiß und schön wie der helle Tag. »Steh auf«, sprach sie, »und schwing dein Schwert dreimal über die Treppe, so ist alles erlöst.« Und als er das getan hatte, da war das ganze Schloß vom Zauber befreit, und die Jungfrau war eine reiche Königstochter. Die Diener kamen und sagten, im großen Saale wäre die Tafel schon zubereitet und die Speisen aufgetragen. Da setzten sie sich nieder, aßen und tranken zusammen, und abends ward in großen Freuden die Hochzeit gefeiert.

DIE KRÄHEN

Es hatte ein rechtschaffener Soldat etwas Geld verdient und zusammengespart, weil er fleißig war und es nicht, wie die andern, in den Wirtshäusern durchbrachte. Nun waren zwei von seinen Kameraden, die hatten eigentlich ein falsches Herz und wollten ihn um sein Geld bringen, sie stellten sich aber äußerlich ganz freundlich an. Auf eine Zeit sprachen

63

sie zu ihm: »Hör, was sollen wir hier in der Stadt liegen, wir sind ja eingeschlossen darin, als wären wir Gefangene, und gar einer wie du, der könnte sich daheim was Ordentliches verdienen und vergnügt leben.« Mit solchen Reden setzten sie ihm auch so lange zu, bis er endlich einwilligte und mit ihnen ausreißen wollte; die zwei andern hatten aber nichts anders im Sinn, als ihm draußen sein Geld abzunehmen. Wie sie nun ein Stück Wegs fortgegangen waren, sagten die zwei: »Wir müssen uns da rechts einschlagen, wenn wir an die Grenze kommen wollen.«

»Nein«, antwortete er, »da geht's gerade wieder in die Stadt zurück, links müssen wir uns halten.«

»Was, du willst dich mausig machen?« riefen die zwei, drangen auf ihn ein, schlugen ihn, bis er niederfiel, und nahmen ihm sein Geld aus den Taschen; das war aber noch nicht genug, sie stachen ihm die Augen aus, schleppten ihn zum Galgen und banden ihn daran fest. Da ließen sie ihn und gingen mit dem gestohlenen Geld in die Stadt zurück.

Der arme Blinde wußte nicht, an welchem schlechten Ort er war, fühlte um sich und merkte, daß er unter einem Balken Holz saß. Da meinte er, es wäre ein Kreuz, sprach: »Es ist doch gut von ihnen, daß sie mich wenigstens unter ein Kreuz gebunden haben, Gott ist bei mir« und fing an, recht zu Gott zu beten. Wie es ungefähr Nacht werden mochte, hörte er etwas flattern; das waren aber drei Krähen, die ließen sich auf dem Balken nieder. Danach hörte er, wie eine sprach: »Schwester, was bringt Ihr Gutes? Ja, wenn die Menschen wüßten, was wir wissen! Die Königstochter ist krank, und der alte König hat sie demjenigen versprochen, der sie heilt; das kann aber keiner, denn sie wird nur gesund, wenn die Kröte in dem Teich dort zu Asche verbrannt wird und sie die Asche mit Wasser trinkt.« Da sprach die zweite: »Ja, wenn die Menschen wüßten, was wir wissen! Heute nacht fällt ein Tau vom Himmel, so wunderbar und heilsam, wer blind ist und bestreicht seine Augen damit, der erhält sein Gesicht wieder.« Da sprach auch die dritte: »Ja, wenn die Menschen wüßten, was wir wissen! Die Kröte hilft nur einem, und der Tau hilft nur wenigen, aber in der Stadt ist große Not, da sind alle Brunnen vertrocknet, und niemand weiß, daß der große viereckige Stein auf dem Markt muß weggenommen und darunter gegraben werden, dort quillt das schönste Wasser.«

Wie die drei Krähen das gesagt hatten, hörte er es wieder flattern, und sie flogen da fort. Er machte sich allmählich von seinen Banden los, und dann bückte er sich und brach ein paar Gräserchen ab und bestrich seine Augen mit dem Tau, der darauf gefallen war. Alsbald ward er wieder sehend und waren Mond und Sterne am Himmel und sah er, daß er neben dem Galgen stand. Danach suchte er Scherben und sammelte von dem köstlichen Tau, soviel er zusammenbringen konnte, und wie das geschehen war, ging er zum Teich, grub das Wasser davon ab, holte die Kröte heraus und verbrannte sie zu Asche. Mit der Asche ging er an des Königs Hof und ließ die Königstochter davon einnehmen, und als sie gesund war, verlangte er sie, wie es versprochen war, zur Gemahlin. Dem König aber gefiel er nicht, weil er so schlechte Kleider anhatte, und er sprach, wer seine Tochter haben wollte, der müßte der Stadt erst Wasser verschaffen, und hoffte, ihn damit loszuwerden.

Er aber ging hin, hieß die Leute den viereckigen Stein auf dem Markt wegheben und darunter nach Wasser graben.

65

Kaum hatten sie angefangen zu graben, so kamen sie schon zu einer Quelle, aus der ein mächtiger Wasserstrahl hervorsprang. Der König konnte ihm nun seine Tochter nicht länger verweigern, er wurde mit ihr vermählt, und sie lebten in einer vergnügten Ehe.

Auf eine Zeit, als er durchs Feld spazierenging, begegneten ihm seine beiden ehemaligen Kameraden, die so treulos an ihm gehandelt hatten. Sie kannten ihn nicht, er aber erkannte sie gleich, ging auf sie zu und sprach: »Seht, das ist euer ehemaliger Kamerad, dem ihr so schändlich die Augen ausgestochen habt, aber der liebe Gott hat's mir zum Glück gedeihen lassen.« Da fielen sie ihm zu Füßen und baten um Gnade, und weil er ein gutes Herz hatte, erbarmte er sich ihrer und nahm sie mit sich, gab ihnen auch Nahrung und Kleider. Er erzählte ihnen danach, wie es ihm ergangen und wie er zu diesen Ehren gekommen wäre. Als die zwei das vernahmen, hatten sie keine Ruhe und wollten sich eine Nacht unter den Galgen setzen, ob sie vielleicht auch etwas Gutes hörten. Wie sie nun unter dem Galgen saßen, flatterte auch bald etwas über ihren Häuptern, und kamen die drei Krähen. Die eine sprach zur andern: »Hört, Schwestern, es muß uns jemand behorcht haben, denn die Königstochter ist gesund, die Kröte ist fort aus dem Teich, ein Blinder ist sehend geworden, und in der Stadt haben sie einen frischen Brunnen gegraben, kommt, laßt uns den Horcher suchen und ihn bestrafen.« Da flatterten sie herab und fanden die beiden, und eh sich die helfen konnten, saßen ihnen die Raben auf den Köpfen und hackten ihnen die Augen aus und hackten weiter so lange ins Gesicht, bis sie ganz tot waren. Da blieben sie liegen unter dem Galgen. Als sie nun ein paar Tage nicht wiederkamen, dachte ihr ehemaliger Kamerad: »Wo mögen die zwei herumirren?« und ging hinaus, sie zu suchen. Da fand er aber nichts mehr als ihre Gebeine, die trug er vom Galgen weg und legte sie in ein Grab.

SCHNEIDER HÄNSCHEN UND DIE WISSENDEN TIERE

Ein Schuhmacher und ein Schneider sind einmal miteinander auf die Wanderschaft gegangen. Der Schuster hatte Geld, der Schneider aber war ein armer Schwartenhans.

Beide hatten ein und dasselbe Mädchen lieb, welches Lieschen hieß, und jeder gedachte, es zu heiraten, wenn er sich ein gutes Stück Geld verdient habe und Meister geworden sei. Der Schuster, Peter genannt, war aller Tücke voll und hatte ein schwarzes Herz, das Schneiderlein war gutmütig und leichtfertig, und sein Name war Hänschen. Erst hatte Hänschen nicht mit dem Peter zusammen wandern wollen, weil es kein Geld hatte, aber Peter, der auf eitel Bosheit gegen das Schneiderlein sann, weil jenes Lieschen das Hänschen gern sah und nicht den Peter, sann auf des Schneiderleins Verderben und sprach: »Komm nur mit mir, ich habe Batzen, ich halte dich frei, auch wenn wir keine Arbeit bekommen. Alle Tage wollen wir uns dreimal tüchtig satt essen und satt trinken. Ist dir das nicht recht?«

»Von satt essen und satt trinken bin ich ja ein Freund!« antwortete Hänschen, und beide schnürten ihre Ränzel und traten ihre Wanderschaft an. Neun Tage lang gingen sie und fanden nirgends Arbeit, zumal Peter keine finden mochte, und wenn auch Hänschen Arbeit hätte haben können, diesen immer verlockte, sie nicht anzunehmen, sondern mit ihm zu wandern. Nun, nach den neun Tagen sprach Peter: »Hänschen, mein Geld nimmt ab, soll es noch eine Weile reichen, so dürfen wir von jetzt an des Tages nur zweimal essen und trinken.«

»O weh!« seufzte Hänschen: »Wird schon jetzt Schmalhans unser Wandergeselle? Wär ich doch nicht mit dir gegangen! Hungern konnt ich auch daheim! Dort hatt ich doch was Liebes, was mir den Hunger versüßt hätte!« Peter, der während des Weitermarsches stets die Speisen kaufte, aß sich heimlich dicksatt, denn er hatte Geld genug dazu, aber Hänschen gab er täglich nur zweimal und hatte seine Freude daran, wenn seinem Gefährten der Magen murrte und knurrte und sich nach dem Sprichwort die Betteljungen in Hänschens Leibe prügelten.

So gingen abermals neun Tage hin, und noch immer fand sich keine Arbeit, da sprach Peter: »Liebes Hänschen, mit meinem Gelde wird es bald Matthäi am Letzten sein – es langt wahrlich nimmer zu, zu vier Mahlzeiten täglich, zwei für dich, zwei für mich. Mein Geldbeutel hat die galoppierende Schwindsucht. Schau her, er ist so dünn wie ein Spulwurm. Wir können von jetzt an uns nur einmal täglich sättigen.«

»Ach, ach, Peterlein!« klagte Hänschen. »In welches Unglück hast du mich gebracht! Das halt ich ja nicht aus! Sieh mich doch nur an, ich bin ja schon so dünne und durchsichtig, daß ich schier kaum noch einen Schatten werfe. Wo soll denn das zuletzt hinaus?«

68

»Schnalle einen Schmachtriemen um!« lachte Peter. »Übe dich in der Tugend der Enthaltsamkeit. Tritt in einen Mäßigkeitsverein!«

»Hat sich was einzutreten«, jammerte das Schneiderlein: »Ich meint, wir wären schon mitten in der Mäßigkeit!« Was half aber nun alles, es mußte guttun, wohl oder übel; Hänschen hungerte tapfer, daß er aber nicht zunahm an Leibesfülle, kann sich jeder denken. Er wurde rasseldürr, und sein Angesicht bekam eine Farbe wie Hauszwirn. Und immer gab es keine Arbeit, und nun zumal erst recht nicht, denn die Meister sprachen: »Reise mit Gott, Bruder Mondschein! Wie kann so ein Kerlchen etwas Dauerbares nähen, dem sein ganzes eigenes Gestelle aus der Naht reißt? Schneider dürfen von Natur dünn sein, aber nur was recht ist – so dünn, daß man sie statt Nähgarns einfädeln kann, dürfen sie doch nicht sein!« Hänslein weinte heiße Tränen, wenn er solche lose Reden zu hören bekam, und der schlechte Peter frohlockte heimlich und innerlich darüber, und als wiederum neun Tage vergangen waren und Hänschen vor Hunger fast am Wege liegenblieb, da sprach der falsche Peter: »Bruderherz – es tut mir leid und schneidet mir in die Seele, daß ich's sagen muß, aber mein Geldbeutel ist jetzt ganz auf den Hund –, mit Essen und Trinken bei Bäcker und Wirt ist es nun ganz und gar vorbei.«

»Daß's Gott erbarm!« schrie Hänschen. »Gar nicht mehr essen und trinken? Da steht mir der Verstand stille! Wer kann das aushalten? O wehe, wehe mir! Daß ich dir folgte! Wehe dir, daß du mich so verlockt hast!«

»Mein Himmel, wie du gleich außer dir geraten kannst,

Hänschen!« rief Peter. »Als ob es nicht zu trinken vollauf gäbe!«

»Wo? Wo?« rief Hänschen mit lechzender Lunge.

»Überall! Wasser, Bruderherz! Wasser!« lachte Peter.

»Wasser ist sehr gesund, es verdünnt Blut und Säfte, es heilt die meisten Krankheiten, es stärkt die Glieder. Siehst du, ich muß ja auch Wasser trinken.«

»Aber Wasser ist kein Essen!« klagte Hänschen. »Von Luft kann ich nicht leben, also schaffe mir zu essen, oder ich muß ins Gras beißen und Erde kauen. Etwas muß ich zu kauen haben.«

»Nun, ich will zum Bäcker gehen und für das letzte Geld ein Brötchen kaufen, das will ich redlich mit dir teilen!« sagte der falsche Peter, hieß Hänschen auf einen Stein sitzen und ging zu einem Bäcker, kaufte dort vier Brötchen, aß drei davon gleich auf und trank einen Schnaps dazu – dann kam er wieder zu Hänschen.

»Aber Peter!« sprach das hungrige Schneiderlein: »Du bleibst sehr lange aus. Gib mir zu essen, die Ohnmacht wandelt mich an.«

»Ich habe erst warten müssen, bis das Brot sich abgekühlt hatte«, verteidigte sich Peter: »Warmes Brot ist nicht gut in einen leeren Magen. Hier hast du deine Hälfte.«

»Peter, du riechst nach Schnaps!« sprach Hänschen.

»So?« fragte Peter. »Kann schon sein, drinnen trank einer, der stieß an mich und schüttete mir aus Ungeschick ein paar Tropfen auf mein Gewand.« Hänschen verschlang sein halbes Brötchen mit Wolfshunger, stillte mit Wasser seinen Durst und wanderte weiter mit seinem treulosen Gefährten. Beide sprachen fast nichts mehr miteinander.

70

Als es bald Abend wurde und beide wieder durch ein Dorf kamen, ging Peter wieder zu einem Bäcker, aß sich satt und kam mit einem Brötchen aus dem Laden. Hans dachte, jener werde das Brötchen mit ihm teilen, aber Peter schob es in die Tasche.

Nach einer Weile sprach Hänschen, als sie das Dorf im Rücken hatten und in einen Wald gelangt waren: »Nun, Peter! Rücke heraus mit deinem Brötchen! Mich hungert äußerst.«

»Mich nicht«, antwortete Peter ganz kurz.

»Nicht?« schrie Hänschen erschrocken und blieb stehen, und seine Beine zitterten. »Unmensch, der du bist!«

»Vielfraß, der du bist!« höhnte Peter. »Bei dir trifft doch recht zu, was ich immer habe sagen hören: Je dürrer ein Kerl ist, eine um so bessere Klinge schlägt er. Das Brötchen, das ich noch bei mir trage, ist, wie du sehr richtig bemerktest, mein Brötchen, und du bekommst nicht eine Krume davon, weil du gesagt hast Unmensch.«

»So muß ich ja Hungers sterben!« schrie Hänschen in Verzweiflung.

»Stirb in Gottes Namen!« antwortete Peter. »Die Leichenträger werden sich an dir keinen Schaden heben.«

»Aber ich bitte dich um Gottes willen!« jammerte Hänschen.

»Um was?« fragte Peter lauernd.

»Um die Hälfte deines Brötchens!« stammelte Hänschen. »Umsonst ist der Tod – es hat mich mein allerletztes Geld gekostet. Wie vieles Geld könnte ich noch haben, hätte ich mich nicht mit dir geschleppt und dich gefüttert!« sprach Peter aufs neue.

71

»Aber du selbst hast mich ja beredet, mit dir zu gehen!« warf Hänschen ein, doch machten Ärger und Hunger ihm schon schwer, die Worte hervorzuwürgen. Seine Zunge klebte am Gaumen.

»Gibst du mir, so geb ich dir«, nahm Peter wieder das Wort. »Mir ist mein Brötchen so lieb wie meine Augäpfel, folglich ist es zwei Augäpfel wert. Gib mir einen deiner Augäpfel für die Hälfte.«

»Gott im Himmel! Wie strafst du mich, daß ich diesem folgte!« wimmerte Hänschen, denn schreien konnte das arme Schneiderlein schon vor Schwäche nicht mehr, doch streckte es die Hand nach dem halben Brötchen aus und sättigte sich, und dann stach ihm Peter den einen Augapfel aus.

Am andern Tage wiederholte sich alles Traurige des vorigen Tages bei den zwei Wandergesellen. Peter kaufte wieder ein Brötchen und gab Hänschen nichts davon und wollte das andere Auge Hänschens für dessen Hälfte haben.

»Aber dann bin ich ja stockblind!« jammerte das Schneiderlein. »Dann kann ich ja nicht mehr arbeiten! Ohne ein Auge mindestens kann ich doch nicht einfädeln!«

»Wer blind ist«, tröstete der hart- und schwarzherzige Peter mit heimlichem Hohne, »der hat es gut. Er sieht nicht mehr, wie böse, falsch und treulos die Welt ist; er braucht nicht mehr zu arbeiten, denn er hat eine triftige Entschuldigung, und einem armen Blinden gibt auch der Geizigste zur Not noch eine Gabe. Du kannst noch reich werden als blinder Bettler, während ich mich armselig durch die Welt schleppen muß. Sollte dies eintreten, so werde ich zu dir kommen, und du wirst mich noch als deinen besten Wohltäter segnen und deinen Reichtum mit mir teilen, wie ich bisher meine Armut mit dir geteilt habe.«

Hänschen vermochte auf diese teuflische Rede gar nichts mehr zu erwidern – er ließ alles mit sich geschehen und gab, um nur nicht Hungers zu sterben, dem treulosen Gefährten auch den zweiten Augapfel preis. Und als das geschehen war und Hänschen hoffte, daß der Peter ihn nun leiten und führen werde, sprach dieser: »Nun gehabe dich recht wohl, mein gutes dummes Hänschen! Hier habe ich dich haben wollen. Hier ist Bettelmanns Umkehr. Jetzt wandre ich wieder heim und heirate unser Lieschen. Ätsch! Siehe du zu, wohin du kommst!«

Fort ging Peter, und Hänschen schwanden vor Körper- und Seelenschmerz eine Zeitlang völlig die Sinne, so daß er umsank und wie tot am Wege lag.

Da kamen drei Wanderer des Weges daher, aber keine zweibeinigen, sondern zufällig vierbeinige, das waren ein Bär, ein Wolf und ein Fuchs. Sie berochen den Ohnmächtigen, und der Bär brummte: »Dieses Manntier ist tot! Mögt ihr ihn? Ich mag ihn nicht!«

»Ich habe vor einer Stunde erst ein frisches Schaf verspeist, habe justament jetzt keinen Hunger, auch ist ja der Kerl so dürr und so hart wie ein Baumast!« sprach der Wolf. »Da wäre mir leid um meine Zähne, die ich weiter brauche.«

»Dieser Held muß ein Schneider gewesen sein!« spöttelte der Fuchs. »Mir ist eine fette Gans lieber wie ein dürrer Schneider. Wäre er ein Kürschner gewesen, so würde ich ihm die Nase abbeißen – so aber liegt er mir gut. Er ist ja blind gewesen, der hat gewiß nie einen Fuchs geschossen.« Das arme Schneiderlein kam wieder zu sich, merkte seine Gesellschaft

73

und hielt den Odem an sich, so gut es ging, während die drei Tiere sich gar nicht weit von ihm behaglich ins Grüne lagerten.

»Blind zu sein ist ein großes Unglück«, sprach der Fuchs, »sowohl für uns edle Tiere als für die schlechten zweibeinigen Gabeltiere, die sich Menschen nennen und sich so klug dünken und so fürchterlich dumm sind, daß sie gar nichts wissen. Wüßten sie, was ich weiß, so gäb es keine Blinden mehr.«

»Oho!« rief der Wolf. »Ich weiß auch, was ich weiß. Wüßten das die Manntiere in der nahen Königsstadt, so litten sie nicht den gebrannten Durst, den sie leiden, und kauften nicht ein Schnapsgläschen voll Wasser um eine Krone.«

»Hm, hm!« brummte der Bär. »Unsereiner ist auch nicht auf den Kopf gefallen. Auch mir ist ein Geheimnis kund. Sagt ihr mir das eure, sage ich euch das meine, aber bei Leib und Leben darf keiner von uns den andern verraten.«

»Nein, das dürfen und wollen wir nicht tun!« gelobte der Fuchs.

»Es muß einer dem andern feierlich die rechte Pfote daraufgeben!« bekräftigte der Wolf.

»Topp, es gilt!« sprach Petz und hielt seine haarige Tatze hin, und wie die andern einschlugen, so drückte und schüttelte der Bär zum Spaß ihre Pfoten so, daß sie vor Schmerz laut aufheulten, davon dem blinden Schneiderlein angst und bange wurde.

»Ich weiß«, begann der Fuchs, als der Bär ihn ob seines Zartgefühles ausgelacht und wieder begütigt hatte, »daß heute eine besonders heilige Nacht ist; in dieser fällt Himmelstau auf Gras und Kraut. Wer blind ist, darf nur mit dem Tau sei-

74

ne Augen salben, so wird er wieder sehend, und selbst wenn er keine Augäpfel mehr hat, so bekommt er neue.«

»Das ist ein schönes Geheimnis«, sprach der Wolf. »Meins ist aber auch nicht zu verachten. In der Königsstadt ist das Wasser ausgeblieben, und die Leute dort leben jetzt fast nur vom Geist, wenigstens sagen sie so, wenn es aber noch ein Weilchen so fortgeht, so werden sie ihren Geist ganz aufgeben müssen. Gleichwohl haben sie Wassers die Fülle unter sich und wissen's nur nicht. Auf dem Markte mitten im Pflaster liegt ein Grauwackenstein, wenn der aufgehoben wird, so wird ein Wasserpütz turmhoch aus dem Boden springen. Ach wie froh würden die Residenzstädter sein und wie heilsam wär es ihnen, wenn sie wieder Wasser hätten. Daß aber keiner von euch es ihnen sagt, sonst beiße ich jedem die Zunge im Maule ab!«

»Nichts wird gesagt, Bruder Isegrim!« sprach Herr Braun und brummelte: »Was ich weiß, ist dieses: Seit sieben Jahren kränkelt des Königs einzige Tochter, und kein Doktor kann ihr helfen, weil keiner weiß, was ihr fehlt, wie wunderklug sich auch alle dünken. Gar manchen Rat gaben schon insgeheim des Königs Geheimeräte, aber es ist nichts Rätliches davon an den Tag gekommen. Die Krankheit der Königstochter ist so gestiegen, daß der König verheißen hat, sie dem zur Gemahlin zu geben, der ihr hilft, um sie nur beim Leben erhalten zu sehen; es kann aber keiner helfen, der das nicht weiß, was ich weiß.«

»Du machst uns neugierig, hochgnädiger Herr König Braun!« sprach der Wolf, und Petz brummte: »Nur Geduld, es kommt schon noch. Werdet doch ein wenig warten gelernt haben?« Darauf schnaubte der Bär erst einmal gehörig aus

75

und fuhr dann fort: »Die Prinzessin Königstochter sollte in der Kirche ein Goldstück in den Opferstock werfen, sie war aber noch sehr jung und befangen und ängstlich und schämte sich vor den vielen Leuten in der Kirche und warf das Goldstück etwas ungeschickt, daß es daneben und in eine Spalte fiel. Darauf wurde sie von ihrer Krankheit befallen, die nicht früher enden wird, bis man das Goldstück hervorzieht und in die Ritze des Opferstockes einwirft. Solche Kur ist kinderleicht, es dürfte nur einer hingehen und das Goldstück suchen.« Als die Tiere sich einander so ihre Geheimnisse mitgeteilt hatten, erhoben sie sich aus ihrer Ruhe und gingen weiter; Hänschen aber war heilfroh über das, was er gehört hatte.

Er bestrich sich eilend mit dem bereits gefallenen Himmelstau die Augen, da wuchsen ihm neue klare Augäpfel, und er sahe die goldenen Sterne am Himmel blinken und die dunkeln Wipfel der Waldesbäume. Bald brach der Morgen an, und Hänschen sah nun Weg und Steg und wanderte neu gestärkt der Straße entlang. In einigen Dörfern, durch die er kam, erfocht er so viel, daß er seinen neuerwachten Hunger und Durst stillen konnte, und endlich kam er in die Stadt, in welcher der Wassermangel so groß war, daß alle Leute Wein und viele Schnäpse tranken, welche sie Likör nannten.

Hänschen hatte kein Geld zu Likören; er trat zu einer Wirtin und bat, ihm ein großes Glas Wasser zu reichen.

Die Wirtin sah ihn dafür sehr groß an und schalt: »Seh mir einer den Lump! Hat nicht einmal Geld, einen Likör zu bezahlen, und will Wasser zechen! Meint der Mosjö, Herr von Fadenschein, das Wasser quelle nur so für nichts und wieder nichts? Es koste kein Geld? Oh, weit gefehlt. Wisch Er sich das Maul von wegen dem Wasser; Wein oder Likör kann Er

76

haben, mit Wasser kann ich nicht dienen, zumal in so großer Menge nicht.«

»Liegt man hier wirklich so krank an der Wassersucht, wie ich draußen vernommen?« fragte Hänschen. »Ei, wozu habt ihr denn hier Magistrat und Gemeinderat? Ist kein Moses im Stadtrate, der Wasser aus dem Felsen schlüge? Eure Krankheit wollte ich bald kuriert haben; ich bin ein Brunnenarzt.« Diese Worte vernahmen einige junge Ratsherren, welche bei der Wirtin teils auch Liköre, teils Champagnerwein tranken; sie taten dies nur aus Ermangelung des Wassers, sonst würden sie es gewiß nicht getan haben, denn sie nannten den Champagner Gift und Äquinoktialsäure, und ohne die äußerste Not wird sicherlich niemand Gift und solcherlei Säuren zu sich nehmen. Diese jungen Herren umringten Hänschen und fragten hastig, wie er es anstellen wolle, dem Mangel abzuhelfen? »Meine hochverehrtesten Herren«, sprach Hänschen, »wenn ich sotanen Mangel allhier abstellen soll, so tut nötig sein, daß ich erst angestellt werde. Soll ich euch geheimen Rat erteilen, so würde eine mir zugeteilte kleine Geheimeratsbesoldung – so ein vier- bis sechstausend Tälerchen alljährlich – mich zu Dank vergnügt machen. Dann solltet ihr Herren aber auch sehen, daß ich etwas leiste, was sich nicht von allen Geheimeräten rühmen läßt.«

Die jungen Ratsherren gaben dem Schneiderlein zu verstehen, es möge nicht sticheln und nicht so anzüglich reden, das könne man in der geistreichen Residenz nicht vertragen.

»Nanu!« entgegnete Hänschen. »Wenn ein Kleiderkünstler nicht mehr sticheln und anzüglich reden soll, da hört alles auf.« Die Sache wurde nun im Gemeinderate und vom Magistrate reiflich erwogen, und alle Stimmen einigten sich in

77

dem Rufe: »Wasser um jeden Preis – ehe wir im Sande totaliter vertrocknen!« Der Magistrat stellte hierauf die Not gemeiner Stadt dem Könige vor und auch das Mittel zu deren Abhilfe und bat Seine Majestät, in Gnaden zu geruhen, für den fremden Brunnenarzt ein Geheimeratsdekret ausfertigen zu lassen, die Besoldung solle aus städtischen Mitteln gern bestritten werden. Der König willfahrete mit väterlicher Huld diesem Gesuche und ließ das Dekret ausfertigen, jedoch – durch Erfahrungen gewitzigt – mit dem Vorbehalte, daß selbes nicht eher in Kraft trete, bis hinlängliches Wasser geschafft sei – außerdem solle es nichts gelten, da schon so viele Versprechungen von auswärts hergewanderter Fremdlingen zwar zu Wasser geworden seien, aber zu keinem nutzbaren.

Hänschen begab sich nun in Begleitung einer schnell ernannten Wasserkommission auf den Markt, sah schon von weitem den grauen Quader – sprach zu den Technikern der Kommission: »Diesen Stein lasset ausbrechen, ihr Herren!« Und als dies geschah, so rauschte plötzlich der Strahl eines Springbrunne[n]s stark und mächtig und turmhoch in die Luft und quoll so viel Wasser aus, daß auf der Stelle in allen Kaufläden der Residenz die Preise der wasserdichten Zeuge um das Doppelte in die Höhe gingen.

Laut erscholl durch die ganze Königsresidenz das Lob des Wasserdoktors; fast hätte man ihn, wie den Schneider Hans Bockhold von Leiden, zum Propheten gemacht und ihn in Opern voll Pomp und Unsinn verherrlicht.

Noch desselben Tages wurde der neue Herr Geheimerat, der sich indessen mit Staatskleidern, Staatswagen und Dienerschaft versehen hatte, an den Hof gerufen und fuhr stolz in den Palast. Der König sagte ihm vieles Freundliche und schenkte ihm in Anerkennung seines Verdienstes um die Haupt- und Residenzstadt einen schönen Orden, am gewässerten Bande zu tragen. Sehr bald lenkte sich das Gespräch auf die Krankheit der Königstochter, und der König fragte den neuen Geheimerat, ob er als geschickter Wasserdoktor vielleicht für die Prinzessin eine Brunnenkur heilsam finde? »Nein, Euer Majestät«, erwiderte der Geheimerat. »Einmal mit Wasser mich befaßt und nicht wieder. Lasse mich Eure Majestät der Gnade teilhaft werden, Allerhöchstdero Prinzessin Tochter zu sehen, so hoffe ich zuversichtlich, den Sitz ihrer Krankheit zu ergründen.« Darüber war der König über alle Maßen froh und führte den Doktor selbst zu der kranken Prinzessin. Der fühlte ihr den Puls und sahe, daß sie sehr schön war. Dann sprach er: »Großmächtigster König, wenn die allerdurchlauchtigste Prinzessin genesen soll, so kann dies nicht durch irdische Medizin geschehen, sondern durch göttliche Hilfe; gestatten Allerhöchstdieselben, daß wir die Kranke in die Hofkirche tragen lassen; dort wird sie wohl genesen.« Dieser Vorschlag ward vom Könige alsbald gut geheißen, denn er war sehr fromm und freute sich, einen so frommen neuen Geheimerat gewonnen zu haben. In der Kirche ließ sich der Heilkünstler von der Prinzessin den Opferstock zeigen, suchte nach und fand in einer Ritze das Goldstück. Dieses gab er der erlauchten Kranken in die Hand und ersuchte sie, dasselbe nun richtig in den Stock zu werfen. Selbiges tat die Prinzessin, und alsbald wurde sie völlig gesund und begann wie eine Rose aufzublühen.

So führte sie nun der Geheimerat zu dem Könige. Was da für eine große Freude war, ist gar nicht zu schildern. Aus dem Geheimerat wurde alsbald rasch nacheinander ein Reichsrat, ein Standesherr, ein Graf, ein Fürst – und aus diesem ein Bräutigam der genesenen Prinzessin. Nach der Hochzeit fuhren die Neuvermählten auf einer Rundreise durch das Land, da kamen sie auch durch das Dorf, aus welchem der Fürst jüngst als Hänschen gewandert war.

Da stand am Wirtshaus ein Scherenschleifer und schliff, und seine Frau drehte ihm das Rad – und da war's der Peter und das Lieschen, die den Peter erst durchaus nicht haben wollte, ihn aber am Ende doch nahm, weil er ihr zuschwur, Hänschen werde sie nie wieder sehen. Hänschen kannte gleich den Peter am falschen Gesicht, rief dem Kutscher zu: »Halt!« und jenem rief er zu: »Peter!« Peter horchte hoch auf – und fragte, was der Herr befehle. »Nichts befehlen will ich, Peter«, sprach Hans, »als daß du das Hänschen in mir wiederkennen sollst, dem du zu so hohem Glücke verholfen hast. Dort im Walde fand ich armer Augenloser – durch dich augenlos – das blinde Glück, wie manche blinde Taube ihre Erbse. Dort unter einem Baume, an dem ich lag, suchte mich es heim. Hier hast du vieles Geld vom blinden Bettler, der wieder sehend und reich geworden ist! Fahre wohl und fahr zu, Kutscher!« Peter stand wie aus den Wolken gefallen, lange starrte er dem Prachtwagen nach, dann gab er seiner Frau das Geld aufzuheben und sagte: »Dorthin muß ich auch – muß auch das blinde Glück finden.« Und alsbald rüstete sich Peter und wanderte, so rasch er wandern konnte, an jenen Ort, wo er am armen Hänschen die letzte treulose Tat beging. Ein Fuchs lief lange vor ihm her – an jenem Orte stand der Fuchs. Da kam von weitem ein Wolf entgegengesprungen. Rasch wandte Peter sich um, da trabte ein Bär des Weges daher.

80

Voll Entsetzen klomm jetzt Peter am Baume empor, unter dem er Hänschen den letzten Augapfel ausgestochen hatte.

»Verräter! Verräter! Verräter, die ihr seid!« bellte der Fuchs, heulte der Wolf, brummte der Bär, und jeder beschuldigte den andern, das Geheimnis verplaudert zu haben, auf dessen Behütung sie einander doch alle drei die Pfote gegeben hatten, waren sehr bissig gegeneinander und gaben einander schlechte Titel. Endlich nahmen Bär und Fuchs gegen den Wolf Partei, der sollte zunächst der Verräter sein und dafür gehenkt werden, und alsbald drehte der Fuchs ein Seil und eine Schlinge aus Tannenreisig, der Bär hielt den Wolf fest, der Fuchs warf letzterem die Schlinge um den Hals und zog den Zappelnden in die Höhe. Der Wolf starrte stieren Auges empor, da sah er Peter im Gezweige des Baumes sitzen und heulte: »O falsche, ungerechte Welt! Da droben sitzt er, der unser Geheimnis verraten hat!« Jetzt sahen die andern beiden Tiere auch in die Höhe, ließen den Wolf fallen, und der Bär kletterte auf den Baum und holte den Peter herunter.

Drunten empfing ihn der Fuchs, der so fuchswild war, daß er ihm gleich beide Augen auskratzte. Dann würgte ihn der Wolf, und der Bär drückte ihn mausetot, darauf haben sie ihn zu dritt aufgefressen, daß kein Knöchelchen von ihm übriggeblieben ist.

Es war einmal ein Bauer, der hatte keine Kinder. Er selbst machte sich zwar nicht viel daraus, aber seine Frau grämte sich tagaus, tagein. Und als nach fast sieben Jahren ihr Mann starb, da hatte ihr Kummer kein Ende mehr. »Daß mein Mann tot ist«, klagte sie, »ist ja hart, doch das muß ertragen werden, hätte ich nur wenigstens ein Kindchen zum Hätscheln!«

Eines Tages erfährt die Witwe, da sei in der Stadt ein armer Mann, dem es gar nicht gutgehe. Er würde deshalb eins seiner neun Kinder anderen Leuten gern in Pflege geben. Auf der Stelle läßt die Bäuerin anspannen und fährt zur Stadt. Aber was nicht werden soll, wird nicht: Der Mann hatte kurz zuvor sein Kind bereits weggegeben. »Verdammt«, ruft der Knecht, »so sind wir umsonst gefahren, Bäuerin.«

Die Bäuerin ist aber so betrübt, daß sie kein Wort der Erwiderung findet. Auf dem Heimweg, kurz bevor sie ihren Bauernhof erreicht haben, bemerken sie bei der Überfahrt über einen Fluß einen großen Fisch, der sich auf das Ufer schnellt. Er zappelt, als könne er nicht wieder zurück. Hurtig springt der Knecht vom Wagen und will den Fisch fangen, aber der gleitet zurück ins Wasser und sagt: »Die Bäuerin selbst soll kommen, dann werde ich mich fangen lassen.«

Die Bäuerin geht hin, und wirklich, der Fisch springt wieder ans Ufer und sagt: »Hör zu, Bäuerin: Wenn du mich jetzt fängst und schlachtest, hernach kochst und verspeist, so wird dir die Glücksgöttin Laima einen Sohn bescheren. Nur sieh zu, daß sonst niemand auch nur einen Bissen von mir kostet.«

Die Bäuerin tut, wie ihr gesagt ist, und verbietet der Magd, von der Fischbrühe und dem Fisch zu kosten. Aber die Magd hat natürlich ihren eigenen Willen. Sie möchte doch zu gern wissen, ob der Fisch genügend Salz habe und ob wohl sonst die Bäuerin allemal komme, um am Kochlöffel zu lecken. Sie bricht sich mir nichts, dir nichts ein Stückchen vom Fisch ab – er schmeckt nicht übel, sie kostet von der Brühe – die schmeckt auch nicht übel; die Schuppen und die Eingeweide dagegen machen sich am Herdrand nicht schön, die wirft sie zur Tür hinaus auf den Kehricht. Dorthin tapst eine Stute, die den lieben langen Tag auf dem Hof nur ein paar Grashalme findet, und frißt die Schuppen mitsamt den Eingeweiden. Was soll man da sagen: Wer Hunger hat, dem werden auch Eingeweide zu Leckerbissen! Der Wirt ist tot, der Knecht zeigt sich den ganzen Tag nicht im Hause, da hat der Magen des armen Gauls Feiertag, er knurrt in einem fort.

Aber was geschah in der nächsten Nacht: Da gebiert die Bäuerin einen Sohn, die Magd gebiert einen Sohn, und die Stute ebenfalls. Den Sohn der Stute nannten die Leute Kurbads [Wo Hunger ist].

Die drei Knaben wuchsen zusammen auf, doch Kurbads übertraf die beiden anderen an Mut und Kühnheit. Seine Lieblingsnahrung waren Nußkerne, sein Lieblingsgetränk Stutenmilch und seine liebste Schlafstelle die Ofenbank. In seinem fünften Jahr wich Kurbads, wenn er durch den Wald hüpfte, kleineren Bäumen schon nicht mehr aus, im sechsten Jahr war ihm kein Baum zu groß, und in seinem siebten Jahr fürchtete er sich weder vor einem Wolf noch vor einem Bären.

So gewann Kurbads mit den Jahren solche Riesenkräfte, daß ihm alle Hausarbeiten, selbst die schwersten, nur ein Spiel waren. Schweiß auf der Stirn wie andere Menschen kannte er noch gar nicht. Da kam es ihm in den Sinn, irgendein schwieriges Werk zu vollbringen, um wenigstens einmal den Schweiß von der Stirn trocknen zu müssen.

Eines Tages teilte der Starke seinen beiden Pflegebrüdern, dem Sohn der Bäuerin und dem Sohn der Magd, mit, daß er am Abend das neue Haus zu säubern beabsichtige. Dieses neue Wohngebäude hatte der verstorbene Bauer aufgeführt, und es hatte nur einen Fehler: Der Bauer gedachte so wie heute einzuziehen, aber der Böse war ihm schon gestern darin zuvorgekommen. Da war alles umsonst, wohnen konnte man nicht darin und die bösen Geister vertreiben schon erst recht nicht.

Die Pflegebrüder wandten zwar ein, daß sie zu dritt doch unmöglich vollbringen könnten, was das ganze Gesinde zusammen nicht fertiggebracht hätte, aber Kurbads erwiderte: »Wer gebraten und gesotten ist, kann nicht so klug werden wie der, der roh verzehrt ist.« Zuletzt fügten die Pflegebrüder sich und begleiteten ihn in das verhexte Haus.

Mit Einbruch der Dämmerung fingen das Ungeziefer in den Wandritzen und die Fliegen zu sprechen an: »Wollen wir doch mal sehen, ob die nicht wie die Spreu zerstieben werden, wenn unser dreiköpfiger Herr die Brücke überschritten hat.«

Kurbads versteht die Unterhaltung, seine Pflegebrüder nicht. Vor Mitternacht sagte Kurbads zum Sohn der Magd: »Du bist der Schwächste unter uns, nimm dein Schwert und bewache die Flußbrücke. Dort wird ein dreiköpfiger Riese kommen, den laß bloß nicht herüber! Er ist von drei Riesen der schwächste, darum besorg du es ihm.«

Aber der Magdsohn erwiderte kurz angebunden: »Das geht micht nichts an, meinetwegen mag kommen, wer will.«

»Nun, wenn du dich fürchtest, muß ich wohl selbst gehen. Über die Brücke darf er nicht herüber, sonst hat er die Macht in den Händen. Aber zur Sicherheit will ich hier aufs Fenster eine Waschschüssel stellen. Erscheint in ihr Milch, so geht es mir im Kampf gut. Zeigt sich aber Blut, dann eilt zu meiner Mutter, daß sie mir zu Hilfe kommt. Bleibt wach und denkt an meine Worte.«

Drauf gürtete sich Kurbads sein Schwert um, begab sich ans Flußufer, setzte sich vor der Brücke hin und wartete. Bis Mitternacht war alles still, nur die Frösche im Fluß, die Wildgänse in der Luft und die Schwalben unter der Brücke unterhielten sich miteinander. Die einen im Flusse riefen: »Kurbads, Kurbads«, die anderen in der Luft: »Er verscheucht ihn, scheucht ihn« und die dritten unter der Brücke: »Der große Riese hat drei Köpfe, alle weg.«

Da, genau um Mitternacht, hört er, wie die Vorläufer des Riesen kommen: ein Hund mit ständigem Gebelfer, ein Habicht mit Gekreisch durch die Lüfte. Kurbads gürtet sich sein Schwert los, erhebt sich und hält es vor die Brücke. Da erdröhnt die Erde, und der dreiköpfige Riese erscheint, aber vor Kurbads Schwert macht er halt wie vor einer Mauer. Wohl ruft der Riese: »Kurbads, du Hund, laß mich hinüber!« Aber Kurbads rührt sich nicht vom Fleck weg und entgegnet: »Ich lass dich nicht.«

Dreimal fordert der Riese seinen Gegner auf zurückzutreten, doch da das alles nichts hilft, schreit er ihn wütend an:

85

»Blas auf die Fläche, damit ich sehe, wieviel Geld du aus der Brückenhöhlung, meinem Geldkasten, hervorblasen kannst.« Kurbads bläst, und es gelingt ihm, ein volles Külmit [zwischen 12 und 24 Liter] Goldgeld hervorzublasen. Der Dreiköpfige dagegen kriegt nur ein halbes Külmit Kupfergeld heraus. Als der Riese das sieht, will er schon umkehren, aber Kurbads läßt ihn nicht, er soll ihm zuerst das Geld zusammensuchen. Der Riese weigert sich.

»Nun, wenn du dich weigerst, dann müssen wir es mit dem Schwert ausmachen.«

Ja, das war ein Kampf! Die Brücke dröhnte, die Erde bebte, die Schwerter klirrten, und plitsch, platsch! sanken zuletzt des Riesen Häupter vom Rumpf.

In seiner Siegesfreude lebte Kurbads mit seinen Pflegebrüdern höchst vergnügt, bis der nächste Abend kam. Als die Dämmerung hereinbrach, ließen sie ihr Vergnügen beiseite und eilten ins Haus. Da sprachen das Ungeziefer in den Wandritzen und die Fliegen also: »Nun wart du nur, den Dreiköpfigen hast du wohl überstanden, aber wie wird es mit dem Sechsköpfigen gehen?«

Kurbads vernimmt diese Unterhaltung, seine Pflegebrüder nicht. Vor Mitternacht sagte Kurbads zu dem Sohn der Bäuerin: »Geh du heute nacht die Brücke hüten.« Der jedoch fürchtete sich ebenso wie der andere und entgegnete: »Was geht es mich an, meinetwegen mag da kommen, wer da will.«

»Nun ja, beide habt ihr Furcht, dann muß ich wieder selbst gehen. Über die Brücke darf er nicht kommen, sonst hat er die Macht in den Händen. Aber zur Sicherheit will ich hier aufs Fenster eine Waschschüssel stellen. Erscheint in ihr Milch, so geht es mir im Kampf gut. Zeigt sich aber Blut,

86

dann eilt zu meiner Mutter, daß sie mir zu Hilfe kommt. Bleibt wach und denkt an meine Worte.«

Kurbads begibt sich ans Flußufer. Alles war still, nur die Frösche quaken: »Kurbads, Kurbads«, die Wildgänse schreien: »Er verscheucht ihn, scheucht ihn«, und die Schwalben unter der Brücke zwitschern: »Der große Riese hat sechs Köpfe, alle weg.«

Da, gerade um Mitternacht, hört er, wie die Vorläufer des Riesen kommen: ein Hund mit ständigem Gebelfer, ein Habicht mit Gekreisch durch die Lüfte. Kurbads erhebt sich und hält sein Schwert vor die Brücke. Da erscheint der sechsköpfige Riese, die Erde erdröhnt, aber der Weg ist ihm versperrt, das Schwert ist im Wege. Wohl brüllt der Riese: »Kurbads, du Hund, laß mich hinüber!« Aber Kurbads rührt sich nicht vom Fleck weg und entgegnet: »Ich lass dich nicht, um keinen Preis.«

Dreimal fordert der Riese seinen Gegner auf zurückzutreten, doch da das alles nichts hilft, schreit er ihn wütend an: »Blas auf die Fläche, damit ich sehe, wieviel Geld du aus der Brückenhöhlung, meinem Geldkasten, hervorblasen kannst.« Kurbads bläst, und es gelingt ihm, ein volles Lof Goldgeld hervorzublasen. Der Sechsköpfige dagegen kriegt nur ein halbes Lof Kupfergeld heraus. Als der Riese das sieht, will er schon umkehren, aber Kurbads läßt ihn nicht, erst soll er ihm das Gold einsammeln. Der Riese tat es nicht.

»Nun, wenn du mir nicht folgst, so müssen wir uns im Schwertkampf messen.«

Das war mal erst ein Kampf! Die Brücke dröhnte, die Erde bebte, die Schwerter klirrten, und plitsch, platsch! sanken zuletzt des Riesen Häupter vom Rumpf. Nun geht Kurbads wohlgemut nach Hause, legt sich aber sogleich zur Ruhe, um sich für den Kampf des folgenden Tages zu stärken.

Am dritten Abend waren das Ungeziefer in den Wandritzen und die Fliegen in größter Unruhe, sie summten in einem fort: »Verdammter Kerl! Die beiden hat er überwunden, aber mag er, mit unserem Neunköpfigen wird so ein Wicht sich wohl hüten anzubinden.« Kurbads versteht auch wieder alles, seine Pflegebrüder jedoch nicht. Er stellt die Wasserschüssel ans Fenster, schärft den beiden aufs strengste ein, die Schüssel nicht aus den Augen zu lassen, und eilt zur Brücke. Alles ist ebenso still wie sonst, nur die Frösche quaken: »Kurbads, Kurbads«, die Wildgänse schreien: »Er verscheucht ihn, scheucht ihn«, und die Schwalben unter der Brücke zwitschern: »Dem Neunköpfigen geht heute nacht Kopf um Kopf futsch.«

Genau um Mitternacht hört er die Vorläufer des Riesen kommen: neun Hunde mit ständigem Gebelfer, neun Habichte mit Gekreisch durch die Luft. Kurbads tritt auf die Mitte der Brücke. Der Riese nähert sich und brüllt: »Kurbads, du Hund, laß mich hinüber!«

Kurbads erwidert: »Was brüllst du, Traubenkopf, komm lieber kämpfen!«

Gesagt, getan. Kurbads schwingt sein Schwert mit aller Macht. Schon sinkt ein Kopf vom Rumpf, aber sogleich wachsen an seiner Stelle drei neue. Ein zweiter Kopf rollt nieder – drei wachsen an seiner Stelle. Ein dritter Kopf fällt – drei an seiner Stelle. Kurbads sieht, daß er so nicht zum Stich kommt, wirft sein Schwert fort und packt den Riesen mit bloßen Händen ans Genick. Doch der Riese stößt seinen Gegner mit dem ersten Griff bis zu den Knien in die Erde und ein zweites Mal bis zu den Achselhöhlen. Da sagte Kurbads: »Alle Kämpfer verschnaufen sich eine Weile, wollen wir uns auch verschnaufen.«

Gesagt, getan. Der Riese setzte sich und verschnaufte sich, Kurbads jedoch wartete nur in Sorgen auf die Hilfe seiner Mutter. Aber wie sollte diese wohl daran denken, ihm zu helfen, wenn die Brüder in ihrer Schlafsucht weder die Schüssel beachteten noch ihr eine Nachricht schickten? Er reißt sich also einen Schuh vom Kopf und schleudert ihn direkt in das Fenster des Hauses, wo die Brüder eingeschlafen sind. Diese erwachen und sehen: Die Schüssel ist voller Blut. Jetzt laufen sie wie gebrannt und bringen dem Pferd Nachricht, und dieses ist auch eins, zwei, drei Kurbads zu Hilfe geeilt. Jetzt ging es flink. Wenn der Sohn einen Kopf abgehauen hatte, so schlug die Mutter so kräftig mit den Hufen, daß die hellen Funken sprühten und die Schnittstelle ausbrannten, so daß ein neuer Kopf nicht wachsen konnte. Nach einer kleinen Weile lag der Riese wie ein Klotz am Boden.

Nach dem Kampf ging Kurbads in das gesäuberte Haus, um sich auszuschlafen. Doch so bald wollte sich der Schlaf nicht einstellen, und der Schläfer hörte, wie das Ungeziefer in der Wandritze sich mit den Fliegen unterhielt: »So ein Unhold, unsere Männer hat er getötet. Nun meinetwegen, aber wir Frauen, die Hexen, werden uns schon an den Wichten rächen. Wenn sie morgen alle drei ihrer Wege gehen, wirst du, Frau des Dreiköpfigen, dich in ein Bett verwandeln. Dann wird den einen, sobald er das Bett bemerkt, eine solche Schläfrigkeit überkommen, daß er sich sofort hinlegen wird, und damit ist er natürlich in unseren Krallen. Du, das Weib des Sechsköpfigen, wirst dich in eine Quelle verwandeln, und

89

der andere wird, sobald er die Quelle sieht, einen brennenden Durst verspüren und trinken, und dann ist er natürlich in unseren Krallen. Das Weib des Neunköpfigen aber wird bald die Gestalt eines Drachen, bald eines Hundsköpfigen annehmen und den starken Unhold überfallen, bis sie ihren Mann gerächt hat.«

Am nächsten Morgen gab Kurbads das zusammengeblasene Geld den Müttern, damit sie reichlich zu leben hätten, dann machte er sich mit den beiden Pflegebrüdern auf den Weg. Am Wegrand entdeckten sie ein hübsches Bett. Den Sohn der Magd überkam eine solche Müdigkeit, daß er gar nicht zu halten war, und er wollte sich schlafen lagen. Aber Kurbads ließ es nicht zu. Er gürtete sein Schwert los und zerhieb das Bett über Kreuz. Anstelle des Bettes war nur eine Blutpfütze zu sehen, und die Müdigkeit war auch verschwunden. Während sie weitergingen, sahen sie eine klare Quelle. Der Sohn der Bäuerin verspürte einen so unheimlichen Durst, daß er mit Gewalt aus der Quelle trinken wollte. Kurbads ließ es jedoch nicht zu, gürtete sein Schwert erneut los und schlug über Kreuz auf die Quelle. An ihrer Stelle war jetzt eine blutige Pfütze zu sehen, und der Durst war auch gleich verschwunden.

Nach dreitägiger Wanderung gelangten die Pflegebrüder in ein wildfremdes Land. Dessen Beherrscher hatte drei Töchter, die, während sie in der Badestube badeten, vom Teufel geraubt worden waren. Der König hatte versprochen, seine jüngste Tochter und das Reich demjenigen zu geben, der sie ihm wiederbrächte. Und was gab es Leichteres für unseren Kurbads: Er bot sogleich an, sie zu suchen.

Die Pflegebrüder wollten sie in der weiten Welt suchen,

90

aber Kurbads sagte: »Nein, wo sie verschwunden sind, da muß man mit der Suche beginnen: In der Badestube sind sie verschwunden, so fangen wir in der Badestube auch mit unserer Suche an.«

Am Abend nahm Kurbads eine Keule, ein Schwert, Grütze und einen Kessel. In der Badestube zündete er ein Feuer an und kochte die Grütze. Doch den Pflegebrüdern dauerte das Warten zu lange, sie schliefen ein. Um Mitternacht knarrte die Tür der Badestube. Ein Teufel schlich sich herein und streute Asche in die Grütze. Aber Kurbads packte den Unhold, zwängte ihn in die Tür und bearbeitete dessen Rücken mit seiner Keule.

Der Teufel verlegte sich in seinem Schmerz auf Versprechungen: Er wollte ihm ein Pfeifchen geben, mit dem er zehn Erdgeisterchen aus der Erde rufen und sie jederlei Arbeit verrichten lassen könnte. Kurbads nahm das Pfeifchen, schlug aber von neuem darauf los, bis er sagen würde, wo er die drei jungen Frauen gelassen hätte.

Als der Teufel sah, daß es kein Entrinnen gab, gestand er endlich: »Dort, jenseits des Feldes ist ein Sumpf; mitten darin befindet sich auf einem Hügel ein gewaltiger Steinblock. Wälzt man ihn beiseite, so stößt man auf einen tiefen Schacht. Wenn man durch ihn in die Tiefe steigt, so gelangt man zu den Mädchen.«

Diese Auskunft genügte Kurbads. Er ließ den Teufel wieder frei, weckte seine Pflegebrüder und machte sich auf die Suche nach dem Sumpf. Ja, wahrhaftig! Jenseits des Feldes lag ein Sumpf, in seiner Mitte ein Hügel und auf dem Hügel ein Steinblock so groß wie ein Heuschober. Kurbads bläst die Backen auf und wälzt den Stein in den Sumpf, daß es nur so klatscht. Aber was jetzt? Wie soll er durch das Loch in die Tiefe gelangen? Da kommt er auf den Einfall, auf seinem Pfeifchen zu blasen. Sowie er tüchtig hineinbläst, sind zehn Erdgeisterchen zur Hand, die nach seinen Befehlen fragen. »Ich befehle, daß ihr mir einen so langen Strick bringt, daß ich mit ihm auf den Grund dieses Schachtes gelange.« Sogleich erscheinen ein paar Erdgeisterchen mit dem Strick. Da band Kurbads den Sohn der Magd an den Strick und ließ ihn hinab. Aber der war kaum bis zur halben Tiefe gelangt, als er schon brüllte, man solle ihn hinaufziehen, er habe Angst. Ebenso ging es auch mit dem Sohn der Bäuerin.

Nun ließ sich Kurbads selbst hinab. Aber damit seine Pflegebrüder nicht im nassen Sumpf zu liegen brauchten, befahl er den Erdgeistern, für sie ein Haus zu bauen und sie mit Speise und Trank zu versorgen. Im Nu waren die Balken zusammengefügt, die Dachsparren darüber gelegt, das Dach gedeckt und mitten drin ein Tisch hergerichtet. Die Erdgeister verschwanden, und Kurbads ließ sich mit seiner Keule in die Unterwelt hinab.

Auf halbem Wege stellte sich schon der Teufel seinem ehemaligen Gegner von der Badestube her entgegen und rief: »Komm nur, komm, ich will dich zerschmettern.« Aber Kurbads hatte kaum seine Keule erhoben, als der Teufel schon Lunte roch und verschwand. Endlich erreichte er mit seinem Strick den Grund und sah sich auf einer weiten Fläche. Am anderen Ende dieser Fläche erblickte er ein Haus, aus dem Rauch heraufstieg. Kurbads wandte sich dorthin und erreichte das Haus. Das war die Behausung des Teufels. Drinnen kochten gerade die Köche für ihn das Mittagessen. Als sie den Fremden sahen, fragten sie ihn ganz erschrocken: »O weh, wie bist du hierhergeraten? Kommt unser Herr, so wird er dir mit einem Finger das Lebenslicht ausblasen.«

»Geht, ihr Angsthasen, geht!« erwiderte Kurbads und ließ sich neben dem Kessel nieder. Indes überredeten ihn die Köche, sich lieber hinter dem Ofen zu verstecken, sonst könnte es ihnen selbst übel ergehen, weil sie einen Fremden hereingelassen hätten. Kurbads folgte ihrem Rat.

Bald darauf kehrte der Teufel wirklich heim und fing sofort an zu schnuppern und fragte, was das für ein fremder Geruch sei. Die Köche logen, es sei eben eine Krähe durchgeflogen. Damit beruhigte er sich auch und ging zum Kessel, um das Essen zu prüfen, ob es auch genug Salz habe. Sobald nun der Teufel seinen Kopf in den Kochkessel steckte, sprang Kurbads hinter dem Ofen hervor und hieb ihm mit seinem Schwert so über den Kopf, daß Kopf und Rumpf in den Kessel fielen. Während nun der Teufel schmorte, mußten die Köche von den verlorenen jungen Frauen berichten.

Sie sagten, die eine lebe in einem silbernen Schloß und gehöre dem, den er soeben getötet habe. Die zweite lebe in einem goldenen Schloß und gehöre dem Dreiköpfigen. Die dritte und jüngste wohne in einem diamantenen Schloß und gehöre dem Sechsköpfigen. Sobald Kurbads das erfahren hatte, gürtete er sich sein Schwert um und begab sich zum silbernen Schloß. Dort kam ihm ein junges Mädchen entgegen, rang die Hände und sprach erstaunt: »O weh, Jüngling, wie bist du hierhergeraten? Wenn mein Herr und Gebieter kommt, wird er dich mit dem kleinen Finger totschlagen.«

»Nun, nun, mein Kind, ob er denn wirklich so furchtbar ist? Ich will dir was sagen: Dein Herr ist schon tot, und ich komme, dich zu befreien.«

93

Als das Mädchen das hörte, sank sie Kurbads zu Füßen und weinte vor Freude. Nun besah sich Kurbads das silberne Schloß, aß und trank und fragte dann das Mädchen nach ihren Schwestern aus. Sie gab ihm, so gut sie konnte, Auskunft und brachte zum Schluß ein eigentümliches Gefäß, das ihr Herr an jenem Morgen an dem Fenster vergessen hatte. Darin waren zweierlei Getränke: auf der rechten Seite das Kraftwasser, auf der linken Seite das Ohnmachtswasser. Trank man von dem Getränk zur Rechten, so gewann man ungeheure Kraft; trank man dagegen das zur Linken, so war die Kraft für ein volles Jahr dahin. Kurbads trank auf der rechten Seite und wurde dadurch so stark, daß er sich selbst wunderte.

In der Frühe des nächsten Tages begab sich Kurbads zur Wohnung des zweiten Teufels, des Dreiköpfigen, und tötete den auch. Jetzt waren bereits zwei Schwestern befreit. Am dritten Tage kam der Sechsköpfige an die Reihe. Doch hier sollte es Kurbads nicht ebenso glücken. Der Sechsköpfige hatte das Essen schon gekostet und verzehrt und begab sich soeben zur dritten Schwester in das diamantene Schloß.

»Nun, das hat nichts zu sagen, ich will ihn dort schon kriegen«, brummte Kurbads und begab sich zum Schloß. Dort stand das Gefäß mit dem Trank auf dem Fenster, und der Sechsköpfige hielt seinen Mittagsschlaf, daß von seinem Schnarchen das Haus dröhnte. Kurbads drehte das Gefäß um, das Kraftwasser nach links, das Ohnmachtswasser nach rechts, und sah sich dann nach der jüngsten Schwester um. Er fand sie auch, eine schöne Frau, aber zu Tode betrübt. Als sie den Fremden erblickte, flüsterte sie verwundert: »O weh, Jüngling, wie bist du hierhergeraten? Wenn mein Herr und

94

Gebieter aufsteht, wird er dich mit seinem kleinen Finger zerschmettern.«

»Nun, nun, so stark wird er ja nicht sein. Weck ihn lieber
auf, damit mein Schwert den Wicht in das Reich des Unge-
ziefers befördere. Dort ist für solch einen Schinder eine sanf-
tere Ruhestätte als in einem diamantenen Schloß.«

Während sie noch so sprachen, erwachte der Sechsköpfige,
und indem er sich auf die andere Seite kehrte, krachte das
Bett so laut, daß einem im dritten Zimmer die Ohren zufie-
len. Das Mädchen lief zum Sechsköpfigen hinein und beruhigte ihn, er solle doch schlafen. Aber er schnupperte und
fragte, was das denn nur für ein fremder Geruch sei. Das
Mädchen redete ihm ein, eine Maus sei soeben über die Diele
gelaufen, er solle nur ruhig schlafen. Der Sechsköpfige glaubte es und schlief von neuem ein. Nun wartete Kurbads
nicht länger. Er gürtete sich sein Schwert los, öffnete die Tür
und führte einen so wuchtigen Hieb, daß drei Köpfe des Teufels sofort niedersanken. Blitzschnell sprang dieser auf und
wollte den Krafttrank nehmen, trank aber statt dessen den
Ohnmachtstrank. Kurbads hieb ihm auch noch die übrigen
drei Köpfe ab und schleifte den Rumpf mitsamt den Köpfen
in eine Pfütze. Die jüngste Schwester fiel Kurbads um den
Hals, vergoß Freudentränen und wußte nicht, wie sie ihm
danken sollte. Aber Kurbads erklärte ihr kurz angebunden, er
habe sie nicht befreit, um sich von ihr danken zu lassen, sondern nur, um die jüngste Schwester zur Frau zu erhalten
und die beiden anderen seinen Pflegebrüdern zu geben, die
auf der Oberwelt am Eingang des Schachtes zurückgeblieben
seien.

»Wohlan denn«, sagte die Jungfrau, »so wollen wir die

Schwestern holen und mit ihnen zum Fest eilen, um in der Oberwelt Hochzeit zu halten. Denn das darfst du mir glauben: Sobald die Sippe der getöteten Teufel herausbekommen hat, was du mit unseren Herren gemacht hast, werden sie dich von allen Seiten wie Heuschrecken überfallen.«

»Gut, dann brechen wir sofort auf!«

Vor dem Tor schaute Kurbads noch einmal nach dem diamantenen Schloß zurück. Das sah die jüngste Königstochter und fragte: »Was schaust du dich so verlangend um?«

»Wenn ich doch als Entgelt für meine Mühe dies diamantene Schloß mitnehmen könnte!«

»Das können wir leicht machen. Nimm hier meinen Kranz und trag ihn dreimal rings um das Schloß, so wird es sich in ein diamantenes Ei verwandeln.«

Und so geschah es auch. Er nahm das diamantene Ei mit und eilte zur mittleren Schwester in das goldene Schloß. Vor dem Tor schaute Kurbads wieder zurück. Da fragte die mittlere Schwester: »Was schaust du dich denn so verlangend um?«

»Wenn ich doch als Entgelt für meine Mühe dies goldene Schloß mitnehmen könnte.«

»Das können wir leicht machen. Nimm hier meinen Kranz und trag ihn dreimal um das goldene Schloß herum, so wird es sich in ein goldenes Ei verwandeln.«

So geschah es. Nun eilten sie alle drei zum silbernen Schloß, zur dritten Schwester. Vor dem Tor blickte Kurbads wieder zurück. Da fragte ihn die älteste Schwester: »Was schaust du dich denn so verlangend um?«

»Wenn ich doch als Entgelt für meine Mühe auch dies silberne Schloß mitnehmen könnte.«

»Das können wir leicht machen. Hier, nimm meinen Kranz und trag ihn dreimal um das silberne Schloß herum, so wird er sich in ein silbernes Ei verwandeln.«

So geschah es, und nun eilten alle vier zum Eingang zurück, um wieder auf die Oberwelt zu gelangen. Kurbads band die älteste Schwester an das Seil und zerrte an ihm, damit die Pflegebrüder sie hinaufzögen. Sie zogen erst die älteste Schwester empor, sodann die mittlere, dann die jüngste und ließen soeben das Seil hinab, um auch Kurbads hinaufzuziehen – da kam die Frau des Riesen, eine Hexe in Gestalt eines Werwolfs, heran: Ritsch! war das Seil durchgerissen, ratsch! rollte es in die Unterwelt. Rutsch! wälzte sich der Felsblock aus dem Sumpf und verschloß die Öffnng. Zuletzt verschwand auch das von den Erdgeistern erbaute Häuschen, und die fünf konnten sich noch glücklich schätzen, daß sie selbst mit heiler Haut heimkehren konnten.

Kurbads blieb also in der Unterwelt. Nichts zu machen, er mußte seine Keule zur Hand nehmen, sein Schwert umgürten und auf einen Ausweg sinnen. Hätte er sich wenigstens an das Pfeifchen erinnert, das er von den Erdgeistern bekommen hatte, vielleicht hätten die ihm geholfen. Aber so geht es: Hat man seinen Verstand am nötigsten, so ist man wie vernagelt.

So wanderte er immer drauflos, bis er an ein Häuschen kam, vor dessen Tür ein blinder Greis mitten auf dem Hof sein Vieh weiden ließ. »Weshalb läßt du denn dein Vieh hier auf dem Hof darben, während doch ganz in der Nähe die fettesten Weiden sind?«

»Ja, das wäre schon recht, aber die Wiesen gehören dem Hundsschnäuzigen, ich darf nicht.«

»Wo lebt denn das Ungeheuer, ist es eben zu Hause?«

»Im Augenblick wird es wohl nicht zu Hause sein, aber das ist egal, auch dann darf ich nicht auf seiner Wiese weiden, denn dort im Wald ist sein Wächter, ein Riesenvogel.«

»Ist der denn so schrecklich?«

»Er wäre nicht so schrecklich, aber – was soll man da sagen – er ist selbst in der Klemme. Denn ist er nicht wachsam, wird er von dem Hundsschnäuzigen bestraft. So hat er mir im vorvorigen Jahr erlaubt, ein klein wenig auf der Wiese seines Herrn zu weiden, aber sieh da! der Hundsschnäuzige war gleich zur Hand, sog mir meine Augen aus und erschlägt nun jahraus, jahrein die junge Brut des Vogels mit Schloßen. Das Ungeheuer soll wohl im Besitz einer Arznei sein, durch die ich mein Augenlicht wiederbekommen kann, aber wie will einer dazu gelangen?«

»Graukopf, ich wollte dich wohl von deinem Plagegeist befreien, wenn du mir sagen könntest, wie ich wieder an die Oberwelt gelange.«

»Wenn du es schaffst, den Hundsschnäuzigen zu bezwingen, so würde der Vogel dich zum Dank an die Oberwelt tragen.«

»So, dann ist alles gut, treib sogleich das Vieh auf die Wiese, damit ich Gelegenheit zum Kampf finde.«

Kaum war das Vieh auf der Weide, als auch schon der Hundsschnäuzige erschien und der Streit begann. Kurbads packte ihn an seiner Hundegurgel, drückte ihn mit dem Fuß an den Boden und hieb mit seiner Keule fürchterlich drauflos, daß das Hundevieh vor Schmerz gestand, wo es das Gefäß mit dem Heilwasser hingelegt hatte. Kurbads nagelte das Ungeheuer mit seinem Schwert an den Boden, ging nach dem Heilwasser und benetzte damit die Augen des Alten. Dieser bekam sein Augenlicht wieder.

Aber inzwischen hatte sich das Ungeheuer von dem Schwert losgerissen und fiel über Kurbads her. Kurbads gab ihm einen Schlag mit der Keule – umsonst; einen zweiten – wieder umsonst, nur daß es zu Fall kam. Er versetzte ihm einen dritten Schlag, da streckte das Ungeheuer alle viere von sich. Voller Freude führte nun der Alte seinen Retter eiligst zum Nest des Greifen, da er wußte, daß die jungen Vögel gerade jetzt das Hagelwetter erwarteten.

Als Kurbads sich dem Nest näherte, sah er, daß die Jungen – sie waren wohl so groß wie ein stattlicher Heuschober – im Nest lagen, doch waren sie noch nackt. Während jene sie noch bewachten, kam das Hagelwetter sausend und brausend herangezogen. Aber Kurbads deckte die nackten Jungen, so gut er konnte, und schützte sie vor dem Schloßenfall. Sobald das Wetter vorbeigezogen war, kam auch der alte Vogel – er hatte die Größe eines Pferdes – herbeigeflogen und trat Kurbads entgegen, indem er sprach: »Dein Verdienst ist es, wenn meine Jungen auch einmal heranwachsen werden. Wie soll ich dir das vergelten?«

»Ich verlange keinen anderen Dank, als an die Oberwelt zu gelangen.«

»Gut, ich will dich hinbringen. Aber der Weg ist lang, und das Meer ist weit, geh deshalb und fang dir drei Unterweltsstiere, die zerhack in Stücke, und wenn ich dann unterwegs den Schnabel aufsperre, so wirf mir jedesmal ein Stück hinein.«

Kurbads ging, die Stiere einzufangen. Das waren vielleicht Stiere! Von ihrem Gebrüll erzitterte das Gras, und von ihrem

99

Scharren bebte die Erde. Aber Kurbads packte einen bei den Hörnern und hieb ihm den Kopf ab. Er packte einen zweiten und hieb ihm den Kopf ab. Und er packte einen dritten und hieb ihm den Kopf ab.

Am folgenden Morgen nahm Kurbads das Fleisch der Stiere, bestieg den Rücken des Vogels und flog auf ihm neun Tage und neun Nächte durch die Lüfte. Am neunten Tag wurde bereits der Rand der Oberwelt sichtbar. Da schaute sich Kurbads um: Das Stierfleisch war zu Ende! Was nun? Wenn er kein Fleisch hatte, so fehlte es dem Vogel an Kraft, ihn zu tragen. Nichts zu machen! Kurbads mußte sich mit dem Schwert seine eigene linke Wade abschneiden und mit ihr die Vögel füttern, bis sie das Land erreichten.

Gegen Abend erreichte Kurbads glücklich sein Ziel und fand seine Braut und die Pflegebrüder bei dem alten König. Jene erzählten nun, wie es ihnen mit dem Seil ergangen war, und Kurbads berichtete von seinen Erlebnissen in der Unterwelt. Unterdessen fiel ihm sein diamantenes, goldenes und silbernes Ei ein. Er nahm den Kranz der jüngsten Schwester, trug ihn dreimal um den Platz, auf dem sich das diamantene Schloß erheben sollte, warf das diamantene Ei auf die Erde – und das diamantene Schloß stand fertig da. Dann nahm er den Kranz der mittleren Schwester, trug ihn dreimal herum, warf das güldene Ei auf die Erde und – das goldene Schloß stand fertig da. Zuletzt nahm er den Kranz der ältesten Schwester, trug ihn dreimal herum, warf das silberne Ei auf die Erde und – das silberne Schloß stand fertig da. Nun gab er dem Sohn der Bäuerin und dessen Liebsten das silberne Schloß, und er selbst behielt für sich und seine Liebste das diamantene Schloß.

100

Nach der Hochzeit gedachte Kurbads ruhig in seinem Schloß zu leben und sich von seinen Mühen zu erholen. Aber die Hexen und Zauberer ließen ihm keine Ruhe, weder bei Tag noch bei Nacht. Sie plagten sein Vieh, sie schädigten seine Felder, sie quälten seine Untertanen und sein Gesinde. Kurbads erkannte, daß hier die neunköpfige Hexe ihr Spiel habe, und beschloß, sein Reich zu säubern.

Er lud sich drei Schiffspfund Salz und drei Schiffspfund Salzlake auf die Schultern, ging dann der Drachenhexe entgegen und überlegte: »Wenn ich ihr das Salz in den Rachen schütte, so wird sie Wasser saufen wollen. Während sie dann säuft, werde ich an den Strand eilen und ihr dort den Garaus machen.«

Nachdem er drei Tage gewandert war, kam der Drache mit Getöse unter lautem Flügelschlag und mit aufgesperrtem Rachen durch die Luft geflogen. Kurbads stellte sich hin und warf ihm drei Schiffspfund Salz in die Gurgel. Der Drache nieste gewaltig und eilte zum Meer, seinen Durst zu löschen, Kurbads hinterher, hatte aber das Meer noch nicht zu Gesicht bekommen, als der Drache sich bereits vollgesoffen hatte und zurückgeflogen kam. Kurbads blieb stehen und goß ihm drei Schiffspfund Salzlake in den Schlund. Jener nieste gewaltig und flog, diesmal auf einem anderen Weg, zum Meer, seinen Durst zu löschen.

Kurbads verlor seine Spur. Lange suchte er nach dem Drachen, bis er an das Meer gelangte, wo er eine Schmiede fand. In ihr schmiedete der Himmelsschmied. Der gab Kurbads einen Rat: zu Fuß den Drachen zu verfolgen sei sinnlos. Er wolle ihm ein Roß schmieden, auf dem er in der Zeit, die eine Handvoll Flachs zum Verbrennen brauche, dreimal um die

Welt reiten könne, nur müsse sich der Reiter davor hüten, daß er rückwärts blicke.

Während Kurbads noch mit dem Himmelsschmied verhandelte, hatte sich der Drache schon vollgesoffen und flog über die Schmiede hin. Wohl raffte Kurbads glühende Kohlen auf und schleuderte sie dem Drachen in den Schlund, versengte ihm aber bloß die Zungenspitze. Nun schmiedete der Himmelsschmied ein Roß, das glänzte so hell wie die Sonne. Kurbads bestieg seinen Rücken und flog hinter dem Drachen her. Das Roß flog mit Windeseile von Meer zu Meer, von Wald zu Wald. Da, horch! Was ist das? Hinter seinem Rücken hörte er ein mächtiges Getöse. Bäume krachen bricks und bracks! Wogen branden schwicks und schwacks! Kurbads schaut sich um, aber im selben Augenblick erdröhnen Donnerschläge, Blitze zucken nieder, und das Roß ist verschwunden.

Wohl bedauerte er jetzt sehr, daß er sich umgeschaut und die Warnung des Himmelsschmiedes vergessen hatte. Wohl wurde es ihm alsbald klar, daß die Lärmmacher eben seine Feinde gewesen waren. Doch Wasser, das einmal verschüttet ist, läßt sich nicht mehr einschöpfen.

Kurbads legte sich am Rand eines kleinen Bächleins zur Ruhe und stellte das Kraftwasser neben sich hin. Am Nachmittag wollte er den Trunk zu sich nehmen und dann noch einen Versuch machen, mit Aufgebot aller Kräfte die Drachenhexe zu verfolgen. Doch es kam wieder anders, als er beabsichtigt hatte, denn die Drachenhexe hatte schon um die Mittagszeit mit dem Teufel verabredet, Kurbads zu betrügen und dann zu überwinden.

Während er schlief, nahm die Hexe die Gestalt einer Kröte

102

an, kroch zum Gefäß, in dem der Trank enthalten war, und drehte es so, daß das Kraftwasser nach links, das Ohnmachtswasser aber nach rechts zu liegen kam. Kurbads erwachte, wollte das Kraftwasser trinken, trank aber statt dessen das Ohnmachtswasser. Der Ärmste merkte zwar gleich, was geschehen war, aber es war zu spät. Seine Kraft war für ein Jahr hin.

Nun fackelte der Teufel auch nicht länger, hurtig war er da, Kurbads solle sich ihm für ein Jahr als Knecht verdingen oder gleich seine Kraft mit ihm messen. Der Böse dachte: »Wart, Alterchen, ich will dich schon mit Arbeiten gehörig plagen, lebend sollst du mir nicht davonkommen.« Kurbads nahm das Angebot an, doch unter folgender Bedingung: Wenn einer von beiden sich um der Arbeit willen ärgern sollte, so sollte der andere ihm drei Fleischstreifen aus dem Rücken schneiden dürfen. Dem Teufel war dieser Handel durchaus nach dem Herzen.

Am nächsten Morgen befiehlt der Teufel unserem Kurbads, Hasen auf die Weide zu treiben. Aber was es mit diesen Hasen für eine Bewandtnis hatte, sollte der Hüter sofort erfahren: Sobald er sie hinaustrieb, zerstreuten sie sich nach allen Ecken und Enden. Gegen Abend war der Hüter allein auf der Weide, kein Hase war mehr zu sehen. Aber was will das sagen! Mit Sonnenaufgang bläst Kurbads nur auf seinem Pfeifchen, gleich sind zehn Erdgeisterchen da, die suchen und spüren und hetzen und treiben, bis alle Hasen wieder hübsch beisammen sind. Als der Teufel das sah, dachte er: »Mit dem ist nicht zu spaßen, über den hat das Ohnmachtswasser keine Gewalt.«

Am nächsten Morgen läßt er ihn die Kühe weiden, das sol-

103

le aber so geschehen, daß sie am Abend vor Feistigkeit wakkelten. Sobald die Kühe ausgetrieben waren, waren sie ebenso verschwunden wie tags zuvor die Hasen. Doch auf den Klang der Pfeife sind wieder die zehn Erdgeisterchen zur Stelle und suchen und spüren und hetzen und treiben, bis alle Kühe wieder beisammen sind.

Nun schlägt Kurbads mit seiner Keule jeder Kuh ein Bein ab und treibt sie dann nach Hause, daß sie wackeln. »Hör, du hast ja den Kühen die Beine abgehauen«, brüllt ihn der Teufel, blau vor Wut, an.

»Du selbst hast doch heute morgen gesagt, ich soll sie so weiden, daß sie am Abend wackeln, und jetzt ärgerst du dich noch darüber.«

»Nein, nein, Kurbads, ich ärgere mich nicht.«

»Nun, dann ist's gut, gib mir eine andere Arbeit.«

Am nächsten Morgen läßt ihn der Teufel die Pferde weiden, dies solle aber so geschehen, daß sie abends alle grinsten. Die Pferde verschwinden ebenso wie tags zuvor die Kühe. Doch auf den Klang der Pfeife erscheinen des Abends wieder die zehn Erdgeisterchen und suchen und spüren und hetzen und treiben, bis alle beisammen sind. Kurbads schneidet nun mit seinem Schwert jedem Pferd die Oberlippe herunter und treibt sie nach Hause, daß sie nur so grinsen. »Hör, du hast ja den Pferden die Oberlippe abgeschnitten!«

»Hast du denn nicht heute früh selbst gesagt, ich soll die Pferde so weiden, daß sie am Abend alle grinsen, und jetzt ärgerst du dich noch darüber?«

»Nun, nein, Kurbads, ich ärgere mich nicht.«

»Nun, dann ist es gut, gib mir eine andere Arbeit.«

Am nächsten Morgen ließ ihn der Teufel eine Stute an-

104

schirren und im Lauf des Tages das Land so weit aufpflügen, wie die weiße Hündin laufen würde. Kurbads schirrte die Stute so kurz an den Pflug, daß sie sich nicht rühren konnte. Dann fing er die weiße Hündin, schlug sie mit seiner Keule windelweich, stopfte sie unter die Klete [Speicher] und setzte sich dann selbst auf den Pflug, um den Abend zu erwarten.

Am Abend kam der Teufel, um nach ihm zu sehen. »Weshalb pflügst du denn nicht?«

»Weshalb ich nicht pflüge? Der Hund läuft nicht, die Stute rührt sich nicht, und dann wirst du dich noch darüber ärgern!«

»Nein, nein, ich ärgere mich nicht.«

»Nun, dann ist es gut, gib mir eine andere Arbeit.«

Am nächsten Tage befahl ihm der Teufel, den Pferdestall auszumisten, der seit Jahr und Tag keine Mistgabel mehr zu sehen bekommen hatte. Kurbads blies auf seinem Pfeifchen, gleich waren die Erdgeister zur Stelle und stachen und warfen und luden und karrten, bis der Stall eins, zwei, drei leer war. Am Abend kam der Teufel nachzusehen: Ja, da war nichts zu machen.

Am nächsten Tage ließ der Teufel Kurbads mit Hilfe seiner Frau, die die Gestalt einer Stute angenommen hatte, eine volle Fuhre Holz aus dem Wald einführen. Kurbads belud die Fuhre mit dem Holz, aber – die Stute wollte nicht ziehen. Als Kurbads das sah, kam er mit seiner Keule und maß an der Stute herum. »Was willst du eigentlich an meinen Flanken ausmessen?« forschte die Stute.

»Wart, wart, mein Pferdchen, ich will mir aus deinem Fell Lederstreifen für ein Paar Bundschuhe schneiden, damit du die Fuhre leichter heimziehen kannst.«

105

»Laß das, laß das, es wird auch so gehen.« Glücklich zog die Stute die Fuhre heim. Zu Hause war der Teufel wie rasend, aber die Stute erwiderte: »Du hast ein großes Maul, geh doch und zieh, da wirst du selbst sehen, wie du mit Kurbads fertig wirst.«

»Ärgerst du dich?« fragte Kurbads.

»O nein, ich ärgere mich nicht.«

»Nun, dann ist es gut, gib mir eine andere Arbeit.«

Am nächsten Tage ließ ihn der Teufel für das Mittagessen ein Schwein schlachten. Kurbads verlangte, er soll ihm angeben, welches er schlachten soll, allein der Teufel erwiderte: »Schlachte das, das nach oben schaut.« Da ging er in den Stall, um das bezeichnete Tier zu suchen, weil aber alle nach oben schauten, schlachtete er alle. Der Teufel tobte, aber Kurbads fragte ihn: »Ärgerst du dich?«

»Nein, nein, ich ärgere mich nicht.«

»Dann ist es gut, gib mir eine andere Arbeit.«

Am nächsten Morgen ließ ihn der Teufel zwei Külmit Mehl bringen, woraus Klöße bereitet werden sollten: Ein Külmit Klöße sollte Kurbads verzehren, das andere würde der Teufel essen. Kurbads setzte sich hinter den Rücken des Teufels und stopfte sich die Klöße unter das Hemd. Der Teufel aß, überfraß sich und hatte die ganze Nacht Bauchschmerzen.

Des Morgens ließ er dann die Badestube heizen und wollte sich dort durch Abreiben wieder gesund pflegen. Im Bad ächzte und stöhnte der Arme. »Weißt du was, Kurbads, ich habe mich etwas überfressen, wie geht es dir?«

»Mir ist auch nicht so wohl, doch kenne ich ein gutes Mittel. Ich werde mir mit dem Säbel den Bauch aufschlitzen, daß

106

die Klöße herausfallen.« Kurbads ging ins Vorhaus, schüttete seine Klöße auf den Boden und sagte zum Teufel: »Jetzt bin ich gesund wie ein Rettich.« Der Teufel versuchte, sich auch den Bauch aufzuschlitzen, aber er brachte es nicht fertig, es tat entsetzlich weh. Kurbads wälzte sich vor Lachen, aber der Teufel sagte kein Wort, brummte nur ärgerlich: »Über den hat das Ohnmachtswasser keine Gewalt. Der Wicht hat eine besondere Natur und eine besondere Kraft.«

Nun rieben sich beide im Mondenschein bis Mitternacht. Da plötzlich ergriff der Teufel seine zehn Schiffspfund schwere Axt und sagte zu Kurbads: »Hier ist die Axt, wollen wir uns im Wald eine Eiche holen.« Kurbads ergriff die Axt am Stiel und schaute lange in den Mond. »Was schaust du da, laß uns gehen!«

»Schön, gehen wir! Aber weißt du was? Ich hätte Lust, dem Altvater [gemeint ist Gott] das Fenster einzuwerfen.«

»Bist du verrückt? Ich habe nur eine Axt, und die willst du mir durchbringen. Gib die Axt her, laß uns gehen!«

»Na gut, gehen wir.«

Sie gingen in den Wald. Der Teufel stieg auf eine Eiche, bog sie zur Erde wie eine Gerte und rief Kurbads zu, er soll den Baum fällen. Doch der lehnte sich an eine dicke Eiche und betrachtete den Mond. »Was schaust du? Hau zu!«

»Ich werde schon hauen, doch habe ich Lust, zuerst die Axt dem Altvater ins Fenster zu werfen, denn ich habe ihn schon lange nicht mehr brummen gehört.«

»Bist du bei Sinnen? Laß den Altvater in Ruhe. Gib mir lieber die Axt, ich will hauen, und du steig hinauf und bieg die Eiche.«

Kurbads stieg auf den Wipfel der Eiche. Aber der Baum

schnellte zurück und schleuderte Kurbads hinüber, so daß er gerade auf einen Hasen zu fallen kam. Er fing den Hasen und wartete, bis die Eiche fallen würde. Der Teufel hieb immer zu, bis sie fiel, aber verkehrt, den Wipfel gegen das Haus, das dicke Ende gegen den Wald hin. Nun nahm Kurbads den Hasen und ging zum Teufel.

»Wo treibst du dich denn herum? Warum biegst du den Baum nicht?«

»Was treibe ich mich herum, ich bin meinem jüngsten Bruder begegnet, und wir haben uns unterhalten, denn wir hatten uns schon lange nicht mehr gesehen.«

»Was macht denn dein Bruder?«

»Er ist Läufer von Beruf.«

»Dann soll er kommen und mit mir um die Wette laufen.«

»Schön«.

Sobald nun Kurbads den Hasen losließ, da lief er, daß sein Schwänzchen wackelte. Auch der Teufel lief los, konnte ihn aber nicht einholen.

»Du treibst ja mit meinem Bruder nur irgendwelche Possen, alles willst du immer, und nichts kannst du.«

»Nun, was ist mit der Eiche? Nimm du das dünne Ende, ich will das dicke nehmen, aber haben wir einmal angefaßt, dann gibt es natürlich kein Stillstehen, bis die Eiche zu Hause ist.« Der Teufel ergriff das dünne Ende und zog die Eiche rückwärts durch den Wald, daß es nur so krachte. Aber Kurbads setzte sich auf den Stamm und fuhr mit. Zu Hause wischte sich der Teufel den Schweiß von der Stirn, und Kurbads spottete: »Du bist ein schwaches Geschöpf, daß du so schnell zu schwitzen anfängst.«

Am nächsten Morgen befahl ihm der Teufel, die kleinen

108

Teufelchen heimzufahren und gut zu füttern. Kurbads schirrte das Teufelspferd an, fuhr nach den Kindern, packte sie in den Wagen, legte einen tüchtigen Hebebaum darüber, schnürte das Fuder zu und fuhr heim. Aber auf der Fahrt fiel eins der Kinder nach dem andern heraus und schrie: »Kurbads, ich falle, ich falle!« Da griff Kurbads zu einem anderen Verfahren: Jedem Kind, das herausfiel, schlug er am Rade knacks! den Schädel ein. Zu Hause angekommen, setzte er die totgeschlagenen Teufelchen im Kreis um den Tisch, stopfte ihnen Essen in den Mund, legte jedem einen Napf mit Essen in den Schoß und ging dann fort, das Pferd loszuschirren.

Bald darauf war der Teufel drinnen und brüllte fürchterlich: »Kurbads, du hast ja die Kinder totgeschlagen!«

»Ich soll sie totgeschlagen haben? Nein, überzeug dich selbst. Sie sind an Heißhunger gestorben. Alle haben den Mund voll und die Hände im Speisenapf. Du kannst mir glauben, daß sie im Heißhunger sich verschluckt haben und erstickt sind.«

»Was du behauptest! Totgeschlagen hast du sie!«

»Wie, ärgerst du dich?«

»Nein, nein, ich ärgere mich nicht.«

»Dann ist es gut, gib mir eine andere Arbeit.«

Am nächsten Morgen sprach der Teufel zu Kurbads: »Hör zu, heute abend werde ich auf eine Hochzeit gehen. Besorg die Stute, mach dich zurecht und komm mir nach. Aber wenn du siehst, daß ich zwischen Braut und Bräutigam sitze, dann wirf mir ein Auge zu.« Kurbads schlug dem Pferd die Augen aus und ging auf die Hochzeit. Kaum hatte sich der Teufel zwischen die Braut und den Bräutigam gesetzt, als

Kurbads das eine Pferdeauge nach ihm warf. Da machte der Teufel große Augen. Nach einer Weile warf Kurbads das andere Pferdeauge nach ihm. Da sprang der Teufel auf, und hast du nicht gesehen, war er zur Tür hinaus nach Hause. Dort tobte und brüllte er: »Weshalb hast du dem Pferd die Augen ausgeschlagen?«

»Du selbst hast mir doch gesagt, ich soll dir ein Auge zuwerfen.«

»Wer wird denn so etwas sagen.«

»Wie, ärgerst du dich?«

»Nein, nein, ich ärgere mich nicht.«

»Dann ist es ja gut, gib mir eine andere Arbeit.«

»Die sollst du bekommen.«

In der Nacht, als Kurbads sich zur Ruhe gelegt hatte, hörte er den Teufel mit seiner Frau sprechen. Er wolle sich noch in dieser Nacht leise an Kurbads heranschleichen und ihn mit der Axt erschlagen. Denn wenn er sich nicht damit beeilte, so würde Kurbads ihn zuletzt selbst totschlagen. Auch sei das Jahr bald abgelaufen, wo die Wirkung des Ohnmachtswassers ein Ende habe. Als Kurbads das vernommen hatte, sprang er von seinem Lager auf, legte an das Kopfende ein Butterfaß, das er so verhüllte, daß es einem Menschenkopf ähnlich sah, und versteckte sich dann selbst hinter dem Ofen.

Um Mitternacht schlich der Teufel auf den Zehenspitzen leise herein und schlug mit voller Wucht auf das Butterfaß los, daß es in tausend Stücke zerbarst. Hohnlachend eilte er zu seiner Frau zurück und erzählte: »Dem habe ich eins versetzt! Das Hirn floß nur so übers Genick.« Aber Kurbads lief dem Teufel nach und fragte ihn, warum er denn das Butterfaß zertrümmert hätte. Jetzt fingen dem Teufel, als er Kur-

110

bads sah, wahrhaftig die Beine zu schlottern an: Der war nicht totzukriegen. Er nahm seine Siebensachen unter einen Arm, seine Frau unter den anderen und lief zu der Hexe, Kurbads Todfeindin. Kurbads indes folgte ihm Schritt für Schritt. Nach einiger Zeit sagte der Teufel zu seiner Frau: »Jetzt können wir uns etwas ausruhen, meine Last ist doch arg schwer.«

»Natürlich, ein wenig verschnaufen könnte man«, rief Kurbads hinter dem Rücken des Teufels.

»Kurbads, bist du auch hier?«

»Natürlich, wo du bist, da bin ich auch.«

Der Teufel nahm wieder seine Habseligkeiten und seine Alte und lief bis zum Ufer eines Flusses, wo er sich etwas hinzustrecken und auszuruhen gedachte. Während er sich niederließ, war Kurbads auch schon da.

»Kurbads, bist du auch hier?«

»Natürlich, wo du bist, da bin ich auch.«

In solch einer Klemme hatte sich der Teufel noch nie befunden; rein, um sein Ende zu kriegen! Weder totschlagen konnte man ihn noch ihm entrinnen. Endlich kam ihm ein neuer Gedanke: Er lagerte seine Frau neben sich, Kurbads aber an der steilen Uferböschung, um ihn, wenn er eingeschlafen wäre, in den Fluß zu stoßen. Aber Kurbads wird doch wohl nicht so dumm sein, neben dem leibhaftigen Teufel einzuschlafen! Er wehrte sich vielmehr nach Kräften gegen den Schlaf, wartete, bis beide eingeschlafen waren, schob dann die Teufelsfrau an seine Stelle, während er sich auf ihren Platz legte, und dann wartete er ab, was sich weiter begeben würde.

Als nun der Teufel erwachte, stieß er den am Abhang lie-

111

genden Schläfer in den Fluß hinab. Als er aber bald merkte, daß er seine eigene Frau hinabgestoßen hatte, sprang er am Ufer hin und her, zertrampelte die Erde und rang die Hände. Da faßte Kurbads seine Keule und gab dem Teufel einen solchen Hieb ans Genick, daß er holterdiepolter in die Tiefe hinabstürzte.

Als Kurbads sich so von der Knechtschaft des Teufels befreit sah, wandte er sich der Heimat zu, und wie er unterwegs seine Keule schwang, merkte er, daß seine früheren Kräfte wiedergekehrt waren. So ging er weiter, bis er zu einem großen Wad kam. Am Waldesrande saß ein weißhaariger Mann und flocht sich Peitschen.

»Wozu flechtest du Peitschen, Alter?«

»Oh, das sind Hexenpeitschen, denn dieser Wald ist so von Hexen besessen, daß jedermann seine liebe Not mit den Ungetümen hat. Nur mit diesen Peitschen kann man sich ihrer erwehren. Doch wenn sich jemand fände, der mit starker Hand die Behausung der Ungetüme zerstörte, so wäre der Wald für ewige Zeiten rein.« Dazu erklärte sich Kurbads bereit.

Er wartete den Abend ab, wo die Ungetüme in ihrer Behausung versammelt waren, und wälzte einen großen Stein vor den Eingang. Dann ergriff er seine Keule, schob den Stein ein klein wenig zurück, ließ ein Ungetüm heraus und schlug es tot und so fort. Die ganze Nacht war Kurbads an der Arbeit, bis alle tot waren und der Wald hinfort rein war.

Am folgenden Tage traf Kurbads jenseits des Waldes einen Menschen, der ein großes Feuer angezündet hatte und dabei unablässig jammerte: »Mich friert, mich friert!«

»Ja, warum wärmst du dich denn nicht, wenn dich friert?«

112

»Sobald ich mich wärmen wollte, wäre mein Quälgeist, ein Werwolf, da und würde mich verschlingen.«

»Nun wärme dich ruhig, deinen Werwolf will ich schon in die Lehre nehmen.«

Und so geschah es auch. Kaum hatte er sich die Hände gewärmt, als der Werwolf erschien und über den Ärmsten herfallen wollte. Doch Kurbads packte ihn zuvor an der Gurgel, zerriß ihn und warf ihn ins Feuer als Frühstücksbraten für die übrigen Hexen. Der Werwolf verbrannte schwelend, das Feuer erlosch, und der Mann fror nicht mehr.

Nachdem Kurbads wieder ein Stück gegangen war, erblickte er einen anderen Menschen, der, am Ufer eines Sees sitzend, unaufhörlich schrie: »Ich habe Durst, ich habe Durst.«

»Weshalb trinkst du nicht, wenn du Durst hast?«

»Ja, sobald ich trinken wollte, wäre mein Peiniger, ein Adler, da und würde mich auf der Stelle verschlingen.«

»Nun trink man ruhig, den Adler will ich mir schon in die Lehre nehmen.«

Und so geschah es. Kaum hatte der Mann einen tiefen Schluck getan, als sich der Adler mit dem Schnabel klappernd und mit den Flügeln schlagend auf den Armen stürzte. Aber Kurbads schlug ihm den Kopf herunter und warf den Unhold in den See. Sofort trocknete der See aus, und der Mann hatte keinen Durst mehr.

Zuletzt gelangte Kurbads nach Hause. Aber dort erwartete ihn neues Unheil. Seine Frau lag von der Drachenhexe verzaubert todkrank. Die Arme war durch ihr Leiden so mitgenommen, daß sie ihren Mann nicht einmal wiedererkannte. Doch Kurbads fand auch hier, wie überall, eine Lösung. Er nahm das Heilwasser des Hundsschnäuzigen, mit dem er die Augen des Alten kuriert hatte, und stellte damit auch seine Frau wieder her.

Danach lebte Kurbads manches Jahr glücklich und zufrieden, denn die Drachenhexe durfte sich in seinem Reiche nicht mehr zeigen. Doch behielt sie noch nach Jahren Rachegedanken im Sinn. Da sie Kurbads auf keine andere Weise beikommen konnte, so durchflog sie neun Königreiche und hetzte neun Könige auf, mit ihrer Kriegsmacht Kurbads zu überwältigen. Es sammelte sich eine gewaltige Heeresmacht, und der Thronfolger des dritten Reiches, ein unbezwingbarer Riese, führte sie geradenwegs in Kurbads Reich. Kurbads sammelte gleichfalls seine Kriegsleute und zog seinen Feinden entgegen.

Nun erhob sich ein gewaltiger Kampf. Die Schwerter klirrten, und die Keulen schmetterten. Kurbads hatte den Riesen bereits mit seiner Keule zu Boden geschlagen. Während er aber sein Schwert zog, um dem Riesen das Haupt zu spalten, verwundete ihn dieser mit seinem Schwert an der linken Schulter. Als die Drachenhexe das sah, schwang sie sich, mit den Flügeln schlagend, auf Kurbads Kopf und spuckte ihre giftige Galle in seine Schulterwunde. Kurbads erhob noch den linken Arm und erwürgte damit die Drachenhexe; den rechten Arm erhob er und spaltete dem Riesen das Haupt. Dann jedoch sank er, vom Drachengift bezwungen, auf seine Keule und starb.

114

BEUTEL, HÜTLEIN UND PFEIFLEIN

Es war einmal ein Vater, der hatte drei Söhne und vermachte jedem von ihnen ein kostbares Erbstück. Für den ältesten bestimmte er einen Geldbeutel, der nie leer wurde, für den zweiten ein Hütlein, durch das man alles bekam, was man nur wünschte, und für den jüngsten ein Pfeiflein, mit dem man sich so viele Soldaten herbei- und fortpfeifen konnte, als einem in den Kopf kam.

Nachdem der Vater gestorben war, nahmen die drei Söhne Besitz von ihrem Erbteil, und der älteste dachte daran, seinen Beutel gut anzuwenden. »Ei«, sagte er eines Tages zu seinen Brüdern, »ich habe gar keine Lust mehr, in der engen Stube zu sitzen, ich will hinausgehen und mir ein bißchen die Welt anschauen. Wer einen Beutel hat wie ich, dem kann es auf der Reise an nichts fehlen.«

Also nahm er Abschied von seinen Brüdern und zog hinaus in Gottes freie Welt ohne Plan und Regel. Nachdem er eine Zeitlang herumgereist war, kam er in die Residenzstadt des Königs. Hier gefiel es ihm, weil es Gelegenheit gab, sich zu zeigen und mit dem Gelde zu glänzen. Er lebte in Saus und Braus wie ein Fürst und gab so groß, wie es nur einer tun kann, dessen Beutel ohne Leiden ist. Alles in seinem Hause glänzte von Gold und Silber, und in der Küche ging es so vornehm her, daß die Köche statt des Holzes Zimtspäne verschürten. So verbreitete sich ein so starker Geruch in der ganzen Stadt, daß der König auf den fremden Mann aufmerksam wurde und ihn an seine Tafel bat, um Näheres zu erfahren. Der König besaß auch eine Tochter, die tat dem neuen Gaste so schön und wußte sich bei ihm so einzuschmeicheln, bis ihm endlich das Maul zerbrach. Er zeigte der schönen Prinzessin seinen Geldbeutel und erzählte ihr von der Wunderkraft, die ihm innewohnte. Der König hieß ihn bei Hof bleiben und hielt ihn so in Ehren, daß er ihn endlich gar zu seinem Minister machte.

Die schlaue Königstochter indes verschaffte sich einen Geldbeutel, der dem wunderbaren Säckel ganz gleichsah, und lud eines Tages den Minister zu einem Spaziergang ein. Der Minister nahm die Einladung an und ging mit der schönen Prinzessin hinaus in die freie Weite, bis sie zu einem großen schattigen Baume kamen. »Hier wollen wir ein wenig ausruhen«, sprach die Königstochter, »und ein gutes Glas zur Erquickung trinken.« Der Minister war ihr wieder zu Willen, und so setzten sich beide in den kühlen Schatten des Baumes. Die Prinzessin zog eine Flasche aus dem Sack und reichte sie dem Minister. Dieser wußte nicht, wie faustdick es die Königstochter hinter den Ohren hatte, und tat einen kräftigen Zug. Es dauerte gar nicht lange, da fühlte er die Wirkung des Schlafpulvers, das die Prinzessin ihm in den Wein getan hatte, ließ von Zeit zu Zeit den Kopf schnappen und schlief endlich wie eine Ratte. Nun machte sich die Prinzessin über seine Taschen her, stahl ihm den wunderbaren Beutel und tat den nachgemachten, tüchtig mit Gold angefüllt, an dessen Stelle. Dann ließ sie den Minister Minister sein und machte sich aus dem Staube.

Als der Minister aufwachte und keine Königstochter mehr sah, kam ihm die ganze Sache nicht mehr richtig vor. Sein erster Griff ging in die Tasche, worin er den wunderbaren Beutel zu tragen pflegte. Er gewahrte den vollen Beutel, stand auf und ging ohne weitere Sorge an den Hof zurück. Der Beutel hatte aber seine treffliche Eigenschaft verloren, so daß er in wenigen Tagen leer wurde und nimmer voll werden wollte. Der Minister merkte nun wohl, daß er von der Prinzessin hintergangen worden sei, konnte aber weder seinem Ärger Luft machen noch den kostbaren Beutel wiederbekommen. Nach langem Kopfzerbrechen reiste er nach Hause, um dort Hilfe zu suchen. Er ging zu seinem jüngeren Bruder, der das Wunschhütlein geerbt hatte, und bat ihn: »Lieber Bruder, ich bin um meinen Beutel schändlich betrogen worden, und nur du kannst mir wieder dazu verhelfen. Sei doch so gut und leihe mir auf kurze Zeit dein Wunschhütlein, damit ich meinen Beutel wiederbekommen kann. Ich würde es dir ewig danken.«

Der Bruder war ein guter Kerl und schlug ihm seine Bitte nicht ab, sondern brachte ihm alsogleich das wunderbare Hütlein. Der Minister wollte nimmer aufhören zu danken, nahm das Hütlein und reiste damit an den Hof zurück. Er ließ sich gleich beim König melden, und der König lud ihn zur Mittagstafel ein. Da wurde gegessen, getrunken und musiziert, und der Himmel war voller Geigen. Der Minister machte zwar anfangs ein Gesicht wie ein Pechsieder, vergaß aber bald Kummer und Sorgen und scherzte und lachte wie alle übrigen. Der schlauen Königstochter entging das nicht, sie setzte sich wieder an seine Seite und wußte sich bei ihm so einzuschmeicheln, daß er vor ihr kein Geheimnis hatte und ihr von seinem Wunschhütlein erzählte. »Ei«, dachte die Prinzessin, »das Hütlein ist viel mehr wert, das lasse ich nicht aus.« Sie machte es wieder wie beim erstenmal, verschaffte sich ein Hütlein, das dem Wunschhütlein ganz ähnlich sah,

117

und ging mit dem Minister spazieren. Unter einem schattigen Baum machten sie Rast, und der Minister bekam wieder ein Tränklein, worauf er in einen tiefen Schlaf versank. Als er aufwachte, war die Prinzessin nicht mehr da, und sein Wunschhütlein war auch fort. Denn sooft er mit dem Hütlein, das er jetzt aufhatte, etwas herbeizuwünschen versuchte, kam gar nichts zuwege. Was sollte nun der arme Minister machen? Den Beutel verloren, das Hütlein verloren und sonst auch nichts zu haben, das war ein bißchen zu arg. Hätte er nur jetzt das Pfeiflein seines jüngsten Bruders gehabt, er hätte eine Menge Soldaten ausmarschieren lassen und würde Beutel und Hütlein schon wiederbekommen haben. Ja, dieses Pfeiflein sah ihn jetzt recht wohl an, aber er besann sich doch lange, bis er sich wieder entschloß, nach Hause zu gehen und auch noch das Pfeiflein zu leihen.

Endlich machte er sich auf den Weg, und als er heimkam, begab er sich zu seinem jüngsten Bruder: »Schau, Brüderle, ich bin um alles gekommen, um Beutel und Hütlein. Wenn du mir dein Pfeiflein nicht leihen wirst, so werden wir weder das eine noch das andere jemals zurückbekommen.« Der jüngste Bruder war ein guter Kerl, brachte ihm sein Pfeiflein und wünschte ihm Glück auf dem Weg. Nun war der Minister wieder hinten und vorn auf und eilte dem Hofe zu. Er ließ sich beim König melden und wurde wieder zur Tafel geladen. Da war alles kreuzfidel und der Minister nicht minder, denn Speise und Trank mundeten ihm so gut, und das kostbare Pfeifchen ließ ihn auch nicht traurig aussehen.

Wie aber die Prinzessin den Minister wiedersah und merkte, daß er so lustig war, dachte sie sich gleich: »Holla, der hat gewiß wieder etwas mitgebracht!« Sie setzte sich an seine Seite, tat freundlich mit ihm und wußte sich wieder bei ihm so einzuschmeicheln, daß er ihr das Pfeiflein zeigte und von seiner wunderbaren Eigenschaft erzählte. Nun ging das Sinnen und Trachten der Prinzessin wieder einzig und allein darauf hin, des wunderbaren Pfeifleins habhaft zu werden. Sie verschaffte sich zu dem Ende ein ähnliches Pfeiflein, lud den Minister zu einem Spaziergang ein und gab ihm unter einem kühlen Baum ein Tränklein, das ihm alsbald die Augen zufallen machte. Als er nach langem Schlafe wieder zu sich kam, war die Prinzessin aus dem Staube, und auf dem Pfeiflein, das er in der Tasche hatte, konnte er keinen einzigen Mann herbeiblasen. Nun saß er freilich recht übel in der Butter! Der Beutel fort, das Hütlein gestohlen und das Pfeiflein staubaus – was war da zu machen? Bei seinen Brüdern hatte er nichts mehr zu hoffen, außer höchstens Scheltworte, und an den Hof zurückgehen konnte er auch keine Lust mehr haben. Er wußte nicht, was er vor lauter Zorn und Ärger anfangen sollte. Endlich sprang er von seinem Sitze auf und lief Hals über Kopf in den Wald hinein.

Da irrte er lange Zeit herum und dachte an nichts als an die drei verlorenen Stücke. Eines Tages trug es sich zu, daß er tief im Walde an eine Klausnerhütte kam. Er ging hinein, und da saß ein grauer Mönch, der ihn freundlich anredete und um sein Anliegen fragte. Dem erzählte er sein ganzes Unglück von A bis Z und bat ihn, er möge ihm doch helfen, wenn es anders in seiner Macht stünde. Der Mönch horchte fleißig auf und murmelte für sich in den Bart hinein. Als die Erzählung zu Ende war, tröstete er den Minister und sagte: »Helfen kann ich dir schon, aber du mußt pünktlich ausführen, was ich dir aufgebe.« Der Minister versprach aufs genaueste zu folgen, und es wunderte ihn nur, was ihm der Alte für ein Mittel geben werde.

Der Mönch suchte eine Zeitlang in der Zelle herum, zog endlich einen Korb aus einer Ecke hervor und brachte ihn dem Minister. »Siehst du, da hast du einen Korb voll Äpfel, und unter diesen ist ein ausnehmend schöner, der ganz wunderbare Kräfte hat. Denn wer immer davon ißt, dem wachsen alsogleich Hörner, die ihm kein Doktor mehr wegdoktern kann. Du gehst nun in die Stadt, setzt dich auf den Marktplatz und bietest deine Äpfel zum Verkauf an. Aber diesen schönen darfst du nicht wohlfeiler lassen als um einen Louisdor. Denn wenn du ihn so teuer gibst, so wird ihn gewiß niemand anders kaufen als der König.«

Der Minister versprach fleißig zu folgen, zog eine alte Kutte an, die er vom Mönch zu leihen bekam, und ging in die Stadt. Auf dem Marktplatz setzte er sich nieder und bot seine Äpfel zum Verkauf. Viele Leute, die vorbeigingen und den schönen großen Apfel sahen, wollten ihn kaufen, aber als sie den Preis hörten und durch Handeln nichts ausrichteten, ließen sie ihn gerne stehen.

Endlich kam die Köchin des Königs, sah den schönen Apfel und zahlte ohne Widerrede den hohen Preis. Sie tischte ihn am selben Tag noch bei der Mittagstafel auf und freute sich schon auf das Lob, das sie wegen des schönen Obstes davonzutragen hoffte.

Bei der Tafel staunte alles über den herrlichen Apfel, und weil es gar so etwas Außergewöhnliches war, wurde er in drei Teile zerteilt, so daß der König ein Stück erhielt und eins die Königin und eins die Prinzessin. Alle drei machten sich mit der größten Gier darüber her und ließen sich kaum Zeit zum

Kauen. Als aber alle drei einen Bissen verschluckt hatten – wie schauten sie da einander an! Einem jeden schoben sich zwei Hörner zur Stirn heraus, die wuchsen immer schneller, und in einigen Minuten schauten alle drei aus wie der leibhaftige Teufel. Da wurde die größte Verwirrung im ganzen Schlosse. Man holte einen Arzt nach dem andern und eine Salbe nach der andern, aber nichts wollte helfen, die Hörner blieben so fest und so lang, als sie anfangs gewesen waren.

Als der Minister den kostbaren Apfel so gut an den Mann gebracht hatte, war er über die Maßen froh, nahm seinen Korb und ging schleunigst in die Klausnerhütte zurück. Mit der größten Freude erzählte er dem Mönch von dem glücklichen Handel und schilderte ihm die Prinzessin, wie gut sie sich mit den Hörnern ausnehmen würde. »Jetzt warte ein wenig«, sagte der Mönch, »ich werde dir eine Salbe geben, mit der du die Hörner wieder wegbringen kannst. Aber dann sieh zu, daß du deine drei Stücke wiederbekommst.« Er holte eine Salbe, gab sie dem Minister und nahm Abschied von ihm. Dieser dankte herzlich und ging wohlgemut zur Residenz zurück. Auf dem Wege kam er an ein Wirtshaus, dort ging er hinein und erkundigte sich, ob es nichts Neues gäbe. »Ja, Neues genug«, hieß es, »bei Hof sind ja Hörner gewachsen, und kein Doktor kann diese Dinge wieder fortbringen.«

»Da wäre ich ja der Mann«, erwiderte der Fremde. »Die Hörner sollen fortgehen, wie weggeblasen.«

»Ja, wenn du das kannst«, hieß es, »dann geh nur und laß dich bei Hofe melden. » Er ging und ließ dem König ausrichten, daß ein Doktor gekommen sei, der alle Hörner flugs wegbringen könne. Wie der König dies hörte, ließ er ihn sogleich zu sich kommen und bat ihn um seine ärztlichen Dienste. Der Minister packte seine Salbe aus, bestrich damit die Hörner des Königs, und alsbald war nichts mehr davon zu sehen. Der König war herzlich froh, die unanständige Zierde los zu sein, und rief nach seiner Gemahlin. Die Frau Königin mit dem zweizackigen Diadem trat herein und schrie vor Freude laut auf, als sie ihren Gemahl zum erstenmal wieder ohne Hörner sah. »Da ist der Mann, der dich kurieren kann«, sagte der König. »Komm und halte ihm dein Haupt hin.« Die Frau Königin lief auf den Doktor los, daß sie ihn fast mit den Hörnern niederstieß, und bat ihn um seine Hilfe. Der Doktor machte nicht lange Umstände, bestrich die Hörner mit seiner Salbe, und im Hui waren sie weg.

Auf den Ruf des Königs kam nun auch noch die gehörnte Prinzessin hereinstolziert und schaute groß drein, als sie den König und die Königin auf einmal ohne Hörner sah. Sie erschrak ordentlich, als sie daran dachte, daß sie jetzt die einzige gehörnte Person am Hofe sei. Sie war aber sogleich wieder getröstet, als sie der König zum Doktor führte und ihr sagte, daß dieser Mann ihr helfen könne. Der Doktor griff sogleich zu einer Salbe und schmierte die Hörner der Prinzessin damit ein. Aber, o Schreck! Statt abzunehmen fingen die Hörner an zu wachsen und wurden um ein gutes Stück länger. Während alle vor Schrecken die Hände zusammenschlugen und besonders die Prinzesin jammerte, lächelte der Doktor und sagte: »Königliche Hoheit müssen vielleicht ein ungerechtes Gut besitzen, weil die Salbe die verkehrten Wirkungen hat.« Als die Prinzessin das hörte, wurde sie hochrot vor Scham lief in ihr Gemach und brachte den wunderbaren Beutel. Der Doktor schob ihn zu sich und fing wieder an, die Hörner einzuschmieren. Aber mein Gott! Wieder fingen die Hörner an zu wachsen und fuhren noch immer um ein gutes Stück in die Höhe. Da wußte sich die Prinzessin nimmer zu helfen vor Entsetzen und wollte den Doktor schelten. Dieser aber lächelte wieder und sagte: »Königliche Hoheit müssen noch ein ungerechtes Gut besitzen, weil die Salbe die umgekehrte Wirkung tut.« Rot vor Scham lief die Prinzessin in ihr Gemach und kam alsbald mit dem Wunschhütlein wieder. Der Doktor nahm das Hütlein zu sich und beschmierte die Hörner zum drittenmal. Die Hörner fingen wieder an zu wachsen und stiegen wieder langsam in die Höhe. Der Doktor aber ließ die Prinzessin nicht anfangen zu schelten und zu jammern, sondern sagte sogleich: »Königliche Hoheit müssen noch ein ungerechtes Gut besitzen, weil die Salbe die umgekehrte Wirkung tut.« Rot vor Scham lief die Prinzessin in ihr Gemach und kam eiligst mit dem wunderbaren Pfeiflein wieder. Nun salbte ihr der Doktor die Hörner zum viertenmal, und im Hui waren sie verschwunden. Die Prinzessin war froh, daß ich nicht sagen kann wie, und bedankte sich überschwenglich. Auch König und Königin waren außer sich vor Freude und gaben ein großes Fest, das ich dir nicht beschreiben will, weil dir sonst danach die Zähne wässern könnten.

Der Doktor war froh, seine drei Stücke wieder zu besitzen, und freute sich auf das gute Leben, das nun von neuem angehen sollte. Zu seinen Brüdern wollte er nicht mehr zurückkehren, sondern die zwei Stücke, die er von ihnen geliehen hatte, ungerechterweise für sich behalten. Dafür aber traf ihn die Strafe Gottes, denn der König fiel über ihn her, nahm ihm alle drei Stücke ab und brachte ihn selbst ums Leben.

DIE DREI SCHLANGENBLÄTTER

Es war einmal ein armer Mann, der konnte seinen einzigen Sohn nicht mehr ernähren. Da sprach der Sohn: »Lieber Vater, es geht Euch so kümmerlich, ich falle Euch zur Last, lieber will ich selbst fortgehen und sehen, wie ich mein Brot verdiene.« Da gab ihm der Vater seinen Segen und nahm mit großer Trauer von ihm Abschied.

Zu dieser Zeit führte der König eines mächtigen Reichs Krieg, der Jüngling nahm Dienste bei ihm und zog mit ins Feld. Und als er vor den Feind kam, so ward eine Schlacht geliefert, und es war große Gefahr und regnete blaue Bohnen, daß seine Kameraden von allen Seiten niederfielen. Und als auch der Anführer blieb, so wollten die übrigen die Flucht ergreifen, aber der Jüngling trat heraus, sprach ihnen Mut zu und rief: »Wir wollen unser Vaterland nicht zugrunde gehen lassen.« Da folgten ihm die andern, und er drang ein und schlug den Feind. Der König, als er hörte, daß er ihm allein den Sieg zu danken habe, erhob ihn über alle andern, gab ihm große Schätze und machte ihn zum Ersten in seinem Reich. Der König hatte eine Tochter, die war sehr schön, aber sie war auch sehr wunderlich. Sie hatte das Gelübde getan, keinen zum Herrn und Gemahl zu nehmen, der nicht verspräche, wenn sie zuerst stürbe, sich lebendig mit ihr begraben zu lassen. »Hat er mich von Herzen lieb«, sagte sie, »wozu dient ihm dann noch das Leben?« Dagegen wollte sie ein Gleiches tun und, wenn er zuerst stürbe, mit ihm in das Grab steigen. Dieses seltsame Gelübde hatte bis jetzt alle Freier abgeschreckt, aber der Jüngling wurde von ihrer Schönheit so eingenommen, daß er auf nichts achtete, sondern bei ihrem Vater um sie anhielt. »Weißt du auch«, sprach der König, »was du versprechen mußt?«

»Ich muß mit ihr in das Grab gehen«, antwortete er, »wenn ich sie überlebe, aber meine Liebe ist so groß, daß ich der Gefahr nicht achte.«

Da willigte der König ein, und die Hochzeit ward mit großer Pracht gefeiert. Nun lebten sie eine Zeitlang glücklich und vergnügt miteinander, da geschah es, daß die junge Königin in eine schwere Krankheit fiel und kein Arzt ihr helfen konnte. Und als sie tot dalag, da erinnerte sich der junge König, was er hatte versprechen müssen, und es grauste ihm davor, sich lebendig in das Grab zu legen, aber es war kein Ausweg: der König hatte alle Tore mit Wachen besetzen lassen, und es war nicht möglich, dem Schicksal zu entgehen.

Als der Tag kam, wo die Leiche in das königliche Gewölbe beigesetzt wurde, da ward er mit hinabgeführt und dann das Tor verriegelt und verschlossen. Neben dem Sarg stand ein Tisch, darauf vier Lichter, vier Laibe Brot und vier Flaschen Wein. Sobald dieser Vorrat zu Ende ging, mußte er verschmachten. Nun saß er da voll Schmerz und Trauer, aß jeden Tag nur ein Bißlein Brot, trank nur einen Schluck Wein und sah doch, wie der Tod immer näher rückte.

Indem er so vor sich hin starrte, sah er aus der Ecke des Gewölbes eine Schlange hervorkriechen, die sich der Leiche näherte. Und weil er dachte, sie käme, um daran zu nagen, zog er sein Schwert und sprach: »Solange ich lebe, sollst du sie nicht anrühren« und hieb sie in drei Stücke.

Über ein Weilchen kroch eine zweite Schlange aus der Ecke hervor, als sie aber die andere tot und zerstückt liegen

125

sah, ging sie zurück, kam bald wieder und hatte drei grüne Blätter im Munde. Dann nahm sie die drei Stücke von der Schlange, legte sie, wie sie zusammengehörten, und tat auf jede Wunde eins von den Blättern. Alsbald fügte sich das Getrennte aneinander, die Schlange regte sich und ward wieder lebendig, und beide eilten miteinander fort. Die Blätter blieben auf der Erde liegen, und dem Unglücklichen, der alles mit angesehen hatte, kam es in die Gedanken, ob nicht die wunderbare Kraft der Blätter, welche die Schlange wieder lebendig gemacht hatte, auch einem Menschen helfen könnte. Er hob also die Blätter auf und legte eins davon auf den Mund der Toten, die beiden andern auf ihre Augen. Und kaum war es geschehen, so bewegte sich das Blut in den Adern, stieg in das bleiche Angesicht und rötete es wieder. Da zog sie Atem, schlug die Augen auf und sprach: »Ach, Gott, wo bin ich?«

»Du bist bei mir, liebe Frau«, antwortete er und erzählte ihr, wie alles gekommen war und er sie wieder ins Leben erweckt hatte. Dann reichte er ihr etwas Wein und Brot, und als sie wieder zu Kräften gekommen war, erhob sie sich, und sie gingen zu der Türe und klopften und riefen so laut, daß es die Wachen hörten und dem König meldeten. Der König kam selbst herab und öffnete die Türe, da fand er beide frisch und gesund und freute sich mit ihnen, daß nun alle Not überstanden war. Die drei Schlangenblätter aber nahm der junge König mit, gab sie einem Diener und sprach: »Verwahr sie mir sorgfältig und trag sie zu jeder Zeit bei dir, wer weiß, in welcher Not sie uns noch helfen können.«

Es war aber in der Frau, nachdem sie wieder ins Leben war erweckt worden, eine Veränderung vorgegangen: es war, als ob alle Liebe zu ihrem Manne aus ihrem Herzen gewichen wäre.

Als er nach einiger Zeit eine Fahrt zu seinem alten Vater über das Meer machen wollte und sie auf ein Schiff gestiegen waren, so vergaß sie die große Liebe und Treue, die er ihr bewiesen und womit er sie vom Tode gerettet hatte, und faßte eine böse Neigung zu dem Schiffer. Und als der junge König einmal dalag und schlief, rief sie den Schiffer herbei und faßte den Schlafenden am Kopfe, und der Schiffer mußte ihn an den Füßen fassen, und so warfen sie ihn hinab ins Meer.

Als die Schandtat vollbracht war, sprach sie zu ihm: »Nun laß uns heimkehren und sagen, er sei unterwegs gestorben. Ich will dich schon bei meinem Vater so herausstreichen und rühmen, daß er mich mit dir vermählt und dich zum Erben seiner Krone einsetzt.«

Aber der treue Diener, der alles mit angesehen hatte, machte unbemerkt ein kleines Schifflein von dem großen los, setzte sich hinein, schiffte seinem Herrn nach und ließ die Verräter fortfahren. Er fischte den Toten wieder auf, und mit Hilfe der drei Schlangenblätter, die er bei sich trug und auf die Augen und den Mund legte, brachte er ihn glücklich wieder ins Leben.

Sie ruderten beide aus allen Kräften Tag und Nacht, und ihr kleines Schiff flog so schnell dahin, daß sie früher als das andere bei dem alten Könige anlangten. Er verwunderte sich, als er sie allein kommen sah, und fragte, was ihnen begegnet wäre. Als er die Bosheit seiner Tochter vernahm, sprach er: »Ich kann's nicht glauben, daß sie so schlecht gehandelt hat, aber die Wahrheit wird bald an den Tag kommen« und hieß beide in eine verborgene Kammer gehen und sich vor jeder-

127

mann heimlich halten. Bald hernach kam das große Schiff herangefahren, und die gottlose Frau erschien vor ihrem Vater mit einer betrübten Miene. Er sprach: »Warum kehrst du allein zurück? Wo ist dein Mann?«

»Ach, lieber Vater«, antwortete sie, »ich komme in großer Trauer wieder heim, mein Mann ist während der Fahrt plötzlich erkrankt und gestorben, und wenn der gute Schiffer mir nicht Beistand geleistet hätte, so wäre es mir schlimm ergangen; er ist bei seinem Tode zugegen gewesen und kann Euch alles erzählen.«

Der König sprach: »Ich will den Toten wieder lebendig machen« und öffnete die Kammer und hieß die beiden herausgehen. Die Frau, als sie ihren Mann erblickte, war wie vom Donner gerührt, sank auf die Knie und bat um Gnade. Der König sprach: »Da ist keine Gnade, er war bereit, mit dir zu sterben, und hat dir dein Leben wiedergegeben, du aber hast ihn im Schlaf umgebracht und sollst einen verdienten Lohn empfangen.« Da ward sie mit ihrem Helfershelfer in ein durchlöchertes Schiff gesetzt und hinaus ins Meer getrieben, wo sie bald in den Wellen versanken.

DER DOKTORWEIN

Bis heute nennt man den bei Bernkastel wachsenden Wein den Doktorwein, und dies kam so.

Im Jahr 1360 lag Erzbischof Boemund II. schwer am kalten Fieber auf seiner Burg Bernkastel darnieder. Ärzte über Ärzte wurden verschrieben, Tränke über Tränke gebraut, allein keiner vermochte das kalte Fieber zu vertreiben. Da ließ der Erzbischof in seiner Herzensangst im ganzen Erzbistum bekanntmachen, wer ihm das Fieber zu bannen vermöge, der solle nur kommen und könne auf eine reiche Belohnung hoffen.

Da trug es sich zu, daß ein alter Ritter auf dem Hunsrück von dieser Bekanntmachung erfuhr, und da er aus Erfahrung wußte, daß der Bernkasteler Wein die Kraft habe, Fieber zu heilen, beschloß er, dem Erzbischof ein Fäßchen alten Weins dieser Sorte selbst zu überbringen, vielleicht daß es auch dem Erzbischof helfe. Er fuhr also nach Bernkastel und ließ sich bei dem Kirchenfürsten als den Mann melden, der gekommen sei, ihn zu heilen, und als er vor ihn geführt ward, trug er das Fäßchen mit Bernkasteler Wein auf der Schulter. Der Erzbischof machte große Augen über den sonderbaren Doktor, denn er meinte, das Faß sei voller Arznei, die er austrinken müsse; allein wie staunte er erst, als der Ritter den Zapfen öffnete und einen Becher Wein herauslaufen ließ, den er ihn austrinken und alle Ärzte zum Teufel jagen hieß. Das kalte Fieber schwand wirklich durch diese Kur nach wenigen Wochen, und davon heißt der Wein noch bis auf den heutigen Tag der Doktorwein.

VOM URSPRUNG DES MOSELWEINS

Es ist eine alte Sage, daß der herrliche Moselwein aus dem deutschen Franken stamme. Merowig, der Westfranken König, habe zwölftausend Bewohner des Mosellandes in das morgenländische Franken geführt und aus letzterem zwölftausend Einwohner in das Moselland versetzt. Diese östlichen Franken waren gute Winzersleute, entnahmen aus ihrem heimatlichen Boden edle Reben und pflanzten diese im neuen Vaterlande an, wo sie herrlich gediehen und liebliche Weine lieferten bis auf diesen Tag.

Die Mosel entspringt im Vogesengebirge im deutschen Sudgau aus zwei Hauptquellen, deren Flüsse sich bei Remiremont vereinigen, und durchfließt in den mannigfaltigsten Krümmungen das welsche Lothringen, dann begrüßt sie deutsche Gaue und rauscht an altberühmten Städten vorüber.

Wie vom Frankenwein bis auf den heutigen Tag der Spruch geht und gilt: Frankenwein, Krankenwein, also daß selbst Kranken derselbe heilsam sei, so von seinem Sohne, dem Moselwein, dem Erben seines Ruhms und seiner Tugenden, geht und gilt der lateinische Reim: Vinum Mosellanum fuit omni tempore sanum. Das ist zu deutsch: Moselwein soll allzeit gesund gewesen sein.

VON KRANKHEITEN UND WUNDERHEILUNGEN

Gesundheit ist ein hohes Gut, Krankheit dagegen eine Störung, und dieser Mangel muß nach den Gesetzmäßigkeiten des Märchens behoben werden. Eines der wenigen Beispiele für eine reale Krankheit, nämlich Gefräßigkeit und Heißhunger (med.: Bulimie), ist Ausgangspunkt für das irische Märchen von MacConglinney (Nr. 14). Der König hat einen solchen Heißhunger, daß niemand ein Mittel dagegen weiß. Dieser riesengroße Appetit ist eine schwerwiegende Erkrankung. Endlich erbietet sich ein junger Mann und verspricht, den König zu heilen … Was hier als Krankheit gesehen wird, begegnet in vielen anderen Märchen als ein Charakteristikum des starken Helden. Dessen enorme Eßgelüste schaffen zunächst Probleme. Er vertilgt Unmengen und wird schließlich von seinen Eltern aus dem Haus getrieben. Seit dem 16. Jahrhundert ist das Thema des zügellosen Appetits mit der Gestalt des Riesen Gargantua verbunden, der Flüsse leertrinkt, ungeheure Mengen an Nahrung zu sich nimmt und schließlich ins Feenreich entrückt wird, weil er auf Erden zu viel Probleme bereitet. Die Gestalt des Helden mit enormem Appetit (Typ: Kraftprotz) findet sich auch in Märchen mit Helfern, die über wunderbare Eigenschaften verfügen und z. B. einen Fluß austrinken können. Aber diese Figuren mit außergewöhnlichen Fähigkeiten behalten stets ihren Heißhunger. Er wird nicht als eine Krankheit gesehen, sondern interessiert nur in Verbindung mit der Unterstützung des Helden.

In Märchen spielt der gewöhnliche Arzt keine besondere Rolle. Im Gegenteil: Es wird erzählt, daß alle Künste der Ärzte nichts gegen die Krankheit des Königs oder seiner Tochter aus-

133

richten konnten. Und so bleibt nur die Hoffnung auf eine mit außergewöhnlichen Fähigkeiten ausgestattete Person. Wer in der Lage ist, auf wunderbare Weise zu heilen, ist auch zu Wiederbelebungen fähig, nachdem Held oder Heldin in einen Zauberschlaf versetzt oder von einem großen Tier oder Untier verschlungen wurden. Schon Jonas hielt es drei Tage im Bauch eines großen Fisches aus, glaubte an seine Rettung und vertraute auf das Gebet, ist im Buch Jona des Alten Testaments zu lesen. Aber von den Gefühlen der Märchenhelden erfahren wir nichts: Haben sie Angst oder hoffen sie zuversichtlich auf Hilfe von außen? Sie verbleiben in dem Schwebezustand zwischen Leben und Tod und wissen nicht, ob sie daraus jemals wieder erwachen werden. Unterstützung kommt von außen: Die Rückkehr aus dem Zustand zwischen Leben und Tod ist in vielen Märchen ein ›stehendes‹ Motiv.

Wie sehr die Thematik fasziniert, läßt sich daraus ersehen, daß drei unserer deutschen Lieblingsmärchen – »Rotkäppchen«, »Dornröschen«, »Schneeweißchen/Sneewittchen« – entsprechende Episoden aufweisen. Im »Rotkäppchen«-Märchen z. B., das vor allem durch die Brüder Grimm (zuerst 1812) und Ludwig Bechstein (1853) bekanntgeworden ist, wird Rotkäppchen (Nr. 15) wie ihre Großmutter vom Wolf verschlungen und danach errettet. Dieses »Fressermärchen« endet in seinen älteren Versionen ursprünglich mit dem Verschlingen Rotkäppchens, eine Befreiung aus dem Bauch des Verschlingers findet nicht statt. Erst Ludwig Tieck fügte in seiner dramatischen Bearbeitung (1800) den harmonisch ausgehenden Schluß von der Rettung beider durch einen Jäger hinzu.

In Schwänken spielt das Thema der Wiederbelebung auch eine nicht geringe Rolle, aber es wird dort mit Hilfe der beliebten

134

Kombination der fatalen und närrischen Imitation ad absurdum geführt. So verkörpert der »Bruder Lustig« (Nr. 18) die Figur des ewigen Verlierers, dem Wunderheilungen mißglücken, die seinem Gefährten, dem unerkannt auf Erden wandelnden Petrus, gelingen. Der kann Tote zum Leben erwecken, und dies vollbringt er scheinbar mühelos durch eine Wiederbelebung aus den Knochen. Als der Bruder Lustig diese Kunst nachahmen will, mißglückt es, und er gerät dadurch in gefährliche Situationen. Aber sein Gefährte ist gutmütig genug, ihn daraus zu befreien. Er schenkt ihm obendrein einen Zauberranzen, obwohl der Bruder Lustig ihm im zweiten Teil des Schwankmärchens den Eßdiebstahl nicht bekennt. Das Schwankmärchen taucht in Europa erstmals in italienischen Novellen des 13. Jahrhunderts auf und dürfte auf eine arabische Jesuslegende aus dem 10. Jahrhundert, die wiederum auf einem apokryphen Evangelium oder einer aggadischen Erweiterung der Lebensgeschichte Jesu beruht, zurückgehen.

Treten berühmte Ärzte in Volkserzählungen auf, dann nur in Verbindung mit später ihnen zugeschriebenen Wundergeschichten. Ein solcher Arzt und Naturforscher war beispielsweise Theophrastus Paracelsus (Nr. 19), mit richtigem Namen Philippus Aureolus Theophrastus Paracelsus von Hohenheim (1493–1541), der schon zu Lebzeiten zu einer Kristallisationsgestalt für mirakulöse Erzählungen wurde und umlaufende Stoffe und Erzählungen auf sich vereinigte. Paracelsus oder der sagenumwobene Dr. Faustus können ihre ärztliche Kunst nicht durch das Studium erworben, sondern müssen einen Pakt mit einem jenseitigen Wesen abgeschlossen haben, heißt es nach alten Volksmeinungen. So hat denn auch Doktor Theophrastus sein Wundermittel, das Lebenskraut, als Gabe von einem Flaschen-

135

geist erhalten, den er trickreich überlistete. Und dabei kann es nicht mit rechten Dingen zugegangen sein. Schon das Auffinden des Geistwesens ist ungewöhnlich. Es ist eingeschlossen, seine expansive Kraft in ein kleines Behältnis gebannt, und nur das Öffnen des Kastens bzw. die Abnahme des Flaschenverschlusses setzt die unkontrollierte Energie erneut frei, die Wunder bewirken, aber auch zu Gefährdungen führen kann: Der ›Wissende‹ wird dieser Situation stets eingedenk sein. Während Geistwesen in Märchen überall sofort durch Rufen oder aufgrund manueller Betätigungen (»Aladdin«, »Das blaue Licht«) erscheinen, also keinen festen Aufenthaltsort kennen, bleibt der Geist ständig im »Fläschchen«; das Behältnis ist sein Gefängnis und die Beziehung zum Besitzer des Behältnisses zudem höchst kompliziert. Eine Kommunikation kann nur im Rahmen eines Tauschgeschäfts (Gabe/Gegengabe) stattfinden, wenn das Gefäß aus Neugierde oder, wie hier in unserer Geschichte vom Geist des Theophrastus, aufgrund einer vom Geist geäußerten Bitte geöffnet wird.

Das Märchen suggeriert, daß die Gabe der Wunderheilung – ein alter Menschheitstraum – nur von einem Geistwesen erlangt werden kann, daß aber der »Doktor« und Heiler selbst auf diese Weise zu einer höchst umstrittenen Figur wird, da seine magischen Fähigkeiten nicht auf rechtem Wege erworben worden sind (vgl. auch Nr. 57). Der auch aus »Tausendundeiner Nacht« bekannte Stoff vom eingesperrten Geist, der aus Dank für seine Freilassung die Gabe des Heilens verspricht, hat die Phantasie des erzählenden Menschen ungeheuer stark beeinflußt. Während hier die Person des Wunderarztes im Zentrum steht, dessen Wiederbelebung mißglückt, handeln andere Fassungen von der Auseinandersetzung des Menschen mit dem Geistwesen, der den

Finder mit dem Tode bedroht, dann von diesem aber überlistet wird, weil nur ein gefangener Geist wie der Flaschengeist keine Bedrohung mehr darstellt.

Der vermutlich älteste Beleg für die Indienstnahme von Geistern findet sich im apokryphen »Testamentum Salomonis« (1. Jahrhundert nach Christi Geburt). Von dem sagenumwobenen Salomo heißt es, er habe die Fähigkeit besessen, Geister für sich arbeiten zu lassen. So zwang er unter anderem den gefesselten Dämon Ornias, ihm beim Tempelbau zu helfen. Hernach bannte er ihn in ein Gefäß. Wie die Nachrichten über den Geisterbanner Salomo im Mittelalter nach Europa gelangten, läßt sich nicht hinreichend klären. Denkbar ist, daß die in der jüdisch-orientalischen und arabischen Überlieferung populären Salomosagen über Byzanz, das seit alters als klassisches Durchgangsgebiet gilt, nach Europa gekommen sind. Zahlreiche Berichte aus dem Mittelalter und der frühen Neuzeit haben solche Motive von der Dienstbarkeit zaubrischer Wesen zumeist mit berühmten Magiern wie z. B. Paracelsus oder Virgil verknüpft. Es existieren zahlreiche literarische Bearbeitungen wie der Roman »Le Diable boiteux« (1707) von Alain-René Lesage oder Robert L. Stevensons »The Bottle Imp« (1891). Der entwichene Flaschengeist symbolisiert in den Medien (Karikaturen) eine selbst unkontrolliert oder gedankenlos in Gang gesetzte Entscheidung mit fatalen Folgen für den Initiator (Bürgerkrieg, Revolution, moderne Chemie), was sich auch im Sprichwort und in Redensarten niedergeschlagen hat: Die Geister, die man rief, kann man nicht mehr loswerden.

Wundersame Heilwirkung soll nach altem Volksglauben das Blut unschuldiger oder ungetaufter Kinder – meist männlichen Geschlechts – besitzen. Diese Vorstellung spiegelt sich als archai-

scher Zug im Märchen vom treuen Johannes wider (Nr. 20). Vor allem in legendarischen Erzählungen des Mittelalters und Spätmittelalters ist die Thematik im Zusammenhang mit Wunderheilungen von Aussatz verbreitet. Durch Bestreichen der betroffenen Stellen mit Kinderblut oder durch ein Bad darin soll die Heilung, insbesondere auf Rat ›heidnischer‹ Priester oder ›jüdischer‹ Ärzte, etwa in der Freundschaftssage von Amicus und Amelius (erste Bezeugung um 1090), im Armen Heinrich *(Ende 12. Jh.) des Hartmann von Aue (Heilung des aussätzigen Heinrich durch das Herzblut eines ›reinen‹ Mädchens) oder in der Legende von Konstantin dem Großen und Papst Silvester, z. B. Konrads von Würzburg Verslegende* Silvester *(wohl vor 1274), erfolgen. Während in älteren Texten die Kindstötung gelegentlich als Opfer vorausgesetzt wird, ist dieser Zug – wie z. B. schon bei der Heilung von Aussatz im* Armen Heinrich *– in vielen neuzeitlichen Märchen abgemildert: Die Kinder werden wiederbelebt, meistens muß die Kindstötung gar nicht vollzogen werden. Allein die Bereitschaft zum Opfer bewirkt die Erlösung.*

138

DIE VISION DES MACCONGLINNEY

Ein guter Herrscher und ein großer Krieger war Cathal, König von Munster. Aber irgendwie kam es dazu, daß ein wildes Tier, noch dazu ganz ohne Grund, in seinem Körper sich ausbreitete, so daß er ständigen Hunger verspürte, der nicht gestillt werden konnte.

Schon am Morgen verschlang er von da an zum Frühstück ein halbes Schwein, eine Kuh und ein Kalb sowie drei Dutzend Weizenkuchen und trank dazu ein ganzes Faß frisches Bier aus. Und wenn er nun irgendwo ein Festmahl hielt, so bedeutete dies den Ruin für den ganzen Bezirk, weil ja von ihm die Nahrungsmittel für den König bereitgestellt werden mußten.

Zu dieser Zeit lebte in Armagh ein berühmter junger Gelehrter namens Anier MacConglinney. Der vernahm von der seltsamen Krankheit des Königs Cathal und von den Unmengen an Essen und Getränken, an Weizenmehl, Bier und Met, die am Königshof verbraucht wurden. Und so machte er sich dorthin auf, um sein Glück zu suchen und den König von seinen Leiden zu kurieren.

Am Morgen war er schon früh auf den Beinen, krempelte die Hemdsärmel hoch und hüllte sich in seinen faltenreichen Mantel. In seine rechte Hand nahm er einen knorrigen Stock, verabschiedete sich dann von seinen Freunden und ging fort.

Er reiste über Land, quer durch ganz Irland, bis er an das Haus des Pichan kam. Dort verweilte er, erzählte Geschichten, und allen bereitete er Freude. Aber Pichan sprach zu

139

ihm: »Alle Freude, die du uns schenkst, macht mich ganz tief in meinem Herzen doch nicht froh.«

»Was hast du?« fragte MacConglinney.

»Weißt du nicht, Mann, daß heute abend Cathal mit seinem ganzen Gefolge hier einfällt? Der Hofstaat macht Mühe, aber der König macht Kummer. Seine Freßgier ist nur mit einer der Plagen zu vergleichen, die Gott über das Land der Ägypter kommen ließ! Wenigstens dreierlei muß dann zur Stelle sein: ein Sack Hafer, ein Sack Äpfel und ein Sack Kuchen. All dies stopft der König als Vorspeise in sich hinein, der Unersättliche.«

»Wie wäre es«, sprach darauf MacConglinney, »wenn ich den Herrscher von seiner Freßsucht heilte!«

»Das ganze Land wird dir die Füße küssen, aber davon wird keiner reich. Also besser, ich verspreche dir je ein weißes Schaf aus jedem Stall zwischen Carn und Cork.«

»Gut, ich bin einverstanden«, antwortete MacConglinney.

Cathal, der König, kam mit seinem Hofstaat und mit einem Trupp Berittener. Kaum hatte sich der König niedergelassen und auch nur die Schnürsenkel gelöst, da fing er auch schon an, jeden in Reichweite befindlichen Apfel in sich hineinzustopfen. Pichan und die Männer blickten traurig und sorgenvoll drein, weil sie Zweifel hegten, ob MacConglinney es auch gelänge, was er da versprochen hatte.

Der aber erhob sich, griff nach einem Wetzstein, stopfte sich diesen in den Mund und fing an, darauf wie wild herumzukauen.

»Bist du verrückt, mein Junge, oder was ist mit dir?« fragte Cathal ihn, als er das bemerkte.

140

»Ach, nichts von Bedeutung«, antwortete MacConglinney, »es schmerzt mich, Euch allein essen zu sehen.«

Da schämte sich der König und warf ihm einen Apfel zu – und man sagt, es seien zuvor drei Halbjahre vergangen, daß er sich das letzte Mal zu einer solchen Wohltat habe hinreißen lassen!

»Erlaubt mir, daß ich mir etwas wünsche«, bat MacConglinney.

»Genehmigt bei meiner Ehre«, sagte der König.

»Dann wünsche ich mir, daß Ihr eine Nacht mit mir fastet.« Zwar war dieser Gedanke allein schon furchtbar für den König, aber er hatte den Wunsch ja nun einmal bei seiner Ehre zugestanden, und wo kämen wir hin, wenn auf ein königliches Wort kein Verlaß mehr wäre!

Am Morgen bestellte MacConglinney saftigen Schinken, zartes Roastbeef, Honig in einer Wabe und englisches Salz, das man in einem schön polierten Behälter aus Silber hereintrug. Im Kamin brannte ein Feuer: ohne Rauch, ohne Gestank, ohne Funken.

MacConglinney spießte Fleischstückchen auf und schickte sich an, sie über dem Feuer zu rösten. Dann rief er: »Seile und Schnüre her – und starke Männer!« Die Stricke wurden gebracht, und die stärksten Krieger kamen. Er gab ihnen Anweisung, den König zu ergreifen und so festzubinden, daß er sich nicht mehr bewegen konnte. Dann setzte er sich vor ihn hin, nahm das Messer aus seinem Gürtel, schnitt ein Stückchen von dem gerösteten Fleisch ab, tauchte es in den Honig und führte es vor dem Mund des Königs spazieren.

Als der König sah, daß er nichts bekommen und vierundzwanzig Stunden würde fasten müssen, schrie und

141

schimpfte er. Dann befahl er, man sollte den MacConglinney töten.

Aber das wagte keiner.

»Nur keine Aufregung«, sagte der, »es ist nicht der König, der da befiehlt. Es ist das gesetzlose, wilde Tier, das da aus ihm spricht.«

»Herr König«, fuhr MacConglinney fort, »letzte Nacht hatte ich eine Vision. Davon muß ich Euch erzählen.« Und während er davon berichtete, führte er einen Fleischbrocken nach dem anderen an dem Mund und der Nase des Königs vorbei und aß sie am Ende selbst auf. Dies aber war es, was er sang, wenn er nicht gerade zu kauen hatte:

> *»Einen See aus frischer Milch sah ich*
> *In der Mitte einer lieblichen Ebene.*
> *Darinnen lag ein schönes Haus auf einer Insel,*
> *Das Dach mit Butter gedeckt,*
> *Puddings, frisch gekocht,*
> *Dienten als Dachrost.*
> *Zwei weiche Türpfosten aus Schlagsahne,*
> *Als Betten herrliche Schinken,*
> *Die Zaunpfähle – Käse,*
> *Würste die Balken.*
> *Fürwahr, ein reich gefülltes Haus dies war,*
> *Mit hinreichend Vorrat für den Hunger des größten Essers.«*

»Als ich nun diese Vision hatte«, erzählte MacConglinney, »hörte ich, wie jemand mir ins Ohr flüsterte: ›Geh keinen Schritt weiter, MacConglinney. Du weißt doch, was das Essen betrifft, so verträgst du nicht allzuviel!‹

›Was ist da zu tun?‹ fragte ich, denn die Vision hatte mich recht freßgierig werden lassen. Da forderte die Stimme mich auf weiterzugehen, bis ich zu der Einsiedelei des Zauberdoktors kommen würde. Dort bekäme ich dann schon den richtigen Hunger, den man für eine solche Fülle leckerer Speisen benötigte. Im Hafen entdeckte ich ein hübsches Boot aus Rindfleisch. Das Heck bestand aus Fett, der Bug aus Butter, die Ruder aus Streifen von Wildfleisch. Ich ruderte hin über die Weite des frischen Milchsees, durch die Strömung von Brühe, an den Flußmündungen aus Pastete vorbei, über die Buttermilchstrudel, vorüber an den Inseln aus Käse. Dann umschiffte ich mit aller Vorsicht die Vorgebirge aus Quark, bis ich zu Füßen des Buttergebirges wieder festen Boden betrat und im Land der Früh-, Viel- und Allesfresser vor der Einsiedelei des Zauberdoktors stand.

Schon merkwürdig wunderbar sah es dort aus. Umgeben war sie von siebenhundert Stapeln, aufgesetzt aus gut abgehangenen Schinken. Statt Dornen auf jeder Zaunspitze konnte ich leuchtendes Fett erblicken. Das Tor selbst bestand aus Sahne, die Riegel waren aus Dauerwurst.

Auf dem Hof begegnete ich dem Türsteher Speckbursch, einem Mann aus dem Butterclan, in weichen Sandalen aus altem Frühstücksspeck, mit Beinkleidern aus Kochfleisch, einem Hemd aus Roastbeef, den Gürtel aus Lachshaut, dem Helm aus Griesbrei, so saß er auf einer Stute aus Quark. Die vier Hufe der Stute waren aus Haferbrot, ihre Ohren aus Quark, und sie verfügte im Kopf über Augen aus Honig. In der Hand hielt er eine Peitsche. Die Schnüre davon waren vierundzwanzig feine weiße Puddings, und allein jeder saftige

143

Tropfen, der von einem der Puddings herabfiel, hätte einen gewöhnlichen Sterblichen satt werden lassen.

Als ich weiterging, stieß ich auf den Zauberdoktor höchstpersönlich. Statt in Handschuhen hatte er seine Hände in Rumpsteaks verborgen, denn er war gerade dabei, in seinem Haus, an dessen Wänden Kutteln hingen, Ordnung zu schaffen. In der Küche traf ich auf den Sohn des Zauberdoktors. Er saß dort mit einem Fischhaken aus Fett in der Hand, der hing an einer Schnur aus Rindermark. Damit angelte der Bursche in einem Teich voll Wein. Mal landete er einen saftigen Schinken, dann wiederum einen zarten Rehrücken. Schließlich aber stürzte er vor lauter Gier nach noch üppigeren Fängen in den Teich und ertrank. Ich trat ins Nebenzimmer. Dort stand ein Sofa. Aber wie sollte ich wissen, daß es ganz aus Butter bestand, als ich mich hinsetzte! So versank ich in dem goldgelben Brei bis zu meinen Haarspitzen. Acht Männer hatten alle Mühe, mich da wieder herauszuhieven.

Endlich führte man mich vor den Zauberdoktor. Der fragte mich, was mir fehle.

›Ach, andauernd wünsche ich mir, daß ein großes Stück von jeder Fleischsorte, die es auf der Welt gibt, vor mir liege, damit ich endlich einmal den Hunger stillen kann, der mich ständig plagt.‹

›Ja, ja‹, meinte der Doktor, ›das ist eine schlimme Krankheit. Aber ich will dir ein Rezept verraten, das wird dich und jeden, dem es genauso geht wie dir, von der Freßsucht befreien.‹

›Nun, was könnt Ihr mir raten?‹ fragte ich ungeduldig.

›Wenn du heute abend heimkommst, dann wärme dich erst einmal vor einem rotglühenden Eichenfeuer so richtig gut durch. Mach dann dreimal neun Brocken, einen jeden so groß wie ein Fasanenei. In jedem Brocken soll ein Anteil Mehl aus jeder Getreideart sein: Weizen und Hafer, Roggen und Gerste. Dazu gibst du etwas Soße, einen ganz winzigen Tropfen nur, so viel eben, wie zwanzig Männer sich auftun, die nicht unter dieser Krankheit leiden. Und bevor du nun immer einen Brocken ißt, trinkst du jeweils einen guten Schluck dicksahniger Milch. Und hast du den Brocken heruntergeschlungen, so vergiß bitte nicht, noch einmal Sahne nachzuschütten. Wenn dies geschehen ist, dann wirst du so sicher wie das Amen in der Kirche von deiner Freßsucht geheilt sein. Und nun eile‹, fuhr er fort, ›im Namen des fetten Käses, und möge der saftige Schinkenspeck deinen Weg glätten. Die gelbkremige Sahne sei mit dir, ein Kessel voller Kartoffelsuppe erleuchte dein Angesicht usw.‹«

Nachdem MacConglinney seine Vision wiedergegeben hatte – mit der Aufzählung all der herrlichen Fleischsorten und der Beschreibung des Duftes der in Honig getauchten Brocken, die am Spieße steckten –, kam das gesetzlose, wilde Tier, das im König saß, aus dessen Bauch heraufgestiegen und setzte sich lauernd auf dessen Lippe. Da bewegte MacConglinney seine Hand, in der er die Spieße hielt, gegen den Mund des Königs hin, wo das gesetzlose, wilde Tier hockte und begierig war, davon zu fressen. Aber MacConglinney paßte auf, daß er mit den Spießen nicht weiter als eine Armlänge an die Lippen des Königs herankam. Das gesetzlose, wilde Tier sprang aus dem Mund hervor und verbiß sich in den Spieß.

Was machte nun MacConglinney? Der legte jenen Spieß, nachdem das Tier geschnappt hatte und an dem es nun hing,

145

in die Glut des Herdfeuers und stellte den Kessel des königlichen Haushaltes darauf. So hielt er das gesetzlose, wilde Tier gefangen. Dann räumte man das ganze Haus leer, bis sich schließlich außer dem Kessel, dem Spieß und dem Feuer nicht einmal das Bein einer Küchenschabe darin befand, und legte an allen vier Ecken Feuer.

Als da nur noch ein rot zum Himmel lodernder Turm aus Flammen war, flüchtete das gesetzlose, wilde Tier auf die Dachbalken, und als es schließlich dort auch nicht mehr auszuhalten war, sprang es auf in die Luft: Und hernach ward es nimmermehr auf Erden gesehen, wohl aber in der Hölle.

Dem König aber wurde ein Bett mit Federkissen hergerichtet, und Spielleute und Sänger, Barden und Gaukler unterhielten ihn von Mittag an bis um Mitternacht. Dann verfiel er in einen tiefen, wohligen Schlaf. Als er daraus wieder erwachte, war er endgültig geheilt.

Zum Dank schenkte er MacConglinney eine Kuh aus jedem Bauernhof und ein Schaf aus jedem Gehöft in Munster. Außerdem bestellte er ihn zum Vorschneider und Speisenkoster an der königlichen Tafel.

Auf diese Weise wurde Cathal, König von Munster, von seiner Freßsucht geheilt, und MacConglinney erwarb sich dabei großen Ruhm und Ehre.

DAS ROTKÄPPCHEN

Es war einmal ein gar allerliebstes, niedliches Ding von einem Mädchen, das hatte eine Mutter und eine Großmutter, die waren gar gut und hatten das kleine Ding so lieb. Die Großmutter absonderlich, die wußte gar nicht, wie gut sie's mit dem Enkelchen meinen sollte, schenkte ihm immer dies und das und hatte ihm auch ein feines Käppchen von rotem Sammet geschenkt, das stand dem Kind so überaus hübsch, und das wußte auch das kleine Mädchen und wollte nichts andres mehr tragen, und darum hieß es bei alt und jung nur das Rotkäppchen. Mutter und Großmutter wohnten aber nicht beisammen in einen Häuschen, sondern eine halbe Stunde voneinander, und zwischen den beiden Häusern lag ein Wald.

Da sprach eines Morgens die Mutter zum Rotkäppchen: »Liebes Rotkäppchen, Großmutter ist schwach und krank geworden und kann nicht zu uns kommen. Ich habe Kuchen gebacken, geh und bringe Großmutter von dem Kuchen und auch eine Flasche Wein, und grüße sie recht schön von mir und sei recht vorsichtig, daß du nicht fällst und etwa die Flasche zerbrichst, sonst hätte die kranke Großmutter nichts. Laufe nicht im Walde herum, bleibe hübsch auf dem Wege und bleibe auch nicht zu lange aus.«

»Das will ich alles so machen, wie du befiehlst, liebe Mutter«, antwortete Rotkäppchen, band ihr Schürzchen um, nahm einen leichten Korb, in den es die Flasche und den Kuchen von der Mutter legen ließ, und ging fröhlichen Schrittes in den Wald hinein. Wie es so völlig arglos dahinwandelte, kam ein Wolf daher. Das gute Kind kannte noch keine Wölfe und hatte keine Furcht. Als der Wolf näher kam, sagte er: »Guten Tag, Rotkäppchen!«

»Schönen Dank, Herr Graubart!«

»Wo soll es denn hingehen so in aller Frühe, mein liebes Rotkäppchen?« fragte der Wolf.

»Zur alten Großmutter, die nicht wohl ist!« antwortete Rotkäppchen.

»Was willst du denn dort machen? Du willst ihr wohl was bringen?«

»Ei freilich, wir haben Kuchen gebacken, und Mutter hat mir auch Wein mitgegeben, den soll sie trinken, damit sie wieder stark wird.«

»Sage mir doch noch, mein liebes scharmantes Rotkäppchen, wo wohnt denn deine Großmutter? Ich möchte wohl einmal, wenn ich an ihrem Hause vorbeikomme, ihr meine Hochachtung an den Tag legen«, sagte der Wolf.

»Ei gar nicht weit von hier, ein Viertelstündchen, da steht das Häuschen gleich am Walde, Ihr müßt ja daran vorbeigekommen sein. Es stehen Eichenbäume dahinter, und im Gartenzaun wachsen Haselnüsse!« plauderte das Rotkäppchen.

»O du allerliebstes, appetitliches Haselnüßchen du«, dachte bei sich der falsche böse Wolf. »Dich muß ich knacken, das ist einmal ein süßer Kern.« Und tat, als wolle er Rotkäppchen noch ein Stückchen begleiten, und sagte zu ihm: »Sieh nur, wie da drüben und dort drüben so schöne Blumen stehen, und horch nur, wie allerliebst die Vögel singen! Ja, es ist sehr schön im Walde, sehr schön, und wachsen so gute Kräuter hierinne, Heilkräuter, mein liebes Rotkäppchen.«

»Ihr seid gewiß ein Doktor, werter grauer Herr?« fragte

Rotkäppchen. »Weil Ihr die Heilkräuter kennt. Da könntet Ihr mir ja auch ein Heilkraut für meine kranke Großmutter zeigen!«

»Du bist ein ebenso gutes als kluges Kind!« lobte der Wolf. »Ei freilich bin ich ein Doktor und kenne alle Kräuter, siehst du! Hier steht eins, der Wolfsbast, dort im Schatten wachsen die Wolfsbeeren, und hier am sonnigen Rain blüht die Wolfsmilch, dort drüben findet man die Wolfswurz.«

»Heißen denn alle Kräuter nach dem Wolf?« fragte Rotkäppchen.

»Die besten, nur die besten, mein liebes, frommes Kind!« sprach der Wolf mit rechtem Hohn. Denn alle, die er genannt, waren Giftkräuter. Rotkäppchen aber wollte in ihrer Unschuld der Großmutter solche Kräuter als Heilkräuter pflücken und mitbringen, und der Wolf sagte:

»Lebe wohl, mein gutes Rotkäppchen, ich habe mich gefreut, deine Bekanntschaft zu machen; ich habe Eile, muß eine alte schwache Kranke besuchen!«

Und damit eilte der Wolf von dannen und spornstreichs nach dem Hause der Großmutter, während das Rotkäppchen sich schöne Waldblumen zum Strauße pflückte und die vermeintlichen Heilkräuter sammelte.

Als der Wolf an das Häuschen der Großmutter des Rotkäppchens kam, fand er es verschlossen und klopfte an. Die Alte konnte nicht vom Bette aufstehen und nachsehen, wer da sei, und rief: »Wer ist draußen?«

»Das Rotkäppchen!« rief der Wolf mit verstellter Stimme. »Die Mutter schickt der guten Großmutter Wein und auch Kuchen! Wir haben gebacken!«

»Greife unten durch das Loch in der Türe, da liegt der

Schlüssel!« rief die Alte, und der Wolf tat also, öffnete die Türe, trat in das Häuschen, in das Stübchen und verschlang die Großmutter ohne weiteres – zog ihre Kleider an, legte sich in ihr Bett und zog die Decke über sich her und die Bettvorhänge zu. Nach einer Weile kam das Rotkäppchen; es war sehr verwundert, alles so offen zu finden, da doch sonst die Großmutter sich selbst gern unter Schloß und Riegel hielt, und wurd ihm schier bänglich um das junge Herzchen.

Wie das Rotkäppchen nun an das Bett trat, da lag die alte Großmutter, hatte eine große Schlafhaube auf und war nur wenig von ihr zu sehen, und das wenige sah gar schrecklich aus. »Ach Großmutter, was hast du so große Ohren!« rief das Rotkäppchen.

»Daß ich dich damit gut hören kann!« war die Antwort.

»Ach Großmutter! Was hast du für große Augen!«

»Daß ich dich damit gut sehen kann!«

»Ei Großmutter, was hast du für haarige große Hände!«

»Daß ich dich damit gut fassen und halten kann!«

»Ach Großmutter, was hast du für ein so großes Maul und so lange Zähne!«

»Daß ich dich damit gut fressen kann!« Und damit fuhr der ganze Wolf grimmig aus dem Bette heraus und fraß das arme Rotkäppchen. Weg war's.

Jetzt war der Wolf sehr satt, und es gefiel ihm sehr im Stübchen der Alten und in dem weichen Bett, und er legte sich wieder hin und schlief ein und schnarchte, daß es klang, als schnarre ein Räderwerk in einer Mühle.

Zufällig kam ein Jäger vorbei, der hörte das seltsame Geräusch und dachte: »Ei, ei, die arme alte Frau da drinnen hat einen bösen Schnarcher am Leib, sie röchelt wohl gar und liegt im Sterben! Du mußt hinein und nachsehen, was mit ihr ist.«

Gedacht, getan. Der Jäger ging in das Häuschen, da fand er den Herrn Isegrim im Bette der Alten liegen, und die Alte war nirgends zu erblicken. »Bist du da?« sprach der Jäger und riß die Kugelbüchse von der Schulter. »Komm du her, du bist mir oft genug entlaufen!«

Schon legte er an – da fiel ihm ein: »Halt – die Alte ist nicht da, am Ende hat der Unhold sie mit Haut und Haar verschlungen, war ohnedies nur ein kleines dürres Weiblein.« Und da schoß der Jäger nicht, sondern er zog seinen scharfen Hirschfänger und schlitzte ganz sanft dem fest schlafenden Wolf den Bauch auf, da guckte ein rotes Käppchen heraus, und unter dem Käppchen war ein Köpfchen, und da kam das niedliche allerliebste Rotkäppchen heraus und sagte: »Guten Morgen! Ach, was war das für ein dunkles Kämmerchen da drinnen!« Und hinter dem Rotkäppchen zappelte die alte Großmutter, die war auch noch lebendig, vielen Platz hatten sie aber nicht gehabt im Wolfsbauch.

Der Wolf schlief noch immer steinfest, und da nahmen sie Steine, gerade wie die alte Geiß im Märchen von den sieben Geißlein, füllten sie dem Wolf in den Bauch und nähten den Ranzen zu, hernach versteckten sie sich, und der Jäger trat hinter einen Baum, zu sehen, was der Wolf endlich anfangen werde. Jetzt wachte der Wolf auf, machte sich aus dem Bett heraus, aus dem Stübchen, aus dem Häuschen und humpelte zum Brunnen, denn er hatte großen Durst. Unterwegs sagte er: »Ich weiß gar nicht, ich weiß gar nicht, in meinem Bauch wackelt's hin und her, hin und her wie Wackerstein – sollte das die Großmutter und Rotkäppchen sein?« Und wie er an

151

den Brunnen kam und trinken wollte, da zogen ihn die Steine, und er bekam das Übergewicht und fiel hinein und ertrank. So sparte der Jäger seine Kugel; er zog den Wolf aus dem Brunnen und zog ihm den Pelz ab, und alle drei, der Jäger, die Großmutter und das Rotkäppchen, tranken den Wein und aßen den Kuchen und waren seelenvergnügt, und die Großmutter wurde wieder frisch und gesund, und Rotkäppchen ging mit ihrem leeren Körbchen nach Hause und dachte: »Du willst niemals wieder vom Wege ab und in den Wald gehen, wenn es dir die Mutter verboten hat.«

VOM KÖNIG UND SEINEN DREI SÖHNEN

Ein König hatte drei Söhne, von denen waren zwei ganz klug, und einer war dumm. Einst ließ der König verkünden, daß alle Zigeuner sein Land zu räumen hätten; nach Verlauf von vier Wochen werde er herumreisen, und da wollte er keinen mehr sehen.

Als sich nun der Herr und König auf die Reise begab, da kam er nach Litauen und begegnete einem alten Zigeuner, der mit einem Karren hergefahren kam, und auf dem Karren hatte er ein wenig Erde.

Der König sagte: »Na, Zigeuner, bist du noch da? Weißt du denn nicht, daß du mein Land zu verlassen hast?«

Der Zigeuner stellte sich auf dem Karren auf die Erde und sagte: »Ich stehe auf meiner Erde. Mein Herr und König, ich will euch eine große Neuigkeit verkünden.«

»Wovon denn, mein lieber Zigeuner?«

»Lieber König, wenn ein Jahr und ein Tag verflossen sein wird, da werdet Ihr erblinden.«

Der König sagte: »Da setz dich zu mir in den Wagen«, und sie fuhren nach Hause. Der Zigeuner aber bekam beim Könige zu essen und zu trinken, bis ein Jahr und ein Tag verstrichen war.

Das Jahr ging dahin, und es kam der Tag, und es war ein sehr sonniger Tag. Als es nun nachmittags vier Uhr geworden, sagte der König zu seinen Dienern: »Bedeckt sich denn der Himmel mit Wolken?«

»Es ist nichts davon zu sehen«, antworteten sie, »Herr und König, alles ist voller Sonnenschein.«

Nicht lange danach, als es fünf Uhr war, sagte der König wieder: »Ist's denn schon Abend?«

»Ei, wo denn«, sagten die Diener, »es ist ja erst fünf Uhr.«

Nach einer kleinen Weile konnte der König schon nichts mehr sehen, da ließ er den Zigeuner rufen.

»Nun, Zigeuner, wenn du wußtest, daß ich erblinden würde, so mußt du auch wissen, wo man solche Mittel findet, die mir mein Augenlicht wiedergeben können.«

»Jawohl, lieber König, das weiß ich auch, nur bin ich schon zu alt, um die Reise dahin zu machen, denn der Weg führt durch drei verwünschte Länder.«

Der König sagte: »Ich habe drei Söhne, die werden doch hinreisen können?«

»Jawohl, die könnten«, sagte der Zigeuner.

Da machten sich die zwei Ältesten auf die Reise. Nachdem sie zwei Tagesreisen zurückgelegt hatten, kamen sie zu einer sehr schönen Stadt mit Namen Schönheit, und am Tor der

Stadt stand geschrieben: »Wer in die Stadt geht und sich nur drei Stunden dort aufhält, der braucht nichts zu bezahlen, aber wer länger bleibt, der muß für die Stunden einen Taler geben.«

Als beide in der Stadt waren, vergaßen sie die Worte des Vaters. Der Vater, der vergeblich auf ihre Rückkehr wartete, sagte zum dritten: »Begib du dich auf die Reise, mein lieber Sohn: wer weiß, wo jene beiden hingeraten sind.«

Da machte er sich auf den Weg, und wie er an dieselbe Stadt kam und die Inschrift fand, da ging er in die Stadt hinein, sah sich um und ging wieder heraus. Nun setzte er sich in sein Schiff und setzte seine Reise fort. Als er mit dem günstigsten Wind eine Tagesreise zurückgelegt hatte, sah er gegen Abend eine Insel in der Ferne. Er machte mit seinem Schiff halt, stieg in einen Kahn und ruderte ans Ufer; denn er wollte wissen, was auf der Insel sei.

Als er hinkam, fand er einen kleinen Backofen. Er ging an dessen Tür, sah durch ein Löchlein hinein und erblickte drinnen einen Wolf. Da erschrak er, aber er klopfte doch an die Tür und lief schnell in seinen Kahn; der Wolf aber war aufgesprungen, setzte ihm nach und rief, er sollte warten.

Der Prinz, als er in seinem Kahn saß, dachte: »Sollst du gehen oder nicht?« Aber er entschloß sich doch und kehrte zum Wolf zurück.

Der Wolf sagte zu ihm: »O Mensch, was hast du mir getan! Ich kniete hier schon neunundzwanzig Jahre, aber jetzt muß ich wieder neunundzwanzig Jahre knien; wärst du nicht gekommen, so hätte ich nur noch ein Jahr zu knien gehabt und wäre dann erlöst gewesen.«

Der Prinz erzählte ihm seine ganze Angelegenheit, wie er

154

in das und das Land reise, um ein Mittel für die Augen zu holen.

»Nun, lieber Prinz, was ist zu tun? Jetzt wirst du zunächst meinen Bruder treffen, der ist ein Bär; gib acht, daß du vor Schreck nicht niederstürzt, wenn er anfängt zu brüllen. Ich will dir aber ein Zettelchen geben, und wenn du meinst, du könntest ihm nicht entfliehen, so wirf ihm den Zettel hin, in den wird er hineinsehen, und so kannst du entfliehen.«

So reiste denn der Prinz wieder weiter. Der Wind blies günstig und stark genug, und so sah er denn wieder gegen Abend eine Insel in der Ferne schimmern. Er machte mit seinem Schiff halt, stieg in einen Kahn und ruderte ans Ufer. Als er hinkam, sah er abermals einen kleinen Backofen, und als er durch ein Löchlein hineinsah, sah er drinnen einen Bären knien. Jetzt dachte er: »Sollst du klopfen oder nicht«; aber er meinte, mag daraus werden, was da will, ich werde klopfen. Er tat einen Schlag an die Tür und lief hastig auf seinen Kahn zu. Als aber der Bär aufsprang und zu brüllen anhob, da dachte der Prinz, er könnte nicht mehr entfliehen, und warf das Briefchen hin, das er vom Wolf erhalten hatte. Der Bär sah den Zettel, und der Prinz nutzte die günstige Gelegenheit und sprang in seinen Nachen.

Der Bär rief: »Prinz, komm mal her! Es ist nicht gut, daß du hierherkamst; ich habe nun schon neunundzwanzig Jahre gekniet, und nun muß ich noch einmal so lange knien; aber was ist zu tun? Gott helfe dir! Aber jetzt wirst du noch zu meinem Bruder, dem Löwen, kommen; nimm dich in acht, daß er dich nicht zerreißt und daß du, wenn er anfängt zu brüllen, vor Schreck über seine Stimme nicht zur Erde stürzt. Ich will dir ein Briefchen geben, wenn du dann meinst, du könntest ihm nicht entfliehen, so wirf's ihm hin; er wird hineinsehen, und du wirst entkommen.«

Der Prinz reiste sodann weiter. Als er den ganzen Tag gefahren war, sah er gegen Abend wieder eine Insel in der Ferne schimmern. Er machte mit seinem Schiff halt, bestieg einen Nachen und ruderte ans Land. Hier schaute er sich um und sah wieder einen kleinen Ofen stehen. Als er durch ein Löchlein hineinsah, da erblickte er einen knienden Löwen. Jetzt dachte er: »Sollst du klopfen oder nicht«; aber er klopfte dennoch an. Als aber der Löwe aufschrie, da lief der Prinz zurück und der Löwe hinter ihm her. Da erinnerte er sich des Briefchens und warf es hin; der Löwe griff rasch danach und las es und rief, der Prinz sollte umkehren.

Da ging der Prinz zurück zu dem Löwen, der sagte zu ihm: »Na, Prinz, es ist nicht gut, daß du hergekommen bist; mit meinem Elend wär's nun bald ein Ende gewesen, und nun muß ich noch einmal so lang im Elend zubringen. Aber was ist zu tun? Vielleicht wird noch alles gut. Du reist in das Land nach Kräutern für die Augen. Ich will dir sagen, wie du sie bekommen wirst. Wenn du zur Stadt kommen wirst, dann mußt du zwischen elf und zwölf Uhr hineingehen, denn da schläft alles, was nur Leben hat; gib also ja recht acht darauf, daß du weder zu früh noch zu spät hineingehst. Und in der Stunde mußt du in das und das Haus hineingehen, da wirst du die Kräuter auf dem Fenster finden; nimm sie weg und mach, daß du wieder zurückkehrst.« So belehrt reiste der Prinz weiter.

Als er zur Stadt kam, machte er halt, sah nach seiner Uhr, es war zehn; so wartete er denn bis um elf. So wie es elf Uhr schlug, ging er in die Stadt und in das ihm bezeichnete Haus.

156

Auf dem Fenster fand er eine Flasche mit den Augenmitteln und eine andere Flasche ganz reinen Wassers, die Flasche aber konnte man nicht ausleeren, sie war immer voll, und auf dem Tisch lag ein Laib Brot. Sodann ging er in eine andere Stube und sieh! Da fand er eine schlafende Prinzessin; zu der legte er sich hin, weckte sie aber nicht auf.

Sodann stand er auf und schrieb auf die untere Seite eines Tisches, daß ein Prinz aus dem und dem Lande bei ihr zu der und der Zeit gelegen. Er nahm nun den Brotlaib und die Flasche mit dem Wasser sowie die Flasche mit den Heilmitteln, ging in seinen Nachen und machte, daß er so schnell wie möglich den Rückweg antrat.

Als aber der Drache, der Herr der Stadt, angeflogen kam und fand, daß ein Fremder dagewesen, zerbarst er vor Wut, und nun war alles seinen Krallen entgangen. Die Länder, die vorher verwünscht waren, der Löwe, der Wolf, der Bär, alle wurden erlöst, und der Prinz reiste nun nicht zu Schiff, sondern zu Wagen zurück. Er ließ sich deshalb einige Wagen machen und fuhr nach Hause. Seinen ganzen Reisebedarf an Speise führte er mit sich.

Als er nicht weit mehr von der Stadt war, deren König zuvor ein Löwe gewesen war, da kam der König mit seinen Soldaten und mit großer Musik ihm zu Ehren entgegen. Als man sich zu Tisch gesetzt, kam beim Essen und Trinken die Rede auf dies und das, und der Prinz sagte: »Bei uns ist's Sitte, daß wir, wenn wir irgendeine Speise genießen, grobes Brot dazu beißen.«

Der König sagte: »Aber bei uns gibt es solches Brot nicht.«

Der Prinz sagte: »Geht in meinen Wagen, bringt den Brotlaib und bestellt einen starken Mann!«

Da lachten all die vornehmen Herren über ihn, weil er nur einen Laib Brot habe und noch dazu einen starken Mann zu bestellen angeordnet.

Jetzt befahl er, Brot abzuschneiden; als man aber bis zur Hälfte geschnitten, da war der Laib wieder ganz.

Der König sagte: »Würdest du mir den Laib wohl verkaufen?«

»Nein«, sagte der Prinz, »verkaufen kann ich ihn nicht, aber versetzen, so lange du willst.«

Darauf ging der König ein und gab ihm drei Fässer voll Gold. Das packte er sich ein und reiste von dem König zu dem anderen, der vorher in einen Bären verwandelt war. Als er nicht mehr weit von der Stadt war, empfing ihn auch dieser König mit großen Ehren, mit Soldaten und großer Musik, und lud ihn zum Mittagessen ein.

Als man gespeist hatte, sagte der Prinz: »Bei uns hat man die Gewohnheit, nach dem Essen reines klares Wasser zu trinken.«

Der König sagte: »Wir haben aber kein solches Wasser.«

Da schickte der Prinz seinen Diener nach der Flasche und einem großen Zuber; die Herren aber lachten über ihn, daß er aus der einen Flasche einen großen Zuber zu füllen gedenke. Aber als er die Flasche auszuschütten begann, da goß er den ganzen Zuber voll, und die Flasche ward doch nicht leer.

Da sagte der König: »Würdest du wohl die Flasche verkaufen?«

»Nein«, sagte der Prinz, »verkaufen kann ich sie nicht, aber für drei Faß Gold will ich sie dir leihen.«

So ließ er denn die Flasche da, lud sein Gold auf und reiste weiter. Das dritte Land, dessen König in einen Wolf ver-

158

wandelt war, besuchte er gar nicht, sondern reiste gerade-wegs in die Stadt Schönheit, wo er in einer schönen Schenke, in einem schönen Gasthof abstieg. Nach dem Essen sah er, daß sehr viele Menschen in der Straße gingen. Da fragte er den Wirt nach der Ursache und ob vielleicht etwas zu sehen sei.

»O ja«, antwortete der, »es werden zwei gehängt.«

»Könnte ich das wohl auch mit ansehen?«

»Na, warum denn nicht!«

So ging er denn auch auf den Platz hin. Als er die zwei Ver-urteilten erblickte, erkannte er in ihnen sogleich seine Brü-der. Er meldete sich deshalb bei der Obrigkeit, ob er sie nicht befreien könne.

»Ei ja, aber es kostet viel Geld; wenn einer vier Faß Gold gibt, dann werden sie freigegeben.«

Da ließ der Prinz vier Faß Gold bringen und nahm die zwei armen Sünder mit nach Hause in seinen Gasthof, ließ ihnen Essen und Trinken bereiten, kleidete sie gut und gab sich ihnen als ihr Bruder zu erkennen.

Sie verweilten nicht lange mehr und begaben sich auf die Reise. Als sie ein gutes Ende Weges zurückgelegt, da dachten die zwei Brüder: »Was wird nun geschehen, wenn wir zum Vater kommen? Der Dumme hat die Arzneikräuter und hat uns noch dazu vom Galgen erlöst; wir werden beim Vater nur mit großer Schande bestehen.«

So faßten sie denn folgenden Beschluß: »Nicht weit von hier ist eine Hexe, gehen wir zu ihr und lassen wir uns von ihr solche Kräuter geben, von denen der Mensch, wenn er sie auf die Augen streicht, erblindet, und die hinterlegen wir dem Bruder, dann hat er die nichtsehenden Kräuter, und wir nehmen die sehenden.« Sie verschafften sich auch wirklich solche Kräuter und reisten weiter. Auf der Reise schlief der Bruder vor Erschöpfung ein, und während er schlief, vertauschten sie die Heilkräuter.

Als sie nun zum Vater nach Hause gekommen, da fragte der Vater: »Wie, meine Kinder, habt ihr die Kräuter mitgebracht?«

»Ja, Vater, wir haben sie.«

»Nun, da streicht einmal auf.«

Die beiden nahmen ihre Kräuter und strichen auf, und der König öffnete die Augen. Jetzt schloß aber der König die Augen wieder, als sei er blind, und sagte zum dritten Sohne: »Na, mein Sohn, streich einmal von deinen Kräutern etwas auf.«

Als dieser es tat, sah der König nichts mehr. Da sagte der König: »Nun streicht ihr beide wieder von euren Kräutern auf!«

Und sobald sie aufgestrichen, konnte der König wieder sehen. Der König ergrimmte nun so über seinen Sohn, weil er ihm solche Kräuter gebracht hatte, daß er befahl, ihn sofort zu erschießen. Wie aber der Jäger mit ihm ritt und ihn von hinten erschießen wollte, da versagte ihm das Gewehr.

Der Prinz sagte: »Was wolltest du da eben tun?«

Der Jäger sagte: »Lieber Prinz, der König hat befohlen, ich soll dich erschießen und Herz, Leber und Lunge mit zurückbringen.«

»Na, wenn das so ist«, sagte der Prinz, »sieh, da ist ein Hund, erschieß den Hund, nimm sein Herz, Leber und Lunge heraus, bring's nach Hause und wirf's in den Ofen, so ist die Sache abgetan; ich werde nicht mehr in die Heimat zurückkehren, auch wenn man meine Hilfe einst benötigen wird: Ich gehe zu dem Müller da und lerne als Müller.«

Der Jäger tat das, brachte die Sachen und zeigte sie dem König; der sagte: »Wirf's in den Ofen, dann kann's verbrennen.«

Zu der Zeit gebar die Prinzessin jenes Landes, aus welchem der Prinz die Kräuter mitgebracht, einen Sohn. Nachdem sieben Jahre verflossen waren und der Junge herangewachsen, sprang er einmal in der Stube umher und kroch unter einen Tisch; er sah in die Höhe und sah da etwas schimmern.

»Mutter«, sagte der Knabe, »sieh doch einmal her, was da so flimmert.«

Die Mutter kam, sah unter den Tisch, aber sie konnte nicht verstehen, was da geschrieben stand. Da ließ sie sich vier Männer mit verbundenen Augen bringen, um die Schrift zu lesen, und als sie sie gelesen, verband man ihnen die Augen wieder und führte sie hinweg. Aus der Schrift erfuhr aber die Prinzessin, daß ein Prinz aus dem und dem Lande bei ihr gewesen sei und die Arzneikräuter, den Brotlaib und die Wasserflasche mitgenommen habe. Sodann rüstete sich die Prinzessin zur Reise mit einer großen Schar Soldaten, und eine große Menge Schießpulver nahm sie mit und zog zu jenem König hin und machte eine viertel Meile von des Königs Stadt halt. Den Weg von ihr bis zur Stadt ließ sie mit rotem Scharlach belegen, die Stadt mit Pulver umschütten und dem König sagen, er sollte in vierundzwanzig Stunden den zu ihr schicken, der von ihr die Kräuter gebracht hätte, sonst ließe sie die Stadt mit Pulver gen Himmel sprengen.

Da sandte der König sofort den ältesten Sohn zu Pferde zu

161

ihr; als er hingeritten, fragte sie ihn: »Hast du die Kräuter gebracht?«

»Ja«, sagte der Prinz.

»Und was weiter?«

»Nichts«.

Da sagte die Prinzessin: »Reit du nach Hause und sag deinem Vater, er soll in vierundzwanzig Stunden den herbeischaffen, der die Kräuter gebracht.«

Der Prinz ritt nach Hause und sagte es seinem Vater. Da sagte der Vater zum zweiten: »Nun, mein Sohn, du hast doch die Kräuter gebracht?«

»Ja«, sagte der Sohn.

»Nun so eile und reite du zu ihr hin.«

Und da ritt auch er hin. Als das Kind der Prinzessin ihn heranreiten sah, sagte es zu seiner Mutter: »Der da geritten kommt, ist mein Vater nicht; der schont den Weg, und der hat auch dich geschont.« Das sagte der Prinz nämlich deshalb, weil er neben dem belegten Weg hergeritten kam.

Als der Prinz in die Nähe gekommen, fragte ihn die Prinzessin: »Hast du die Kräuter gebracht?«

»Ja«, sagte der Prinz.

»Und was weiter?«

»Nichts.«

Die Prinzessin sagte: »Reit du nach Hause, und wenn in vierundzwanzig Stunden der nicht zur Stelle kommt, der die Kräuter gebracht hat, so fliegt die Stadt gen Himmel.«

Der Prinz ritt nach Hause und sagte es seinem Vater; da wußte der König vor Sorgen nicht, wo er bleiben sollte. Jenen Sohn hatte er erschießen lassen; wie sollte er nun den finden, der die Kräuter gebracht? In tiefster Betrübnis ging er auf dem Hofe auf und ab; da erblickte ihn der Jäger, den er abgesandt hatte, um seinen Sohn zu erschießen; und er fragte den König, warum er so betrübt im Hofe auf und ab gehe.

»Ja, lieber Jäger, ich ließ meinen Sohn von dir erschießen, und jetzt soll ich ihn schaffen, sonst werden wir alle verbrannt.«

»Ja, lieber König, vielleicht ist er noch am Leben; ihr habt mir zwar befohlen, ihn zu erschießen, aber er bat so sehr um sein Leben, daß ich ihn leben ließ; er ging zu dem Müller da in die Lehre, und da wird er wohl noch sein.«

Sogleich ließ der König ihm sagen, er sollte zu ihm kommen. Der Prinz aber ließ ausrichten: »Der König hat so weit zu mir wie ich zu ihm; wenn der König mit vier Rappen wird gefahren kommen, so werde ich mitfahren.«

Der König ließ sofort vier Rappen anspannen und fuhr zu seinem Sohne hin; da setzte sich der Prinz in den Wagen und fuhr mit seinem Vater nach Hause. Sodann ließ sich der Prinz ein Pferd scharf beschlagen, stieg auf und ritt mitten auf dem Wege so gewaltig einher, daß die Fetzen davonflogen.

Als der Knabe ihn heranreiten sah, sagte er. »Na, Mütterchen, da kommt mein Vater hergeritten, der schont den Weg nicht, der hat auch dich nicht geschont.«

Als der da geritten kam, fragte ihn die Prinzessin: »Hast du die Kräuter gebracht?«

»Ja«, sagte der Prinz.

»Und was weiter?«

»Einen Laib Brot, den konnte man bis zur Hälfte schneiden, da ward er wieder ganz; eine Flasche mit Wasser, aus der konnte man schütten und schütten, und sie war doch stets voll.«

»Gut«, sagte die Prinzessin, »komm her zu mir in mein Zelt!«

Nachher ließ er seine Brüder von Ochsen zerreißen, den König ließ er das Pulver zusammenschöpfen, und beide reisten miteinander in das Land der Prinzessin. Unterwegs nahmen sie den Brotlaib und die Wasserflasche mit und hielten, als sie nach Hause gekommen, Hochzeit und lebten glücklich miteinander bis zu ihrem Tode.

SCHNEEWEISSCHEN

Es war einmal eine Königin, die hatte keine Kinder und wünschte sich eins, weil sie so ganz einsam war. Da sie nun eines Tages an einer Stickerei saß und den Rahmen von schwarzem Ebenholz betrachtete, während es schneite und Schneeflocken vom Himmel fielen, war sie in so tiefen Gedanken, daß sie sich heftig in die Finger stach, so daß drei Blutstropfen auf den weißen Schnee fielen; und da mußte sie wieder daran denken, daß sie kein Kind hatte. »Ach!« seufzte die Königin, »hätte ich doch ein Kind, so rot wie Blut, so weiß wie Schnee, so schwarz wie Ebenholz!« Und nach einer Zeit bekam diese Königin ein Kind, ein Mägdlein. Das war so weiß wie Schnee an seinem Leibe, und seine Wangen blüheten wie blutrote Röselein, und seine Haare waren so schwarz wie Ebenholz. Die Königin freute sich, nannte das Kind Schneeweißchen, und bald darauf starb sie. Da der König nun ein Witwer geworden war und kein Witwer bleiben wollte, so nahm er sich eine andre Gemahlin, das war ein stattliches Weib voll hoher Schönheit, aber auch voll unsäglichen Stolzes und auch so eitel, daß sie sich für die schönste Frau in der ganzen Welt hielt. Dazu war sie zumal durch einen Zauberspiegel verleitet, der sagte ihr immer, wenn sie hineinsah und fragte:

»Spieglein, Spieglein an der Wand,
Wer ist die Schönst' im ganzen Land?«

»Ihr, Frau Königin, seid die Schönst' im Land.«

Und der Spiegel schmeichelte doch nicht, sondern sagte die Wahrheit wie jeder Spiegel.

Das kleine Schneeweißchen, der Königin Stieftochter, wuchs heran und wurde die schönste Prinzessin, die es nur geben konnte, und wurde noch viel schöner als die schöne Königin. Diese fragte, als das Schneeweißchen sieben Jahre alt war, einmal wieder ihren treuen Spiegel:

»Spieglein, Spieglein an der Wand,
Wer ist die Schönst' im ganzen Land?«

aber da antwortete der Spiegel nicht wie sonst, sondern er antwortete:

»Frau Königin, Ihr seid die Schönste hier,
Aber Schneeweißchen ist tausendmal schöner als Ihr.«

165

Darüber erschrak die Königin zum Tode und war ihr, als kehre sich ihr ein Messer im Busen um, und da kehrte sich auch ihr Herz um gegen das unschuldige Schneeweißchen, das nichts zu seiner übergroßen Schönheit konnte.

Und weil sie weder Tag noch Nacht Ruhe hatte vor ihrem bösen neidischen Herzen, so berief sie ihren Jäger zu sich und sprach: »Dieses Kind, das Schneeweißchen, sollst du in den dichten Wald führen und es töten. Bringe mir Lunge und Leber zum Wahrzeichen, daß du mein Gebot vollzogen!« Und da mußte das arme Schneeweißchen dem Jäger in den wilden Wald folgen, und im tiefsten Dickicht zog er seine Wehr und wollte das Kind durchstoßen. Das Schneeweißchen weinte jämmerlich und flehte, es doch leben zu lassen, es habe ja nichts verbrochen, und die Tränen und der Jammer des unschuldigen Kindes rührten den Jäger auf das innigste, so daß er bei sich dachte: »Warum soll ich mein Gewissen beladen und dies schöne unschuldige Kind ermorden? Nein, ich will es lieber laufen lassen! Fressen es die wilden Tiere, wie sie wohl tun werden, so mag das die Frau Königin vor Gott verantworten.« Und da ließ er Schneeweißchen laufen, wohin es wollte, fing ein junges Wild, stach es ab und weidete es aus und brachte Lunge und Leber der bösen Königin. Die nahm beides und briet es in Salz und Schmalz und verzehrte es und war froh, daß sie, wie sie vermeinte, nun wieder allein die Schönste sei im ganzen Lande. Schneeweißchen im Walde wurde bald angst und bange, wie es so mutterseelenallein durch das Dickicht schritt, und wie es zum ersten Male die harten spitzen Steine fühlte, wie die Dornen ihm das Kleid zerrissen, und vollends, als es zum ersten Male wilde Tiere sah. Aber die wilden Tiere taten ihm gar nichts zulei-

166

de; sie sahen Schneeweißchen an und fuhren in die Büsche. Und das Mägdlein ging den ganzen Tag und ging über sieben Berge.

Des Abends kam Schneeweißchen an ein kleines Häuschen mitten im Walde, da ging es hinein, sich auszuruhen, denn es war sehr müde, war auch sehr hungrig und sehr durstig. Darinnen in dem kleinen, kleinen Häuschen war alles gar zu niedlich und zierlich und dabei sehr sauber.

Es stand ein kleines Tischlein in der Stube, das war schneeweiß gedeckt, und darauf standen und lagen sieben Tellerchen, auf jedem ein wenig Gemüse und Brot, sieben Löffelchen, sieben Paar Messerchen und Gäbelchen, sieben Becherchen. Und an der Wand standen sieben Bettchen, alle blütenweiß überzogen. Da aß nun das hungrige Schneeweißchen von den sieben Tellerchen, nur ein klein wenig von jedem, und trank aus jedem Becherchen ein Tröpflein Wein. Dann legte es sich in eins der sieben Bettchen, um zu ruhen, aber das Bettchen war zu klein, und sie mußte es in einem andern probieren, doch wollte keins recht passen, bis zuletzt das siebente, das paßte, da hinein schlüpfte Schneeweißchen, deckte sich zu, betete zu Gott und schlief ein, tief und fest wie fromme Kinder, die gebetet haben, schlafen.

Derweil wurde es Nacht, und da kamen die Häuschensherren, sieben kleine Bergmännerchen, jedes mit einem brennenden Grubenlichtchen vorn am Gürtel, und da sahen sie gleich, daß eins dagewesen war.

Der erste fing an zu fragen: »Wer hat auf meinem Stühlchen gesessen?«

Der zweite fragte: »Wer hat von meinem Tellerchen gegessen?«

Der dritte fragte: »Wer hat von meinem Brötchen gebrochen?«

Der vierte: »Wer hat von meinem Gemüslein geleckt?«

Der fünfte: »Wer hat mit meinem Messerchen geschnitten?«

Der sechste: »Wer hat mit meinem Gäbelchen gestochen?«

Und der siebente fragte: »Wer hat aus meinem Becherchen getrunken?«

Wie die Zwerglein also gefragt hatten, sahen sie sich nach ihren Bettchen um und fragten: »Wer hat in unsern Bettchen gelegen?« Bis auf den siebenten, der fragte nicht so, sondern: »Wer liegt in meinem Bettchen?« Denn da lag das Schneeweißchen darin. Da leuchteten die Bergmännerchen mit ihren Lämpchen alle hin und sahen mit Staunen das schöne Kind und störten es nicht, sondern sie ließen den siebenten in ihren Bettchen liegen, in jedem ein Stündchen, bis die Nacht herum war. Da nun der Morgen mit seinen frühen Strahlen in das kleine, kleine Häuschen der Zwerglein schien, wachte Schneeweißchen auf und fürchtete sich vor den Zwergen. Die waren aber ganz gut und freundlich und sagten, es solle sich nicht fürchten, und fragten, wie es heiße? Da sagte und erzählte nun Schneeweißchen alles, wie es ihm ergangen sei. Darauf sagten die Zwergmännchen: »Du kannst bei uns in unserm Häuschen bleiben, Schneeweißchen, und kannst uns unsern Haushalt führen, kannst uns unser Essen kochen, unsre Wäsche waschen und alles hübsch rein und sauber halten, auch unsre Bettchen machen.« Das war Schneeweißchen recht, und es hielt den Zwergen Haus. Die taten am Tage ihre Arbeit in den Bergen, tief unter der Erde, wo sie Gold und Edelsteine suchten, und abends kamen sie und aßen und legten sich in ihre sieben Bettchen.

Unterdessen war die böse Königin froh geworden in ihrem argen Herzen, daß sie nun wieder die Schönste war, wie sie meinte, und versuchte den Spiegel wieder und fragte ihn:

>*Spieglein, Spieglein an der Wand,*
Wer ist die Schönst' im ganzen Land?«

Da antwortete ihr der Spiegel:

>*Frau Königin! Ihr seid die Schönste hier,*
Aber Schneeweißchen über den sieben Bergen,
Bei den sieben guten Zwergen,
Das ist noch tausendmal schöner als Ihr!«

Das war wiederum ein Dolchstich in das eitle Herz der Frau Königin, und sie sann nun Tag und Nacht darauf, wie sie dem Schneeweißchen ans Leben käme, und endlich fiel ihr ein, sich verkleidet selbst zu Schneeweißchen aufzumachen, und sie verstellte ihr Gesicht und zog geringe Kleider an, nahm auch einen Allerhandkram und ging über die sieben Berge, bis sie an das kleine, kleine Häuschen der Zwerge kam. Da klopfte sie an die Türe und rief: »Holla! Holla! Kauft schöne Waren!« Die Zwerge hatten aber dem Schneeweiß-chen gesagt, es solle sich vor fremden Leuten in acht neh-men, vornehmlich vor der bösen Königin. Deshalb sah das Mägdlein vorsichtig heraus, da sah sie den schönen Tand, den die Frau zu Markte trug, die schönen Halsketten und Schnüre und allerlei Putz. Da dachte Schneeweißchen nichts

Arges und ließ die Krämerin herein und kaufte ihr eine Halsschnur ab, und die Frau wollte ihr zeigen, wie diese Schnur umgetan würde, und schnürte ihm von hinten den Hals so zu, daß Schneeweißchen gleich der Odem ausging und es tot hinsank. »Da hast du den Lohn für deine übergroße Schönheit!« sprach die böse Königin und hob sich von dannen.

Bald darauf kamen die sieben Zwerglein nach Hause, und da fanden sie ihr schönes liebes Schneeweißchen tot und sahen, daß es mit der Schnur erdrosselt war. Geschwinde schnitten sie die Schnur entzwei und träufelten einige Tropfen von der Goldtinktur auf Schneeweißchens blasse Lippen, da begann es leise zu atmen und wurde allmählich wieder lebendig. Als es nun erzählen konnte, erzählte es, wie die alte Krämersfrau ihr den Hals böslich zugeschnürt, und die Zwerge riefen: »Das war kein anderes Weib als die falsche Königin! Hüte dich und lasse gar keine Seele in das kleine Häuschen, wenn wir nicht da sind.« Die Königin trat, als sie von ihrem schlimmen Gange wieder nach Hause kam, gleich vor ihren Spiegel und fragte ihn:

> *»Spieglein, Spieglein an der Wand,*
> *Wer ist die Schönst' im ganzen Land?«*

Und der Spiegel antwortete:

> *»Frau Königin! Ihr seid die Schönst' allhier,*
> *Aber Schneeweißchen über den sieben Bergen,*
> *Bei den sieben guten Zwergen,*
> *Das ist noch tausendmal schöner als Ihr.«*

Da schwoll der Königin das Herz vor Zorn, wie einer Kröte der Bauch, und sie sann wieder Tag und Nacht auf Schneeweißchens Verderben. Bald nahm sie wieder die falsche Gestalt einer andern Frau an, durch Verstellung ihres Gesichts und fremdländische Kleidung, machte einen vergifteten Kamm, den tat sie zu anderm Kram, und ging über die sieben Berge, an das kleine, kleine Zwergenhäuslein. Dort klopfte sie wieder an die Türe, rief: »Holla! Holla! Kauft schöne Waren! Holla!« Schneeweißchen sah zum Fenster heraus und sagte: »Ich darf niemand hereinlassen!« Das Kramweib aber rief: »Schade um die schönen Kämme!« Und dabei zeigte sie den giftigen, der ganz golden blitzte. Da wünschte sich Schneeweißchen von Herzen einen goldenen Kamm, dachte nichts Arges, öffnete die Türe und ließ die Krämerin herein und kaufte den Kamm.

»Nun will ich dir auch zeigen, mein allerschönstes Kind, wie der Kamm durch die Haare gezogen und wie er gesteckt wird«, sprach die falsche Krämerin und strich dem Schneeweißchen damit durchs Haar; da wirkte gleich das Gift, daß das arme Kind umfiel und tot war. »So, nun wirst du wohl das Wiederaufstehen vergessen«, sprach die böse Königin und entfloh aus dem Häuschen.

Bald darauf – und das war ein Glück – wurde es Abend, und da kamen die sieben Zwerge wieder nach Hause, hielten das Schneeweißchen für tot und fanden in seinem schönen Haar den giftigen Kamm. Diesen zogen sie geschwind aus dem Haar, und da kam es wieder zu sich. Und die Zwerglein warnten es aufs neue, ja niemand ins Häuschen zu lassen.

Daheim trat die böse Königin wieder vor ihren Spiegel und fragte ihn:

>*Spieglein, Spieglein an der Wand,*
Wer ist die Schönst' im ganzen Land?«

Und der Spiegel antwortete:

>*Frau Königin! Ihr seid die Schönst' allhier,*
Aber über den sieben Bergen,
Bei den sieben guten Zwergen
Ist Schneeweißchen – tausendmal schöner als Ihr.«

Da wußte sich die Königin vor giftiger Wut darüber, daß alle ihre bösen Ränke gegen Schneeweißchen nichts fruchteten, gar nicht zu lassen und zu fassen und tat einen schweren Fluch, Schneeweißchen müsse sterben, und solle es ihr, der Königin, selbst das Leben kosten. Und darauf machte sie heimlich einen schönen Apfel giftig, aber nur auf einer Seite, wo er am schönsten war, nahm dazu noch einen Korb voll gewöhnlicher Äpfel, verstellte ihr Gesicht, kleidete sich wie eine Bäuerin, ging abermals über die sieben Berge und klopfte am Zwergenhäuslein an, indem sie rief: »Holla! Schöne Äpfel kauft! Kauft!« Schneeweißchen sah zum Fenster heraus, und sagte: »Geht fort, Frau! Ich darf nicht öffnen und auch nichts kaufen!«

»Auch gut, liebes Kind!« sprach die falsche Bäuerin. »Ich werde auch ohne dich meine schönen Äpfel noch alle los! Da hast du einen umsonst!«

»Nein, ich danke schön, ich darf nichts annehmen!« rief Schneeweißchen. »Denkst wohl gar, der Apfel wäre vergiftet? Siehst du, da beiße ich selber hinein! Das schmeckt einmal gut! So hast du in deinem ganzen Leben keinen Apfel gegessen.« Dabei biß das trügerische Weib in die Seite des Apfels, die nicht vergiftet war, und da wurde Schneeweißchen lüstern und griff nach dem Apfel hinaus, und die Bäuerin reichte ihn hin und blieb stehen. Kaum hatte Schneeweißchen den Apfel auf der andern Seite angebissen, wo er ein schönes rotes Bäckchen hatte, so wurden Schneeweißchens rote Bäckchen ganz blaß, und es fiel um und war tot.

»Nun bist du aufgehoben, Ding!« sprach die Königin und ging fort, und zu Hause trat sie wieder vor den Spiegel und fragte wieder:

>>*Spieglein, Spieglein an der Wand,*
Wer ist die Schönst' im ganzen Land?«

Und der Spiegel antwortete dieses Mal:

>>*Ihr, Frau Königin, seid allein die Schönst' im Land!*«

Nun war das Herz der bösen Königin zufrieden, so weit ein Herz voll Bosheit und Tücke und Mordschuld zufrieden sein kann.

Aber wie erschraken die sieben guten Zwerge, als sie abends nach Hause kamen, und ihr Schneeweißchen ganz tot fanden. Vergebens suchten sie nach einer Ursache, und vergebens versuchten sie die Wunderkraft ihrer Goldtinktur, Schneeweißchen war und blieb jetzt tot.

Da legten die betrübten Zwerglein das liebe Kind auf eine Bahre und setzten sich darum herum und weinten drei Tage lang, hernach wollten sie es begraben. Aber da Schneeweißchen noch nicht wie tot aussah, sondern noch frisch wie ein

Mägdlein, das schläft, so wollten sie es nicht allein in die Erde senken, sondern sie machten einen schönen Sarg von Glas, da hinein legten sie es und schrieben darauf: Schneeweißchen, eine Königstochter – und setzten dann den Sarg auf einen von den sieben Bergen, und hielt immer einer von ihnen Wache bei dem Sarge. Da kamen auch die Tiere aus dem Walde und weinten über Schneeweißchen, die Eule, der Rabe und das Täubelein.

Und so lag Schneeweißchen lange Jahre in dem Sarge, ohne daß es verweste, vielmehr sah es noch so frisch und so weiß aus wie frischgefallener Schnee und hatte wieder rote Wängelein, wie frische Blutröschen, und die schwarzen ebenholzfarbenen Haare. Da kam ein junger schöner Königssohn zu dem kleinen Zwergenhäuslein, der sich verirrt hatte in den sieben Bergen, und sah den gläsernen Sarg stehen und las die Schrift darauf: Schneeweißchen, eine Königstochter – und bat die Zwerge, ihm doch den Sarg mit Schneeweißchen zu überlassen, er wolle denselben ihnen abkaufen.

Die Zwerge aber sprachen: »Wir haben Goldes die Fülle und brauchen deines nicht! Und um alles Gold in der Welt geben wir den Sarg nicht her.«

»So schenkt ihn mir!« bat der Königssohn. »Ich kann nicht sein ohne Schneeweißchen, ich will es aufs höchste ehren und heilig halten, und es soll in meinem schönsten Zimmer stehen; ich bitte euch darum!« Da wurden die Zwerglein von Mitleid bewegt und schenkten ihm Schneeweißchen im gläsernen Sarge. Den gab er seinen Dienern, daß sie ihn vorsichtig forttrügen, und er folgte sinnend nach. Da stolperte der eine Diener über eine Baumwurzel, daß der Sarg schütterte, und hätten ihn beinahe fallen lassen, und durch das Schüt-

174

tern fuhr das giftige Stückchen Apfel, das Schneeweißchen noch im Munde hatte (weil es umgefallen war, ehe es den Bissen verschluckt), heraus, und da war es mit einem Male wieder lebendig.

Geschwind ließ es der Königssohn niedersetzen, öffnete den Sarg und hob es mit seinen Armen heraus und erzählte ihm alles und gewann es nun erst recht lieb und nahm es zu seiner Gemahlin, führte es auch gleich in seines Vaters Schloß, und es wurde zur Hochzeit zugerüstet mit großer Pracht, auch viele hohe Gäste wurden geladen, darunter auch die böse Königin. Die putzte sich auf das allerschönste, trat vor ihren Spiegel und fragte wieder:

>*Spieglein, Spieglein an der Wand,*
Wer ist die Schönst' im ganzen Land?«

Darauf antwortete der Spiegel:

>*Frau Königin, Ihr seid die Schönst' allhier,*
Aber die junge Königin ist noch tausendmal schöner als Ihr!«

Da wußte die Königin nicht, was sie vor Neid und Scheelsucht sagen und anfangen sollte, und es wurde ihr ganz bange ums Herz, und sie wollte erst gar nicht auf die Hochzeit gehen; dann wollte sie aber doch die sehen, die schöner sei als sie, und fuhr hin. Und wie sie in den Saal kam, trat ihr Schneeweißchen als die allerschönste Königsbraut entgegen, die es jemals gegeben, und da mochte sie vor Schrecken in die Erde sinken.

Schneeweißchen aber war nicht allein die Allerschönste,

175

sondern sie hatte auch ein großes edles Herz, das die Untaten, die die falsche Frau an ihr verübt, nicht selbst rächte. Es kam aber ein giftiger Wurm, der fraß der bösen Königin das Herz ab, und dieser Wurm war der Neid.

BRUDER LUSTIG

Der Bruder Lustig befand sich einmal auf Reisen und hatte nur noch drei Kreuzer im Sack und ein einziges Brot, das er sich gekauft. Da begegnete ihm der heilige Petrus und sprach: »Grüß dich Gott, armer Bruder!«

»Grüß dich Gott!« sagte Bruder Lustig.

»Wohin geht die Reise?« sprach Petrus.

»Weiß nicht«, sprach der Bruder Lustig, »wohin mich der Wind noch führen wird.«

Sprach der heilige Petrus zu ihm weiter: »Ach, ich habe Hunger und kein Geld; sei so gut und gib mir ein Almosen!«

»Ich bin zwar selbst ein armer Schlucker«, sagte Bruder Lustig, »und hab nur noch drei Kreuzer und ein Brot im Sack, doch wir wollen's teilen«; und darauf gab er dem heiligen Petrus, der als Bettler verkleidet war, einen Kreuzer und einen Vierling Brot. »Vergelt's Gott!« sprach Petrus und ging weiter.

Über eine Weile begegnete ihm abermals der heilige Petrus als Bettler, aber in einer anderen Gestalt als das erste Mal, und sprach: »Grüß dich Gott, Bruder! Ein Armer spricht dich um eine Gabe an!«

»Grüß dich Gott, armer Bruder!« sprach der Bruder Lustig und gab dem Bettler einen Kreuzer und einen Vierling von seinem Brote.

»Vergelt's Gott!« sprach Petrus und ging weiter.

Wieder über eine Weile kam der heilige Petrus zum dritten Male als Bettler in einer anderen Gestalt und bat ihn um eine Gabe, weil er so hungrig sei. Da sagte Bruder Lustig: »Mit zwei Armen hab ich schon geteilt, was ich hatte; jetzt hab ich grad noch einen Kreuzer und ein halbes Brot, das wollen wir noch einmal teilen.«

Sprach der heilige Petrus: »Nun, ich habe auch noch einen Kreuzer, so wollen wir ins Wirtshaus gehen und zu dem Brot ein halbes Bier miteinander trinken.«

Ja, das war dem Bruder Lustig ganz recht, und sie machten es so. Und als sie nun alle beide nichts mehr hatten, so beschlossen sie, daß sie alle beide miteinander weiterreisen wollten.

Wie sie nun so eine gute Strecke zusammen marschiert waren, kamen sie in eine Stadt, darin war große Trauer, weil die Tochter des Königs gestorben war. Darauf ließ Petrus sich bei dem Könige melden als Doktor und versprach, die Prinzessin wieder lebendig zu machen; aber es sollte niemand dabeisein und zusehen als bloß der Bruder Lustig.

Nun ließ Petrus sich einen Kessel mit kochendem Wasser geben, zerschnitt den Leichnam und kochte das Fleisch in dem Kessel, legte dann die Knochen wieder zusammen, rief die Tote beim Namen und sprach die drei höchsten göttlichen Namen aus und hieß die Jungfrau aufstehen. Da stand sie auf und lebte und war frisch und gesund wie vorher.

Der König war außer sich vor Freude und bot dem heiligen Petrus alles an, was er sich nur wünschen möge, und wenn's das halbe Königreich wäre! Aber Petrus schlug alles aus und wollte keinen Lohn.

»Narr«, sprach der Bruder Lustig zu ihm, »du hast selber nichts, so daß du betteln mußt, und willst einem König was schenken!« Petrus aber hörte nicht darauf und ging fort, und Bruder Lustig ließ ihn allein ziehen und blieb in dem Schlosse zurück und ließ sich erst seinen Ranzen mit Geld füllen, soviel er nur tragen konnte. Dann lebte er eine lange Zeit herrlich und in Freuden, bis endlich der Ranzen leicht und leer war.

Da trug's sich zu, daß der Bruder Lustig in ein Dorf kam und hörte, die Tochter eines reichen Bauern sei todkrank. Da ging er hin; wie er aber hinkam, war sie schon gestorben. Nun erbot er sich, er wolle sie wieder lebendig machen, und machte es grad so, wie er es den heiligen Petrus hatte tun sehen: er zerschnitt die Leiche, kochte das Fleisch und legte dann die Knochen aneinander.

Aber damit wollte es ihm nicht gelingen, denn er wußte nicht, welche Knochen zusammengehörten, so daß er in die allergrößte Angst und Unruhe geriet und sich gar nicht mehr zu helfen wußte. Da klopfte plötzlich der heilige Petrus ans Fenster, und er ließ ihn sogleich herein. Der aber machte ein bös' Gesicht und sprach: »Ei, du schlechter Kerl, glaubst du auch zu können, was ich kann! Das geht ja nimmermehr so! Diesmal will ich dir noch helfen; aber daß du dir's nur nicht einfallen läßt, so etwas noch einmal zu probieren, sonst wird dir's schlechtgehen!«

Darauf ordnete Petrus die Gebeine, wie sie zusammengehörten, und rief das Mägdelein beim Namen und hieß es aufstehen. Da stand es auf und ging zu seinen Eltern. Dann entfernte sich Petrus wieder durch das Fenster, durch das er gekommen war, nachdem er noch dem Bruder Lustig streng anbefohlen hatte, daß er ja keine Belohnung nehmen sollte. Nein, das wollte er auch gewiß nicht, sagte er. Als nun die Bauersleute aus Dankbarkeit Geld und Gut anboten, so schlug er's aus, ließ es aber endlich doch geschehen, weil sie ihn so sehr nötigten, daß sie ihm ein Lamm mit auf den Weg gaben. Das nahm er und trieb es zum Dorfe hinaus.

Vor dem Dorfe traf er wieder mit dem heiligen Petrus zusammen, der stellte ihn sogleich zur Rede wegen des Lammes. »Ach«, sprach der Bruder Lustig, »ich weiß nicht, was ich von dir denken soll; wir sind alle beide arme Hungerleider und sollen nichts von andern Menschen annehmen! Komm her, wir wollen uns miteinander das Lamm schmecken lassen!«

»Nun, meinetwegen«, sprach Petrus, »so mach es zurecht; ich will unterdessen einen Gang machen; aber du mußt nicht eher anfangen zu essen, bis ich wieder da bin!«

»Ei, beileibe!« sprach der Bruder Lustig und schlachtete sogleich das Lamm und machte ein Feuer an und briet es. Da dauerte es nicht lange, da war es fertig und roch so gut, daß der Bruder Lustig nicht widerstehen konnte und das Herz herausfischte und es aufaß; denn Petrus blieb auch gar zu lange, und er hatte außerdem Hunger.

Endlich kam Petrus zurück und sagte: »Du kannst alles essen, bloß das Herz bitt ich mir aus!«

»Ei, Brüderchen, wo denkst du hin?« sprach Bruder Lustig. »Besinn dich doch, ein Lamm hat ja kein Herz!«

»Ei, freilich«, sprach Petrus, »ein Lamm muß doch ein Herz haben wie jedes andre Tier.«

»Ganz gewiß nicht! Glaub's nur auf mein Wort! Ein Lamm hat kein Herz!« sprach der Bruder Lustig in einem fort, so daß Petrus ihn zuletzt gewähren ließ und sagte: »So kannst du auch das übrige allein essen!« Darauf ging er fort. Bruder Lustig aber ließ sich den Braten schmecken, und wer auf der Straße daherkam, den lud er ein zum Mitessen, bis das Lamm aufgezehrt war.

Nachdem er sich also gelabt und gesättigt hatte, reiste er weiter und kam an ein Wasser, über das er hinübermußte. Das Wasser aber war angeschwollen, und wie er eben drin war, stieg es immer höher, daß er nahe dran war zu ertrinken und sich nicht mehr zu helfen wußte.

Da rief mit einem Male von dem andern Ufer her Petrus: »Gesteh mir, daß ein Lamm ein Herz hat und daß du es auf- gegessen, so will ich dir helfen!« Bruder Lustig aber antworte- te: »Wie kann ich das gestehen und wie kann ich das Herz ge- gessen haben, da ja ein Lamm, wie jedermann weiß, gar kein Herz im Leibe hat!«

Und obwohl Petrus das Wasser immer höher steigen ließ, so daß Bruder Lustig ums Haar hätte ertrinken müssen, so wollte er doch nicht bekennen. Deshalb ließ Petrus, weil er Mitleid hatte mit dem gutmütigen Narren, das Wasser wie- der sinken, so daß er hindurchgehen konnte. Dann aber sagte Petrus zu ihm: »Du bist nun doch einmal ein rechter Tauge- nichts; damit du aber nicht wieder so gottlose Streiche machst und Tote erwecken willst ums Geld, so will ich dir da einen Ranzen schenken, in den kannst du dir alles hinein- wünschen, was du nur begehrst. Und nun leb wohl!« Mit die- sen Worten verließ ihn der heilige Petrus, und Bruder Lustig wanderte mit seinem Wunschranzen allein weiter fort.

So kam er nach einiger Zeit einmal in ein Wirtshaus und trank ein Glas Bier. Da sah er zwei gebratene Gänse im Ofen stehen, ach, die rochen gar zu gut, und er hätte wohl ein Stück davon verzehren mögen. Wie er nun wieder draußen war, dachte er: »Ei, du solltest doch einmal den Ranzen probieren!« und wünschte sich die Gänse hinein. Mit einem Mal fühlte er, daß der Ranzen schwer wurde, und er roch auch sogleich den Duft der gebratenen Gänse und setzte sich nieder und ließ sie sich wohlschmecken. Derweil kamen zwei Handwerksburschen daher, sie baten um ein Stückchen Fleisch; da gab er ihnen die eine Gans, denn er hatte genug an der andern.

Nun traf es sich, daß die beiden Handwerksburschen in dasselbe Wirtshaus kamen, aus welchem Bruder Lustig die Gänse weggewünscht hatte, und sich daselbst Bier und Brot geben ließen und dann vergnügt ihren Gänsebraten verzehrten. Nach einer Weile wollte die Wirtin ihre Gänse holen; denn sie hatte Gäste am Tische, die sie verzehren sollten. Aber da hättest du einmal das Gesicht sehen sollen, das sie machte, als sie erfuhr, daß die Gänse fort waren und daß die Handwerksburschen sie aufgegessen hatten. Sie mochten nun sagen, was sie wollten und wieviel sie wollten: es habe jemand draußen vor der Stadt ihnen den Braten geschenkt – das half ihnen alles nichts; sie wurden für die Diebe gehalten und wurden ins Gefängnis gesperrt, also daß sie den Braten teuer bezahlen mußten.

Bruder Lustig aber ließ sich's in der Welt wohl sein und wanderte von einer Stadt zur andern, bis daß er ein alter Mann geworden und er des ewigen Herumziehens müde war. Auch dachte er, sein letztes Stündlein werde nicht mehr gar ferne sein, fragte deshalb einen frommen Einsiedler, was er tun müsse, um in den Himmel zu kommen. Der fromme Mann sagte, er solle Buße tun und fleißig beten, und behielt den Bruder Lustig bei sich und wollte ihn vorbereiten auf den Himmel.

Allein es dauerte nicht lange, da konnte es der Bruder Lustig bei dem Einsiedler nicht mehr aushalten, denn er war ihm gar zu ernsthaft; deshalb nahm er alsbald seinen Ranzen auf den Rücken und begab sich wiederum auf die Wanderschaft.

Da war er nun den ganzen Tag lang fortgegangen und hatte nirgends einen Menschen oder ein Haus angetroffen. Endlich, als es schon dunkel wurde und er ganz ermüdet war, kam er in ein Wirtshaus und wollte daselbst übernachten. Da waren aber alle Zimmer schon besetzt, und der Wirt entschuldigte sich, daß er nicht mehr Raum habe. Er habe da wohl noch ein zweites, großes Haus, das stehe leer. Aber er könne keinen Menschen hineinquartieren, denn es sei noch niemand, der es gewagt habe, darin zu schlafen, lebendig wieder hervorgekommen. Bruder Lustig aber sagte, er müßte irgendwo ein Unterkommen haben, der Wirt solle ihn nur in das Haus führen. Das tat er dann auch, weil's der Bruder Lustig so wollte. Der legte sich dann getrost ins Bett und schlief ein. Sein Licht aber hatte er brennen lassen.

Wie es nun Mitternacht war und eben zwölf schlug, da wachte Bruder Lustig auf, denn er hörte ein Geräusch, und alsbald ging die Tür auf, und es traten neun Teufel in sein Schlafzimmer und stellten sich um sein Bett und stierten ihn beständig an. Das war ihm doch nicht angenehm, und weil er müde war und gern weiter fortschlafen wollte, so wünschte er

182

die neun Teufel in seinen Ranzen, und wutsch! waren sie alle verschwunden. Dann schlief er ruhig bis zum andern Morgen; da nahm er seinen Ranzen und ging damit in eine Schmiede und ließ den Schmied und seine Gesellen so lange darauf losschlagen mit den schwersten Hämmern, daß er meinte, von den Teufeln werde wohl keiner sich mehr rühren und regen.

Als er aber den Ranzen aufmachte, war doch noch einer am Leben, und der lief, was er konnte, geradewegs in die Hölle hinein. Niemand aber war jetzt vergnügter als der Wirt. Denn es ließ sich von dem Tage an kein Teufel mehr in dem neuen Hause sehen, und zum Dank dafür behielt er den Bruder Lustig umsonst bei sich, solange er nur bleiben wollte. Es gefiel dem Bruder Lustig auch weit besser in dem Wirtshause als bei dem Einsiedler, und deshalb blieb er da bis zu seinem Ende.

Als er nun gestorben war und vor das Himmelstor kam und anklopfte und Petrus ihn erblickte, sprach er: »So, du kommst auch und willst in den Himmel? Sieh, dorthin gehörst du!« Und damit wies er ihn zum Höllentor. Wie Bruder Lustig dort ankam, wurde er eingelassen und wollte sogleich mit den Teufeln ein Kartenspiel machen. Sie spielten aber um menschliche Seelen, und es war ausgemacht, daß er die Seelen, die er gewönne, mit herausnehmen dürfe. Da kam aber der eine Teufel dazu, der in den Ranzen so gottsjämmerlich gestopft war, und erkannte sogleich den Bruder Lustig und sagte zu den andern Teufeln: »Fangt nur mit dem Kerl nichts an, sonst sind wir verloren, und er nimmt uns alle Seelen mit fort!« Da jagten sie ihn Hals über Kopf zur Hölle wieder hinaus, und Bruder Lustig wanderte ganz ärgerlich zurück zum Himmelstore und klopfte an. Sowie Petrus aber auftat, warf er flink seinen Ranzen in den Himmel und wünschte sich dann selbst in seinen Ranzen hinein, und so ist er doch noch in den Himmel gekommen, obwohl Petrus ihm die Tür vor der Nase zuschlug.

DER GEIST DES THEOPHRASTUS

Es war einmal ein Doktor, der hieß Theophrastus. Auf einem Spaziergang kam er einstens in ein Gehölz. Dort bemerkte er eine hohle Tanne mit sieben Wipfeln. Aus dem hohlen Baume hörte er eine Stimme rufen: »Laß mich heraus! Laß mich heraus!« Er trat nun ganz nahe hinzu, guckte in die Höhlung und fand ein Fläschchen, welches sehr fest verstopft war. Theophrastus nahm es in die Hand und betrachtete es. Da ertönte aus demselben abermals die frühere Stimme. Der Spiritus im Fläschchen bat um Befreiung und versprach, wenn er ihn herauslasse, ihm das Kraut des Lebens zu zeigen, mit dessen Saft er alle Krankheiten heilen und Eisen in Gold verwandeln könne. Theophrastus ging darauf ein und öffnete das Fläschchen. Da sah er, wie aus einem Pünktchen eine Figur sich gestaltete, die nach und nach ein ungeheurer Mann wurde. Dieser forderte ihn auf, ihm zu folgen, und führte ihn etwas tiefer in den Wald. Dort zeigte er ihm das Kraut des Lebens. Dem Theophrastus wäre es nun am liebsten gewesen, wenn er den Spiritus wieder ins Glas hätte bannen können. Er stellte sich darum sehr erstaunt über die Körpergröße des

Mannes und fragte ihn: »Sage mir, bist du denn wirklich das Wesen, das im Glase sich befand?«

»Ja«, war die Antwort. »Das scheint mir«, entgegnete Theophrastus, »unmöglich, wenn ich mir den Umfang deines Leibes und den Umfang dieses Fläschchens betrachte; ich kann es nicht glauben, wenn ich den Hergang nicht mit aufmerksamem Auge beobachten kann.« Jetzt fing die Gestalt an, sich allmählich zu verkleinern, bis sie derart zusammengeschrumpft war, daß sie mit Leichtigkeit ins Glas hineinschlüpfte. Plötzlich drückte Theophrastus den Stöpsel wieder fest ins Glas und sagte: »Hast du früher in diesem Raume gewohnt, so bleibe auch ferner darin.« Mit diesen Worten steckte er das Glas wieder in die Tanne. Beim Weggehen hörte er die Worte seufzen: »Undank ist der Welt Lohn!« Theophrastus sprach: »Wenn das wahr ist, so magst du bleiben, wo du bist, finde ich aber das Gegenteil bestätigt, so will ich nicht der einzige Undankbare unter den Menschen sein und schenke dir die Freiheit.«

Bald kam er auf einen Platz, wo er ein mageres Pferd an einem Baume angebunden fand. »Wie kommst du hierher?« fragte er das arme Tier. Das Pferd wieherte ihm die Antwort zu: »Undank ist der Welt Lohn. Ich habe einem hartherzigen Manne die ganze Zeit meines Lebens treu gedient. Nun ich aber alt geworden bin und meine Kräfte geschwunden sind, wurde ich zum Lohne dafür hier angebunden und dem Hungertode preisgegeben.«

Theophrastus ging weiter. »Dein Urteil ist gefällt«, sprach er, indem er an den Bewohner der Tanne dachte. Er sammelte nun das Kraut des Lebens und machte zu Hause davon Gebrauch gegen allerlei Krankheiten.

185

Der Ruf seiner Wunderkuren verbreitete sich durch die Welt und erweckte ihm den Neid der übrigen Ärzte. Es kam so weit, daß sie ihn vergifteten, und zwar mit einem Gifte, dessen Wirkung durch das Kraut des Lebens nicht vernichtet werden konnte. Als das Ende seines Lebens herannahte, rief er seinen Diener zu sich und sprach: »Ich fühle, daß ich bald sterben werde. Höre und achte auf meine Worte. Packe meine Bücher zusammen und wirf sie ins Wasser. Verschone kein einziges Stück und nimm nichts für dich.«

Der Diener ging, packte die Bücher zusammen und trug sie fort. Unterwegs aber tat es ihm leid, eine so wichtige Sammlung von verborgenen Geheimnissen ins Wasser zu werfen. Er beschloß, die Bücher für sich zu behalten, um womöglich daraus Nutzen zu ziehen. Als er zurückkam, fragte ihn Theophrastus: »Hast du meinen Befehl vollzogen?«

»Ja«, sagte der Diener.

»So berichte mir«, sprach Theophrastus, »was du an dem Wasser wahrgenommen.«

Der Diener antwortete: »Nichts.«

»So hast du nicht getan, wie ich dir befohlen«, fuhr Theophrastus ihn an. »Geh und führe meinen Auftrag aus. Du kannst mich nicht täuschen, aus deinem Bericht werde ich erkennen, ob du die Wahrheit sprichst.«

»Wenn es denn sein muß,« dachte der Diener, »so will ich gehorchen.« Er ging und warf die Bücher in die Flut. Kaum war das geschehen, so bekam das Wasser an dieser Stelle eine gelbe Farbe, wie Gold. Verwundert hierüber ging er nach Hause und berichtete seinem Herrn, was er gesehen. Nun gab ihm Theophrastus noch folgende Weisungen: »Sobald ich gestorben sein werde, träufle etwas von dem Balsam, den ich dir hier übergebe, auf meinen Leichnam und zerhacke diesen in lauter Brei; gib jedoch acht, daß nicht das kleinste Teilchen verlorengeht. Dann spunde ihn in ein Faß, so daß keine Luft eindringen kann, und verwahre das Faß an einem verborgenen Orte sieben Jahre lang. Wenn die Zeit um ist, kein Tag weniger und keiner mehr, dann öffne das Faß, und du wirst ein Wunder sehen.« Kurz darauf starb Theophrastus.

Der Diener entkleidete die Leiche und verfuhr genau so, wie ihm geheißen worden. Nach langer Zeit fiel es ihm ein, daß die sieben Jahre um sein könnten, und erschrocken darüber, daß es vielleicht schon zu spät sei, eilte er an den verborgenen Ort und fing an, das Faß zu öffnen. Da sah er den vollständigen Körper des Theophrastus darin in kniender Stellung, aber ohne Leben. Im selben Augenblick jedoch zerfiel derselbe durch die eindringende Luft zu Staub. Jetzt erst nahm sich der Diener die Mühe, genau die Zeit von dem Sterbetage an zu berechnen, und siehe da, es fehlte noch ein Vierteljahr. Dadurch war das Wunder der Wiederauflebung des Theophrastus vereitelt.

DER TREUE JOHANNES

Es war einmal ein alter König, der war krank und dachte: »Es wird wohl das Totenbett sein, auf dem ich liege.« Da sprach er: »Laßt mir den getreuen Johannes kommen.« Der getreue Johannes war sein liebster Diener und hieß so, weil er ihm sein Lebelang so treu gewesen war. Als er nun vor das Bett kam, sprach der König zu ihm: »Getreuester Johannes, ich fühle, daß mein Ende herannaht, und da habe ich keine andere Sorge als um meinen Sohn: er ist noch in jungen Jahren, wo er sich nicht immer zu raten weiß, und wenn du mir nicht versprichst, ihn zu unterrichten in allem, was er wissen muß, und sein Pflegevater zu sein, so kann ich meine Augen nicht in Ruhe schließen.« Da antwortete der getreue Johannes: »Ich will ihn nicht verlassen und will ihm mit Treue dienen, wenn's auch mein Leben kostet.« Da sagte der alte König: »So sterb ich getrost und in Frieden.« Und sprach dann weiter: »Nach meinem Tode sollst du ihm das ganze Schloß zeigen, alle Kammern, Säle und Gewölbe, und alle Schätze, die darin liegen: aber die letzte Kammer in dem langen Gange sollst du ihm nicht zeigen, worin das Bild der Königstochter vom goldenen Dache verborgen steht. Wenn er das Bild erblickt, wird er eine heftige Liebe zu ihr empfinden und wird in Ohnmacht niederfallen und wird ihretwegen in große Gefahren geraten; davor sollst du ihn hüten.«

Und als der treue Johannes nochmals dem alten König die Hand darauf gegeben hatte, ward dieser still, legte sein Haupt auf das Kissen und starb. Als der alte König zu Grabe getragen war, da erzählte der treue Johannes dem jungen König, was er seinem Vater auf dem Sterbelager versprochen hatte, und sagte: »Das will ich gewißlich halten und will dir treu sein, wie ich ihm gewesen bin, und sollte es mein Leben kosten.« Die Trauer ging vorüber, da sprach der treue Johannes zu ihm: »Es ist nun Zeit, daß du dein Erbe siehst: ich will dir dein väterliches Schloß zeigen.«

Da führte er ihn überall herum, auf und ab, und ließ ihn alle die Reichtümer und prächtigen Kammern sehen: nur die eine Kammer öffnete er nicht, worin das gefährliche Bild stand. Das Bild war aber so gestellt, daß, wenn die Türe aufging, man gerade darauf sah, und war so herrlich gemacht, daß man meinte, es leibte und lebte und es gäbe nichts Lieblicheres und Schöneres auf der ganzen Welt. Der junge König aber merkte wohl, daß der getreue Johannes immer an einer Tür vorüberging, und sprach: »Warum schließest du mir diese niemals auf?«

»Es ist etwas darin«, antwortete er, »vor dem du erschrickst.« Aber der König antwortete: »Ich habe das ganze Schloß gesehen, so will ich auch wissen, was darin ist«, ging und wollte die Türe mit Gewalt öffnen. Da hielt ihn der getreue Johannes zurück und sagte: »Ich habe es deinem Vater vor seinem Tode versprochen, daß du nicht sehen sollst, was in der Kammer steht: es könnte dir und mir zu großem Unglück ausschlagen.«

»Ach nein«, antwortete der junge König, »wenn ich nicht hineinkomme, so ist es mein sicheres Verderben: ich würde Tag und Nacht keine Ruhe haben, bis ich's mit meinen Augen gesehen hätte. Nun gehe ich nicht von der Stelle, bis du aufgeschlossen hast.«

Da sah der getreue Johannes, daß es nicht mehr zu ändern war, und suchte mit schwerem Herzen und vielem Seufzen aus dem großen Bund den Schlüssel heraus. Als er die Türe geöffnet hatte, trat er zuerst hinein und dachte, er wolle das Bildnis bedecken, daß es der König vor ihm nicht sähe; aber was half das? Der König stellte sich auf die Fußspitzen und sah ihm über die Schulter. Und als er das Bildnis der Jungfrau erblickte, das so herrlich war und von Gold und Edelsteinen glänzte, da fiel er ohnmächtig zur Erde nieder. Der getreue

Johannes hob ihn auf, trug ihn in sein Bett und dachte voll Sorgen: »Das Unglück ist geschehen, Herr Gott, was will daraus werden!« Dann stärkte er ihn mit Wein, bis er wieder zu sich selbst kam. Das erste Wort, das er sprach, war: »Ach, wer ist das schöne Bild?«

»Das ist die Königstochter vom goldenen Dache«, antwortete der treue Johannes. Da sprach der König weiter: »Meine Liebe zu ihr ist so groß, wenn alle Blätter an den Bäumen Zungen wären, sie könnten's nicht aussagen; mein Leben setze ich daran, daß ich sie erlange. Du bist mein getreuester Johannes, du mußt mir beistehen.«

Der treue Diener besann sich lange, wie die Sache anzufangen wäre, denn es hielt schwer, nur vor das Angesicht der Königstochter zu kommen. Endlich hatte er ein Mittel ausgedacht und sprach zu dem König: »Alles, was sie um sich hat, ist von Gold, Tische, Stühle, Schüsseln, Becher, Näpfe und alles Hausgerät; in deinem Schatze liegen fünf Tonnen Goldes, laß eine von den Goldschmieden des Reichs verarbeiten zu allerhand Gefäßen und Gerätschaften, zu allerhand Vögeln, Gewild und wunderbaren Tieren, das wird ihr gefallen, wir wollen damit hinfahren und unser Glück versuchen.«

Der König hieß alle Goldschmiede herbeiholen, die mußten Tag und Nacht arbeiten, bis endlich die herrlichsten Dinge fertig waren. Als alles auf ein Schiff beladen war, zog der getreue Johannes Kaufmannskleider an, und der König mußte ein Gleiches tun, um sich ganz unkenntlich zu machen.

Dann fuhren sie über das Meer und fuhren so lange, bis sie zu der Stadt kamen, worin die Königstochter vom goldenen Dache wohnte. Der treue Johannes hieß den König auf dem Schiffe zurückbleiben und auf ihn warten.

190

»Vielleicht«, sprach er, »bring ich die Königstochter mit, darum sorgt, daß alles in Ordnung ist, laßt die Goldgefäße aufstellen und das ganze Schiff ausschmücken.« Darauf suchte er sich in sein Schürzchen allerlei von den Goldsachen zusammen, stieg ans Land und ging gerade nach dem königlichen Schloß. Als er in den Schloßhof kam, stand da beim Brunnen ein schönes Mädchen, das hatte zwei goldene Eimer in der Hand und schöpfte damit. Und als es das blinkende Wasser forttragen wollte und sich umdrehte, sah es den fremden Mann und fragte, wer er wäre. Da antwortete er: »Ich bin ein Kaufmann« und öffnete sein Schürzchen und ließ sie hineinschauen. Da rief sie: »Ei, was für schönes Goldzeug!«, setzte die Eimer nieder und betrachtete eins nach dem andern.

Da sprach das Mädchen: »Das muß die Königstochter sehen, die hat so große Freude an den Goldsachen, daß sie Euch alles abkauft.« Es nahm ihn bei der Hand und führte ihn hinauf, denn es war die Kammerjungfer. Als die Königstochter die Ware sah, war sie ganz vergnügt und sprach: »Es ist so schön gearbeitet, daß ich dir alles abkaufen will.« Aber der getreue Johannes sprach: »Ich bin nur der Diener von einem reichen Kaufmann: was ich hier habe, ist nichts gegen das, was mein Herr auf seinem Schiff stehen hat, und das ist das Künstlichste und Köstlichste, was je in Gold ist gearbeitet worden.«

Sie wollte alles heraufgebracht haben, aber er sprach: »Dazu gehören viele Tage, so groß ist die Menge, und so viel Säle, um es aufzustellen, daß Euer Haus nicht Raum dafür hat.« Da ward ihre Neugierde und Lust immer mehr angeregt, so daß sie endlich sagte: »Führe mich hin zu dem Schiff,

191

ich will selbst hingehen und deines Herrn Schätze betrachten.«

Da führte sie der getreue Johannes zu dem Schiffe hin und war ganz freudig, und der König, als er sie erblickte, sah, daß ihre Schönheit noch größer war, als das Bild sie dargestellt hatte, und meinte nicht anders, als das Herz wollte ihm zerspringen. Nun stieg sie in das Schiff, und der König führte sie hinein; der getreue Johannes aber blieb zurück bei dem Steuermann und hieß das Schiff abstoßen: »Spannt alle Segel auf, daß es fliegt wie ein Vogel in der Luft.«

Der König aber zeigte ihr drinnen das goldene Geschirr, jedes einzeln, die Schüsseln, Becher, Näpfe, die Vögel, das Gewild und die wunderbaren Tiere. Viele Stunden gingen herum, während sie alles besah, und in ihrer Freude merkte sie nicht, daß das Schiff dahinfuhr. Nachdem sie das letzte betrachtet hatte, dankte sie dem Kaufmann und wollte heim, als sie aber an des Schiffes Rand kam, sah sie, daß es fern vom Land auf hohem Meere ging und mit vollen Segeln forteilte.

»Ach«, rief sie erschrocken, »ich bin betrogen, ich bin entführt und in die Gewalt eines Kaufmanns geraten; lieber wollt ich sterben!« Der König aber faßte sie bei der Hand und sprach: »Ein Kaufmann bin ich nicht, ich bin ein König und nicht geringer an Geburt, als du bist; aber daß ich dich mit List entführt habe, das ist aus übergroßer Liebe geschehen. Das erste Mal, als ich dein Bildnis gesehen habe, bin ich ohnmächtig zur Erde gefallen.«

Als die Königstochter vom goldenen Dache das hörte, ward sie getröstet, und ihr Herz ward ihm geneigt, so daß sie gerne einwilligte, seine Gemahlin zu werden. Es trug sich aber zu, während sie auf dem hohen Meere dahinfuhren, daß der getreue Johannes, als er vorn auf dem Schiffe saß und Musik machte, in der Luft drei Raben erblickte, die dahergeflogen kamen. Da hörte er auf zu spielen und horchte, was sie miteinander sprachen, denn er verstand das wohl. Die eine rief: »Ei, da führt er die Königstochter vom goldenen Dache heim.«

»Ja«, antwortete die zweite, »er hat sie noch nicht.«

Sprach die dritte: »Er hat sie doch, sie sitzt bei ihm im Schiffe.«

Da fing die erste wieder an und rief: »Was hilft ihm das! Wenn sie ans Land kommen, wird ihm ein fuchsrotes Pferd entgegenspringen; da wird er sich aufschwingen wollen, und tut er das, so sprengt es mit ihm fort und in die Luft hinein, daß er nimmermehr seine Jungfrau wiedersieht.«

Sprach die zweite: »Ist gar keine Rettung?«

»O ja, wenn ein anderer schnell aufsitzt, das Feuergewehr, das in den Halftern stecken muß, herausnimmt und das Pferd damit totschießt, so ist der junge König gerettet. Aber wer weiß das! Und wer's weiß und sagt's ihm, der wird zu Stein von den Fußzehen bis zum Knie.«

Da sprach die zweite: »Ich weiß noch mehr, wenn das Pferd auch getötet wird, so behält der junge König doch nicht seine Braut; wenn sie zusammen ins Schloß kommen, so liegt dort ein gemachtes Brauthemd in einer Schüssel und sieht aus, als wär's von Gold und Silber gewebt, ist aber nichts als Schwefel und Pech: wenn er's antut, verbrennt es ihn bis aufs Mark und Knochen.«

Sprach die dritte: »Ist da gar keine Rettung?«

»O ja«, antwortete die zweite, »wenn einer mit Handschuhen das Hemd packt und wirft es ins Feuer, daß es verbrennt,

193

so ist der junge König gerettet. Aber was hilft's! Wer's weiß und es ihm sagt, der wird halbes Leibes Stein vom Knie bis zum Herzen.«

Da sprach die dritte: »Ich weiß noch mehr, wird das Brauthemd auch verbrannt, so hat der junge König seine Braut doch noch nicht; wenn nach der Hochzeit der Tanz anhebt und die junge Königin tanzt, wird sie plötzlich erbleichen und wie tot hinfallen: und hebt sie nicht einer auf und zieht aus ihrer rechten Brust drei Tropfen Blut und speit sie wieder aus, so stirbt sie. Aber verrät das einer, der es weiß, so wird er ganzes Leibes zu Stein vom Wirbel bis zur Fußzehe.«

Als die Raben das miteinander gesprochen hatten, flogen sie weiter, und der getreue Johannes hatte alles wohl verstanden, aber von der Zeit an war er still und traurig; denn verschwieg er seinem Herrn, was er gehört hatte, so war dieser unglücklich: entdeckte er es ihm, so mußte er selbst sein Leben hingeben.

Endlich aber sprach er bei sich: »Meinen Herrn will ich retten, und sollt ich selbst darüber zugrunde gehen.«

Als sie nun ans Land kamen, da geschah es, wie die Rabe vorhergesagt hatte, und es sprengte ein prächtiger fuchsroter Gaul daher. »Wohlan«, sprach der König, »der soll mich in mein Schloß tragen« und wollte sich aufsetzen, doch der treue Johannes kam ihm zuvor, schwang sich schnell darauf, zog das Gewehr aus den Halftern und schoß den Gaul nieder. Da riefen die andern Diener des Königs, die dem treuen Johannes doch nicht gut waren: »Wie schändlich, das schöne Tier zu töten, das den König in sein Schloß tragen sollte!« Aber der König sprach: »Schweigt und laßt ihn gehen, es ist mein getreuester Johannes, wer weiß, wozu das gut ist!« Nun gingen sie ins Schloß, und da stand im Saal eine Schüssel, und das gemachte Brauthemd lag darin und sah aus nicht anders, als wäre es von Gold und Silber. Der junge König ging darauf zu und wollte es ergreifen, aber der treue Johannes schob ihn weg, packte es mit Handschuhen an, trug es schnell ins Feuer und ließ es verbrennen.

Die anderen Diener fingen wieder an zu murren und sagten: »Seht, nun verbrennt er gar des Königs Brauthemd.« Aber der junge König sprach: »Wer weiß, wozu es gut ist, laßt ihn gehen, es ist mein getreuester Johannes.«

Nun ward die Hochzeit gefeiert: der Tanz hub an, und die Braut trat auch hinein, da hatte der treue Johannes acht und schaute ihr ins Antlitz; auf einmal erbleichte sie und fiel wie tot zur Erde. Da sprang er eilends hinzu, hob sie auf und trug sie in eine Kammer, da legte er sie nieder, kniete und sog die drei Blutstropfen aus ihrer rechten Brust und speite sie aus. Alsbald atmete sie wieder und erholte sich, aber der junge König hatte es mit angesehen und wußte nicht, warum es der getreue Johannes getan hatte, ward zornig darüber und rief: »Werft ihn ins Gefängnis.«

Am andern Morgen ward der getreue Johannes verurteilt und zum Galgen geführt, und als er oben stand und gerichtet werden sollte, sprach er: »Jeder, der sterben soll, darf vor seinem Ende noch einmal reden, soll ich das Recht auch haben?«

»Ja«, antwortete der König, »es soll dir vergönnt sein.«

Da sprach der treue Johannes: »Ich bin mit Unrecht verurteilt und bin dir immer treu gewesen« und erzählte, wie er auf dem Meer das Gespräch der Raben gehört und wie er, um seinen Herrn zu retten, das alles hätte tun müssen. Da rief der

195

König: »O mein treuester Johannes, Gnade! Gnade! Führt ihn herunter.«

Aber der treue Johannes war bei dem letzten Wort, das er geredet hatte, leblos herabgefallen und war ein Stein. Darüber trug nun der König und die Königin großes Leid, und der König sprach: »Ach, was hab ich große Treue so übel belohnt!« Und ließ das steinerne Bild aufheben und in seine Schlafkammer neben sein Bett stellen. Sooft er es ansah, weinte er und sprach: »Ach, könnt ich dich wieder lebendig machen, mein getreuester Johannes.«

Es ging eine Zeit herum, da gebar die Königin Zwillinge, zwei Söhnlein, die wuchsen heran und waren ihre Freude. Einmal, als die Königin in der Kirche war und die zwei Kinder bei dem Vater saßen und spielten, sah dieser wieder das steinerne Bildnis voll Trauer an, seufzte und rief: »Ach, könnt ich dich wieder lebendig machen, mein getreuester Johannes.«

Da fing der Stein an zu reden und sprach: »Ja, du kannst mich wieder lebendig machen, wenn du dein Liebstes daran wenden willst.« Da rief der König: »Alles, was ich auf der Welt habe, will ich für dich hingeben.«

Sprach der Stein weiter: »Wenn du mit deiner eigenen Hand deinen beiden Kindern den Kopf abhaust und mich mit ihrem Blute bestreichst, so erhalte ich das Leben wieder.«

Der König erschrak, als er hörte, daß er seine liebsten Kinder selbst töten sollte, doch dachte er an die große Treue und daß der getreue Johannes für ihn gestorben war, zog sein Schwert und hieb mit eigener Hand den Kindern den Kopf ab. Und als er mit ihrem Blute den Stein bestrichen hatte, so kehrte das Leben zurück, und der getreue Johannes stand

196

wieder frisch und gesund vor ihm. Er sprach zum König: »Deine Treue soll nicht unbelohnt bleiben« und nahm die Häupter der Kinder, setzte sie auf und bestrich die Wunde mit ihrem Blut, davon wurden sie im Augenblick wieder heil, sprangen herum und spielten fort, als wär ihnen nichts geschehen. Nun war der König voll Freude, und als er die Königin kommen sah, versteckte er den getreuen Johannes und die beiden Kinder in einen großen Schrank. Wie sie hereintrat, sprach er zu ihr: »Hast du gebetet in der Kirche?«

»Ja«, antwortete sie, »aber ich habe beständig an den treuen Johannes gedacht, daß er so unglücklich durch uns geworden ist.«

Da sprach er: »Liebe Frau, wir können ihm das Leben wiedergeben, aber es kostet uns unsere beiden Söhnlein, die müssen wir opfern.« Die Königin ward bleich und erschrak im Herzen, doch sprach sie: »Wir sind's ihm schuldig wegen seiner großen Treue.« Da freute er sich, daß sie dachte, wie er gedacht hatte, ging hin und schloß den Schrank auf, holte die Kinder und den treuen Johannes heraus und sprach: »Gott sei gelobt, er ist erlöst, und unsere Söhnlein haben wir auch wieder« und erzählte ihr, wie sich alles zugetragen hatte. Da lebten sie zusammen in Glückseligkeit bis an ihr Ende.

197

VOM SCHWABEN,
DER DAS LEBERLEIN GEFRESSEN

Als unser lieber Herr und Heiland noch auf Erden wandelte, von einer Stadt zur andern das Evangelium predigte und viele Zeichen tat, kam zu ihm auf eine Zeit ein guter, einfältiger Schwab und fragte ihn: »Mein Leiden-Gesell, wo willt du hin?« Da antwortete ihm unser Herrgott: »Ich ziehe um und mache die Leute selig.« So sagte der Schwab: »Willt du mich mit dir lassen?«

»Ja«, antwortete unser Herrgott, »wenn du fromm sein willt und weidlich beten.« Das sagte der Schwab zu. Als sie nun miteinander gingen, kamen sie zwischen zwei Dörfer, darinnen läutete man. Der Schwab, der gern schwätzte, fragte unsern Herrgott: »Mein Leiden-Gesell, was läutet man da?« Unser Heiland, dem alle Dinge wissend waren, antwortete: »In dem einen Dorfe läutet man zu einer Hochzeit, in dem andern zum Begängnis eines Toten.«

»Gang du zum Toten«, sprach der Schwab, »so will ich zur Hochzeit gehn.« Darauf ging unser Herrgott in das Dorf und machte den Toten wieder lebendig, da schenkte man ihm hundert Gulden. Der Schwab tät sich auf der Hochzeit um, half einschenken, einem Gast um den andern, und auch sich selbst, und als die Hochzeit zu Ende war, da schenkte man ihm einen Kreuzer. Das war der Schwab wohl zufrieden, machte sich auf den Weg und kam wieder zu unserm Herrgott. Alsbald, wie der Schwab diesen von weitem sahe, hub er sein Kreuzerlein in die Höhe und schrie: »Lug, mein Leiden-Gesell! Ich hab Geld; was hast denn du?« Trieb also viel Prahlens mit seinem Kreuzerlein. Unser Herrgott lachet seiner und sprach: »Ach, ich hab wohl mehr als du!«, tät den Sack auf und ließ den Schwaben die hundert Gulden sehen. Der aber war nicht unbehend, warf geschwind sein armes Kreuzerlein unter die hundert Gulden und rief: »Gemein, gemein! Wir wollen alles gemein miteinander haben!« Das ließ unser Herrgott gut sein. Nun als sie weiter miteinander gingen, begab es sich, daß sie zu einer Herde Schafe kamen, da sagte unser Herrgott zum Schwaben: »Gehe, Schwab, zu dem Hirten, heiße ihm, uns ein Lämmlein zu geben, und koche uns das Gehänge oder Geräusch zu einem Mahle.«

»Ja!« sagte der Schwab, tat, wie ihm der Herr geheißen, ging zum Hirten, ließ sich ein Lämmlein geben, zog's ab und bereitete das Gehänge zum Essen. Und im Sieden, da schwamm das Leberlein stets empor; der Schwab drückt's mit dem Löffel unter, aber es wollte nicht unten bleiben, das verdroß den Schwaben über alle Maßen. Nahm deshalb ein Messer, schnitt das Leberlein, dieweil es gar war, voneinander und aß es. Und als nun das Essen auf den Tisch kam, da fragte unser Herrgott, wo denn das Leberlein hingekommen wär? Der Schwab aber war gleich mit der Antwort bei der Hand, das Lämmlein habe keines gehabt. »Ei!« sagte unser Herrgott: »Wie wollte es denn gelebt haben, ohne ein Leberlein?« Da verschwur sich der Schwab hoch und teuer: »Es hat bei Gott und allen Gottes-Heiligen keines gehabt!« Was wollte unser Herrgott tun? Wollte er haben, daß der Schwab still schwieg, mußt er wohl zufrieden sein.

Nun begab es sich, daß sie wiederum miteinander spazierten, und da läutete es abermals in zwei Dörfern. Der Schwab fragte: »Lieber, was läutet man da?«

»In dem Dorf läutet man zu einem Toten, in dem andern zur Hochzeit«, sagte unser Herrgott. »Wohl!« sprach der Schwab. »Jetzt gang du zur Hochzeit, so will ich zum Toten!« (vermeinte, er wolle auch hundert Gulden verdienen). Fragte den Herrn weiter: »Lieber, wie hast du getan, daß du den Toten auferwecket hast?«

»Ja«, antwortete der Herr, »ich sprach zu ihm: ›Steh auf im Namen des Vaters, des Sohnes und des Heiligen Geistes!‹ Da stand er auf.«

»Schon gut, schon gut«, rief der Schwab, »nun weiß ich's wohl zu tun!« und zog zum Dorfe, wo man ihm den Toten entgegentrug. Als der Schwab das sahe, rief er mit heller Stimme: »Halt da! Halt da! Ich will ihn lebendig machen, und wenn ich ihn nit lebendig mache, so henkt mich ohne Urteil und Recht.« Die guten Leute waren froh, verhießen dem Schwaben hundert Gulden und setzten die Bahre, darauf der Tote lag, nieder. Der Schwab tät den Sarg auf und fing an zu sprechen: »Steh auf im Namen der Heiligen Dreifaltigkeit!« Der Tote aber wollte nicht aufstehen. Dem Schwaben ward angst, er sprach seinen Segen zum andern und zum dritten Mal, als aber jener Tote sich nicht erhob, so rief er voll Zorn: »Ei, so bleib liegen in tausend Teufels Namen!« Als die Leute diese gottlose Rede hörten und sahen, daß sie von dem Gecken betrogen waren, ließen sie den Sarg stehen, faßten den Schwaben und eileten demnächst mit ihm dem Galgen zu, warfen die Leiter an und führten den Schwaben hinauf. Unser Herrgott zog fein gemachsam seine Straße heran, da er wohl wußte, wie es dem Schwaben ergehen werde, wollte doch sehen, wie er sich stellen würde, kam nun zum Gericht und rief: »O guter Gesell, was hast du doch getan? In welcher

Gestalt erblick ich dich?« Der Schwab war blitzwild und begann zu schelten, der Herr hätte ihm den Segen nicht recht gelehrt. »Ich habe dich recht belehrt«, sprach der Herr. »Du aber hast es nicht recht gelernt und getan, doch dem sei, wie ihm wolle. Willst du mir sagen, wo das Leberlein hinkommen ist, so will ich dich erledigen!«

»Ach«, sagte der Schwab, »das Lämmlein hat wahrlich kein Leberlein gehabt! Wes zeihest du mich?«

»Ei, du willst's nur nicht sagen!« sprach der Herr. »Wohlan, bekenn es, so will ich den Toten lebendig machen!« Der Schwab aber fing an zu schreien: »Henket mich, henket mich! So komm ich der Marter ab. Der will mich zwingen mit dem Leberlein und hört doch wohl, daß das Lämmlein kein Leberlein gehabt hat! Henket mich nur stracks und flugs!«

Wie solches unser Herrgott hörte, daß sich der Schwab eher wollt henken lassen als die Wahrheit gestehen, befahl er, ihn herabzulassen, und machte nun selbst den Toten lebendig. Als sie nun miteinander wieder von dannen zogen, sprach unser Herrgott zum Schwaben: »Komm her, wir wollen miteinander das gewonnene Geld teilen und dann voneinander scheiden, denn wenn ich dich allewege und überall sollte vom Galgen erledigen, würde mir das zuviel.« Nahm also die zweihundert Gulden und teilte sie in drei Teile.

Als solches der Schwab sahe, fragte er: »Ei, Lieber, warum machst du drei Teile, so doch unser nur zween sind?«

»Ja«, antwortete unser lieber Herrgott, »der eine Teil, der ist mein; der andere Teil, der ist dein, und der dritte Teil, der ist dessen, der das Leberlein gefressen hat!« Als der Schwab solches hörte, rief er fröhlich aus: »So hab ich's bei Gott und allen lieben Gottes-Heiligen doch gefressen!« Sprach's und strich auch den dritten Teil ein und nahm also Urlaub von unserm lieben Herrgott.

DIE HEXE AUF DER ESPE

Zwei Brüder gingen einst auf die Jagd. Im Wald trafen sie einen Hund. Fragte der ältere Bruder den jüngeren: »Soll ich schießen?«

»Ach, schieß mich nicht!« antwortete der Hund. »Ich will jedem von euch drei Junge geben. Das erste Paar heißt Pack-an, das zweite Zerbrich, das dritte Splittereisen. Wenn die ersten zupacken, so wird es stäuben, wenn die zweiten brechen, so wird es krachen, wenn die dritten reißen, so wird es splittern.«

Gut. Nach einer kleinen Weile trafen sie einen Wolf. Fragte der ältere Bruder den jüngeren: »Soll ich schießen?«

»Schieß mich nicht!« antwortete der Wolf. »Ich will jedem von euch einen Welpen geben, das werden gute Spürer sein.«

Gut. Nach einer Weile trafen sie einen Bären. Fragte der ältere Bruder den jüngeren: »Soll ich schießen?«

»Schieß mich nicht!« antwortete der Bär. »Ich will jedem von euch ein Junges geben, das werden gute Trotter sein.«

Gut. Nach einer Weile trafen sie einen Luchs. Fragte der ältere Bruder den jüngeren: »Soll ich schießen?«

»Schieß mich nicht!« antwortete der Luchs. »Ich will jedem von euch ein Junges geben, das werden gute Springer sein.«

202

Gut. Nach einer Weile trafen sie einen Fuchs. Fragte der ältere Bruder den jüngeren: »Soll ich schießen?«

»Schieß mich nicht!« antwortete der Fuchs. »Ich will jedem von euch ein Junges geben, das werden treffliche Heilkünstler sein.«

Gut. Nach einer Weile trafen sie einen Elch. Fragte der ältere Bruder den jüngeren: »Soll ich schießen?«

»Schieß mich nicht!« antwortete der Elch. »Ich will jedem von euch ein Junges geben, das werden gute Träger sein.«

Gut. Nach einer Weile trafen sie ein Reh. Fragte der ältere Bruder den jüngeren: »Soll ich schießen?«

»Schieß mich nicht!« antwortete das Reh. »Ich will jedem von euch ein Junges geben, das werden gute Läufer sein.«

Gut. Nach einer Weile trafen sie einen Hasen. Fragte der ältere Bruder den jüngeren: »Soll ich schießen?«

»Schieß mich nicht!« antwortete der Hase. »Ich will jedem von euch ein Junges geben, das werden gute Ausreißer sein.«

Nun nahm jeder der beiden Brüder seine Tiere, seine Helfer, und dann gedachten sie sich zu trennen. Aber bevor sie sich trennten, verabredeten sie, jeder sein Messer in eine große Eiche zu bohren: Wenn einer von ihnen heimkehrte und fände das Messer des Bruders verrostet, so werde das ein Zeichen sein, daß es dem Bruder schlechtgehe; wäre es dagegen blank, so stehe es natürlich sehr gut. Der ältere Bruder wandte sich seitwärts, der jüngere ging geradeaus.

Am nächsten Tage kam der ältere Bruder in ein Schloß. Das war ganz ausgestorben, keine lebende Seele war darin bis auf ein Mädchen.

203

»Mägdelein, Schwesterchen, wo sind denn die übrigen Leute?«

»Die übrigen Leute sind einem weißen Elch nachgelaufen und zu Stein geworden. Auch Väterchen ist so fortgegangen.«

»Ja, ja, Mädchen, die sind ohne Helfer fortgelaufen, aber ich habe Helfer in Hülle und Fülle, da will ich den Elch schon fangen.«

Er ging hinaus, ja, der weiße Elch strich am Schloß vorbei, er eilte deshalb mit seinen Helfern hinterher. Doch plötzlich war der weiße Elch verschwunden. Da schaute der ältere Bruder aufwärts und sah auf einer alten Espe eine garstige Hexe. »Komm herunter, du alte Hexe, sonst schicke ich dir meinen Bären nach, damit er dich fein säuberlich herunterträgt.«

»Ich komme, ich komme, erlaube mir nur, mit diesem Stäbchen deine Tiere zu berühren, daß sie mich nicht beißen.«

Er erlaubte es. Aber kaum hatte die Hexe sie mit dem Stäbchen berührt, als alle Tiere, alle Helfer mitsamt dem älteren Bruder zu Stein wurden.

Nach geraumer Zeit kam der jüngere Bruder zur Eiche zurück und sah, daß seines Bruders Messer ganz verrostet war. Sogleich kehrte er um, seinen Bruder zu suchen, und kam in dasselbe Schloß, wo nur das eine Mädchen drin war.

»Mägdelein, Schwesterchen, wo sind denn die übrigen Leute?«

»Die übrigen Leute sind einem weißen Elch nachgelaufen und zu Stein geworden. Einmal ist auch ein Jüngling mit allerlei Tieren als Helfern gekommen, der gedachte, den Elch zu fangen, aber umsonst, auch sie sind zu Stein geworden.«

»Das war mein Bruder, das war mein Bruder, wie kann ich ihn befreien?«

»Den Bruder wirst du nicht befreien, bring dich lieber in Sicherheit, und wenn es dir möglich ist, so nimm mich mit. Du weißt ja nicht, mein Lieber, was dort auf der Espe für eine Hexe haust: Mit einem Wort und mit einem kleinen Stäbchen verwandelt sie dich, mich und deine Tiere für alle Zeiten in Steine. Und sie wird sich auch zu rächen suchen, wenn sie erfährt, daß ich dich hier festhalte. Fliehen wir lieber beizeiten!«

Der jüngere Bruder stieg nun auf den Rücken des Wolfes, nahm das Mädchen auf den Schoß und floh. Da erdröhnte die Erde, und die Hexe jagte hinterher. Der jüngere Bruder sah, daß er mit dem Wolf nicht entkommen würde, verließ deshalb den Wolf und stieg mit dem Mädchen auf den Rücken des Bären. Aber die Hexe kam trotzdem näher und immer näher. Da sprang der jüngere Bruder mit dem Mädchen auf den Rücken des Elchs. Aber die Hexe kam trotzdem näher und immer näher. Das Häschen lief wohl, so schnell es konnte. Das Rehlein rannte immer geradeaus, so schnell es vermochte; das Wölfchen, das Bärchen und das Füchschen setzten über Stock und Stein. Das Lüchschen humpelte immer drauflos. Nur Packan, Zerbrich und Splittereisen fletschten ihre Zähne, aber was wollten sie allein machen? Auch der Elch, der Träger, merkte zuletzt, daß die Hexe stärker war als sie alle zusammen. Er sagte daher dem jüngeren Bruder: »Reibe mein rechtes Geweih, dann wird aus ihm eine Hechel entstehen. Die wirf über die linke Schulter, doch schau nicht zurück!«

Der jüngere Bruder warf die Hechel über die linke Schulter, und siehe da! Hinter seinem Rücken entstand ein dichter, dichter schwarzer Wald. Aber die Hexe biß sich auch durch ihn hindurch. Da sagte der Elch zum jüngeren Bruder: »Reibe mein rechtes Geweih, dann wird aus ihm ein Schleifstein entstehen, den wirf über die linke Schulter. Nur schaue nicht zurück.« Der jüngere Bruder warf den Schleifstein über die linke Schulter, und siehe da! Hinter seinem Rücken entstand ein gewaltiges hohes Felsengebirge. Doch auch über das Gebirge drang die Hexe hinüber. Da sagte der Elch zum jüngeren Bruder: »Reibe mein rechtes Geweih, dann wird aus ihm ein Tüchlein entstehen, das wirf über die linke Schulter. Nur schaue nicht zurück.« Der jüngere Bruder warf das Tüchlein über die linke Schulter, und siehe da! Hinter seinem Rücken entstand ein Feuerstrom. Über den Strom konnte die Hexe nicht hinüber. Nun stieg der jüngere Bruder vom Elch und verschnaufte sich. Aber er konnte sich gar nicht lange ausruhen, mußte er doch zum Übernachten eine Hütte herrichten. Jetzt waren alle am Werk. Nein, wie flink das ging! Der eine trug herzu, der andere warf, der dritte hob, der vierte streckte, der fünfte schichtete, der sechste deckte.

Als sich alle zur Ruhe gelegt hatten, führte der Elch den jüngeren Bruder hinaus und sprach: »Jetzt schlachte mich und vergrabe meinen Kopf unter der Schwelle, meinen Rumpf unter der Diele. Hier hast du ein Strumpfband, das hüte wohl. Und wenn du dich einmal aus dieser Hütte entfernst, so schwenke das Strumpfband dreimal von rechts nach links und binde damit meinen Kopf an den Rumpf, so werde ich wieder lebendig werden.«

»Aber sag, lieber Elch, wie soll ich es übers Herz bringen, dich, meinen Retter, zu schlachten?«

»Verlier keine Zeit, ich rate dir doch zum Guten, es soll dein eigener Vorteil sein.« Da tat der jüngere Bruder, wie ihm geheißen war, und legte das Strumpfband ans Fenster. Am Morgen aber kam es ihm in den Sinn, mit seinen Tieren, seinen Helfern, ein wenig zu jagen, um nicht zu frieren. Das Mädchen aber blieb zu Hause und bemerkte das Strumpfband. Da dachte sie: ›Ein so schönes Band darf man nicht herumliegen lassen, ich will es um meinen Strumpf binden.‹

Doch indem sie ihren Strumpf zuband, schwenkte sie das Strumpfband von links nach rechts. Im selben Augenblick entstand über den Feuerstrom eine eiserne Brücke, und die Hexe war über den Strom hinüber. Jetzt stürzten sich die Tiere, die Helfer, auf die Hexe. Sie konnte auch wirklich nichts ausrichten, denn ihr Stäbchen hatte sie in der Eile an der Espe vergessen, aber so eine wie sie findet doch immer einen Ausweg: Eins, zwei, drei ist eine große Grube fertig, und wie nun die Tiere herankommen, stürzt eins nach dem anderen hinein. Und als alle drinnen auf einem Haufen liegen, legt sie, klauks! eine dicke, dreimal neunfache eiserne Tür darüber, und was jetzt? Jetzt ist der jüngere Bruder mit dem Mädchen in der Klemme.

Die Hexe grinste vor Vergnügen und sagte, sie sollten sofort die Badestube heizen und sich sauber waschen, dann sollten sie sich ihr Frühstück bereithalten. Jene heizen nun die Badestube, und die Hexe legte sich derweil in den Sonnenschein. Das Ofengewölbe war aber noch kaum lauwarm, da erschien der Elchkopf und sagte: »Ihr Dummköpfe, was beeilt ihr euch denn so mit dem Einheizen? Packan, Zerbrich und Splittereisen haben eben erst drei Eisentüren durchbrochen, jetzt fackelt man ja recht lange, bis alle Türen erbrochen sind.«

Kaum hatte sich der Elchkopf entfernt, da war auch die Hexe zur Stelle. »Ich liege und liege und kann euch nicht erwarten. Wie steht's, ist das Bad bald fertig?«

»Für einen Badenden wäre es so halb und halb gewärmt, für zwei müssen wir noch etwas Holz nachlegen.«

»Nun, wenn es sich noch so lange hinzieht, dann will ich gar nicht zwei zum Frühstück.« So sprach sie und ergriff das Mädchen und riß ihr den Vorderzahn aus, der war aus reinem Gold und ein Geschenk der Glücksmutter selbst. Hatte sie aber den nicht im Mund, so mußte sie sterben. Und so war es denn auch: Als der Zahn aus dem Mund des Mädchens heraus war, war sie tot. Die Hexe legte sie in einen eisernen Sarg und begrub sie am Kreuzweg. Während sich die Hexe damit abmühte, war der Elchkopf wieder zur Stelle: »Packan, Zerbrich und Splittereisen haben wieder drei Türen erbrochen.« Die Hexe kam vom Begräbnis des Mädchens herbeigelaufen und war noch mehr ausgehungert. Sie brüllte: »Heiz schnell, bist du nicht bald fertig, so fresse ich dich ungewaschen.«

»Ich bin gleich fertig, das Wasser muß nur noch etwas wärmer werden.«

Die Hexe legte sich wieder in den Sonnenschein, da erschien der Elchkopf abermals: »Packan, Zerbrich und Splittereisen zerbrechen eben die letzten Türen. Warte jetzt nur noch auf deine Helfer.« Es dauerte auch gar nicht lange, da waren alle Tiere zur Stelle. Jedes verbarg sich an seinem Ort: das Häschen unter der Bank, das Reh unter der Pritsche, der Fuchs hinter der Tür, der Wolf im Zuber, der Bär im Ofenwinkel, der Luchs in der Darrenluke, Packan, Zerbrich und Splittereisen und der jüngere Bruder im Ofenloch. Kommt nach einer Weile die Hexe und brüllt: »Ist es nun endlich soweit?«

»Jawohl, komm nur herein.«

Tschiks! Da öffnet sich die Tür, und die Hexe schleicht herein. Nun gab es was zu sehen. Packan packte zu, Zerbrich riß, Splittereisen fetzte, der Bär sengte, der Wolf zerriß, der Fuchs biß, der Luchs kratzte, das Reh feuerte aus, der Hase lief, und der jüngere Bruder schlug mit dem Gießeimer drauflos. Aber der Hexe ganz das Licht ausblasen konnten sie doch nicht. Denn die Tür zur Badestube war offengeblieben, und so konnte sie entwischen.

Jetzt waren alle froh. Als aber der jüngere Bruder vom Mädchen zu erzählen begann, wurden die fröhlichen Gesichter wieder betrübt, und alle unternahmen es einmütig, das Mädchen aufzusuchen. Das Häschen sprang voran, der Wolf und der Hund schnupperten nach ihrer Spur, und sieh da! Sie schnupperten so lange, bis sie die Spur gefunden hatten. Der Luchs und das Reh scharrten sogleich den eisernen Sarg heraus, der Bär hob ihn hervor, Packan, Zerbrich und Splittereisen erbrachen den eisernen Deckel, und der Fuchs, der Heilkünstler, fand unter ihrem Kopf den goldenen Zahn. Der jüngere Bruder fügte nun den Zahn in die Lücke, und das Mädchen wurde zusehends wieder lebendig und gesund. Danach riefen alle durch das Strumpfband auch noch den Elch wieder ins Leben zurück, und dann ritten sie ebenso, wie sie hergeritten waren, ins Schloß zurück. Unterwegs sagte der schlaue Fuchs: »Alles können wir aufspüren, nur das eine haben wir damals nicht erschnüffeln können, daß die Hexe ihr

209

Stäbchen auf der Espe vergessen hatte. War es nötig, daß wir so weit flohen?«

»Einerlei«, antwortete der Elch, »jetzt wollen wir der Hexe befehlen, ohne ihr Stäbchen von der Espe herabzusteigen, und gehorcht sie uns nicht, stürzen wir die Espe um.«

Gut. Sie kommen zur Espe. Die Hexe hockt wie ein Heuschober und ächzt: »Mich friert, mich friert. Laßt mich hinuntersteigen, mich zu wärmen: Aber erlaube mir, deine Tiere mit dem Stäbchen zu berühren, damit sie mich nicht beißen.«

Der jüngere Bruder aber achtete gar nicht auf ihr Jammern, sondern sagte: »Komm nicht mit dem Stäbchen herunter, sondern sag uns zuerst, was das für Steine sind.«

»Das sind Menschen und Tiere.«

»Nun gut, wenn es Menschen und Tiere sind, wie ruft man sie ins Leben zurück?« Sie wollte es auf keinen Fall sagen, da drohten sie, die Espe umzustürzen.

»Stoßt sie nicht um, stoßt sie nicht um, ich will es euch sagen: Nimm etwas vom vermoderten Holz der Espe und streu es auf die Steine, so werden sie lebendig werden.«

So geschah es. Da erschienen Menschen, da erschien auch der ältere Bruder, ferner die Tiere, seien Helfer, Vater und Mutter des Mädchens und alle ihre Untertanen. Da gab es einen Auflauf, ärger als auf dem Jahrmarkt. Dann umringten alle die Espe und stürzten sie mitsamt der Hexe zu Boden. Im Fallen fand sie weder Zeit, jemand mit ihrem Stäbchen zu berühren noch die Hand zu heben. Alle Tiere überfielen sie und rissen sie in Stücke. Der jüngere Bruder heiratete das Mädchen und lebte mit dem älteren Bruder in Liebe und Eintracht im ererbten Schloß. Der Vater des Mädchens aber übergab dem Schwiegersohn die Herrschaft.

VOM HÜHNCHEN UND HÄHNCHEN

Es war einmal ein Hühnchen und ein Hähnchen, die gingen miteinander auf den Nußberg und suchten sich Nüßchen. Das Hähnchen sprach zum Hühnchen: »Wenn du ein Nüßchen findest, iß es ja nicht allein, gib mir die Hälfte davon, sonst erwürgst du.« Aber das Hühnchen hatte ein Nüßchen gefunden und es allein gegessen, und der Kern war in seinem Hälschen steckengeblieben, daß es im Erwürgen war und ängstlich rief: »Hähnchen, Hähnchen, hol mir geschwind ein wenig Brunnen, ich erwürge sonst!«

Da lief das Hähnchen flugs zum Brunnen und sprach: »Brunn', Brunn', gib mir Brunn', daß ich den Brunn' meinem Hühnchen geb, es liegt oben auf dem Nußberg und will ersticken.«

Und der Brunnen sprach: »Erst geh hin zur Braut und hole mir den Kranz!«

Da lief das Hähnchen hin zur Braut und sprach: »Braut, Braut, gib mir den Kranz, daß ich den Kranz dem Brunnen geb, daß mir der Brunnen Brunnen gibt, daß ich den Brunnen meinem Hühnchen geb, es liegt oben auf dem Nußberg und will erwürgen.«

Aber die Braut sprach: »Erst geh hin zum Schuster und hole mir meine Schuhe.«

Und wie das Hähnchen zum Schuster kam, sprach dieser: »Erst geh hin zur Sau und hole mir Schmer.«

Und die Sau sprach: »Erst geh hin zur Kuh und hole mir Milch.«

Und die Kuh sprach: »Erst geh hin zur Wiese und hole mir Gras!«

Wie nun das Hähnchen zur Wiese kam und sie um Gras bat, war diese gütig und gab ihm viele Blumen und Gras, dieses gab geschwinde das Hähnchen der Kuh und erhielt Milch dafür, und für die Milch tat auch das Schwein von seinem Fette her, und damit schmierte der Schuster sein Leder und machte flugs die Schuhe der Braut, und gegen die Schuhe tat freundlich die Braut den Kranz her, und das Hähnchen reichte denselben dem Brunnen, und dieser sprudelte sogleich sein klares Wasser heraus und in das Gefäßchen, welches das Hähnchen unterhielt. Im schnellen Lauf kehrte nun das Hähnchen zurück zum Nußberg; aber wie es zum Hühnchen kam, war dasselbe unterdessen erwürgt. Da kikirikte das Hähnchen vor Schmerz hell auf, das hörten alle Tiere in der Nachbarschaft, die liefen herbei und weinten um das Hühnchen. Und da bauten sechs Mäuselein einen Trauerwagen, darauf legten sie das tote Hühnchen und spannten sich davor und zogen den Wagen fort. Wie sie nun, das Hähnchen, das tote Hühnchen, die Mäuslein und der Trauerwagen, so auf dem Wege waren, da kam der Fuchs hinterdrein und fragte: »Wo willst du hin, Hähnchen?«

»Ich will mein Hühnchen begraben!«

»Das will ich tun, du Narr!« rief der Fuchs, fraß das Hühnchen, weil es noch nicht lange tot war, und begrub's in seinem Magen. Da trauerte das Hähnchen und rief: »So wünsch ich mir den Tod, um bei meinem Hühnchen zu sein.«

»So soll es sein!« sprach der Fuchs und fraß das Hähnchen, daß es zu seinem Hühnchen kam. Da weinten die Mäuselein um das Hähnchen, und da dachte der Fuchs, sie wollten auch tot sein, und schlang sie hinter. Weil aber die Mäuselein an den Wagen gespannt waren, so schlang er auch den Wagen mit hinunter, und da stieß ihm die Deichsel das Herz ab, daß er längelang hinfiel und alle viere von sich streckte. Da flog ein Vöglein auf einen Lindenzweig und sang: »Fuchs ist mausetot! Fuchs ist mausetot!«

DER GOTSCHDORFER HEILBRUNNEN

Bei Gotschdorf und Neukirch, eine halbe Meile von Königsbrück, war in früheren Zeiten ein heidnischer Götzentempel mit einem heiligen Brunnen. Dieser Tempel wurde später in eine christliche Kirche verwandelt, aber nach wie vor kamen die Leute an gewissen Tagen, um in dem Brunnen zu baden und von seiner Wunderkraft immerwährendes Heil und Kraft zu erlangen, so daß die christlichen Priester Geld dafür nahmen und große Schätze sammelten. Erst als eine der Königsbrücker Herrschaften ihn überdecken ließ, hat er seine Kraft verloren, aber doch nicht gänzlich seine Heiligkeit eingebüßt. Noch zu Ende des vorvorigen Jahrhunderts kamen an einem bestimmten Tage des Jahres die Neukircher Burschen, um den Brunnen feierlich zu reinigen.

213

Eine halbe Meile von Königsbrück ist eine andere Quelle, welche die Eigenschaft haben soll, daß Steine, die man hineinwirft und einige Zeit darin liegen läßt, weich werden. Im Jahre 1646 ließ der Freiherr von Schellendorf, damaliger Besitzer von Königsbrück, die Quelle untersuchen und fassen, und es fand sich bald ein Zulauf von Leuten aus allen Ständen, die ihr Wasser als Heilmittel brauchten. Ein Bauersmann kam auch dahin und gebrauchte den Brunnen. Da er aber nicht sogleich eine heilsame Wirkung verspürte, verachtete er die Gottesgabe und sprach spöttisch: »Wasser ist Wasser, ich lobe mit eine Kanne Bier dafür,« worauf ihn der Schlag auf der Stelle rührte, daß er stumm geworden und hierauf in einigen Tagen gestorben ist. In derselben Gegend sind auch sonst zwei Salzquellen gewesen, deren Wasser die Landleute zum Salzen der Butter gebraucht haben, die davon sehr schmackhaft ward. Allein in der Hussitenzeit sind sie mit Schlamm verstopft und mit Gehölz überwachsen.

FETT AUS TOTENBEINEN
HEILT EINE GELÄHMTE

Im Jahre 1540 ist zu Rochlitz ein Mordbrenner namens Peucker gehängt und sein Leichnam, nachdem er vom Galgen abgenommen war, von den anwesenden fremden Ärzten seziert worden.

Nun war dazumal die Frau eines gewissen Bürgers J. Naumann schon etliche Jahre dermaßen an ihren Füßen kontrakt und gelähmt, daß sie nur kümmerlich an Krücken im Hause herumschleichen konnte. Sie hat die Ärzte, die neben ihrem Hause in der Herberge lagen, gebeten, sie möchten ihr doch etwas verordnen und von ihren Leiden helfen. Diese geben ihr die Schienbeine von dem anatomierten Körper und lassen ihr sagen, sie soll sie an den Ofen lehnen und ein sauber Geschirr untersetzen, was daraus herabtriefen werde, das soll sie gebrauchen und sich damit bei der Wärme schmieren. Die Frau tut es, weil ihr aber die Ärzte also sagen lassen, daß sie es gebrauchen und sich damit schmieren solle, so versteht das gute Weib, sie soll das halbe Teil einnehmen und die andere Hälfte auf die erstarrten und kontrakten Nerven und Spannadern streichen, während doch jene nur vom äußerlichen Gebrauche gesprochen hatten.

Sie nimmt also die Hälfte in warmem Bier ein, und mit der andern schmiert sie sich bei der Wärme. Wie solches geschehen, hilft ihr Gott, daß sie des folgenden Tages ohne Krücken zu den Herren Ärzten selbst gegangen kommt und ihnen für die Kur herzlich dankt. Seit jener Zeit ist sie stets gesund geblieben und wie ein anderer Mensch ohne Krücken überallhin gegangen.

Dann ist noch von einem Wunder zu erzählen, das in früherer Zeit in Bonns näherer Umgebung geschah. Im zehnten Jahrhundert war zu Vilich eine Äbtissin Adelheid von Geldern. Als einst große Dürre herrschte und Mensch und Tier verschmachteten, bewirkte sie durch ihr Gebet, daß ein frischer Brunnen der Erde entsprang, der bald als heilkräftig weit und breit berühmt wurde und noch heute gegen Augenübel angewendet wird. Alljährlich am zweiten Sonntag im September wallfahrtet man zu diesem Adelheidis-Pützchen, das nahe der Straße von Beuel nach Siegburg fließt, und der Jahrmarkt, der dort gehalten wird, ist zu einem der größten Volksfeste am Rhein geworden.

ZWERGENKÖNIG AM HÜBICHENSTEIN

Vor alten Zeiten hat sich in der Gegend um den Hübichenstein bei Grund der Gübich sehen lassen. Nämlich tief unter dem Hübichenstein, da haben die Zwerge ihre Wohnung, und der Gübich ist ihr König. Er ist rauh von Haar wie ein Bär und hat ein sehr altes Gesicht. So hat er sich vor alten Zeiten den Leuten gezeigt. Wem er gut gewesen ist, dem hat er vielen Reichtum beschert; aber wer ihn beleidigt oder sonst seinen Zorn erregt hat, dem hat er manches Ungemach zugefügt. Er hat auch alle heilsamen Kräuter auf dem

Harze gekannt und manchem dadurch zur Gesundheit verholfen; aber er hat es nie zugeben wollen, daß jemand auf den Hübichenstein gestiegen ist.

Der Gübich ist eigentlich von kleiner Statur, kann sich aber auch sehr ausrecken. Früher hat er alle hundert Jahre einmal auf die Oberwelt kommen dürfen; jetzt darf er nicht mehr.

DER WUNDERTÄTIGE ANNO ZU SIEGBURG

Als eines Tages der im Jahre 1083 heiliggesprochene Erzbischof Anno von Köln zu Siegburg war, ward einer der dortigen Mönche sehr krank. Da nun weder Hilfe noch ein Mittel zur Stelle war, welches dem Kranken hätte Hoffnung auf Genesung geben könne, so sandte der Erzbischof einen schnellen Läufer nach Köln, mit dem Auftrag, ihm den Arm des Märtyrers St. Georg ohne Verzug herüberzubringen, indem er versicherte, dem Kranken werde gewißlich geholfen sein, wenn er etwas von dem Öl, in dem die Reliquie bewahrt werde, zu sich nehme.

Es geschah, wie er geboten, und als ihm die Kapsel mit dem Arm gebracht wurde, fragte er nach dem Schlüssel, um sie zu öffnen. Dem Boten fiel aber nun zu seinem großen Verdrusse ein, daß er ihn, da niemand daran gedacht hatte, zu Köln gelassen. Als der Erzbischof aber darauf, wie zum Versuch, mit zwei Fingern das Schloß leicht erschütterte, hörten die Anwesenden bei der ersten Berührung innen einen klirrenden Ton, wie er durch ein scharfes Drehen eines Schlüssels hervorgebracht zu werden pflegt, wobei die Riegel des Schlosses sogleich aufsprangen. Da sie dies aufs deutlichste mit ihren Ohren vernommen, waren sie nicht wenig erstaunt, den heiligen Mann also die Dienste des Schlüssels bis zur Öffnung selbst verrichten zu sehen. Wie es scheint, war es jener von ihm ausgehende Zug, der hier waltete und der Elastizität der Feder entgegenwirkend den Riegel zurückgeschoben hatte, wie man etwa mittels eines starken Magneten, wie einer Springwurzel sich bedienend, Schlösser öffnen konnte.

DER WUNDERARZT EBERHARD

Der durchlauchtige Fürst und Herzog von Kleve hatte einen Wunderarzt, Eberhard genannt, welcher in dem Städtlein Kleve ein altes betagtes Eheweib hatte, desgleichen war auch ein feine junge Magd, welche er sehr lieb gewonnen, in seiner Behausung. Damit aber das Essen nit entdeckt würde und daß ihrer beider Wille noch ein Zeitlang Vollnstreckung haben möchte, bat das gute Mägdlein, wie daß sie von einem Geist sehr jämmerlich geplagt und vexiert (gequält) werde, welches spectrum (Gespenst) durch Eberhard müsse vertrieben werden.

Wie nun das Spiel zu lang währet und das Volk den erdichten Handel vermerket, hat sich Eberhard – der Sachen zuvorkommen und ihr ein Mäntlein umzuhängen – zum Pfarrherrn der nachgesagten unbillichen Sachen und un-

218

rechtmäßigen Gerichts vor ihm zu entschuldigen, ihn auch auf der Kanzeln vor dem Umstand zu entschuldigen, zu bitten, wie denn geschehen, verfügt.

Letztlich ist die Magd aus Anregung der Freundschaft den Geist, wie sie doch von solcher Qual und Pein möcht erlöset werden, zu befragt, wie nun solches geschehe, hat der Geist (wie die Magd bekannt), sie müsse alle Wochen zweimal zu Wasser und Brot fasten, welches von ihr (wie sie sich gegen die alten Frauen annahme) mit Fleiß verbracht würde, doch so hatte der Geist, sie sollte mit zwei Geleitsmännern gegen Aachen aus rechter Andacht, wo sie anders seiner absein wollt, ein Wallfahrt verrichten. Ist also dem Befehl des Geistes gehorsam gewesen und hat sich der Geist gegen dem Mägdlein zum freundlichsten auf dem Wege auch des Nachts im Bette bewiesen viel erzeiget. Und wie die Wallfahrt sei verrichtet worden, habe er sich mit großer Dankbarkeit zum dritten Mal bei ihr (doch in Geheimnis) vermerken lassen.

Dieser Geist war niemand anders denn Eberhard, der dem Mägdlein solchen treuen Dienst geleistet, gewesen, wie denn solchs nachmals mit der Tat ist bewiesen worden. Denn die Magd auf der Wallfahrt war eine junge Tochter, sehr bleicher Farbe, von dem Geist bekommen und gezeugt, welche nachmals von jedermann der Geist ist genannt worden. Nach dem ander eben zur Zeit ein Kriegsvolk nach Gallien geführt ward, hat sich Eberhard geschickt, sein altes Weib sitzen lassen und ist mit seinem Buhlen mit hingezogen, in welchem Kriege sie beide, wie mans für gewiß hält, denn sie nit wieder zu den Ihren kommen, auf dem Platz blieben sein.

DIE WUNDERBARE RETTUNG ZU BENSBERG

Graf Engelbert I. von Berg weilte mit Vorliebe im Schloß zu Bensberg mit seiner Gemahlin, der schönen Girita von Geldern, und seinen drei Kindern.

Als sein Töchterchen Jutta einst in der Nähe des Schlosses schneeweiße Maiglöckchen suchte, sprang eine zottige Bärin aus dem Gesträuch hervor. Nicht sobald hatten die Eltern die Gefahr ihres Kindes gewahrt, als es von jener ergriffen und, umsonst ängstlich um Hilfe rufend, davongetragen wurde. Der nacheilende Vater verlor die Spur des Raubtieres. Die bewußtlos hingesunkene Gattin trug er vor den weinenden Söhnlein zum Schlosse hinauf. Sofort saß der treue Burgvogt Rüdiger mit seinen Knechten auf und sprengte hinab in den Wald. Girita, als sie aus der Betäubung erwachte, fiel vor dem Bilde Mariens danieder, nahm das Jesuskind herab aus ihren Armen und betete: »Bist du eine liebende Mutter, so weißt du, wie sehr es schmerzt, ein Kind zu verlieren; fühlst du Erbarmen, so gib mir meine Jutta wieder – dein Kind erhältst du nicht eher, bis du mir meine Jutta wiedererstattest.«

Wenige Stunden darauf brachte der Burgvogt die gefundene Kleine gesund und unversehrt zurück. Er hatte nämlich die Spur des Raubtieres die Agger hinauf verfolgt, bis er auf einem blühenden Wiesenplane das Kind über der tot hingestreckten Bärin gefunden. Jutta hatte ihm beim Erwachen erzählt, es habe ihr im Traum geschienen, sie sei von der Bärin zerrissen, aber von der Mutter Gottes wiederhergestellt worden. Wirklich sah man auch an dem Hals der Kleinen rötliche Narben, obgleich das Kind gesund war wie vorher. Da wurde das Walten der Gebenedeiten offenbar! Auf der Mutter vertrauendes Gebet hatte der Blitz die Bärin erschlagen und Maria das schon zerfleischte Kind wieder geheilt.

Das Kind wuchs heran und wurde eine herrliche Jungfrau. Die Mutter, welche die Macht der Gebenedeiten so wunderbar erfahren hatte, wandte sich von dieser Zeit an von den weltlichen Dingen ab und brachte der heiligen Jungfrau ihr Leben dar. Sie starb als Äbtissin des Frauenstiftes zu Essen im Ruf der Heiligkeit.

An dem Orte, wo Burgvogt Rüdiger die kleine Jutta wiedergefunden hatte, ließ Graf Engelbert eine Kapelle errichten und nahe dabei zur Sicherheit der Gegend auf einem festen Felshügel eine Burg bauen, die er Bärenau nannte und Rüdiger zum Lehen gab. Den Namen führen noch heute die Ruinen (später Altbernsau).

DER KLUGE MÖNCH VON KAMENZ

Wie sich an vielen Orten Sachsens, z. B. auf dem Sonnenstein, in der Ruine der Mönchskirche zu Budissin auf der Ortenburg daselbst, in dem Schulgebäude zu Pirna, in der St.-Johannis-Kirche zu Zittau usw. hin und wieder ein gespenstiger Mönch zeigen soll, der durch seine Erscheinung stets der Stadt ein Unglück andeute, so soll auch in Kamenz zuweilen ein Franziskanermönch zu sehen sein, der sogar einmal die Buchstaben C. M. P. (d. h. Kamenz wird elendiglich zugrunde gehen) bedeutete.

221

Viele halten ihn für den Erfinder des Schießpulvers, Berthold Schwarz, dessen angeblicher Grabstein in der St.-Annen-Kirche zu Kamenz eine Kanone ziert und dessen Standbild an der Hausecke der Budissiner Gasse Nr. 91 angeblich zu sehen gewesen sein soll. Dies ist aber unmöglich, denn jene Grabstätte ist die eines Büchsenmeisters, Max Gottmann, der im Jahre 1508 hier verstarb, und jenes Standbild bezeichnet, daß der Besitzer dieses Hauses einst ein gewisser Hans Wagner (gest. 1503) gewesen sei. Daher muß jener Mönch wohl der unruhige Geist eines der letzten Mönche des aufgehobenen Franziskanerklosters zu Kamenz, Matthäus Rudolph, sein, der, nachdem er zu Leipzig und Paris besonders Magie und Alchemie studiert, von seiner engen Zelle aus im Kloster St. Anna in Kamenz, wo er von weit und breit Besuche von Armen und Reichen empfing, durch Formeln und Wundersprüche, aber auch mit Wurzeln, Steinen, Kräutern und Pflastern heilte.

Man suchte ihn jedoch nur in der Not auf, denn es ging von ihm das Gerücht, er habe sich dem Teufel verschrieben, und dieser leiste ihm bei allen Heilungen getreuen Beistand.

Am Sonnabend vor Laetare 1562 kehrte er aus Böhmen von einem Krankenbesuch zurück, da erhob sich auf einmal bei ganz heiterem Himmel ein furchtbares Gewitter, und in diesem kam der Mönch mitten auf der Straße um: Angeblich hatte ihn der Teufel geholt. Den Tag nach seinem Tode kamen aus Kamenz seine drei noch übrigen Ordensbrüder und holten seine Leiche in aller Stille auf einem Düngerwagen ab. Erst nach seinem Tode wagte man ihm den Prozeß als Zauberer zu machen, seine Magd und ihr Sohn, die auf der Folter

222

bekannt hatten, daß sie ihm beim Zaubern geholfen hätten, wurden 1564 hingerichtet.

PETER BUCHER, BARBIER VON PIRNA, WIRD ERZBISCHOF VON MAINZ

Im Jahre 1242 hat zu Pirna ein Bürger, so Barbier gewesen, am Markt gewohnt, welcher Peter Bucher geheißen. Den hat sein Vater fleißig zur Schule angehalten, also daß er wohl studiert und nachmals Erzbischof von Mainz worden, wie solches in dem hohen Domstift zu Magdeburg in der Kirche zu finden. Es soll aber also zugegangen sein.

Weil der dasige Erzbischof Bernhardus ebensolches Jahr gestorben, hätten zwei geistliche Herren um das Bistum gestritten, und da habe der Papst diesen Peter Bucher zum Bischof gemacht. Der habe auch wohl regiert und sei so geschickt gewesen, daß, wenn er einen Menschen angesehen oder reden gehört, er sogleich gewußt, was ihm gefehlet. Denn da einmal Kaiser Albrecht zu ihm gekommen und sie miteinander nach dem Rhein spazierengegangen, hätten zwei Jungfrauen in einem Hause gar schön gesungen. Weil nun der Kaiser daselbst stehengeblieben und ihnen mit Lust zugehört, sie auch gegen den Erzbischof ungemein gelobt, hätte derselbe gesagt, eine von diesen werde dieses Jahr sterben, das schlösse er aus der Stimme.

Da hat der Kaiser beide bewachen lassen und befohlen, beiden einerlei Speisen zu geben, damit sie keinen Kummer

223

haben dürften. Ehe aber das Jahr völlig zu Ende gewesen, sei es wirklich wahr geworden, so daß die eine gestorben. Und wie darauf dem Kaiser solches berichtet worden, habe er noch mehr von ihm gehalten und ihn ausreichend geschätzt. Es soll aber dieser Peter Bucher, ehe er zu dieser Würde erhoben worden, zuvor des Kaisers Rudolf von Habsburg und darauf Kaisers Henrici von Lützelburg Leibmedicus gewesen und auf folgende Art Erzbischof geworden sein.

Der damalige Papst habe gerade schwer und gefährlich krank gelegen, auch aller Ärzte Mühe und Fleiß vergeblich gebraucht gehabt, so daß ihm fast keiner mehr was hat geben wollen. Da habe dieser Peter Bucher ihn innerhalb von drei Tagen völlig gesund wiederhergestellt. Damit nun der Papst sich gegen denselben recht dankbar erweisen möchte, habe er gesagt: »Wohlan, Peter, weil du so glücklich mein Leibarzt gewesen, so will ich dich nunmehro zum Seelenarzt machen«, welches auch sogleich in Erfüllung gegangen.

ÄRZTE, HEILER UND PATIENTEN

as Verhältnis zwischen Ärzten, Heilern und Patienten ist in Schwänken und witzigen Erzählungen nicht unge-trübt. Oft spielt die Angst eine Rolle, ein Arzt könne das Vertrau-en seiner Patienten mißbrauchen. Es ist die Furcht, in hilflosem Zustand nicht alles kontrollieren zu können, was um einen he-rum geschieht. Manchmal könnten auch wahre Begebenheiten zu solchen Geschichten beigetragen haben, wenn in einer Erzäh-lung ein Augenarzt von einer sehschwachen Frau verdächtigt wird, er habe jedesmal bei seinem Besuch etwas aus ihrem Haus-rat mitgehen lassen (Nr. 70).

Der Patient agiert gewöhnlich in der Rolle des Unwissenden oder Dummen, der Arzt und Heiler ist dem Kranken überlegen, oder er übernimmt die Rolle des Dilettanten. So entsteht ein Zerrbild des ärztlichen Standes, das von der Sicht des Patienten geprägt ist und darauf hinausläuft, möglichst keinen Arzt oder Heiler zu konsultieren. Denn: »Also wollen alle Leute betrogen sein. Man sagt: ›Hüte dich vor dem Heiler! Die Gaukler kom-men, sie können machen, daß es herabgeht oder daß es nicht he-rabgeht.‹« (Nr. 53)

Eine solche Einstellung vermitteln bereits schwankhafte Er-zählungen des späten Mittelalters und der frühen Neuzeit. Die Ärzte werden als Kurpfuscher und Quacksalber bezeichnet, ihre Diagnosen als Zufallsergebnisse ausgegeben, die weniger auf ärztlicher Kunst beruhten als vielmehr auf genauer Beobachtung des Erkrankten und einer Einschätzung seiner psychischen Ver-fassung. Dies trifft vor allem auch auf Geschichten über Urosko-pien zu. Denn in früherer Zeit wurde oft eine Analyse des Urins vorgenommen, um die Krankheit zu bestimmen. Legion sind die Beispiele über falsche Harnbeschauungen (Nr. 51, 52), wenn Uroskopen z. B. aufgrund des vertauschten Urins dem kranken Pfarrer die Geburt eines Kalbes voraussagen oder einem Ehemann den Rat erteilen – nachdem der Medicus nichtsahnend den Urin einer Gesunden untersucht hat –, die kranke Frau sei nicht krank, sondern sehr gesund, er müsse »wohl der ehelichen Pflicht öfters genießen«. Und tatsächlich gesundet die Todkranke zusehends. Der Arzt wird berühmt.

Es kommt aber auch vor, daß Patienten ihren Ärzten nicht immer auf Anhieb erklären können, wo sie der Schuh drückt. Hieraus können sich zahlreiche Fehldiagnosen ergeben, weil der Arzt z. B. nicht imstande ist, die Ursache des ›Leidens‹, etwa eine plötzlichen Gewichtsvermehrung infolge von Schwangerschaft, zu beheben und eine Wassersucht diagnostiziert (Nr. 54). Umgekehrt kann es zu Mißverständnissen kommen, weil die Patienten die Anweisung des Arztes nicht sachgemäß befolgen (Nr. 65) oder weil die medizinischen Fachausdrücke unverständlich bleiben (Nr. 61). Viele Märchen und schwankhafte Erzählungen basieren auf diesem Moment der Kommunikationsstörung.

Nicht selten führen schwanktypische Kristallisationsgestalten wie der schelmische Eulenspiegel (Nr. 44, 45) ihre Handlungspartner vor: »Ohne Arznei« macht er die Kranken gesund. Mit Dummen treibt er seinen Schabernack, während die ärztliche Kunst und das Medikamentieren ins Hintertreffen geraten. Selbst einem überheblichen Arzt spielt Eulenspiegel auf üble Weise einen Possenstreich, zwar ein wenig deftig geschildert, was aber im 16. Jahrhundert, als das »Eulenspiegel«-Buch entstand, gang und gäbe war. Berichte über vermeintliche Wundermittel und Wunderheilungen sind ein beliebtes Thema in Tages- und

228

Wochenzeitungen. Diskussionen darüber besitzen auch im alltäglichen Erzählen einen hohen Stellenwert. Fast jeden Tag wird ein neues Wundermittel gegen Krebs gepriesen, ein Allheilmittel gegen Aids gefunden. Menschen wird die Fähigkeit zugeschrieben, abseits der herkömmlichen Medizin mittels Erdstrahlen oder anderer magnetischer Kräfte von langwierigen Krankheiten zu heilen. Daß dieser Schuß Irrationalität verbunden mit einer gewissen Leichtgläubigkeit in uns Menschen angelegt ist und trotz aller technischen Fortschritte nachwirkt, belegen Umfragen über außergewöhnliche Heilungserfolge und das Wissen darüber, kurzum all das, was die Wissenschaft als Volksmedizin bezeichnet. Der Glaube hilft uns, schwere Schicksalsschläge, Niederlagen, Katastrophen und dergleichen zu überwinden.

In Schwänken und witzigen Erzählungen ist die Leichtgläubigkeit von Menschen mit den sich daraus ergebenden fatalen Folgen ein beliebtes Thema. Verschiedene Erzählungen machen sich über den »Aberglauben« lustig, daß Amulette oder Schutzbriefe Erkrankungen vermeiden helfen oder Leiden mildern. Dieser Glaube an Schutzbriefe, die vor den schlimmsten Krankheiten bewahren, ist bis heute in vielen Ländern verbreitet. Mal hilft ein um den Hals getragener Zahn eines Walfischs vor der Bewahrung größeren Unglücks, mal ein Schutzbrief, den eine heiligmäßige Person übergeben hat. Schon immer hat es Warnungen gegeben, doch niemals auf solche Schutzzettel zu vertrauen. Aber die Versuchung ist einfach zu groß ... Andere verkaufen gegen eine hohe Summe Geldes an Gutgläubige Fieberzettel, die ständig in einem kleinen Behältnis um den Hals zu tragen sind, woraufhin der oder die Kranke nach wenigen Tagen gesundet. Neugierig geworden, was der Arzt wohl verschrieben haben könnte, findet er geschrieben: »Der Teufel steche dir die Augen

229

aus und fülle die Löcher mit Kot an.« Und der Erzähler schließt: »Sobald sie solchen Zettel verworffen, da hat sie die vorigen Wehetagen wiederum empfunden.« So bleibt der Spott, sich in kleinen Geschichten über diesen ›Aberglauben‹ lustig zu machen. Das Geschlecht des Kindes im Mutterleib zu bestimmen ist heute infolge Ultraschall ohne weiteres möglich. Dies dient nicht nur der Vorbeugung, sondern befriedigt auch die natürliche Neugier der jungen Eltern. Ist es ein Sohn oder eine Tochter? Diese Frage bewegte auch unsere Vorfahren und gab zu mancher lustigen Geschichte Anlaß (Nr. 53).

Während in der frühen Neuzeit noch keine flächendeckende Versorgung mit Ärzten und Apotheken bestand, gab es eine Vielzahl herumreisender Heiler, die ihre Künste auf Märkten feilboten und Arzneien nicht nur aus der Kräuterapotheke Gottes bereithielten, sondern auch alle Arten von Wunderheilmitteln, die in ihrer Zusammensetzung unbekannt waren und Linderung wie Abhilfe gegen alle möglichen Gebrechen und Leiden versprachen. Geschichten von Quacksalbern, Kurpfuschern und ihren Wundermitteln sind in der Schwank- und Anekdotenliteratur in großer Zahl bezeugt. Gar nicht absurd genug können die Begründungen für die vermeintliche Wirkung der Essenzen sein. Als Beispiel ist hier an die in weiten Teilen Europas bekannte Erzählung über den Quacksalber zu erinnern, der seinem dummen und leichtgläubigen Publikum ein Mittelchen zur Vernichtung von Flöhen verkauft (Nr. 46). Nach diesem Flohpulver sind die Leute ganz verrückt, der Umsatz ist beträchtlich. Niemand fragt nach einer Gebrauchsanweisung. Schließlich wendet sich der Marktschreier an die Käuferschar und erklärt ihnen lachend, sie müßten die Flöhe fangen, ihnen den Mund aufsperren und ein Körnlein vom besagten Pulver hineinwerfen. Zwar fühlen sich

230

die Käufer in diesem Augenblick veralbert und werfen dem Marktschreier zum Teil die kurz zuvor erstandenen Schachteln an den Kopf, aber sonst bleibt der Quacksalber unbehelligt. Sosehr die Idee der Wunderarznei fasziniert, sosehr gibt es auch eine verbreitete Abneigung vieler Menschen vor der Einnahme zu vieler Pillen – ein Dauerthema bei Gesprächen über den Umgang mit ärztlicher Kunst. Eine kleine Geschichte darüber fand in vielen Unterhaltungs- und Predigtbüchlein des 17./18. Jahrhunderts größere Verbreitung und spiegelt das Unbehagen vor der Einnahme unbekannter medizinischer Mittel wider (Nr. 67).

Anderen hilft der glückliche Zufall, und sie erhalten den Ruf eines berühmten Heilers. Der »Doktor Allwissend« ist als sprechender Name weit über das gleichnamige Schwankmärchen der Brüder Grimm hinaus bekanntgeworden. In unserem Schwankmärchen aus Pommern fällt diese Rolle einem Bauern zu, dessen Ratschläge, aus der Not geboren, sich als sehr nützlich erweisen (Nr. 34). Der Stoff stammt vermutlich aus dem Orient und ist seit dem Mittelalter in zahlreichen Fassungen auch in Europa bekannt.

Oft verfügen jenseitige Wesen über die Gabe des Heilens und sind imstande, sie anderen zu übertragen oder selbst zu heilen. Besonders dem Hinzelmann, dem kleinen Hausgeist der alten niedersächsischen Schloßruine zu Hudemühlen, wird nachgesagt, daß er Menschen als Schutzgeist beigegeben ist und unter anderem ihre Krankheiten beseitigen kann (Nr. 40). Hier erweckt er eine vorwitzige Magd mit kaltem Wasser aus ihrer Ohnmacht und prophezeit, daß ein Kranker in einer halben Stunde wieder von seinen Leiden genesen werde. Das Büchlein vom Geist Hinzelmann, der sich von 1584 bis 1588 auf Hude-

231

mühlen aufgehalten haben soll, war Anfang des 18. Jahrhunderts sehr beliebt, eine der frühen Sammlungen von Gruselgeschichten.

Im ganzen existiert eine beträchtliche Zahl von Volkserzählungen über Ärzte und Heiler. Denn gerade Ärzte, auch Mönche und Rechtsgelehrte, sind seit alters in besonderer Weise der Sozialkritik und dem Ständespott ausgesetzt, und es verwundert nicht, daß Ärzte stereotyp als Mörder, Schinder oder auch Metzger bezeichnet werden. Das Mißtrauen gegen die Fähigkeiten der »studierten« Ärzte hat sich in zahlreichen Witzeleien niedergeschlagen: Alte und Kranke weigern sich, einen Mediziner hinzuzuziehen, weil sie eines natürlichen Todes sterben wollen; ein anderer wird als Leibarzt ausgewählt, weil er schon gewisse Erfahrung mitbringe, schließlich habe er schon dreißig unter die Erde befördert. Ein schlechter Maler, so heißt es vielfach, sei Arzt geworden, weil er nun seine Fehler gleich mit Erde zudecken könne. In einer Scherzfrage über die freiesten Berufe werden als Antwort Henker und Arzt genannt, weil sie für das Töten nicht bestraft würden, sondern noch Geld erhielten. Innerhalb der akademischen Berufe trifft den ärztlichen Stand ebensoviel Spott wie die Vertreter des Juristenstandes. Eine ursprünglich aus Italien stammende, im deutschen Sprachgebiet populäre Schnurre bringt die Charakterisierung beider Stände rasch auf einen gemeinsamen Nenner: Als sich die Mediziner und die Juristen streiten, welcher Fakultät die Präferenz zukomme – traditionsgemäß eigentlich den Juristen –, schwingt sich ein Narr zum Richter auf, nachdem der zum Schiedsrichter angerufene Herzog keine Entscheidung treffen konnte: »Also: es ist gewonlich, wan man ein ußführt, so gat der Übeldöter vor und gat der Hencker hinnach.«

232

Aber nicht nur der Vergleich mit dem Henker als Todesvoll-strecker war gängig (Nr. 79), auch die ungehemmte Profitgier der Ärzte ist Thema verschiedener Schwankerzählungen (Nr. 71). Gebündelt erscheinen solche Vor-Urteile in dem mehrfach aufgelegten »Betrugs-Lexicon« (Coburg 1721, 1724, 1753 und öfter) des aufgeklärten Juristen Georg Paul Hönn, der unter den einschlägigen Stichwörtern »Aertzte« und »Quacksalber« jeweils 31 bzw. 13 Betrugsarten aufführt, zugleich aber Mittel zur Vor-beugung empfiehlt. Gleich der erste Ratschlag für das Hinzuzie-hen von Ärzten bringt die Sache auf den Punkt, und in ähnli-chem Sinn erteilt Hönn Rat gegen das betrügerische Wesen von Quacksalbern: »Nicht einem jeglichen Medico, vielweniger al-lerhand unverständigen ja gar verdächtigen Leuten« sollte der Patient sich anvertrauen, und unter 3. heißt es, »kein ungra-duirter Medicus oder ein dergleichen gebrauchter Substitus« dür-fe Krankenbesuche machen und Kranke kurieren, es sei denn, er sei vorher »von einem Collegio Medico examiniret und tüchtig befunden«. Damit ist den reisenden Wunderheilern und ande-ren Scharlatanen die Tür gewiesen, schließlich wird auch die ›Obrigkeit‹ angerufen, durch entsprechende Vorschriften der-artige Betrügereien zu unterbinden.

Im Mittelpunkt der Volkserzählungen stehen aber weniger die studierten Ärzte, von denen es früher wenige gab, sondern es überwiegen solche von Zufallsheilern und von Scharlatanen. Daß Märchen und auch Sagen Konflikte zwischen Auszubilden-den und Ausbildern, besonders auch im Handwerk zwischen Meister und Lehrling, widerspiegeln, ist dagegen eher eine Aus-nahme wie in unserem Balkanmärchen (Nr. 33). Um den jun-gen Arzt als mißliebigen Konkurrenten auszuschalten, ist dem alten und neidischen Arzt alles recht, selbst einen Anschlag auf

233

das Leben des jungen Kollegen inszeniert er. Doch es gehört zum Wesen des Märchens, daß solche Anschläge mißlingen und daß die Schädiger am Ende selbst den Tod finden.

DER NEIDISCHE ARZT

Es war einmal ein Zar, bei dem war ein Arzt; der konnte viel, war aber sehr neidisch und hielt nicht einmal einen Diener, damit niemand von ihm lernen könnte. Es gab aber einen klugen Burschen, der stellte sich stumm, ging in die Welt, sein Glück zu suchen, und kam auch zu dem Arzt. Als der sah, daß der Bursche stumm war, sagte er zu sich selbst: »Ah! Das ist ein Diener für mich, und wenn er auch die Kunst lernt, kann er mir doch nicht gleichkommen, da er stumm ist.« Und so behielt er ihn bei sich.

Der Bursche blieb sieben Jahre bei ihm, und niemand merkte, daß er sprechen konnte. Der Arzt hatte kein Geheimnis vor ihm, so daß er gelehrt wurde wie der Arzt und fast noch mehr.

Der Zar hatte eine Tochter, die schon eine Zeitlang an Kopfschmerzen litt. Da befahl der Zar dem Arzt, alles Mögliche zu tun, um sie zu heilen. Der Arzt aber sagte dem Zaren: »Erhabener Zar! Ihre Krankheit ist sehr schlimm; es bleibt nur die Hoffnung auf ein Mittel, das man noch versuchen kann; aber das ist schrecklich; sie kann auch daran sterben. Deswegen gib mir eine Schrift, daß du mir nichts Böses tun wirst, wenn – was Gott verhüte – deine Tochter stirbt; dann soll es versucht werden.« Der Zar fragte nun seine Tochter, die aber sagte: »Mag ich sterben oder gesund werden, ich kann die Schmerzen nicht länger aushalten.«

Der Zar gab dem Arzt die Erlaubnis; der schloß sich mit dem Zaren und der Tochter in ein Zimmer ein und nahm alles mit, was er brauchte, aber den Burschen ließ er nicht zusehen, daß der das nicht auch lerne; denn es war eine sehr seltene Krankheit. Der Bursche aber, der das größte Verlangen hatte, auch das zu lernen, konnte nicht davon abgehen zuzusehen.

Er stieg ganz leise auf den Boden und machte dort ein Loch in die Decke, gerade so groß, daß er sehen konnte, was der Arzt machen wird. Der legte die Zarentochter auf einen Tisch, band sie ordentlich fest, daß sie sich nicht rühren konnte, betäubte sie dann, spaltete den Kopf mit einem Schnitt und öffnete ihn an der Stirn. Und was sieht er? Einen Käfer, der sich mit den Füßen im Gehirn festgeklammert hatte. Da nahm er die Zange, um ihn wegzureißen, aber sowie er ihn fassen wollte, ließ sich eine Stimme von der Decke hören: »Um Gottes willen, höre! Zieh den Käfer nicht mit der Zange heraus, sonst wird er das Gehirn zerreißen, und das Mädchen wird sterben. Mach eine Nadel heiß und stich den Käfer von hinten mit der Nadel, dann wird er von selbst die Füße loslassen und abfallen, ohne das Gehirn zu verletzen.«

Der Arzt sah ein, daß es wirklich so besser sei, und tat, wie ihm die Stimme von der Decke empfahl. Dann schloß er ganz sanft den Kopfspalt wieder zu und verband den Kopf mit den passenden Mitteln. Das Mädchen erwachte und fühlte, daß ihm besser war als vorher.

Als sie nun wieder hübsch gesund war, rief der Zar den Arzt und fragte ihn: »Was willst du von mir dafür haben, daß du meine Tochter geheilt hast?« Der Arzt antwortete: »Ich verlange, daß du meinen Lehrling tötest.«

Als der Zar das hörte, wunderte er sich und sagte zu dem Arzt: »Verlange etwas anderes, nur das nicht.« Aber der Arzt blieb dabei. Der Bursche aber sprach zu dem Zaren: »Erhabener Zar, ich sehe, daß du mir nichts Übles antun willst und Mitleid mit mir hast; aber der Arzt läßt nicht nach, er will, daß ich umkomme. Darum befiehl, daß er selbst mich vergifte, und wenn ich nicht an dem bestimmten Tage sterbe, den er angibt, daß ich dann für ihn ein Gift bereite, und wir sehen, ob er sich davon retten kann wie ich.« Der Zar willigte ein, einmal weil er nicht wollte, daß der Bursche umkomme, zum andern weil er so den Besten von ihnen zum Arzt wählen konnte. Also gab er den Befehl, und am nächsten Tage brachte der Arzt das allerschärfste Gift für den Burschen und gab es ihm vor den Augen des Zaren. Der Bursche aber fragte den Arzt: »Wieviel Stunden werde ich noch leben, nachdem ich das Gift getrunken habe?« Der antwortete: »Sieben Stunden!« Der Bursche aber, der vorher ein Mittel gegen Vergiftung eingenommen hatte, trank das Gift und ging hinaus. Darauf nach sieben Stunden trat er wieder vor den Zaren frisch und gesund und sprach: »Jetzt ist die Reihe an mir, Gift für meinen Meister zu bereiten, aber ich bitte dich, erhabener Zar, befiehl, daß ein Ausrufer auf dem Markt verkünde, es solle drei Tage und drei Nächte keiner aus dem Hause gehen, solange ich das Gift koche, denn schon von seinem Dampf fallen die Vögel zur Erde.« Damit gingen er und der Arzt hinaus.

Am vierten Tag erschien er wieder vor dem Zaren, nahm vor dessen Augen ein wenig Wasser, tat es in eine Flasche und versiegelte sie. Dann sagte er zum Zaren, er möge den Arzt rufen lassen. Als der da war, gab er ihm die Flasche zu trinken, und als der Arzt ihn fragte: »Wie viele Stunden werde ich noch leben, wenn ich das ausgetrunken habe?«, antwortete er:

»Sowie du die Flasche in die Hand nimmst, wirst du sterben.«
Und wirklich, sobald der Arzt sie ergriff, fiel er tot hin.

WIE DER BAUER EIN DOKTOR WARD

Es war einmal ein Bauer, der ritt auf seinem Braunen zur Mühle; und damit er es dem guten Tier nicht zu schwer mache, nahm er selbst die Roggensaat auf den Buckel. Da kam ein Handwerksbursch des Wegs daher und sagte: »He, Bauer, die Saat ist ohnehin schwer genug. Er könnte hübsch nebenher laufen, dann hätte der Gaul es leichter.«

»Du sprichst, wie du es verstehst«, antwortete der Bauer, »das Korn trägt nicht mein Brauner, das trage ich.«

Da merkte der Handwerksbursch, wieviel die Glocke geschlagen habe; und nachdem er sich erkundigt hatte, wo des Bauern Hof läge, machte er, daß er in das Dorf kam. Als er auf den Hof trat, stand die Bäuerin gerade vor der Tür und fütterte die Hühner.

»Mutter«, sagte der Handwerksbursch, »dein Mann läßt dich schön grüßen, und er hat keine Lust mehr, noch länger den Bauern zu spielen und mit Knechten und Mägden sich herumzuärgern. Er will in die weite Welt hinaus und sein Glück versuchen. Damit du aber nicht ledig bleibst und der Hof einen Herrn hat, soll ich dein Mann werden.«

Die Frau musterte den Handwerksburschen und sah, daß er jung an Jahren und schön von Gestalt war; dann dachte sie an den alten, griesgrämigen Bauern, und sie besann sich nicht lange, reichte dem Burschen die Hand und führte ihn in die Stube.

»Mutter«, sagte der schlaue Fuchs, als sie drinnen waren, »ich will dich nehmen, da ich's dem Bauern nun einmal versprochen habe; aber so, wie es jetzt ist, heirate ich nicht in den Hof hinein. Die beiden großen Lindenbäume zur Rechten und zur Linken des Tores müssen umgehauen werden, und das noch heute.«

»Das habe ich längst gerne gewollt«, antwortete die Bäuerin; denn sie fürchtete, dem jungen Handwerksburschen möchte am Ende die Sache wieder leid werden, wenn sie nein sagte. Da schickte der Handwerksbursch die Knechte hinaus, daß sie die Bäume umschlügen; und es dauerte gar nicht lange, so war die Arbeit getan.

Inzwischen hatte der Müller das Korn gemahlen, und der Bauer nahm den Sack wieder auf den Nacken, setzte sich auf seinen Braunen und ritt nach Hause. Es war schon dunkel geworden, als er das Dorf erreichte; aber so viel sah er doch, daß der Gaul in einen falschen Hof einbog, denn vor seinem Tore standen zwei große Lindenbäume. Er warf also das Pferd herum und sprach zu ihm: »Heda, Brauner, aufgepaßt! Du kennst wohl deinen eigenen Stall nicht mehr?«

Der Braune sah noch einmal sehnsüchtig nach dem Stall hinüber, dann mußte er dem Zügel folgen und seinen Herrn die Dorfstraße heruntertragen. Der schaute rechts und schaute links, Bauernhöfe genug, aber einer mit zwei Lindenbäumen vor dem Tore war nirgends zu erblicken. Er wendete und ritt die Dorfstraße noch einmal entlang und endlich gar ein drittes Mal; als er aber auch da seinen Hof nicht entdecken konnte, sprach er bei sich: »Es ist ein Dorf wie unsres, und doch ist's nicht unsres. Ich bin in die Irre gegangen, ich weiß nicht wie.« Und dann machte er, daß er das Dorf hinter sich bekam.

Er ritt und ritt die ganze Nacht durch. Und als der Morgen anbrach, langte er in einem Dorfe an, das er noch gar nicht kannte. Dort kehrte er in dem Kruge ein, brachte den Braunen in den Stall und ließ sich von dem Wirt Speise und Trank vorsetzen. Und nachdem er satt gegessen und getrunken hatte, hing er seinen Gedanken nach, wie es gekommen sei, daß er seinen Hof nicht habe wiederfinden können.

Indem er so vor sich hin sah und grübelte, trat ein Mann in den Krug und sprach zu dem Krüger: »Gevatter, weißt du mir nicht Rat und Hilfe? Mein junger Fuchswallach liegt im Stalle und hat alle viere von sich gestreckt.«

»Was versteh ich von Pferden!« antwortete der Krüger. »Ich habe das Doktern nicht gelernt; aber der alte Mann da am Tische, der sieht so aus, als wenn er etwas könnte.«

»Vater«, sprach darauf der Mann und wandte sich zu ihm, »kommt mit mir in den Stall und helft meinem Pferde!«

Der Bauer ließ sich das nicht zweimal sagen und folgte ihm nach. Als sie in dem Stalle waren, ergriff er den Wallach beim Ohre und raunte hinein: »Wenn du nicht Lust hast zu leben, so sind Hunde genug, dich zu fressen; hast du aber Lust zu leben, so wächst auch wohl Gras für dich, daß du satt wirst.«

Das Fohlen war aber nur faulkrank; und als es vernahm, daß es geschlachtet und sein Fleisch den Hunden gegeben werden solle, sprang es geschwind auf und war gesund und munter wie zuvor. Sein Herr jedoch sperrte Mund und Nase auf und rief: »Was ist das für ein Mann, daß er die Pferde allein durch Reden heilen kann!« Und weil ihm das Fohlen so lieb und wert war, gab er dem Bauer zwanzig harte, blanke Taler zur Belohnung. Damit ging dieser in den Krug zurück und ließ dort etwas draufgehen.

Es dauerte gar nicht lange, so wurde dem Edelmann von dem Doktor erzählt, der allein durch Reden einen halbtoten Fuchswallach wieder gesund gemacht habe. Nun waren ihm ein paar Tage vorher zwei schöne Kutschpferde gestohlen, und niemand wußte, wer der Dieb war. Als der Herr von dem Wundermann vernahm, schickte er darum sogleich zu ihm herab und ließ ihn zu sich holen.

»Würdet Ihr mir wohl meine Pferde wiederschaffen kön- nen?« fragte er höflich, als der Bauer vor ihm stand.

»Warum nicht?« antwortete der Bauer.

Da war der Edelmann sehr froh und ließ ihn auf das beste bewirten mit Speise und Trank. Der Bauer war aber das gute Leben nicht gewöhnt. So kam's, daß er in der Nacht oft her- ausmußte. Und als er vor Tagesanbruch noch einmal in den Gang machte, standen die beiden Pferde vor der Tür; denn sie waren den Dieben entlaufen und hatten den Weg nach Hause allein gefunden. Als der Bauer sie sah, schlug er einen gewaltigen Lärm, daß der Edelmann aus dem Bette sprang, das Fenster aufriß und in der Schlafmütze heraussah.

»Was ist Euch denn?« rief er verwundert.

»Hier sind die Pferde!« erwiderte der Bauer. »Ich bin oft vergeblich draußen gewesen, aber kommen mußten sie, das stand fest. Sie sind spät gekommen, denn der Weg war weit.«

Der Edelmann fiel vor Erstaunen fast auf den Rücken und hielt den Bauern hoch in Ehren als einen Wunderdoktor und gab ihm hundert Taler aus der Kiste, weil er seine Sache so gut gemacht hatte.

Das Gerücht von dem Bauern erscholl nun im ganzen Lande, und auch der König hörte davon. Der konnte aber gerade einen Wunderdoktor gebrauchen, denn seine Frau lag sehr schwer krank darnieder. Sie sollte ihm einen Leibeserben schenken, der nach seinem Tode dann die Krone tragen sollte. Aber ihre Stunde wollte und wollte nicht kommen, und die Ärzte verzweifelten an ihrem Leben. Er sandte darum einen Boten aus, der mußte den Bauern zu ihm bringen.

Als derselbe vor ihm stand, fragte er ihn: »Wer bist du?«

»Ich bin der Doktor, der Allwissende«, antwortete der Bauer, »ich kann alle Krankheiten heilen, und nichts ist mir verborgen.«

Das freute den König, daß er so zuversichtlich sprach, und er sagte zu ihm: »Herr Doktor, wenn Ihr alle Krankheiten heilen könnt, so könnt Ihr auch meine Frau wieder gesund machen; und wenn Ihr es nicht tun wollt, so habt Ihr zum letzten Male gedoktert, und ich lasse Euch das Haupt abschlagen.«

Als der Bauer diese Worte vernahm, war ihm nicht wohl zumute; aber was half's, er hatte sich die Suppe eingebrockt und mußte sie jetzt auslöffeln. Der König führte ihn an das Bett der Königin und ließ ihn allein, daß er die Kur beginne. Da saß er nun in seiner Angst und brummte immer vor sich hin:

»Kommst du nicht, dann komm ich!
Kommst du nicht, dann komm ich!«

Der kranken Königin kam die Sache lächerlich vor, und sie lachte und lachte und schenkte unter Lachen einem kleinen Prinzen das Leben. Da war einmal große Freude im ganzen Land, und der Wunderdoktor wurde geehrt, als wenn er ein reicher Fürst wäre, und wohnte im Schlosse und aß an des Königs Tafel.

Einmal ging er in dem Garten vor dem Schloß auf und ab; und da es ein heißer, schwüler Tag war und ein Gewitter am Himmel stand, so summten die kleinen Mücken und Stechfliegen in Massen herum und setzten sich ihm auf Nase und Stirn, und er hatte zu tun, daß er sie mit der Hand abwehrte. Das sah der König, der nicht weit davon in der Laube saß; und da er glaubte, der Doktor Allwissend wolle ihm einen guten Rat geben und winke ihn zu sich heran, so stand er auf und ging aus der Laube heraus.

Indem fuhr ein Blitz vom Himmel herab gerade auf den Stuhl nieder, auf dem der König soeben gesessen hatte, und zerschmetterte ihn in tausend Stücke.

»Habt Ihr mir darum gewinkt, Ihr guter Herr!« rief der König erfreut und erschrocken zugleich.

»Warum denn sonst?« antwortete der Bauer. »Ich konnte Euch doch unmöglich vom Wetter erschlagen lassen!«

Da wurde der Ruhm des Wunderdoktors erst recht groß, und der König hielt ihn wie seinen Vater und räumte ihm das halbe Schloß ein, daß er darin wohnen könne. Da hat er noch viele Jahre in Glück und in Frieden gelebt; und wenn er nicht gestorben ist, so lebt er heute noch.

DIE DREI SOLDATEN UND DER DOKTOR

Es kamen einmal in einem Wirtshause drei abgedankte Soldaten und ein Doktor zusammen. Die Soldaten fragten den Doktor, ob er auch gut kurieren könne. »Freilich kann ich das«, sagte der Doktor. »Ich will euch, während ihr schlaft, die Arme abnehmen und Augen herausreißen und das alles wieder hineinmachen, ohne daß ihr es merkt.«

Soldaten sind ein leichtes Blut, daher besannen sich die drei gar nicht lang, sondern sagten frisch zum Doktor: »Wenn du das kannst, so sollst du deine Kunst an uns probieren.« Als nun die Nacht herankam und die drei Soldaten im Bette lagen und schliefen, da trat der Doktor in ihre Kammer und nahm dem ersten den Arm ab, schnitt dem zweiten das Herz aus dem Leibe und riß dem dritten die Augen heraus. Die drei Stücke brachte er dem Wirte und sagte, er möge sie fleißig aufbewahren bis nach Mitternacht. Der Wirt nahm die drei Stücke zu sich, tat sie aber an einen Ort, wo sie die Katze gewahrte und davontrug. Als er nun einmal schauen ging, ob die drei Stücke wohl noch an ihrem Platze seien, gewahrte er zu seinem großen Schrecken, daß alles weggekommen war.

Als er eine Weile nachdachte, erinnerte er sich gehört zu haben, daß ein Schwein und ein Mensch ein ähnliches Herz haben. Er stach also schnell ein Schwein ab und nahm das Herz heraus. Nun hatte er freilich wieder ein Herz. »Ah was«, dachte er sich, »Menschenaugen und Katzenaugen gleichen sich ja«, erwischte eine Katze und stach ihr die Augen aus. Dann lief er hinaus zu dem Galgen, schnitt einem Gerichte-

244

ten einen Arm ab, ging heim und hob vor dem Schlafengehen die drei Stücke fleißig auf, damit sie ihm nicht wieder wegkämen.

Nach Mitternacht kam der Doktor zu dem Wirte und begehrte von ihm die drei Stücke. Der Wirt stand auf und gab ihm Herz und Augen und Arm. Der Doktor glaubte, daß diese Stücke keine andern seien, als die er dem Wirte zur Aufbewahrung gegeben hatte, ging also in die Kammer zu den drei Soldaten und heilte ihnen die drei Stücke an, dem ersten den Arm, dem zweiten das Herz und dem dritten die Augen.

Als sie aufwachten, fragten sie einander: »Spürst du etwas?« Allein keiner wollte etwas spüren. Dann gingen sie in die Wirtsstube und lobten den Doktor, weil er gar so kunstreich kurieren könne. Hierauf machten sie aus, alle viere in einem Jahre wieder in dies Wirtshaus zu kommen und zu erzählen, was ihnen inzwischen begegnet sei. Dann ging jeder seiner Wege.

Nach einem Jahre trafen die drei Soldaten und der Doktor wieder in dem Wirtshause zusammen. »Nun, nun, wie geht's, wie steht's?« fragte der Doktor den Soldaten, dem er den Arm kuriert hatte. Ja, es ginge ganz gut, antwortete dieser, »aber das ist ein gspaßigs Ding seit einem Jahre. Wenn ich etwas zu Gesicht kriege, was einem andern gehört, so will der Arm, den Ihr mir hereingemacht habt, immer danach tappen.«

Dem Doktor kam das spanisch vor, und er fragte den zweiten, dem er das Herz hineingemacht hatte: »Und wie geht's denn dir? Was hast du gemacht das ganze Jahr?«

»Mir ginge es sonst schon gut«, antwortete er, »aber sooft ich einen Kot sehe, kommt mir's gerad vor, ich müßte hineinspringen und mich darin wälzen.«

245

»Sonderbar, sonderbar«, sagte der Doktor und fragte den dritten: »Wie geht's denn dir mit deinen Augen?«

»Oh, mir geht's nicht schlecht, aber ich weiß nicht, was das ist seit einem Jahre. Sooft ich eine Maus sehe, meine ich immer, ich müsse darauf losspringen, wie eine hungrige Katze.«

Der Wirt war nebenbei gestanden, während sie das erzählten, und die Geschichte fing ihm an, um den Magen zu gehen. Der Doktor, der wohl merkte, daß mit den drei Stücken etwas vor sich gegangen sein müsse, wandte sich zu ihm und wollte ihn fragen. Der Wirt aber ließ den Doktor gar nicht zu Wort kommen und bekannte alles ein, wie es mit den drei Stücken ergangen sei, denn er dachte sich: »Das Lügen hilft da doch nichts mehr, als höchstens, daß es mir noch schlechter geht.«

Die Soldaten verstanden jetzt wohl, warum sie seit einem Jahre so seltsame Gelüste verspürten. Weil ihnen aber durch die Nachlässigkeit des Wirtes nichts Ärgeres begegnet war, so verlangten sie von ihm nichts anderes zur Strafe, als daß er ihnen tüchtig Geld gebe.

Und wieviel haben sie denn verlangt? Das weiß ich selbst nicht, und der mir's erzählt hat, hat's auch nicht gewußt.

DIE DREI DUMMEN TEUFEL

In der Hölle war einmal ein großes Wunder, daß nur lauter Männer und keine Weiber in die Hölle kämen, und von Herzen hätten sie doch auch gerne Weiber darinne gehabt. Da warf sich ein ganz junger Teufel auf und sprach: »Was gilt's, ich schaffe eine her!« Die andern Teufel freuen sich zwar, aber sie glauben dem, was jener spricht, doch nicht recht. Der Teufel fährt sofort ab, und die andern wünschen ihm großes Glück. Er kömmt also auf die Erde und trifft eine junge Dirne. Zu dieser spricht er: »He, Jungfer! Hat sie nicht Lust zu heiraten?«

»Warum nicht«, sagte sie. »Meinetwegen kann morgen die Hochzeit sein.«

»Mir schon recht«, sagt der Teufel. Wie's also morgen war, geht er zum Pfarrer und läßt sich die Dirne zur Frau geben. Eh aber der Küßmond vorüber, verlangt die junge Frau Geld, Kleider – und das aber schöne, und der Teufel kann kaum das Brot verdienen, muß oft über seinem Maul sparen und es seiner Frau lassen, und dadurch wird er dürr und mager und ist lange nicht mehr so guten Mutes als zuvor. Die Frau hatte sich mehr von diesem Galan versprochen – viel Geld und schöne Kleider. Sie fängt daher an und wird kalt gegen ihren Teufel. Er gibt gute Worte – er brummt.

Sie zankt aber arg und drohet ihm mit Schlägen. Das lächert dem Teufel, und er denkt: »Ich werde dich doch zwingen können.« Zankt er aber ein Wort, so zankt sie zehne, und das geht ein und alle Tage so fort. Was geschieht? Der Teufel bekommt zuletzt derbe Schläge. Da denkt der Teufel: »Ei,

247

was sollst du dich mit der Frau plagen? Gehe doch hübsch heim«, und – da ging er heim. Wie er in die Hölle kömmt und bringt kein Weib mit, da lachen ihn die Teufel tüchtig aus und rufen überall: »Dummer Teufel! Dummer Teufel!« Er aber antwortet: »Ich will keine wieder, und wenn ich die ganze Hölle geschenkt kriegte. Seid froh, daß ich sie nicht mitgebracht habe, die hätte uns allen die Hölle erst recht heiß gemacht!« Da spricht ein andrer, etwas älterer Teufel: »Nun will ich fort, ich will schon eine herschaffen!« Er reiset ebenfalls ab, kömmt auf einen Erbsenacker, dort trifft er eine alte Jungfer. Da denkt er: »Warte, diese ist nicht so ein junger Lecker, die willst du nehmen.« Er spricht also zu ihr: »He da, Jungfer! Hat sie nicht Lust zu heiraten?«

»O ja, wenn er Geld und Brot für mich hat?«

»O ja!« spricht der Teufel. Als nun die beiden Hochzeit gemacht hatten, da merkte es die Frau, daß der Teufel gelogen hatte, denn er war ein armer, blutarmer Teufel und hatte nichts und konnte nichts. Das kam ihm heim, denn er war an einen Geizdrachen geraten, der sparte das Salz an den Kartoffeln und tat sonntags einen Knopf in den Klingelbeutel statt des Hellers. Die gibt dem Teufel zu tun genug und zu beißen wenig, aber Schelte konnte er haben, soviel er wollte, und Streiche waren auch nicht rar. Und wenn ihm vor Hunger gleich der Bauch grimmt und ihm die Zunge ellenlang zum Halse heraushängt, so erbarmt sie sich seiner doch nicht. Will der Teufel etwas essen, so muß er fort und muß Kartoffeln stopfeln. Kömmt er abends und hat kein großes Säckchen voll, so kriegt er auch noch Schläge, und das geht so einen und alle Tage. Endlich wird das der arme Teufel doch müde und spricht zu sich: »Ei, was sollst du dich mit der Frau plagen? Ich gehe fort, das ist ja ein bitterböses Tier!« Er geht und kömmt in die Hölle zurück. Hier wird er gleich gefragt, wo er seine Frau habe?

»Ja, Frau! Hat sich was! Ich will keine! Ich will in meinem Leben an die, die ich droben hatte, gedenken! Die nimmt man auch noch mit in die Hölle! Bin froh, daß ich sie wieder los bin.« Da hieß es nun überall: »Dummer Teufel! Dummer Teufel!«

Nun spricht aber ein ganz alter Teufel: »Jetzt will ich fort. Ich will's den Weibern wohl anstreichen!«

Der alte Teufel reiset ab und kömmt auf die Erde; da geht er durch einen jungen Birkenwald und sieht von weitem ein Frauenzimmer. Das war eine Witwe, die noch ganz stattlich sah. Er sieht sie sich an, und sie sieht ihn an, und mit höflichen Reden und artigen Widerreden werden sie handelseinig, und der Pfarrer nagelt und nietet sie zusammen, so fest wie das Herz nur begehrt. Aber nach der Hochzeit, da sah der Teufel wohl, daß man die Katz nicht im Sack kaufen muß und die Witwen nicht freien auf der Landstraße. Die kannte schon den Rummel, da der heilige Ehestand ihr nicht neu war, schmale Kost und Brunnenwasser war das wenigste, da war offner Laden für jedermann, und der Mann mußte nur so zusehen, und ward's ihm zu arg, wie denn solches Zusehen kein Teufel vertragen kann, so hängte sie ihn an die Wand und ging mit ihren Liebsten zu Biere. Als sie dann zurückkam, nimmt sie ihn herunter, und da soll er Mausen lernen, daß man die Katz sparen kann. Aber da wird's dem Teufel zu arg, er läuft fort in den Wald – denn in die Hölle zu gehen schämt er sich – und will sich Beeren suchen, die sind immer noch besser als Mäuse.

249

Wie er nun so in den Beeren ist, begegnet er einem Köhler, diesem klagte er seine Not und bat um etwas zu essen. Da sprach der Köhler: »Ja, lieber Alter, ich habe selbsten sieben Kinder und oft keinen Bissen Brot.«

»Du Köhler, schwarzer Kerl, gib mir einen Rat, wie ich das böse Weib bändige. Ich bitte dich um alles in der Welt, hilf mir!«

Der Köhler antwortete darauf:

> *»Ein böses Weib, eine herbe Buß'*
> *Und weh dem, der ein' haben muß.«*

Der Teufel denkt: »Ach, wenn das Ding so klingt, so gehst du lieber wieder heim. Wäre ich doch vom Anfang an zu Hause geblieben!«

Er sinnt auf Rache gegen die Weiber und spricht: »He! Bruder! Du bist auch arm, ich will dich reich machen, du mußt mir aber folgen.« Der Köhler spricht: »O ja, reich wäre ich gerne, und ich will tun, was du nur haben willst.« Da spricht der Teufel: »Höre, Bruder Köhler, ich weiß einen König, der hat drei Prinzessinnen, da will ich in die eine fahren, und du sollst der Doktor sein. Wenn ich in die Prinzessin gefahren bin, so wird der König einen Aufruf ergehen lassen nach einem Doktor, der Knall und Fall austreiben kann. Da gehst du nun hin zu diesem König und sprichst: ›Herr König, ich will der Prinzessin helfen, aber ich muß mit ihr in einer Stube ganz allein sein, versteht sich in allen Ehren.‹ Wenn du dann bei der Prinzessin eingelassen wirst, so sprichst du zu mir: ›Donner und Teufel, fahr aus!‹ – öffnest ein Fenster, und ich hebe mich von dannen. Das darfst du aber nur zweimal tun, wenn du es dreimal tust, muß ich dir den Hals brechen!«

Der Köhler fragte: »Auch wenn ich dir eine schöne gute Frau zeige?« Darauf erwiderte der Teufel: »Wir wollen sehen.« Er dachte aber: »Das kann ich ihm gern versprechen, damit hat es keine Not. Wir Teufel kennen die Frauen.«

An einem Abende kam der Köhler aus dem Walde, da sagte ihm seine Frau: »Du, Mann, der reiche König hat ausgeschrieben, daß seine Prinzessin todsterbenskrank ist, ja sehr krank; wer ihr hilft, der soll das halbe Königreich von ihm bekommen oder so viel Gold, als wie der Doktor und der König beide schwer sind. Wenn du nur, Alter, ein gutes Hausmittel wüßtest und könntest der Prinzessin helfen, daß wir auch einmal aus unsrer Armut kämen!«

Hierauf sagte der Köhler zu seiner Frau: »Ich will einmal eine Probe machen, vielleicht bin ich glücklich« – und reisete ab. Als er zum König kam, so fragte dieser: »Alter, getrauest du dir, meine Prinzessin gesund zu machen?«

»O ja, Herr König!« antwortete der Köhler. »Ich muß erst etliche Spezies aus der Apotheke haben, und die muß ich selber holen, und dann muß ich ganz allein bei der Prinzessin sein.« Darauf sprach der König: »Alter! Wie du es verlangst, so soll es geschehen. Machst du meine Prinzessin gesund, so bekommst du mein halbes Königreich oder so viel Gold, als ich und du schwer sind.«

Der Köhler tat nun, wie ihm der Teufel anbefohlen hatte, und die schöne Prinzessin war auf der Stelle gesund. Der König stellte dem Köhler die Wahl frei: Gold oder Land, und der Köhler nahm das Gold.

Binnen kurzem wurde nun die andere Prinzessin von dem

251

Teufel besessen. Der König läßt den Köhler wieder kommen und spricht zu ihm: »Alter, du hast meine erste kranke Tochter gesund gemacht, hilf auch dieser!« Der Köhler sagte: »Ich will's versuchen, Herr König!« Und siehe, er half der zweiten Prinzessin auch wieder, und der König gab dem Köhler wieder ebensoviel Gold.

Der Köhler war nun sehr reich, grämte sich aber dennoch, weil er den Teufel nun nicht wieder austreiben durfte, der sich vorgenommen hatte, die Frauenzimmer recht zu plagen, und gewiß davon noch nicht abließ. Die zwei ersten Male war es ausgemacht, das dritte Mal mußte er den Teufel in der Prinzessin lassen, sonst wollte ihm der Teufel den Hals brechen; und konnte er den Teufel nicht das dritte Mal austreiben, so mußte er es wagen, daß ihn der König ums Leben bringen ließ; er sann nach, ob nicht beim dritten Mal es ihm gelingen werde, den Teufel anzuführen?

Nun wurde auch die dritte Prinzessin krank, weil der Teufel in sie gefahren war. Wiederum ließ der König den alten Köhler kommen und sprach zu ihm: »Du, Alter, hilfst du meiner Prinzessin nicht, so laß ich dich aufhenken!« Darauf antwortete der Köhler: »Mein allergnädigster Herr König! Ich will eine Probe machen, aber dazu ist nötig, daß alle guten schönen Mädchen in der ganzen Stadt morgen früh in weißen Kleidern, mit roten Schärpen und in Haarlocken, auch alle eure Geistlichen sich versammeln, vor dem Schlosse stehen und unter Gesang der Jungfrauen und Geistlichen ich neben der Prinzessin den Berg hinaufgeleitet werde. Da darf aber beileibe keine darunter sein von den landläufischen Dirnen oder von den alten Jungfern, die noch zu freien lüstert, oder den Witwen, die ihren Ehrenstuhl verrücken möchten;

und das müßt ihr euren Priestern streng befohlen. Wenn wir dann auf der höchsten Höhe sind, dann will ich eine Probe machen.« Der König ließ schleunigst alle Anstalten treffen, daß diese Bedingung erfüllt werde.

Den kommenden Morgen war die große Versammlung vor dem Schloß. Der Zug bewegte sich bergan, und auf der höchsten Höhe sprach der Köhler:

»Donner und Teufel, fahr aus!«

Da fuhr der Teufel zwar aus, rief aber dem Köhler zu: »Spitzbube, hältst du so dein Wort! Warte, nun breche ich dir den Hals!« Der Köhler aber verantwortete sich und sagte: »Halt! Unser Pakt hat einen Vorbehalt. Du darfst mir nichts tun, wenn ich dir eine schöne gute Frau zeige. Da sieh dich nur um, sieh dir diese an.« Da sah sich der Teufel um und sah eine nach der andern an und erkannte wohl, daß er über diese keine Macht habe. Und da schämte er sich, auf der Erde zu bleiben, und fürchtete sich auch vor seinem Drachen, und so machte er ein Geprassel und einen Gestank und zog ab, wie er gekommen war.

Und da ist der Teufel wieder heim in die Hölle gegangen, und wie er kam, fragten ihn alle seine Kameraden, ob er kein Weib mitbrächte? Und wie er sagte, er bringe keine mit, da hieß es wieder: »Dummer Teufel, dummer Teufel!« Und da war ein Höllenspaß und Spektakel und Teufelsgelächter, daß es krachte und prasselte und die ganze Hölle wie eine alte Wand wackelte und platzte. Und sind noch immer keine Weiber in der Hölle drin, ausgenommen dem Teufel seine alte Großmutter – darum, weil die Weiber so gar gut sind.

Es lebte einmal ein sehr armer Mann, hieß Klaus, dem hatte Gott eine Fülle Reichtum beschert, der ihm große Sorge machte, nämlich zwölf Kinder, und über ein Kleines so kam noch ein Kleines, das war das dreizehnte Kind. Da wußte der arme Mann seiner Sorge keinen Rat, wo er doch einen Paten hernehmen sollte, denn seine ganze Sipp- und Magschaft hatte ihm schon Kinder aus der Taufe gehoben, und er durfte nicht hoffen, noch unter seinen Freunden eine mitleidige Seele zu finden, die ihm sein jüngstgebornes Kindlein hebe. Gedachte also an den ersten besten wildfremden Menschen sich zu wenden, zumal manche seiner Bekannten ihn in ähnlichen Fällen schon mit vieler Hartherzigkeit abschläglich beschieden hatten.

Der arme Kindesvater ging also auf die Landstraße hinaus, willens, dem ersten ihm Begegnenden die Patenstelle seines Kindleins anzutragen. Und siehe, ihm begegnete bald ein gar freundlicher Mann stattlichen Aussehens, wohlgestaltet, nicht alt, nicht jung, mild und gütig von Angesicht, und da kam es dem Armen vor, als neigten sich vor jenem Manne die Bäume und Blümlein und alle Gras- und Getreidehalme. Da dünkte dem Klaus, das müsse der liebe Gott sein, nahm seine schlechte Mütze ab, faltete die Hände und betete ein Vaterunser. Und es war auch der liebe Gott, der wußte, was Klaus wollte, ehe er noch bat, und sprach: »Du suchst einen Paten für dein Kindlein! Wohlan, ich will es dir heben, ich, der liebe Gott!«

»Du bist allzu gütig, lieber Gott!« antwortete Klaus verzagt. »Aber ich danke dir; du gibst denen, welche haben, einem Güter, dem andern Kinder, so fehlt es oft beiden am Besten, und der Reiche schwelgt, der Arme hungert!« Auf diese Rede wandte sich der Herr und ward nicht mehr gesehen. Klaus ging weiter, und wie er eine Strecke gegangen war, kam ein Kerl auf ihn zu, der sah nicht nur aus wie der Teufel, sondern war's auch und fragte Klaus, wen er suche? Er suche einen Paten für sein Kindlein.

»Ei, da nimm mich, ich mach es reich!«

»Wer bist du!« fragte Klaus.

»Ich bin der Teufel!«

»Das wär der Teufel!« rief Klaus und maß den Mann vom Horn bis zum Pferdefuß. Dann sagte er: »Mit Verlaub, geh heim zu dir und zu deiner Großmutter; dich mag ich nicht zum Gevatter, du bist der Allerböseste! Gott sei bei uns!« Da drehte sich der Teufel herum, zeigte dem Klaus eine abscheuliche Fratze, füllte die Luft mit Schwefelgestank und fuhr von dannen. Hierauf begegnete dem Kindesvater abermals ein Mann, der war spindeldürr, wie eine Hopfenstange, so dürr, daß er klapperte. Der fragte auch: »Wen suchst du?« und bot sich zum Paten des Kindes an.

»Wer bist du?« fragte Klaus. »Ich bin der Tod!« sprach jener mit ganz heiserer Stimme. Da war der Klaus zum Tod erschrocken, doch faßte er sich Mut, dachte, bei dem wär mein dreizehntes Söhnlein am besten aufgehoben, und sprach: »Du bist der Rechte! Arm oder reich, du machst es gleich. Topp! Du sollst mein Gevattersmann sein! Stell dich nur ein zu rechter Zeit, am Sonntag soll die Taufe sein.« Und am Sonntag kam richtig der Tod und ward ein ordentlicher Dot, das ist Taufpat des Kleinen, und der Junge wuchs und gedieh ganz fröhlich. Als er nun zu den Jahren gekommen war, wo der Mensch etwas erlernen muß, daß er künftighin sein Brot erwerbe, kam zu der Zeit der Pate und hieß ihn mit sich gehen in einen finsteren Wald. Da standen allerlei Kräuter, und der Tod sprach: »Jetzt, mein Pat, sollst du dein Patengeschenk von mir empfangen. Du sollt ein Doktor über alle Doktoren werden durch das rechte wahre Heilkraut, das ich dir jetzt in die Hand gebe.

Doch merke, was ich dir sage. Wenn man dich zu einem Kranken beruft, so wirst du meine Gestalt jedesmal erblicken.

Stehe ich zu Häupten des Kranken, so darfst du versichern, daß du ihn gesund machen wollest, und ihm von dem Kraute eingeben; wenn er aber Erde kauen muß, so stehe ich zu des Kranken Füßen. Dann sage nur: Hier kann kein Arzt der Welt helfen und auch ich nicht. Und brauche ja nicht das Heilkraut gegen meinen mächtigen Willen, so würde es dir übel ergehen!«

Damit ging der Tod von hinnen und der junge Mensch auf die Wanderung, und es dauerte gar nicht lange, so ging der Ruf vor ihm her und der Ruhm, dieser sei der größte Arzt auf Erden, denn er sahe es gleich den Kranken an, ob sie leben oder sterben würden. Und so war es auch.

Wenn dieser Arzt den Tod zu des Kranken Füßen erblickte, so seufzte er und sprach ein Gebet für die Seele des Abscheidenden; erblickte er aber des Todes Gestalt zu Häupten, so gab er ihm einige Tropfen, die er aus dem Heilkraut preßte, und die Kranken genasen. Da mehrte sich sein Ruhm von Tage zu Tage.

Nun geschah es, daß der Wunderarzt in ein Land kam,

dessen König schwer erkrankt darnieder lag, und die Hofärzte gaben keine Hoffnung mehr seines Aufkommens.

Weil aber die Könige am wenigsten gern sterben, so hoffte der alte König noch ein Wunder zu erleben, nämlich daß der Wunderdoktor ihn gesund mache, ließ diesen berufen und versprach ihm den höchsten Lohn. Der König hatte aber eine Tochter, die war so schön und so gut wie ein Engel.

Als der Arzt in das Gemach des Königs kam, sah er zwei Gestalten an dessen Lager stehen, zu Häupten die schöne weinende Königstochter und zu Füßen den kalten Tod.

Und die Königstochter flehte ihn so rührend an, den geliebten Vater zu retten, aber die Gestalt des finstern Paten wich und wankte nicht. Da sann der Doktor auf eine List.

Er ließ von raschen Dienern das Bette des Königs schnell umdrehen und gab ihm geschwind einen Tropfen vom Heilkraut, also daß der Tod betrogen war und der König gerettet. Der Tod wich erzürnt von hinnen, erhob aber drohend den langen knöchernen Zeigefinger gegen seinen Paten.

Dieser war in Liebe entbrannt gegen die reizende Königstochter, und sie schenkte ihm ihr Herz aus inniger Dankbarkeit. Aber bald darauf erkrankte sie schwer und heftig, und der König, der sie über alles liebte, ließ bekanntmachen, welcher Arzt sie gesund mache, der solle ihr Gemahl und hernach König werden. Da flammte eine hohe Hoffnung durch des Jünglings Herz, und er eilte zu der Kranken – aber zu ihren Füßen stand der Tod. Vergebens warf der Arzt seinem Paten flehende Blicke zu, daß er seine Stelle verändern und ein wenig weiter hinauf, womöglich bis zu Häupten der Kranken, treten möge. Der Tod wich nicht von der Stelle, und die

Kranke schien im Verscheiden, doch sah sie den Jüngling um ihr Leben flehend an.

Da übte des Todes Pate noch einmal seine List, ließ das Lager der Königstochter schnell umdrehen und gab ihr geschwind einige Tropfen vom Heilkraut, so daß sie wieder auflebte und den Geliebten dankbar anlächelte. Aber der Tod warf seinen tödlichen Haß auf den Jüngling, faßte ihn an mit eiserner eiskalter Hand und führte ihn von dannen in eine weite unterirdische Höhle. In der Höhle da brannten viele tausend Kerzen, große und halbgroße und kleine und ganz kleine; viele verloschen, und andere entzündeten sich, und der Tod sprach zu seinem Paten: »Siehe, hier brennt eines jeden Menschen Lebenslicht. Die großen sind den Kindern, die halbgroßen sind den Leuten, die in den besten Jahren stehen, die kleinen den Alten und Greisen, aber auch Kinder und Junge haben oft nur ein kleines, bald verlöschendes Lebenslicht.«

»Zeige mir doch das meine!« bat der Arzt den Tod, da zeigte dieser auf ein ganz kleines Stümpchen, das bald zu erlöschen drohte. »Ach liebster Pate«, bat der Jüngling, »wolle mir es doch erneuern, damit ich meine schöne Braut, die Königstochter, freien, ihr Gemahl und König werden kann!«

»Das geht nicht«, versetzte kalt der Tod. »Erst muß eins ganz ausbrennen, ehe ein neues auf- und angesteckt wird.«

»So setze doch gleich das alte auf ein neues!« sprach der Arzt, und der Tod sprach: »Ich will so tun!« Nahm ein langes Licht, tat, als wollte er es aufstecken, versah es aber absichtlich und stieß das kleine um, daß es erlosch.

In demselben Augenblick sank der Arzt um und war tot.

Wider den Tod kein Kraut gewachsen ist.

258

DER SCHMIED VON JÜTERBOG

Im Städtlein Jüterbog hat einmal ein Schmied gelebt, von dem erzählen sich Kinder und Alte ein wundersames Märlein. Es war dieser Schmied erst ein junger Bursche, der einen sehr strengen Vater hatte, aber treulich Gottes Gebote hielt. Er tat große Reisen und erlebte viele Abenteuer, dabei war er in seiner Kunst über alle Maßen geschickt und tüchtig. Er hatte eine Stahltinktur, die jeden Harnisch und Panzer undurchdringlich machte, welcher damit bestrichen wurde, und gesellte sich dem Heere Kaiser Friedrichs II. zu, wo er kaiserlicher Rüstmeister wurde und den Kriegszug nach Mailand und Apulien mitmachte. Dort eroberte er den Heer- und Bannerwagen der Stadt und kehrte endlich, nachdem der Kaiser gestorben war, mit vielem Reichtum in seine Heimat zurück. Er sah gute Tage, dann wieder böse und wurde über hundert Jahre alt.

Einst saß er in seinem Garten unter einem alten Birnbaum, da kam ein graues Männlein auf einem Esel geritten, das sich schon mehrmals als des Schmiedes Schutzgeist bewiesen hatte. Dieses Männchen herbergte bei dem Schmied und ließ den Esel beschlagen, was jener gern tat, ohne Lohn zu heischen. Darauf sagte das Männlein zu Peter, er solle drei Wünsche tun, aber dabei das Beste nicht vergessen. Da wünschte der Schmied, weil die Diebe ihm oft die Birnen gestohlen, es solle keiner, der auf den Birnbaum gestiegen, ohne seinen Willen wieder herunterkönnen – und weil er auch in der Stube öfters bestohlen worden war, so wünschte er, es solle niemand ohne seine Erlaubnis in die Stube kommen können, es wäre denn durch das Schlüsselloch. Bei jedem dieser törichten Wünsche warnte das Männlein: »Vergiß das Beste nicht!« Und da tat der Schmied den dritten Wunsch, sagend: »Das Beste ist ein guter Schnaps, so wünsche ich, daß diese Pulle niemals leer werde!«

»Deine Wünsche sind gewährt«, sprach das Männchen, strich noch über einige Stangen Eisen, die in der Schmiede lagen, mit der Hand, setzte sich auf seinen Esel und ritt von dannen. Das Eisen war in blankes Silber verwandelt.

Der vorher arm gewordene Schmied war wieder reich und lebte fort und fort bei gutem Wohlsein, denn die nie versiegenden Magentropfen in der Pulle waren, ohne daß er es wußte, ein Lebenselixier. Endlich klopfte der Tod an, der ihn so lange vergessen zu haben schien; der Schmied war scheinbar auch gern bereitwillig, mit ihm zu gehen, und bat nur, ihm ein kleines Labsal zu vergönnen und ein paar Birnen von dem Baum zu holen, den er nicht selbst mehr besteigen könne aus großer Altersschwäche. Der Tod stieg auf den Baum, und der Schmied sprach: »Bleib droben!«, denn er hatte Lust, noch länger zu leben.

Der Tod fraß alle Birnen vom Baum, dann gingen seine Fasten an, und vor Hunger verzehrte er sich selbst mit Haut und Haar, daher er jetzt nur noch so ein scheußlich dürres Gerippe ist. Auf Erden aber starb niemand mehr, weder Mensch noch Tier, darüber entstand viel Unheil, und endlich ging der Schmied hin zu dem klappernden Tod und akkordierte mit ihm, daß er ihn fürder in Ruhe lasse, dann ließ er ihn los.

Wütend floh der Tod von dannen und begann nun auf Erden aufzuräumen. Da er sich an dem Schmied nicht rächen konnte, so hetzte er ihm den Teufel auf den Hals, daß dieser ihn hole. Dieser machte sich flugs auf den Weg, aber der pfiffige Schmied roch den Schwefel voraus, schloß seine Türe zu, hielt mit den Gesellen einen ledernen Sack an das Schlüsselloch, und wie Herr Urian hindurchfuhr, da er nicht anders in die Schmiede konnte, wurde der Sack zugebunden, zum Amboß getragen und nun ganz unbarmherziglich mit den schwersten Hämmern auf den Teufel losgepocht, daß ihm Hören und Sehen verging, er ganz mürbe wurde und das Wiederkommen auf immer verschwur.

Nun lebte der Schmied noch gar lange Zeit in Ruhe, bis er, wie alle Freunde und Bekannte ihm gestorben waren, des Erdenlebens satt und müde wurde. Machte sich deshalb auf den Weg und ging nach dem Himmel, wo er bescheidentlich am Tore anklopfte. Da schaute der heilige Petrus herfür, und Peter der Schmied erkannte in ihm seinen Schutzpatron und Schutzgeist, der ihn oft aus Not und Gefahr sichtbarlich errettet und ihm zuletzt die drei Wünsche gewährt hatte. Jetzt aber sprach Petrus: »Hebe dich weg, der Himmel bleibt dir verschlossen; du hast das Beste zu erbitten vergessen: die Seligkeit!« Auf diesen Bescheid wandte sich Peter und gedachte, sein Heil in der Hölle zu versuchen, und wanderte wieder abwärts, fand auch bald den rechten, breiten und vielbegangenen Weg. Wie aber der Teufel erfuhr, daß der Schmied von Jüterbog im Anzuge sei, schlug er das Höllentor ihm vor der Nase zu und setzte die Hölle gegen ihn in Verteidigungsstand. Da nun der Schmied von Jüterbog weder im Himmel noch in der Hölle seine Zuflucht fand und auf Erden es ihm nimmer gefallen wollte, so ist er hinab in den Kyffhäuser gegangen zu Kaiser Friedrichen, dem er einst gedient.

Der alte Kaiser, sein Herr, freute sich, als er seinen Rüstmeister Peter kommen sah, und fragte ihn gleich, ob die Raben noch um den Turm der Burgruine Kyffhausen flögen? Und als Peter das bejahte, so seufzte der Rotbart.

Der Schmied aber blieb im Berge, wo er des Kaisers Handpferd und die Pferde der Prinzessin und die der reitenden Fräulein beschlägt, bis des Kaisers Erlösungsstunde auch ihm schlagen wird.

Und das wird geschehen nach dem Munde der Sage, wenn dereinst die Raben nicht mehr um den Berg fliegen und auf dem Ratsfeld nahe dem Kyffhäuser ein alter dürrer, abgestorbener Birnbaum wieder ausschlägt, grünt und blüht. Dann tritt der Kaiser hervor mit all seinen Wappnern, schlägt die große Schlacht der Befreiung und hängt seinen Schild an den wieder grünen Baum. Hierauf geht er ein mit seinem Gesinde zu der ewigen Ruhe.

DIE LANGE NASE

Es waren drei alte abgedankte Soldaten, die waren so alt, daß sie auch keine Libermilch mehr beißen konnten, da schickte sie der König fort, gab ihnen keine Pension, hatten nichts zu leben und mußten betteln gehn. Da reisten sie durch einen großen Wald und konnten das Ende davon nicht finden. Als es Abend war, legten sich zwei schlafen, und der dritte mußte bei ihnen Wache halten, damit sie von den wilden Tieren nicht zerrissen würden. Wie die zwei nun eingeschlafen waren und der eine dabei stand und Wache hielt, kam ein kleines Männchen in rotem Kleide und rief: »Wer da?«

»Gutfreund«, sagte der Soldat.

»Was für Gutfreund?«

»Drei alte abgedankte Soldaten, die nichts zu leben haben.« Da sprach das Männchen, er sollte zu ihm kommen, es wollt ihm was schenken, wenn er das in acht nähme, sollte er sein Lebtag genug haben. Da ging er heran, und es schenkte ihm einen alten Mantel, wenn er den umhängte, was er dann wünschte, das ward alles wahr, er sollt es aber seinen Kameraden nicht sagen, bis es Tag würde. Wie es nun Tag war und sie aufwachten, da erzählte er ihnen, was geschehen war, und sie reisten weiter bis zum zweiten Abend, und als sie sich schlafen legten, mußte der zweite wachen und Posten bei ihnen stehen. Da kam das rote Männchen und rief: »Wer da?«

»Gutfreund.«

»Was für Gutfreund?«

»Drei alte abgedankte Soldaten.« Da schenkte ihm das Männchen ein altes Beutelchen, das würde nie leer von Geld, soviel auch herausgenommen würde; er soll's aber auch erst bei Tag seinen Kameraden sagen. Da gingen sie noch den dritten Tag durch den Wald, und nachts mußte der dritte Soldat Wache stehen. Das rote Männchen kam auch zu dem und rief: »Wer da?«

»Gutfreund!«

»Was für Gutfreund?«

»Drei alte abgedankte Soldaten.« Da schenkte ihm das rote Männchen ein Horn, wenn man darauf blies, kamen alle Völker zusammen. Am Morgen, wie nun jeder ein Geschenk hatte, tat der erste den Mantel um und wünschte, daß sie aus dem Wald wären. Da waren sie gleich draußen. Sie gingen in ein Wirtshaus und ließen sich da Essen und Trinken geben, das Beste, das der Wirt nur auftreiben konnte. Als sie fertig waren, bezahlte der mit dem Beutelchen alles und zog dem Wirt auch keinen Heller ab.

Nun waren sie das Reisen müde, da sprach der mit dem Beutel zu dem mit dem Mantel: »Ich wollte, daß du uns ein Schloß dahin wünschtest, Geld haben wir doch genug, wir könnten wie Fürsten leben.« Da wünschte er ein Schloß, und gleich stand es da und war alles Zubehör dabei.

Als sie eine Zeitlang darin gelebt hatten, wünschte er einen Wagen mit drei Schimmeln, sie wollten in ein ander Königreich fahren und sich für drei Königssöhne ausgeben. Da fuhren sie ab mit einer großen Begleitung von Lakaien, daß es recht fürstlich aussah. Sie fuhren zu einem König, der nur eine einzige Prinzessin hatte, und als sie ankamen, ließen sie sich melden und wurden gleich zur Tafel gebeten und sollten die Nacht da schlafen. Da ging's nun lustig her, und als sie gegessen und getrunken hatten, fingen sie an, Karten zu spielen, was die Prinzessin so gerne tat. Sie spielte mit dem, der den Beutel hatte, und soviel sie ihm abgewann, so sah sie doch, daß sein Beutel nicht leer ward, und merkte, daß es ein Wünschding sein müßte. Da sagte sie zu ihm, er sei so warm vom Spiel, er solle einmal trinken, und schenkte ihm ein, aber sie tat einen Schlaftrunk in den Wein. Und wie er den kaum getrunken hatte, so schlief er ein, da nahm sie seinen Beutel, ging in ihre Kammer und näht einen andern, der ebenso aussah, tat auch ein wenig Geld hinein und legt ihn an die Stelle des alten.

Am andern Morgen reisten die drei weiter, und als der eine das wenige Geld ausgegeben hatte, was noch im Beutel war, und nun wieder hineingriff, war er leer und blieb leer. Da rief er aus: »Mein Beutel ist mir von der falschen Prinzessin vertauscht worden, nun sind wir arme Leute!« Der mit dem Mantel aber sprach: »Laß dir keine graue Haare wachsen, ich will ihn bald wiedergeschafft haben.« Da hing er den Mantel um und wünschte sich in die Kammer der Prinzessin. Gleich ist er da, und sie sitzt da und zählt an dem Geld, das sie in einem fort aus dem Beutel holt. Wie sie ihn sieht, schreit sie, es wär ein Räuber da, und schreit so gewaltig, daß der ganze Hof gelaufen kommt und will ihn fangen. Da springt er in der Hast zum Fenster hinaus und läßt den Mantel hängen und ist auch der verloren.

Wie die drei wieder zusammenkamen, hatten sie nichts mehr als das Horn, da sprach der, dem es gehörte: »Ich will schon helfen, wir wollen den Krieg anfangen.« Und blies so viel Husaren und Kavallerie zusammen, daß sie nicht alle zu zählen waren. Dann schickte er zum König und ließ ihm sagen, wenn er den Beutel und Mantel nicht herausgäbe, sollt von seinem Schloß kein Stein auf dem andern bleiben. Da redete der König seiner Tochter zu, sie sollt es herausgeben, eh sie sich so groß Unglück auf den Hals lüden. Sie hörte aber nicht darauf und sprach, sie wollt erst noch etwas versuchen. Da zog sie sich an wie ein armes Mädchen, nahm einen Henkelkorb an den Arm und ging hinaus ins Lager, allerlei Getränk zu verkaufen, und ihre Kammerjungfer mußte mitgehen. Wie sie nun mitten im Lager ist, fängt sie an zu singen, so schön, daß die ganze Armee zusammenläuft aus den Zelten, und der das Horn hat, läuft auch heraus und hört zu.

Und wie sie den sieht, gibt sie ihrer Kammerjungfer ein Zeichen, die schleicht sich in sein Zelt, nimmt das Horn und lauft mit ins Schloß. Dann ging sie auch wieder heim und hatte nun alles, und die drei Kameraden mußten wieder betteln gehen.

Also zogen sie fort. Da sprach der eine, der den Beutel gehabt hatte: »Wißt ihr was, wir können nicht immer beisammen sein, geht ihr dort hinaus, ich will hier hinausgehen.« Also ging er allein und kam in einen Wald, und weil er müd war, legte er sich unter einen Baum, ein wenig zu schlafen. Wie er aufwachte und über sich sah, da war es ein schöner Apfelbaum, unter dem er geschlafen, und hingen prächtige Äpfel daran. Vor Hunger nahm er einen, aß ihn und dann noch einen. Da fängt ihm seine Nase an zu wachsen und wächst und wird so lang, daß er nicht mehr aufstehen kann. Und wächst durch den Wald und sechzig Meilen noch hinaus. Seine Kameraden aber gingen auch in der Welt herum und suchten ihn, weil es doch besser in Gesellschaft war, sie konnten ihn aber nicht finden. Auf einmal stieß einer an etwas und trat auf was Weiches. »Ei, was soll das sein«, dachte er, da regte es sich und war es eine Nase. Da sprachen sie: »Wir wollen der Nase nachgehen«, und kamen endlich in den Wald zu ihrem Kameraden, der lag da, konnt sich nicht rühren noch regen. Da nahmen sie eine Stange und wickelten die Nase darum und wollten sie in die Höhe heben und ihn forttragen, aber es war zu schwer. Da suchten sie im Wald einen Esel, darauf legten sie ihn und die lange Nase auf zwei Stangen und führten ihn also fort. Und wie sie ein Eckchen weit gezogen waren, war er so schwer, daß sie ruhen mußten. Als sie so ruhten, sahen sie einen Baum neben sich stehen, daran

266

hingen schöne Birnen. Und hinter dem Baum kam das kleine rote Männchen hervor und sagte zu dem Langnasigen, er sollte eine von den Birnen essen, so fiel ihm die Nase ab. Da aß er eine Birne, und alsbald fiel die lange Nase ab, und er behielt nicht mehr, als er zuvor hatte. Darauf sagte das Männchen: »Brich dir von den Äpfeln und Birnen ab und mach Pulver aus jedwedem, wem du von dem Apfelpulver gibst, dem wächst die Nase, und wenn du dann von dem Birnpulver gibst, so fällt sie wieder ab. Und dann reise als Arzt und gib der Prinzessin von den Äpfeln und dann auch von dem Pulver, da wächst ihr die Nase noch zwanzigmal länger als dir. Aber halt dich fest.«

Da nahm er von den Äpfeln, ging an den Königshof und gab sich für einen Gärtnersbursch aus und sagte, er hätte eine Art Äpfel, wie in der Landschaft keine wüchsen. Wie die Prinzessin aber hörte davon, bat sie ihren Vater, er sollt ihr einige von diesen Äpfeln kaufen. Der König sprach: »Kauf dir, soviel du willst.« Da kaufte sie und aß einen, der schmeckte ihr so gut, daß sie meinte, sie hätte ihr Lebtag keinen so guten gegessen, und aß dann noch einen. Wie das geschehen war, machte der Arzt sich fort. Da fing ihr die Nase an zu wachsen und wuchs so stark, daß sie vom Sessel nicht mehr aufstehen konnte, sondern umfiel. Da wuchs die Nase sechzig Ellen um den Tisch herum, sechzig um ihren Schrank und dann durchs Fenster hundert Ellen ums Schloß und noch zwanzig Meilen zur Stadt hinaus. Da lag sie, konnte sich nicht regen und bewegen und wußte ihr kein Doktor zu helfen. Der alte König ließ ausschreiben, wenn sich irgendein Fremder fände, der seiner Tochter womit helfen könnte, sollt er viel Geld haben. Da hatte nun der alte Soldat drauf gewartet, meldete sich

267

als ein Doktor. So es Gottes Wille wäre, wollt er ihr schon helfen. Darauf gab er ihr Pulver von den Äpfeln, da fing die Nase an von neuem zu wachsen und ward noch größer. Am Abend gab er ihr Pulver von den Birnen, da ward sie ein wenig kleiner, doch nicht viel. Am andern Tag gab er ihr wieder Apfelpulver, um sie recht zu ängstigen und zu strafen, da wuchs sie wieder, viel mehr, als sie gestern abgenommen hatte. Endlich sagte er: »Gnädigste Prinzessin, Sie müssen einmal etwas entwendet haben, wenn Sie das nicht herausgeben, hilft kein Rat.«

Da sagte sie: »Ich weiß von nichts.«

Sprach er: »Es ist so, sonst müßt mein Pulver helfen, und wenn Sie es nicht herausgeben, müssen Sie sterben an der langen Nase.«

Da sagte der alte König: »Gib den Beutel, den Mantel und das Horn heraus, das hast du doch entwendet, sonst kann deine Nase nimmermehr kleiner werden.« Da mußte die Kammerjungfer alle drei Stücke holen und hinlegen, und er gab ihr Pulver von den Birnen, da fiel die Nase ab, und mußten 250 Männer kommen und sie in Stücken hauen. Und er ging mit dem Beutelchen, dem Mantel und dem Horn fort zu seinen Kameraden, und sie wünschten sich wieder in ihr Schloß. Da werden sie wohl noch sitzen und haushalten.

HINZELMANN

Dem Hausherrn zu Hudemühlen hat sich der Geist niemals gezeigt; wenn er ihn bat, er möchte sich, wo er wie ein Mensch gestaltet sei, vor ihm sehen lassen, antwortete er, die Zeit wäre noch nicht gekommen, er sollte warten, bis es ihm anständig sei. Als der Herr in einer Nacht schlaflos im Bette lag, merkte er ein Geräusch an der einen Seite der Kammer und vermutete, es müsse der Geist gegenwärtig sein. Er sprach demnach: »Hinzelmann, wenn du da bist, so antworte mir.«

»Ja, ich bin es«, erwiderte er, »was willst du?« Da eben vom Mondschein die Kammer ziemlich erhellt war, deuchte den Herrn, als ob an dem Orte, wo der Schall herkam, der Schatten einer Kindesgestalt zu sehen wäre. Als er nun merkte, daß sich der Geist ganz freundlich und vertraulich anstellte, ließ er sich mit ihm in ein Gespräch ein und sprach endlich: »Laß dich doch einmal von mir sehen und anfühlen.« Hinzelmann aber wollte nicht. »So reich mir wenigstens deine Hand, damit ich erkennen kann, ob du Fleisch und Bein hast wie ein Mensch.«

»Nein«, sprach Hinzelmann, »ich traue dir nicht, du bist ein Schalk, du möchtest mich ergreifen und hernach nicht wieder gehen lassen.«

Nach langem Anhalten aber, und als er ihm bei Treu und Glauben versprochen, ihn nicht zu halten, sondern alsbald wieder gehen zu lassen, sagte er: »Siehe, da ist meine Hand!« Wie nun der Herr danach griff, deuchte ihn, als wenn er die Finger einer kleinen Kinderhand fühlte; der Geist aber zog sie gar geschwind wieder zurück. Der Herr begehrte ferner, er sollte ihn nun sein Angesicht fühlen lassen, worin er endlich willigte, und wie jener darnach tastete, kam es ihm vor, als ob er gleichsam an Zähne oder an ein fleischloses Totengerippe rührte; das Gesicht aber zog sich ebenfalls im Augenblick zurück, also daß er seine eigentliche Gestalt nicht wahrnehmen konnte; nur bemerkte er, daß es, wie die Hand, kalt und ohne menschliche Lebenswärme war.

Die Köchin, welche mit ihm ganz vertraulich war, meinte, sie dürfte ihn wohl um etwas bitten, wo es ein anderer unterlassen müßte, und als ihr nun die Lust kam, den Hinzelmann, den sie täglich reden hörte, mit Essen und Trinken versorgte, leiblich zu sehen, bat sie ihn inständig, ihr das zu gewähren. Er aber wollte nicht und sagte, dazu wäre jetzt noch nicht die Gelegenheit; nach Ablauf gewisser Zeit wollte er sich von jedermann sehen lassen. Aber durch diese Weigerung ward ihre Lust nur noch heftiger erregt, und sie lag ihm je mehr und mehr an, ihr die Bitte nicht zu versagen. Er sagte, sie würde den Vorwitz bereuen, wenn er ihrer Bitte nachgeben wollte, als dies aber nichts fruchtete und sie gar nicht abstehen wollte, sprach er endlich: »Morgen vor Aufgang der Sonne komm in den Keller und trag in jeder Hand einen Eimer voll Wasser, so soll dir deine Bitte gewährt werden.«

Die Magd fragte: »Wozu soll das Wasser?«

»Das wirst du erfahren«, antwortete der Geist, »ohne das würde dir mein Anblick schädlich sein.«

Am andern Morgen war die Köchin in aller Frühe bereit, nahm in jede Hand einen Eimer mit Wasser und ging in den Keller hinab. Sie sah sich darin um, ohne etwas zu erblicken, als sie aber die Augen auf die Erde warf, ward sie vor sich eine

Mulde gewahr, worin ein nacktes Kind, der Größe nach etwa von dreien Jahren, lag: In seinem Herzen steckten zwei Messer kreuzweis übereinander, und sein ganzer Leib war mit Blut beflossen. Von diesem Anblick erschrak die Magd dermaßen, daß ihr alle Sinne vergingen und sie ohnmächtig zur Erde fiel. Alsbald nahm der Geist das Wasser, das sie mitgebracht, und goß es ihr über den Kopf aus, wodurch sie wieder zu sich selber kam. Sie sah sich nach der Mulde um, aber es war alles verschwunden, und sie hörte nur Hinzelmanns Stimme, der zu ihr sprach: »Siehst du nun, wie nützlich das Wasser dir gewesen, war solches nicht bei der Hand, so wärst du hier im Keller gestorben. Ich hoffe, nun wird deine heiße Begierde, mich zu sehen, abgekühlt sein.« Er hat hernach die Köchin oft mit diesem Streiche geneckt und ihn Fremden mit vielem Lachen erzählt.

Es war jemand zu Hudemühlen plötzlich gegen Abend von heftigem Magenweh angefallen und eine Magd in den Keller geschickt, einen Trunk Wein zu holen, darin der Kranke die Arznei nehmen sollte. Als nun die Magd vor dem Fasse saß und eben den Wein zapfen wollte, fand sich Hinzelmann neben ihr und sprach: »Du wirst dich erinnern, daß du mich vor einigen Tagen gescholten und geschmäht hast, dafür sollst du diese Nacht zur Strafe im Keller sitzen. Mit dem Kranken hat es ohnehin keine Not, in einer halben Stunde wird all sein Weh vorüber sein, und der Wein, den du ihm brächtest, würde ihm eher schaden als nützen. Bleib nur hier sitzen, bis der Keller wieder aufgemacht wird.« Der Kranke wartete lang; als der Wein nicht kam, ward eine andere hinabgeschickt, aber sie fand den Keller außen mit einem Hängeschloß fest verwahrt und die Magd darin sitzen, die ihr er-

271

zählte, daß Hinzelmann sie also eingesperrt habe. Man wollte zwar den Keller öffnen und die Magd heraus haben, aber es war kein Schlüssel zu dem Schloß aufzufinden, so fleißig auch gesucht ward.

Folgenden Morgen war der Keller offen, und Schloß und Schlüssel lagen vor der Türe, so daß die Magd wieder herausgehen konnte. Bei dem Kranken hatten, wie der Geist gesagt, nach einer halben Stunde sich alle Schmerzen verloren.

HILDEGARD

Kaiser Karl war im Heereszug und hatte die schöne Hildegard, seine Gemahlin, zu Hause gelassen. Während der Zeit mutete ihr Taland, Karls Stiefbruder, an, daß sie zu seinem Willen sein möchte. Aber die tugendhafte Frau wollte lieber den Tod leiden als ihrem Herrn Treue brechen; doch verstellte sie sich und gelobte dem Bösewicht, in sein Begehren zu willigen, sobald er ihr dazu eine schöne Brautkammer würde haben bauen lassen.

Alsbald baute Taland ein kostbares Frauengemach, ließ es mit drei Türen verwahren und bat die Königin, hineinzukommen und ihn zu besuchen. Hildegard tat, als ob sie ihm nachfolgte, und bat ihn vorauszugehen; als er fröhlich durch die dritte Türe gesprungen war, warf sie schnell zu und legte einen schweren Riegel vor. In diesem Gefängnis blieb Taland eine Zeitlang eingeschlossen, bis Karl siegreich aus Sachsen heimkehrte; da ließ sie ihn aus Mitleiden und auf vielfältiges erheucheltes Flehen und Bitten los und dachte, er wäre genug gestraft.

Karl aber, als er ihn zuerst erblickte, fragte, warum er so bleich und mager aussähe. »Daran ist Eure gottlose, unzüchtige Hausfrau schuld«, antwortete Taland; die habe bald gemerkt, wie er sie sorgsam gehütet, daß sie keine Sünde begehen dürfen, und darum einen neuen Turm gebaut und ihn darin gefangengehalten. Der König betrübte sich heftig über diese Nachricht und befahl im Zorn seinen Dienern, Hildegard zu ertränken. Sie floh und barg sich heimlich bei einer ihrer Freundinnen; aber sobald der König ihren Aufenthalt erfuhr, verordnete er aufs neue, sie in einen Wald zu führen, da zu blenden und so, beider Augen beraubt, des Landes zu verweisen.

Was geschah? Als sie die Diener ausführten, begegnete ihnen ein Edelmann des Geschlechts von Freudenberg, den hatte gerade Gräfin Adelgund, ihre Schwester, mit einer Botschaft zu Hildegarden abgesandt. Als dieser die Gefahr und Not der Königin sah, entriß er sie den Henkersknechten und gab ihnen seinen mitlaufenden Hund. Dem Hunde stachen sie die Augen aus und hinterbrachten sie dem König zum Zeichen, daß sein Befehl geschehen wäre. Hildegard aber, als sie mit Gottes Hilfe gerettet war, zog in Begleitung einer Edelfrau, namens Rosina von Bodmer, nach Rom und übte die Heilkunst, die sie ihr Lebtag gelernt und getrieben hatte, so glücklich aus, daß sie bald in großen Ruhm kam. Mittlerweile strafte Gott den gottlosen Taland mit Blindheit und Aussatz. Niemand vermochte ihn zu heilen, und endlich hörte er, zu Rom lebe eine berühmte Heilfrau, die diesem Siechtum abhelfen könne.

273

Als Karl nun nach Rom zog, war Taland auch im Gefolg, erkundigte der Frauen Wohnung, nannte ihr seinen Namen und begehrte Arznei und Hilfe für seine Krankheit; er wußte aber nicht, daß sie die Königin wäre. Hildegard gab ihm auf, daß er seine Sünden dem Priester beichten und Buße und Besserung geloben müsse; dann wollte sie ihre Kunst erweisen. Taland tat es und beichtete; darauf kam er wieder zur Frauen hin, die ihn frisch und gesund machte. Über diese Heilung wunderten sich Papst und König aus der Maßen und wünschten die Ärztin zu sehen und besandten sie. Allein sie erbot sich, daß sie tags darauf in das Münster St. Petri gehen wollte. Da kam sie hin und berichtete dem König, ihrem Herrn, alsbald die ganze Geschichte, wie man sie verraten hatte. Karl erkannte sie mit Freuden und nahm sie wieder zu seiner Gemahlin; aber seinen Stiefbruder verurteilte er Todes. Doch bat die Königin sich sein Leben aus, und er wurde bloß in das Elend verwiesen.

DIE DREI FELDSCHERER

Drei Feldscherer reisten in der Welt, die meinten, ihre Kunst ausgelernt zu haben, und kamen in ein Wirtshaus, wo sie übernachten wollten. Der Wirt fragte, wo sie her wären und hinauswollten. »Wir ziehen auf unsere Kunst in der Welt herum.«

»Zeigt mir doch einmal, was ihr könnt«, sagte der Wirt. Da sprach der erste, er wollte seine Hand abschneiden und morgen früh wieder anheilen; der zweite sprach, er wollte sein

274

Herz ausreißen und morgen früh wieder anheilen; der dritte sprach, er wollte seine Augen ausstechen und morgen früh wieder einheilen. »Könnt ihr das«, sprach der Wirt, »so habt ihr ausgelernt.« Sie hatten aber eine Salbe; was sie damit bestrichen, das heilte zusammen, und das Fläschchen, wo sie drin war, trugen sie beständig bei sich.

Da schnitten sie Hand, Herz und Auge vom Leibe, wie sie gesagt hatten, legten's zusammen auf einen Teller und gaben's dem Wirt; der Wirt gab's einem Mädchen, das sollt's in den Schrank stellen und wohl aufheben. Das Mädchen aber hatte einen heimlichen Schatz, der war ein Soldat. Wie nun der Wirt, die drei Feldscherer und alle Leute im Haus schliefen, kam der Soldat und wollte was zu essen haben. Da schloß das Mädchen den Schrank auf und holte ihm etwas, und über der großen Liebe vergaß es, die Schranktüre zuzumachen, setzte sich zum Liebsten an [den] Tisch, und sie schwätzten miteinander.

Wie es so vergnügt saß und an kein Unglück dachte, kam die Katze hereingeschlichen, fand den Schrank offen, nahm die Hand, das Herz und die Augen der drei Feldscherer und lief damit hinaus. Als nun der Soldat gegessen hatte und das Mädchen das Gerät aufheben und den Schrank zuschließen wollte, da sah es wohl, daß der Teller, den ihm der Wirt aufzuheben gegeben hatte, ledig war. Da sagte es erschrocken zu seinem Schatz: »Ach, was will ich armes Mädchen anfangen! Die Hand ist fort, das Herz und die Augen sind auch fort, wie wird mir's morgen früh ergehen! «

»Sei still«, sprach er, »ich will dir aus der Not helfen: es hängt ein Dieb draußen am Galgen, dem will ich die Hand abschneiden; welche Hand war's denn?«

»Die rechte.« Da gab ihm das Mädchen ein scharfes Messer, und er ging hin, schnitt dem armen Sünder die rechte Hand ab und brachte sie herbei. Darauf packte er die Katze und stach ihr die Augen aus; nun fehlte nur noch das Herz. »Habt ihr nicht geschlachtet, und liegt das Schweinefleisch nicht im Keller?«

»Ja«, sagte das Mädchen. »Nun, das ist gut«, sagte der Soldat, ging hinunter und holte ein Schweineherz. Das Mädchen tat alles zusammen auf den Teller und stellte ihn in den Schrank, und als ihr Liebster darauf Abschied genommen hatte, legte es sich ruhig ins Bett.

Morgens, als die Feldscherer aufstanden, sagten sie dem Mädchen, es sollte ihnen den Teller holen, darauf Hand, Herz und Augen lägen. Da brachte es ihn aus dem Schrank, und der erste hielt sich die Diebshand an und bestrich sie mit seiner Salbe, alsbald war sie ihm angewachsen. Der zweite nahm die Katzenaugen und heilte sie ein; der dritte machte das Schweineherz fest. Der Wirt aber stand dabei, bewunderte ihre Kunst und sagte, dergleichen hätt er noch nicht gesehen, er wollte sie bei jedermann rühmen und empfehlen. Darauf bezahlten sie ihre Zeche und reisten weiter.

Wie sie so dahingingen, so blieb der mit dem Schweineherzen gar nicht bei ihnen, sondern wo eine Ecke war, lief er hin und schnüffelte darin herum, wie Schweine tun. Die andern wollten ihn an dem Rockschlippen zurückhalten, aber das half nichts, er riß sich los und lief hin, wo der dickste Unrat lag. Der zweite stellte sich auch wunderlich an, rieb die Augen und sagte zu dem andern: »Kamerad, was ist das? Das sind meine Augen nicht, ich sehe ja nichts, leite mich doch ei-

276

ner, daß ich nicht falle.« Da gingen sie mit Mühe fort bis zum Abend, wo sie zu einer andern Herberge kamen. Sie traten zusammen in die Wirtsstube, da saß in einer Ecke ein reicher Herr vorm Tisch und zählte Geld. Der mit der Diebshand ging um ihn herum, zuckte ein paarmal mit dem Arm, endlich, wie der Herr sich umwendete, griff er in den Haufen hinein und nahm eine Handvoll Geld heraus. Der eine sah's und sprach: »Kamerad, was machst du? Stehlen darfst du nicht, schäm dich!«

»Ei«, sagte er, »was kann ich dafür! Es zuckt mir in der Hand, ich muß zugreifen, ich mag wollen oder nicht.« Sie legten sich danach schlafen, und wie sie da liegen, ist's so finster, daß man keine Hand vor Augen sehen kann.

Auf einmal erwachte der mit den Katzenaugen, weckte die andern und sprach: »Brüder, schaut einmal auf, seht ihr die weißen Mäuschen, die da herumlaufen?«

Die zwei richteten sich auf, konnten aber nichts sehen. Da sprach er: »Es ist mit uns nicht richtig, wir haben das Unsrige nicht wiedergekriegt, wir müssen zurück nach dem Wirt, der hat uns betrogen.«

Also machten sie sich am andern Morgen dahin auf und sagten dem Wirt, sie hätten ihr richtig Werk nicht wiedergekriegt, der eine hätte eine Diebshand, der zweite Katzenaugen und der dritte ein Schweineherz. Der Wirt sprach, daran müßte das Mädchen schuld sein, und wollte es rufen, aber wie das die drei hatte kommen sehen, war es zum Hinterpförtchen fortgelaufen und kam nicht wieder. Da sprachen die drei, er sollte ihnen viel Geld geben, sonst ließen sie ihm den roten Hahn übers Haus fliegen; da gab er, was er hatte und nur aufbringen konnte, und die drei zogen damit fort. Es

277

war für ihr Lebtag genug, sie hätten aber doch lieber ihr richtig Werk gehabt.

GIOVANNINO OHNE FURCHT

Es war einmal ein kleiner frecher Junge, der wurde Giovannino ohne Furcht geheißen, weil er überhaupt nie und vor gar nichts Angst hatte, und von Beruf war er einer, der durch die Welt zog, um sich sein Brot zu suchen. Eines Tages blieb er bei einem Bauernhof stehen und fragte nach ein bißchen Unterkunft, und der Bauer sagte zu ihm: »Hier, nein, hier hat's keinen Platz, aber wenn du Mut hast, dann zeige ich dir ein schönes Schloß.« Sagt Giovannino: »Und wieso braucht's da Mut, um in einem schönen Schloß schlafen zu gehen?« Sagt der Bauer: »Weil das nämlich ein Schloß ist, wo es nicht geheuer ist, und da ist noch niemand wieder herausgekommen, es sei denn als Leiche. Morgens geht dann immer die Totenbruderschaft mit der Bahre hin und holt den, der dort hat schlafen wollen. Paß auf, wer dort ohne Furcht schläft und lebendig wieder herauskommt, der hat sein Glück gemacht, und dem fehlt es nie wieder am Nötigsten oder am Geld.« Sagt Giovannino: »Na, da geh ich hin. Man heißt mich schließlich Giovannino ohne Furcht, da könnt Ihr Euch denken, daß ich vor nichts Angst hab. Also laßt mich mal da drinnen schlafen.« Dem Bauern kam es unwahrscheinlich vor, daß Giovannino versuchen wollte, den Zauber zu brechen; er glaubte nämlich nicht, daß der Junge genügend Mut haben würde, ließ ihm aber doch

278

etwas zum Abendessen in die Küche des Schlosses schaffen, und als es dunkel wurde, sperrten sie den Giovannino allein dort ein.

Nun, es wird so um Mitternacht gewesen sein, und der Giovannino saß am Tisch und aß, als er aus der Tiefe des Kamins eine Stimme hörte, die sagte: »Soll ich's schmeißen?« Antwortet Giovannino: »Na schmeiße nur!«, und da kommt ein Bein herunter. Dann wieder: »Soll ich schmeißen?« Und Giovannino: »Schmeiß nur zu!«, und da kommt ein zweites Bein herunter. Nach kurzer Zeit: »Soll ich schmeißen?«

»In Gottes Namen, schmeiß doch!«, und da kommt ein ganzer Körper herunter und klebt sich an die beiden Beine. »Soll ich schmeißen?« Und Giovannino: »Ja doch!«, und dann kommt ein Arm und dann der andere Arm, und die kleben sich hier und dort an den Körper. »Schmeißen?«

»Schmeiß doch, was du willst«, schreit Giovannino, und dann kommt ein Kopf herunter, und am Ende sieht Giovannino einen riesengroßen Kerl vor sich stehen, und dann ging dieses Geschäft mit dem »Soll ich schmeißen?« und mit der Antwort: »Schmeiß doch!« noch ein gutes Stück weiter, und schließlich standen da unter der Kaminhaube wie aufgepflanzt und mit starren Augen noch drei riesige Schreckgestalten, und die sprangen dann alle in die Küche und sagten zu Giovannino: »Nimm das Licht und komm mit uns.«

Sagt Giovannino: »Nehmt's doch selber!«

»Nein, du mußt es nehmen«, sagten die mit scheußlichen Mienen.

Giovannino dachte bei sich: »Wo werden mich diese Mordskerle wohl hinführen?«, und weil er zuvor ein Knäuel mit Faden in der Tischschublade gesehen hatte, band er das eine Ende davon an die Türklinke, ohne daß sie es bemerkten, und dann ging er und machte ihnen Licht.

Sie stiegen eine Treppe hinunter, dann noch eine und noch mal eine bis in ein tiefes unterirdisches Gewölbe, und da sagten sie zu Giovannino: »Nimm diese Hacke und grabe hier.«

Sagt Giovannino: »Quatsch! Grabt doch selber!«

Und die: »Nein, du mußt hier graben. Und beeile dich!«

Also fing Giovannino an, mit der Hacke drauflos zu arbeiten, und als er ein großes Loch gemacht hatte, fand er drei Töpfe randvoll mit Geldmünzen, einen Schatz, der dort im Keller vergraben war. Sagt einer von den Riesenkerlen: »Nimm diese Töpfe einen nach dem andern und trage sie nach oben.«

Sagt Giovannino: »Gebt mir das Licht.«

»Nein, du mußt im Dunkeln hochsteigen«, antwortet der. Zu seinem Glück hatte Giovannino so viel Verstand gehabt, sich den Weg nach oben mit dem Garnknäuel zu sichern, so daß es ihm gut gelang, die Treppen hinauf- und wieder hinunterzusteigen, und mit großer Anstrengung tastete er sich mehr oder weniger vorwärts und schleppte die drei Töpfe bis in die Küche. Als sie nun alle wieder nahe bei der Kaminöffnung versammelt waren, sagte der Hauptmann: »Giovannino, die Angst ist jetzt von hier vertrieben, und der Zauber ist gebrochen. Von den drei Schatztöpfen ist einer für dich, einer für den Bauern und einer für die Totenbruderschaft, die bald kommen wird, weil sie denken, sie müßten deine Leiche fortschaffen. Das Schloß gehört dem ersten Armen, der hier klopft und um Brot bettelt, denn von seinen wahren Herren leben keine Nachkommen mehr. Und jetzt adieu!« Und die vier großen Kerle verschwanden, und seit dieser Zeit hat sie niemand mehr gesehen.

Beim Morgengrauen hört Giovannino von weitem singen: Miserere mei, Herr erbarme dich meiner, und das war die Bruderschaft von der Kirche, die kamen mit der Bahre, um Giovannino wegzutragen, denn sie dachten, der sei ganz sicher so tot wie alle anderen, die eine Nacht im Schloß der Schrecken verbracht hatten. Sie machen die Türe auf und sehen ihn, ganz im Gegenteil, lebendig vor sich. »Bravo, Giovannino«, schreien sie von allen Seiten, »du bist ein Kerl!«, und vor Freude lachend geht der Bauer zusammen mit dem Pfarrer auf ihn zu, und sie wollten von ihm wissen, wie es ihm ergangen war und wie er dem Tod hatte entkommen können. Und er erzählte ihnen alles haarklein genau: die Erscheinung der vier großen Kerle in der Öffnung des Kamins, die Befehle, die sie ihm gegeben hatten, und schließlich überreichte er dann dem Bauern und dem Pfarrer die beiden Töpfe mit den Münzen, die ihnen zukamen, und nach einem guten Frühstück wollte er dann seine Reise durch die Welt fortsetzen, und nichts in der Welt konnte ihn dazu bringen, hier bei diesen Leuten zu bleiben.

Er reiste viele Monate durch viele Städte und Dörfer, und zwar als feiner Herr, denn er hatte ja das Geld aus dem Topf, und eines Tages geriet er in einer großen Stadt in eine Schreinerwerkstatt. Die Schreiner fragten ihn, wer er sei. Sagt er: »Ich bin Giovannino ohne Furcht, weil ich nie vor nichts Angst habe.«

»Na, wer weiß«, sagt einer von den Schreinern, und Giovannino drauf: »Stellt mich doch auf die Probe.«

Sagt der Schreiner: »Na wart nur, wir wollen mal sehen,

was wir tun können, und wenn du dann keine Angst hast, dann bist du wirklich mutig.« Drei von ihnen nahmen den vierten Schreiner, legten ihn auf die Hobelbank und sägten ihm den Kopf vom Leib, und dann klebten sie den Kopf mit einer Mixtur wieder an Ort und Stelle, und der Kerl stand auf und fing wieder an zu reden und zu singen wie vorher. Sagt der zu Giovannino: »Na, hast du das gesehen? Vielleicht hast du jetzt Angst gekriegt?« Antwortet Giovannino: »Ich hab kein Härchen bewegt, obwohl mir bei diesem Wunder fast die Spucke weggeblieben ist.« Sagt der Schreiner: »Gut denn! Wenn es stimmt, daß du vor gar nichts Angst hast, dann laß dir doch auch den Kopf absägen.« Bei diesem Vorschlag zuckte Giovannino erst einmal zusammen, aber dann wollte er nicht feige erscheinen und rief: »Hier, ich bin bereit«, und er legte sich der Länge nach auf die Hobelbank, und die Schreiner sägten auch ihm den Kopf ab und klebten ihn dann wieder mit derselben Mixtur an. Da sagte der älteste Schreiner: »Tüchtig, tüchtig! Aber ich möchte doch wetten, daß du diese Operation nicht ein zweites Mal mit dir machen läßt.«

»Doch!«

»Nein.« Na, schließlich legte Giovannino seinen Kopf noch einmal hin, und die schneiden ihn mit der Säge an derselben Stelle noch einmal ab. Aber anstatt ihn wieder nach vorne anzumachen, klebten sie ihm den Kopf, sei's aus Schabernack oder aus Versehen, mit dem Gesicht nach hinten an, so daß Giovannino seinen Arsch sehen konnte. Man sagt doch, daß wenn einer seinen Arsch sieht, daß er vor Angst sterben muß. Und so ging es auch unserem Giovannino, der doch nie vor nichts Angst gehabt hatte: Wie er in die verzwickte Lage kam, seinen Arsch sehen zu müssen, da stürzte

282

er stocksteif und tot zu Boden, und so endeten alle seine Heldentaten in dieser Welt.

WIE EULENSPIEGEL SICH FÜR EINEN ARZT AUSGAB

Zu Magdeburg war ein Bischof, der hieß Bruno, ein Graf von Querfurt. Der hörte von Eulenspiegels Schelmenstreichen und ließ ihn nach Giebichenstein kommen. Dem Bischof gefielen Eulenspiegels Schwänke gut, und er gab ihm Kleider und Geld. Und die Diener mochten ihn sehr leiden und trieben viel Scherz mit ihm.

Nun hatte der Bischof einen Doktor bei sich, der sich recht gelehrt und weise vorkam. Aber des Bischofs Hofgesinde war ihm nicht wohlgesonnen. Und derselbe Doktor hatte es an sich, daß er Toren nicht gern um sich leiden mochte. Also sprach der Doktor zu dem Bischof und seinen Räten, man sollte weise Leute an der Herren Höfe halten, nicht solche Narren, und dies aus mancherlei Gründen. Die Ritter und das Hofgesinde meinten dazu, das wär' keine rechte Meinung von dem Doktor. Denn wer Eulenspiegels Torheiten nicht hören wollte, der brauchte doch nichts mit ihm zu tun haben, es wäre doch niemand zu ihm gezwungen. Der Doktor entgegnete: »Narren bei Narren und Weise bei Weisen! Hätten die Fürsten weise Leute bei sich, so wären sie voller Weisheit! Und so sie Narren bei sich hielten, so lernten sie Narrheit!«

Da sprachen etliche: »Wer sind die Weisen? Die sich dün-

283

ken, weise zu sein, von denen findet man eine ganze Menge, die von Narren sind betrogen worden. Es steht Herren und Fürsten gut an, allerlei Volk an ihren Höfen zu halten. Denn mit Toren vertreiben sie mancherlei Torheit, und wo die Herren sind, da wollen die Narren gern sein.«

Also kamen die Ritter und Hofleute zu Eulenspiegel und berieten sich mit ihm und baten ihn, daß er sich einen Schwank ausdächte – sie wollten ihm gern dazu verhelfen, desgleichen auch der Bischof –, damit der Doktor bezahlt würde für seine Weisheit, die er denn selbst gehört hätte. Eulenspiegel sprach: »Ja, ihr Edlen und Ritter, wollt ihr mir dazu verhelfen, dann soll der Doktor wohl bezahlt werden.« Und so waren sie sich in der Sache einig.

Darauf zog Eulenspiegel vier Wochen über Feld von dannen und überlegte sich, was er mit dem Doktor anstellen könnte. Nachdem er sich bedacht hatte, kam er wieder nach Giebichenstein, verkleidete sich und gab sich als Arzt aus, da der Doktor bei dem Bischof oft sich war im Leib und viel Arznei dagegen benötigte. Und die Ritter erzählten dem Doktor, es sei ein Doktor in der Medizin gekommen, der sich auf viele Heilkünste verstünde.

Der Doktor kannte Eulenspiegel nicht und begab sich zu ihm in die Herberge. Und nach wenig Rederei nahm er ihn mit sich auf die Burg, und sie sprachen miteinander. Und der Doktor sagte zu dem Arzt, wenn er ihm von der Krankheit helfen könnte, wollte er es ihm gut lohnen. Eulenspiegel antwortete ihm mit Worten, wie die Ärzte pflegen, und spiegelte ihm vor, wie er eine Nacht bei ihm liegen müßte, auf daß er desto besser merken möchte, wie seine Natur beschaffen wäre. »Denn ich möchte Euch gerne etwas geben, bevor

284

Ihr schlafen geht, damit Ihr davon schwitzt.« Und an dem Schweiß wollte er merken, was denn eigentlich seine Krankheit wäre. Der Doktor ließ sich das sagen und meinte, es wär' alles wahr, und ging mit Eulenspiegel zu Bett und meinte nicht anders, als wär' alles wahr, was ihm Eulenspiegel gesagt hatte.

Sodann gab Eulenspiegel dem Doktor ein scharfes Abführmittel. Und der Doktor nahm an, er sollte davon schwitzen, und wußte nicht, daß es ein scharfes Abführmittel war. Da ging Eulenspiegel hin und nahm einen hohlen Stein und machte einen Haufen seines Kots hinein und legte den hohlen Stein mit dem Dreck zwischen die Wand und den Doktor auf das Bettbrett. Und zunächst lag der Doktor an der Wand, und Eulenspiegel lag vorn im Bett. So lag der Doktor und hatte sich gegen die Wand gekehrt. Da stank ihm der Dreck in die Augen, der in dem hohlen Stein lag, so daß er sich umkehren mußte zu Eulenspiegel hin. Sobald sich aber nun der Doktor umgekehrt hatte, ließ Eulenspiegel stillschweigend einen Furz schleichen, der ganz übel stank. Da wandte sich der Doktor wieder um, aber sofort stank ihn der Dreck im hohlen Stein wieder an. So ärgerte Eulenspiegel den Doktor die ganze Nacht.

Das Abführmittel begann zu treiben und kräftig zu wirken, so daß sich der Doktor ganz und gar unrein machte und es gar übel stank. Da sprach Eulenspiegel zum Doktor: »Wie nun, werter Doktor? Euer Schweiß hat lange sehr gestunken, wie kommt es, daß Ihr solchen Schweiß ausschwitzet? Es stinkt gräßlich.« Der Doktor lag da und dachte: »Das riech ich wohl auch«, und er war des Gestankes so voll geworden, daß er kaum reden konnte.

Eulenspiegel sprach zu ihm: »Liegt nur still, ich will gehen und ein Licht holen, damit ich sehen kann, was es mit Euch auf sich hat.« Indem Eulenspiegel sich aufrichtete, ließ er noch rasch einen starken Blästerling streichen und sprach: »O weh, mir wird auch schwach. Das habe ich von Eurer Krankheit und Eurem Gestank bekommen.« Der Doktor lag da und war so krank, daß er sein Haupt kaum aufrichten konnte, und dankte dem allmächtigen Gott, daß der Arzt nun von ihm ging. Da bekam er ein wenig Luft, denn wenn der Doktor in der Nacht aufstehen wollte, hatte ihn Eulenspiegel, damit er nicht in die Höhe kommen konnte, festgehalten und beschwichtigt, er solle erst einmal genug schwitzen.

Als nun Eulenspiegel aufgestanden und aus der Kammer herausgekommen war, da lief er hinweg von der Burg. Indem ward es Tag. Da sah der Doktor den hohlen Stein an der Wand stehen mit dem Dreck, und er war so schwach und krank, daß sein Antlitz mit dem Gestank besudelt war. Alsbald nahmen die Ritter und Hofleute den Doktor wahr und entboten ihm einen guten Morgen. Der Doktor redete mit schwacher Stimme und konnte ihnen nicht gut antworten und legte sich in den Saal auf die Bank und auf ein Kissen. Da holten die Hofleute den Bischof dazu und fragten den Doktor, wie es ihm mit dem Arzt gegangen wäre.

Der Doktor sprach: »Ich bin beladen gewesen mit einem Schalk. Ich meinte, es wäre ein Doktor der Arznei, aber es war ein Doktor in der Büberei.« Und dann erzählte er ihnen ganz genau, wie es ihm ergangen war. Da fingen der Bischof und die Hofleute an zu lachen und sprachen: »Es ist ganz geschehen, wie Ihr gemeint habt. Denn Ihr sagtet, man solle sich um Narren nicht bekümmern, denn der Weise würde töricht

286

bei Toren. Aber Ihr habt gesehen, daß einer sehr wohl durch Narren weise gemacht wird. Denn der Arzt ist Eulenspiegel gewesen. Den habt Ihr nicht erkannt und ihm geglaubt. Von ihm seid Ihr betrogen worden. Aber wir, die wir seine Narrheit hinnahmen, kannten ihn sehr wohl, wollten Euch aber nicht warnen, nachdem und weil Ihr so weise sein wolltet. Und niemand ist so weise, er soll auch Toren kennen. Und wenn es keine Narren gäbe, woran wollte man dann die Weisen erkennen?« Also schwieg der Doktor still und durfte hinfort nicht mehr darüber klagen.

EULENSPIEGEL HEILT KRANKES KIND

Recht bewährte Arznei scheut man bisweilen eines kleinen Geldbetrages wegen, und dann muß man den Landläufern oft viel mehr geben. So geschah es einmal in dem Stift zu Hildesheim.

Dahin gelangte auch Eulenspiegel, und zwar kam er in eine Herberge, deren Wirt gerade mal nicht da war. Eulenspiegel kannten die Leute dort gut. Nun hatte die Wirtin ein krankes Kind, und Eulenspiegel erkundigte sich, was dem Kind fehle und was es für eine Krankheit habe. Da antwortete die Wirtin: »Das Kind kann nicht zu Stuhle gehen. Könnte es dies, so würde es mit ihm bessergehen.«

Eulenspiegel sagte, da gäbe es einen guten Rat. Die Frau versprach ihm, wenn er dem Kinde helfen könne, so wolle sie ihm geben, was er wolle. Aber Eulenspiegel lehnte ab, dafür nähme er nichts, dies wäre ihm eine leichte Kunst. »Wartet nur ein Weilchen, es soll bald geschehen.«

Nun hatte die Frau noch etwas hinten im Hause zu tun. Alldieweil schiß Eulenspiegel einen großen Haufen an die Wand, stellte gleich des Kindes Stühlchen darüber und setzte das Kind darauf. Als die Frau vom Hof zurückkam, sah sie das Kind auf dem Stuhl sitzen und sprach: »Ach, wer hat das getan?« Eulenspiegel sprach: »Ich hab's getan! Ihr sagtet, das Kind könne nicht zu Stuhle gehen, also hab ich's draufgesetzt.« Da ward sie gewahr, was unter dem Stuhle lag, und sprach: »Seht an, das hat dem Kind im Leibe gelegen. Habt für immer Dank, daß Ihr dem Kinde geholfen habt!« Eulenspiegel sprach: »Von dieser Arznei kann ich viel machen mit Gottes Hilfe.« Die Frau bat ihn, er möge sie doch auch seine Kunst lehren. Sie wolle ihm dafür geben, was er verlange. Da sprach Eulenspiegel, er wäre auf der Reise, wenn er aber wiederkäme, wolle er sie seine Kunst lehren.

DAS FLOHPULVER

Meister Cerse, ein Marktschreier und Zahnbrecher und Quacksalber, machte den Venezianern, die damals einfältig und allzu gutmütig waren, weis, er besitze ein Pulver, das die Flöhe töte. Deswegen hatte er einen großen Zulauf von Käufern, als ob er Balsam oder Salböl anzubieten hätte!

Als er das ehrliche Vertrauen dieser Leute sah, deren Wams mit einfachem Zwirn genäht war, sagte er: »Wahrhaftig, meine Herren Venezianer, ich bin erstaunt über euch, daß ihr euch gar nicht darum kümmert, wie ihr es mit diesem Pulver zu halten habt. Hört also, wie ihr es anstellen müßt: Wenn ihr die Flöhe gefangen habt, so macht ihnen den Mund auf und werft ein Körnlein von diesem Pulver hinein.« Und indem er dies sagte, lachte er, als ob er ihnen die Zähne ausgebrochen hätte.

Die Venezianer, denen jetzt erst ihre Dummheit richtig bewußt wurde, warfen ihm die Büchsen und Schachteln an den Schädel, und es fehlte nicht wenig, dann wäre es schlimm für ihn ausgegangen.

DAS VERLORENE WIEDERFINDEN

Ein Arzt pries lang und breit seine Pillen auf dem Markt an, wie gut sie wären für alles, was dem Menschen nur fehle. Nun hatte Nachbar Kasperle seinen Esel verloren. Der graste einen Salat neben dem Wege. Kasperle dachte: »Nun, mir fehlt eigentlich nichts außer dem Esel!« Er schluckte also die Pillen herunter und suchte seinen Esel in dem ganzen Flecken.

Dieweil fingen die Pillen an zu wirken, und er hielt Ausschau nach einem Ort, seinen Schatz zu verbergen, und ging zum Tor hinaus, hinter die Hecke, brannte los – und sah dort seinen Esel. Wer war froher als er. Gegenüber jedermann rühmte er die Pillen und deren große Kraft, und so bekam der Arzt von dem Nachbarn eine großartige Empfehlung.

EIN ARZT MACHT DIE ALTEN WEIBER WIEDER JUNG

In der Stadt Heilbronn hatte einst ein Arzt bekanntmachen lassen, daß er neben andern Künsten auch die alten Weiber wieder jung machen könne. Kaum, daß solches ruchbar geworden, da hat sich gleich eine große Anzahl der alten Weiber bei diesem Arzt gemeldet. Der Arzt befahl ihnen, daß sie des andern Tages ihre Namen samt dem Alter schriftlich bringen sollten; welches auch geschehen. Da waren zu lesen: Katharina Glöcklin, 101 Jahr alt; Magdalena Stuhlfüßin, 88 Jahre; Ursula Pauselin, 94 Jahre; Veronika Schußinn, 69 Jahre; Regina Storchin, 92 Jahre ... Nachdem alle Frauen am dritten Tag wiederum bei dem Arzte erschienen, beklagte er sich, er habe alle ihre Zettel verloren. Ein Bösewicht müsse sie ihm gestohlen haben; daher sei es notwendig, daß jede wieder einen Zettel schreibe.

Gleichzeitig sagte er ihnen im voraus, daß die Älteste von ihnen zu Asche verbrannt werden müsse, denn diese Asche tauge für eine Medizin, womit er aus Alten Junge machen könne.

»Holla«, dachte eine jede, »vielleicht bin ich die Älteste; will also weniger Jahre meines Alters schreiben, damit solcher Aschermittwoch nicht über mich komme.«

Wie nun der Arzt die neuen Zettel erhalten hatte, da zog er auch die vorigen Zettel hervor und sagte zu den herumstehenden alten Weibern: »Ich habe die alten Zettel wiedergefunden, sehe aber einen großen Unterschied: Auf dem ersten Zettel war Katharina Glöcklin 101 Jahr alt, und auf dem andern steht nur 49. Magdalena Stuhlfüßin zuvor 88 Jahre, ist hier 36. Ursula Pauselin vorher 94 Jahre, jetzt nur 36; Regina Storchin vor zwei Tagen 92 Jahre alt, jetzt aber 32 Jahre. Wohlan, weil ich euch dann innerhalb von zwei Tagen jünger gemacht habe, wie ihr es selbst mit euren Zetteln beweist, so seid ihr alle vor Gott und der Welt schuldig, mich dafür zu bezahlen.« Hierauf fing alles an zu lachen, und die junggemachten Weiber mußten in ihrem Pelze wieder nach Hause gehen.

EINE FRAU HEILT EINEN MANN MIT EINER ZWIEBEL

In einem Dorf am Rhein lebte eine recht betagte Frau, der hohe Geschicklichkeiten in der Arzneikunst zugeschrieben wurden. Sie verstand es, allerlei Gebresten mit einem Kräutlein oder einigem Stück (wie der Pfaffe Verderbsleben vor Jahren auch tat) zu heilen.

Ein recht wohlhabender Bauer hatte Wehtag an einem Auge bekommen, ging in die Stadt und fragte bei einem Barbier nach, was er nehmen sollte, damit er ihm an den Augen helfe. Der Barbier forderte eine bestimmte Summe Geld, das schien dem Bauern aber zu viel zu sein, und er ging hinweg den nächsten Weg zu einem alten Weib und wollte sie um Rat fragen. »Das ist leicht«, antwortete sie, »und mit wenig Aufwand zu beheben; es ist nichts Besonderes, es ist Euch nur ein bißchen Staub hineingefallen, den muß ich herausziehen.«

Oftmals hatte sie die harten Schwären mit Zwiebeln aufgeweicht, das sah sie für das Beste an, dem Auge also auch zu helfen. Sie briet eine große Zwiebel, murmelte dem Bauern etlich Worte heimlich übers Auge, band ihm danach die Zwiebel darauf und ließ ihn mit der Anweisung, es vor Ablauf von drei Tagen nicht aufzumachen, wieder gehen. Als die drei Tage vergangen waren, löste sie ihm das Band ab, da hatte die Zwiebel nicht allein den Staub, sondern auch das ganze Auge ausgezogen und verdorben. Das war ein Heller gespart und hundert Gulden verloren.

FALSCHE AUGENZETTEL

Eine alte Frau mit Triefaugen war ganz darauf aus, von einem Mann eine Arznei gegen ihre Augenerkrankung zu erhalten. Damit der gute Kerl sie nun loswürde, schrieb er auf einen Zettel: »Wer dir deine Augen ausreißt und hernach in dein Haus scheißt, der macht dem Rinnen den Garaus.«

Den Zettel band er in ein Tüchlein ein, reichte ihn der Frau und gab ihr auf, niemals das Tüchlein aufzuknoten und den Zettel zu studieren. Was geschieht? Die Augen der Frau heilten, und sie schrieb alle Kraft diesem Zettel zu.

Nach ein paar Jahren wollte sie nur allzugern wissen, was auf dem Zettel stand, und ließ ihn sich deshalb vorlesen. Weil sie aber nur solch garstige Worte daraus hörte, wurde sie zornig und schmiß ihn ins Feuer. Bald darauf setzte das Augenweh wieder ein, was wiederum dazu führte, daß die Frau in ihrem Glauben an den Narren-Zettel nur noch mehr gestärkt wurde, obwohl es doch in Wahrheit lauter Narreteien und Hexen-Possen sind.

GOTTVERTRAUEN

In Rom ist's eine Sitte, wenn man krank ist, dem Arzt seinen Urin und ein bis zwei Geldstücke beizufügen. Da habe ich einen Doktor gekannt, der schrieb abends Mittel gegen verschiedene Krankheiten auf Zettelchen – sogenannte Rezepte – und tat alle zusammen in ein Säckchen.

Morgens, wenn man ihm den Urin brachte und ein Rezept verlangte, griff er in das Säckchen, griff irgendeins heraus, gab's und sagte: »Prega Dio te le mandi buona«, das heißt: Bitte Gott, daß er dir's helfen läßt.

Eine traurige Aussicht, gesund zu werden, wenn man so vom Zufall abhängt und der Verstand nichts zu sagen hat.

293

DIE UNSINNIGE DIAGNOSE

Ein ungelehrter Medicus wollte eines Patienten Urin besehen und hielt das Glas gegen die Sonne. Auf der anderen Seite stand ein Wagen voll Heu, bespannt mit vier Pferden, welcher seinen Widerschein in das Glas gab. Der Narr sah solches in dem Glas und sagte, der Patient hätte einen Wagen voll Heu, mit vier Pferden bespannt, im Bauch.

Vor einem Fleisch, so noch ist hart,
Vor einem Arzt, der ungelahrt,
Vor Freund, so Feind gewesen ist,
Vor einem Weib, voll arger List,
Behüt mich, lieber Jesu Christ!

DER WAHRSAGER

Es war einmal ein reicher Mann, der hatte eine liebe Frau. Sie war schwanger. Nun hätte er zu gern gewußt, was sie trüge, ein Knäblein oder ein Töchterlein, und versprach eine gute Belohnung demjenigen, der voraussagen könne, was seine Frau für ein Kind erwartete. Es kamen viele. Der eine sagte, es werde ein Knabe, der andere, es werde eine Tochter. Auf einmal kam einer, der versprach, die Wahrheit zu sagen. Doch zuvor, so meinte er, müsse er die Frau in ihrer Nacktheit sehen und sich ein Bild davon machen, wie sie geht.

Der Mann ließ seine Frau kommen und setzte sich selbst auf eine Bank. Die Frau ging vor dem Mann hin und her spazieren. Der Ehemann fragte ihn, was er denn dazu sagen könne. Er sprach: »Herr, ich kann mich nicht entscheiden, so etwas ist mir noch nie passiert. Wenn sie mir den Rücken zukehrt, ist es ein Knabe, wenn sie mir entgegenkommt, ist es ein Töchterchen.«

Als sie nun niederkam, da brachte sie zwei Kinder zur Welt, einen Knaben und eine Tochter. Da dachte der Herr, der Mann hätte es richtig vorhergesagt, und gab ihm die 20 Kronen.

Also wollen alle Leute betrogen sein. Man sagt: »Hüte dich vor dem Heiler! Die Gaukler kommen, sie können machen, daß es herabgeht oder daß es nicht herabgeht.«

ARZT, HILF DIR SELBST

Ein hoch- und weitberühmter Doktor der Arznei, an der Saar wohnhaft, hatte eine ziemlich feiste Frau. Sie nahm täglich zu. Der Arzt war ziemlich besorgt und vermutete, es könnte die Wassersucht sein. Er verabreichte ihr allerlei Medikamente, die Wassersucht zu vertreiben. Aber es war alles umsonst. Je länger es dauerte, desto mehr rundete sich der Bauch.

Endlich zog er einen anderen Arzt zu Rate. Der befand, die Frau sei schwanger. Und richtig: Nach etlichen Tagen brachte sie einen wohlgestalteten Jungen zur Welt.

Jeder wunderte sich über die Frau, daß sie darauf nicht gekommen sei, schließlich hätte sie doch schon sieben oder acht Kinder geboren. Der gute Doktor selbst schämte sich, daß er solches aus dem Urin nicht hatte sehen können. Und ich bin davon überzeugt, daß es ihm einen ganz schönen Stoß an seinem Ruhm gegeben hat.

Andern geben wir oft Rat, uns selbst können wir nicht raten.

DER ZAUBERER

Es waren einmal ein Mann und eine Frau. Dieser Mann verprügelte immer seine Frau. Und einmal, da schlug er sie so richtig. Dafür gab ihm die Frau den Spitznamen Zauberer.

Nun geschah es, daß sie eines Tages gemeinsam aufs Feld gingen, um den Mais umzugraben. Die Frau wollte nicht mit ihm zusammen arbeiten, sondern begab sich auf die andere Seite des Feldes. Während sie bei der Arbeit waren, kamen drei Soldaten zu der Frau und fragten, ob sie jemanden wüßte, der sich auf das Zaubern verstünde. Die Tochter des Königs sei erkrankt und der König habe sie durch die ganze Welt geschickt, um nach einem Zauberer zu suchen, der gut zaubern könnte. Sie wies auf ihren Mann und sagte: »Schaut nur dort, der, der da hackt, der kann gut zaubern.« Und die Soldaten begaben sich zu ihm: »Du mußt mit uns gehen, weil uns der König geschickt hat. Seine Tochter ist sehr krank, und du sollst sie heilen.«

Er bekreuzigte sich: »Geht, ihr Leute, geht mit Gott. Ich kann doch gar nicht zaubern!«

»Aber du mußt mitkommen, wenn du nicht im guten willst, dann werden wir dich fesseln.« Nun ging er mit und kam an und wurde vor den König geführt. Und der König sagte zu ihm: »Du siehst, meine Tochter ist sehr krank. Drum heile sie. Ich werde es dir gut lohnen, wenn du sie heilst.«

Die Königstochter war über und über mit Geschwülsten bedeckt.

»Gut, König«, sagte er, »ich will es, aber nicht heute, sondern morgen.« Die ganze Nacht konnte er kein Auge zudrücken, er überlegte hin und her. Am nächsten Morgen bat er den König zu veranlassen, daß aus jedem Haus einer kommen und ein Körbchen mitbringen sollte. Der König ordnete dies an, und nun kamen so viele, daß man sie gar nicht mehr übersehen konnte. Und sie gingen alle mit ihm auf das Feld, und er wies sie an, daß sie von jedem Gras, von jeder Art, die sie sahen, etwas pflücken und in den Korb tun sollten. Als alle Körbe gefüllt waren, kehrten sie nach Haus zurück, machten ein Feuer an und stellten einen Kessel mit Wasser auf und warfen alle gesammelten Gräser in den Kessel. Sobald die Gräser ein wenig aufgebrüht waren, nahm er die Königstochter, stellte sie oberhalb des Dampfes, und drei Tage später sah die Tochter wieder so gesund aus wie ein Apfel.

Der König war beeindruckt. »Jetzt hab ich noch eine Aufgabe. Weißt du, was? Hier gibt es allerlei Blinde, Lahme, Taube und andere, auch die sollst du mir heilen. Sie sind mir ganz verdrießlich und stehen dauernd auf meiner Türschwelle. Ich will es dir gut bezahlen.« Dann ließ der König bekanntmachen, daß alle, die nicht gesund seien, zu ihm kommen sollten.

Am nächsten Morgen kamen sie, und der Hof war so voll, daß keiner sich rühren konnte: Einer war verkrüppelt, einer hinkte, der andere war blind, und jeder hatte ein Gebrechen. Als sich alle versammelt hatten, schickte der Zauberer alle in den Garten des Königs. Dann ließ er ein Feuer anmachen, darauf sollten sie den größten Kessel voll Wasser aufsetzen. Sie machten das Feuer an, stellten den Kessel drauf, und alle versammelten sich im Garten, und das Wasser begann zu sieden. Da fragte einer, wie er sie denn heilen wollte. Dieser eine wollte es genau wissen!

»Nun«, antwortete der Zauberer, »ich muß einen von euch in diesem Wasser auskochen und dann jene damit einsalben.« Jetzt fragten alle: »Und wen?«

»Eh, ich weiß es nicht so genau, ich werde alle untersuchen und den nehmen, der am dicksten ist, den werde ich kochen.«

»Willst du das sofort tun?« fragten sie. »Nein«, antwortete er, »ich muß erst eine Nacht darüber schlafen.« Er wußte natürlich schon, was es geben würde. Und dann stellte er sich schlafend und begann zu schnarchen.

Nachdem er eingeschlafen war, begannen die anderen sich zu unterhalten, wen er wohl aussuchen würde. »O weh«, sagte einer, »mich wird er kochen«, und lief fort. Und dann entfernten sich alle so schnell sie es vermochten. Die Sehenden führten die Blinden, und nach und nach gingen sie alle auseinander.

Der Mann nahm schön den Kessel ab und machte das Feuer aus. Als der König am andern Morgen aufstand, fragte er, wo denn die Kranken alle wären, und der Mann sagte:

»Eh, ich habe sie geheilt, sie sind alle gegangen, der eine zum Pfügen, der andere zum Hacken, jener hierhin, der andere dorthin.«

»Ist das möglich?«

»Jawohl, mein König. Wenn du es nicht glaubst, so sieh selbst nach.«

Der König setzte sich zu ihm in den Wagen, und tatsächlich war man hier bei der Ernte, dort beim Hacken, und hier tat man etwas anderes. Der König war höchst erfreut und gab ihm eine hohe Belohnung aus seiner Schatzkammer, und der Mann ging zurück zu seiner Frau, und sie lebten reich und glücklich noch viele Jahre.

DER RÄUBER UND SEINE SÖHNE

Es war einmal ein Räuber, der hauste in einem großen Walde und lebte mit seinen Gesellen in Schluchten und Felsenhöhlen, und wenn Fürsten, Herren und reiche Kaufleute auf der Landstraße zogen, so lauerte er ihnen auf und raubte ihnen Geld und Gut. Als er zu Jahren kam, so gefiel ihm das Handwerk nicht mehr, und es gereute ihn, daß er so viel Böses getan hatte. Er hub also an, ein besseres Leben zu führen, lebte als ein ehrlicher Mann und tat Gutes, wo er konnte. Die Leute wunderten sich, daß er sich so schnell bekehrt hatte, aber sie freuten sich darüber.

Er hatte drei Söhne; als die herangewachsen waren, rief er sie vor sich und sprach: »Liebe Kinder, sagt mir, was für ein

Handwerk wollt ihr erwählen, womit ihr euch ehrlich ernähren könnt?« Die Söhne besprachen sich miteinander und gaben ihm dann zur Antwort: »Der Apfel fällt nicht weit vom Stamm, wir wollen uns ernähren, wie Ihr Euch ernährt habt: wir wollen Räuber werden. Ein Handwerk, wobei wir von Morgen bis Abend uns abarbeiten und doch wenig Gewinn und ein mühseliges Leben haben, das gefällt uns nicht.«

»Ach, liebe Kinder«, antwortete der Vater, »warum wollt ihr nicht ruhig leben und mit wenigem zufrieden sein; ehrlich währt am längsten. Die Räuberei ist eine böse und gottlose Sache, die zu einem schlimmen Ende führt: an dem Reichtum, den ihr zusammenbringt, habt ihr keine Freude; ich weiß ja, wie es mir dabei zumut gewesen ist. Ich sage euch, es nimmt einen schlechten Ausgang: der Krug geht so lange zu Wasser, bis er bricht; ihr werdet zuletzt ergriffen und an den Galgen gehenkt.« Die Söhne aber achteten nicht auf seine Ermahnungen und blieben bei ihrem Vorsatz.

Nun wollten die drei Jünglinge gleich ihr Probestück machen. Sie wußten, daß die Königin in ihrem Stall ein schönes Pferd hatte, das von großem Wert war; das wollten sie ihr stehlen. Sie wußten auch, daß das Pferd kein ander Futter fraß als ein saftiges Gras, das allein in einem feuchten Wald wuchs. Sie gingen also hinaus, schnitten das Gras ab und machten einen großen Bündel daraus, in welchen die beiden Ältesten den Jüngsten und Kleinsten so geschickt versteckten, daß er nicht konnte gesehen werden, und trugen den Bündel auf den Markt. Der Stallmeister der Königin kaufte das Futter, ließ es zu dem Pferd in den Stall tragen und hinwerfen. Als es Mitternacht war und jedermann schlief, machte sich der Kleine aus dem Grasbündel heraus, band das Pferd ab, zäumte es mit dem goldenen Zaum und legte ihm das goldgestickte Reitzeug an; und die Schellen, die daranhingen, verstopfte er mit Wachs, damit sie keinen Klang gäben. Dann öffnete er die verschlossene Pforte und ritt auf dem Pferd in aller Eile fort nach dem Ort, wohin ihn seine Brüder beschieden hatten. Allein die Wächter in der Stadt bemerkten den Dieb, eilten ihm nach, und als sie ihn draußen mit seinen Brüdern fanden, nahmen sie alle drei gefangen und führten sie in das Gefängnis.

Am andern Morgen wurden sie vor die Königin geführt, und als diese sah, daß es drei schöne Jünglinge waren, so forschte sie nach ihrer Herkunft und vernahm, daß es die Söhne des alten Räubers wären, der seine Lebensweise geändert und als ein gehorsamer Untertan gelebt hatte. Sie ließ sie also wieder in das Gefängnis zurückführen und bei dem Vater anfragen, ob er seine Söhne lösen wollte. Der Alte kam und sagte: »Meine Söhne sind nicht wert, daß ich sie mit einem Pfennig löse.« Da sprach die Königin zu ihm: »Du bist ein weitbekannter, verrufener Räuber gewesen, erzähle mir das merkwürdigste Abenteuer aus deinem Räuberleben, so will ich dir deine Kinder wiedergeben!« Als der Alte das vernahm, hub er an: »Frau Königin, hört meine Rede, ich will Euch ein Ereignis erzählen, was mich mehr erschreckt hat als Feuer und Wasser. Ich brachte in Erfahrung, daß in einer wilden Waldschlucht zwischen zwei Bergen, zwanzig Meilen von den Menschen entfernt, ein Riese lebte, der einen großen Schatz, viel tausend Mark Silber und Gold, besäße. Ich wählte also aus meinen Gesellen so viele aus, daß unser hundert waren, und wir zogen hin. Es war ein langer, mühsamer Weg zwischen Felsen und Abgründen. Wir fanden den Riesen

301

nicht zu Haus, waren froh darüber und nahmen von dem Gold und Silber, soviel war tragen konnten. Als wir damit uns auf den Heimweg machen wollten und ganz sicher zu sein glaubten, da kam der Riese mit zehn andern Riesen unversehens daher und nahm uns alle gefangen. Sie teilten uns unter sich auf: Jeder erhielt zehn von uns, und ich fiel mit neun meiner Gesellen dem Riesen zu, dem wir seinen Schatz genommen hatten.

Er band uns die Hände auf den Rücken und trieb uns wie Schafe in seine Felsenhöhle. Wir waren bereit, uns mit Geld und Gut zu lösen, er aber antwortete: ›Eure Schätze brauche ich nicht, ich will euch behalten und euer Fleisch verzehren, das ist mir lieber.‹ Dann befühlte er uns alle, wählte einen aus und sprach: ›Der ist der Fetteste, mit dem will ich den Anfang machen.‹ Dann schlug er ihn nieder, warf das zerschnittene Fleisch in einen Kessel mit Wasser, den er über das Feuer setzte, und als es gesotten war, hielt er seine Mahlzeit. So aß er jeden Tag einen von uns, und weil ich der Magerste war, so sollte ich der letzte sein.

Als nun meine neun Gesellen aufgezehrt waren und die Reihe an mich kam, so besann ich mich auf eine List. ›Ich sehe wohl, daß du böse Augen hast‹, sprach ich zu ihm, ›und am Gesicht leidest: Ich bin ein Arzt und bin in meiner Kunst wohl erfahren, ich will dir deine Augen heilen, wenn du mir mein Leben lassen willst.‹ Er sicherte mir mein Leben zu, wenn ich das vermöchte. Er gab mir alles, was ich dazu verlangte. Ich tat Öl in einen Kessel, mengte Schwefel, Pech, Salz, Arsenik und andere verderbliche Dinge hinein und stellte den Kessel über das Feuer, als wollte ich ein Pflaster für seine Augen bereiten. Sobald das Öl im Sieden war, mußte der

302

Riese sich niederlegen, und ich goß ihm alles, was im Kessel war, auf die Augen, über den Hals und den Leib, so daß er das Gesicht völlig verlor und die Haut am ganzen Leib verbrannte und zusammenschrumpfte. Er fuhr mit entsetzlichem Geheul in die Höhe, warf sich wieder zur Erde, wälzte sich hin und her und schrie und brüllte dabei wie ein Löwe oder ein Ochse. Dann sprang er in Wut auf, packte eine große Keule, und, in dem Haus umherlaufend, schlug er auf die Erde und gegen die Wand und dachte mich zu treffen. Entfliehen konnte ich nicht, denn das Haus war überall von hohen Mauern umgeben, und die Türen waren mit eisernen Riegeln verschlossen. Ich sprang aus einem Winkel in den andern, endlich wußte ich mir nicht anders zu helfen, ich stieg auf eine Leiter bis zu dem Dach und hing mich mit beiden Händen an den Hahnenbalken. Da hing ich einen Tag und eine Nacht, als ich es aber nicht länger aushalten konnte, so stieg ich wieder herab und mischte mich unter die Schafe. Da mußte ich behend sein und immer mit den Tieren zwischen seinen Beinen hindurchlaufen, ohne daß er mich gewahr ward. Endlich fand ich in einer Ecke unter den Schafen die Haut eines Widders liegen, ich schlüpfte hinein und wußte es so zu machen, daß mir die Hörner des Tiers gerade auf dem Kopf standen.

Der Riese hatte die Gewohnheit, wenn die Schafe hinaus auf die Weide gehen sollten, so ließ er sie vorher durch seine Beine laufen. Da zählte er sie, und welches am feistesten war, das packte er, kochte es und hielt damit seine Mahlzeit. Ich wäre bei dieser Gelegenheit gerne davongelaufen und drängte mich durch seine Beine, wie die Schafe taten; als er mich aber packte und merkte, daß ich schwer war, so sprach er: ›Du bist feist, du sollst mir heute meinen Bauch füllen.‹ Ich tat einen

Satz und entsprang ihm aus den Händen, aber er ergriff mich wieder. Ich entkam nochmals, aber er packte mich aufs neue, und so ging es siebenmal. Da ward er zornig und sprach: ›Lauf hin, die Wölfe mögen dich fressen, du hast mich genug genarrt.‹ Als ich draußen war, warf ich die Haut ab, rief ihm spöttisch zu, daß ich ihm doch entsprungen wäre, und höhnte ihn. Er zog einen Ring vom Finger und sprach: ›Nimm diesen goldenen Ring als eine Gabe von mir, du hast ihn wohl verdient. Es ziemt sich nicht, daß ein so listiger und behender Mann unbeschenkt von mir gehe.‹

Ich nahm den Ring und steckte ihn an meinen Finger, aber ich wußte nicht, daß ein Zauber darin lag. Von dem Augenblick an, wo er mir am Finger saß, mußte ich unaufhörlich rufen: ›Hier bin ich! Hier bin ich!‹, ich mochte wollen oder nicht. Da der Riese daran merken konnte, wo ich mich befand, so lief er mir in den Wald nach. Dabei rannte er, weil er blind war, jeden Augenblick gegen einen Ast oder einen Stamm und fiel nieder wie ein mächtiger Baum; aber er erhob sich schnell wieder, und da er lange Beine hatte und große Schritte machen konnte, so holte er mich immer wieder ein und war mir schon ganz nahe, denn ich rief ohne Unterlaß: ›Hier bin ich! Hier bin ich.‹ Ich merkte wohl, daß der Ring die Ursache meines Geschreies war, und wollte ihn abziehen, aber ich vermochte es nicht. Da blieb mir nichts anderes übrig, ich biß mir mit meinen Zähnen den Finger ab. In dem Augenblick hörte ich auf zu rufen und entlief glücklich dem Riesen. Zwar hatte ich meinen Finger verloren, aber ich hatte doch mein Leben behalten.«

»Frau Königin«, sprach der Räuber, »ich habe Euch diese Geschichte erzählt, um einen meiner Söhne zu erlösen, jetzt will ich, um den zweiten zu befreien, berichten, was sich weiter zutrug. Als ich den Händen des Riesen entronnen war, irrte ich in der Wildnis umher und wußte nicht, wo ich mich hinwenden sollte. Ich stieg auf die höchsten Tannen und auf die Gipfel der Berge, aber wohin ich blickte, weit und breit war kein Haus, kein Acker, keine Spur von menschlichem Dasein, überall nichts als eine schreckliche Wildnis. Ich stieg von himmelhohen Bergen herab in Täler, die den tiefsten Abgründen zu vergleichen waren. Mir begegneten Löwen, Bären, Büffel, Waldesel, giftige Schlangen und scheußliches Gewürm; ich sah wilde, behaarte Waldmenschen, Leute mit Hörnern und Schnäbeln, so entsetzlich, daß mir noch jetzt schaudert, wenn ich daran zurückdenke. Ich zog immer weiter, Hunger und Durst quälten mich, und ich mußte jeden Augenblick befürchten, vor Müdigkeit umzusinken. Endlich, eben als die Sonne untergehen wollte, kam ich auf einen hohen Berg, da sah ich in einem öden Tal einen Rauch aufsteigen, wie aus einem angezündeten Backofen. Ich lief, so schnell ich konnte, den Berg herab nach dem Rauch zu; als ich unten ankam, sah ich drei tote Männer, die waren an dem Ast eines Baumes aufgehängt. Ich erschrak, denn ich dachte, ich würde in die Gewalt eines anderen Riesen kommen, und war um mein Leben besorgt.

Doch faßte ich mir ein Herz, ging weiter und fand ein kleines Haus, dessen Türe weit offenstand; bei dem Feuer des Herds saß da eine Frau mit ihrem Kinde. Ich trat ein, grüßte sie und fragte, warum sie hier so allein säße und wo ihr Mann sich befände; ich fragte auch, ob es noch weit bis dahin wäre, wo Menschen wohnten. Sie antwortete mir, das Land, wo Menschen wohnten, das läge in weiter Ferne, und erzählte

305

mit weinenden Augen, in voriger Nacht wären die wilden Waldungeheuer gekommen und hätten sie und das Kind von der Seite ihres Mannes weggeraubt und in diese Wildnis gebracht. Dann wären sie am Morgen wieder ausgezogen und hätten ihr geboten, das Kind zu töten und zu kochen, weil sie es, wenn sie zurückkämen, aufessen wollten. Als ich das gehört hatte, empfand ich großes Mitleid mit der Frau und dem Kinde und beschloß, sie aus ihrer Not zu erlösen.

Ich lief fort zu dem Baum, an welchem die drei Diebe aufgehängt waren, nahm den mittelsten, der wohlbeleibt war, herab und trug ihn in das Haus. Ich zerteilte ihn in Stücke und sagte der Frau, sie sollte ihn den Riesen zu essen geben. Das Kind aber nahm ich und versteckte es in einen hohlen Baum, dann verbarg ich mich selbst hinter das Haus, so daß ich bemerken konnte, wo die wilden Menschen herkämen und ob es Not wäre, der Frau selbst zu Hilfe zu eilen. Als die Sonne untergehen wollte, sah ich die Ungeheuer von dem Berge herablaufen: sie waren greulich und furchtbar anzusehen, den Affen an Gestalt ähnlich. Sie schleppten einen toten Leib hinter sich her, aber ich konnte nicht sehen, wer es war. Als sie in das Haus kamen, zündeten sie ein großes Feuer an, zerrissen den blutigen Leib mit ihren Zähnen und verzehrten ihn. Darnach nahmen sie den Kessel, in dem das Fleisch des Diebes gekocht war, vom Feuer und zerteilten die Stücke unter sich zum Abendessen.

Als sie fertig waren, fragte einer, der ihr Oberhaupt zu sein schien, die Frau, ob das, was sie gegessen hätten, das Fleisch ihres Kindes gewesen wäre. Die Frau sagte: ›Ja.‹ Da sprach das Ungeheuer: ›Ich glaube, du hast dein Kind versteckt und uns einen von den Dieben gekocht, die an dem Ast hängen.‹ Er ließ drei von seinen Gesellen hinlaufen und ihm von einem jeden der drei Diebe ein Stück Fleisch bringen, damit er sähe, daß sie noch alle dort wären. Als ich das hörte, lief ich schnell voraus und hing mich mit meinen Händen, mitten zwischen die zwei Diebe, an das Seil, von dem ich den dritten abgenommen hatte. Als nun die Ungeheuer kamen, schnitten sie einem jeden ein Stück Fleisch aus den Lenden. Auch mir schnitten sie ein Stück heraus, aber ich duldete es, ohne einen Laut von mir zu geben. Ich habe zum Zeugnis noch die Narbe an meinem Leib.«

Hier schwieg der Räuber einen Augenblick und sprach dann: »Frau Königin, ich habe Euch dies Abenteuer erzählt für meinen zweiten Sohn, jetzt will ich Euch für den dritten den Schluß der Geschichte berichten. Als das wilde Volk mit den drei Stücken Fleisch fortgelaufen war, so ließ ich mich wieder herab und verband meine Wunde mit Streifen von meinem Hemd, so gut ich konnte; doch das Blut ließ sich nicht stillen, sondern strömte an mir herab. Aber ich achtete nicht darauf, sondern dachte nur, wie ich der Frau mein Versprechen halten und sie und das Kind retten wollte. Ich eilte also wieder zu dem Haus zurück, hielt mich verborgen und horchte auf das, was geschah, aber ich konnte mich nur mit Mühe aufrechterhalten: Mich schmerzte die Wunde, und ich war von Hunger und Durst ganz abgemattet. Indessen versuchte der Riese die drei Stücke Fleisch, die ihm gebracht waren, und als er das gekostet hatte, welches mir ausgeschnitten und noch blutig war, so sprach er: ›Lauft hin und bringt mir den mittelsten Dieb, sein Fleisch ist noch frisch und behagt mir.‹ Als ich das hörte, eilte ich zurück zu dem Galgen und hing mich wieder an das Seil zwischen die zwei Toten. Bald

307

darauf kamen die Ungeheuer, nahmen mich von dem Galgen herab und schleiften mich über Dornen und Disteln zu dem Haus, wo sie mich auf den Boden hinstreckten. Sie schärften ihre Zähne, wetzten ihre Messer über mir und bereiteten sich, mich zu schlachten und zu essen. Eben wollten sie Hand anlegen, als plötzlich ein solches Ungewitter mit Blitz, Donner und Wind sich erhob, daß die Ungeheuer selbst in Schrecken gerieten und mit gräßlichem Geschrei zu den Fenstern, Türen und zum Dach hinausfuhren und mich auf dem Boden liegen ließen.

Nach drei Stunden begann es Tag zu werden, und die klare Sonne stieg empor. Ich machte mich mit der Frau und dem Kinde auf, wir wanderten vierzig Tage durch die Wildnis und hatten keine andere Nahrung als Wurzeln, Beeren und Kräuter, die im Walde wachsen. Endlich kam ich wieder unter Menschen und brachte die Frau mit dem Kinde zu ihrem Mann zurück; wie groß seine Freude war, kann sich jeder leicht denken.« Damit war die Geschichte des Räubers zu Ende.

»Du hast durch die Befreiung der Frau und des Kindes viel Böses wiedergutgemacht«, sprach die Königin zu ihm. »Ich gebe dir deine drei Söhne frei.«

DER GEIST IM GLAS

Es war einmal ein armer Holzhacker, der arbeitete vom Morgen bis in die späte Nacht. Als er sich endlich etwas Geld zusammengespart hatte, sprach er zu seinem Jungen: »Du bist mein einziges Kind, ich will das Geld, das ich mit saurem Schweiß erworben habe, zu deinem Unterricht anwenden; lernst du etwas Rechtschaffenes, so kannst du mich im Alter ernähren, wenn meine Glieder steif geworden sind und ich daheim sitzen muß.«

Da ging der Junge auf eine hohe Schule und lernte fleißig, so daß ihn seine Lehrer rühmten, und blieb eine Zeitlang dort. Als er ein paar Schulen durchgelernt hatte, doch aber noch nicht in allem vollkommen war, so war das bißchen Armut, das der Vater erworben hatte, draufgegangen, und er mußte wieder zu ihm heimkehren. »Ach«, sprach der Vater betrübt, »ich kann dir nichts mehr geben und kann in der teuern Zeit auch keinen Heller mehr verdienen als das tägliche Brot.«

»Lieber Vater«, antwortete der Sohn, »macht Euch darüber keine Gedanken, wenn's Gottes Wille also ist, so wird's zu meinem Besten ausschlagen; ich will mich schon dreinschicken.« Als der Vater hinaus in den Wald wollte, um etwas am Malterholz (am Zuhauen und Aufrichten) zu verdienen, sprach der Sohn: »Ich will mit Euch gehen und Euch helfen.«

»Ja, mein Sohn«, sagte der Vater, »das sollte dir beschwerlich ankommen, du bist an harte Arbeit nicht gewöhnt, du hältst das nicht aus; ich habe auch nur eine Axt und kein Geld übrig, um noch eine zu kaufen.«

309

»Geht nur zum Nachbarn«, antwortete der Sohn, »der leiht Euch seine Axt so lange, bis ich mir selbst eine verdient habe.«

Da borgte der Vater beim Nachbarn eine Axt, und am andern Morgen, bei Anbruch des Tags, gingen sie zusammen hinaus in den Wald. Der Sohn half dem Vater und war ganz munter und frisch dabei. Als nun die Sonne über ihnen stand, sprach der Vater: »Wir wollen rasten und Mittag halten, hernach geht's noch einmal so gut.« Der Sohn nahm sein Brot in die Hand und sprach: »Ruht Euch nur aus, Vater, ich bin nicht müde, ich will in dem Wald ein wenig auf und ab gehen und Vogelnester suchen.«

»O du Geck«, sprach der Vater, »was willst du da herumlaufen, hernach bist du müde und kannst den Arm nicht mehr aufheben; bleib hier und setze dich zu mir.«

Der Sohn aber ging in den Wald, aß sein Brot, war ganz fröhlich und sah in die grünen Zweige hinein, ob er etwa ein Nest entdeckte. So ging er hin und her, bis er endlich zu einer großen, gefährlichen Eiche kam, die gewiß schon viele hundert Jahre alt war und die keine fünf Menschen umspannt hätten. Er blieb stehen und sah sie an und dachte: »Es muß doch mancher Vogel sein Nest hineingebaut haben.« Da deuchte ihn auf einmal, als hörte er eine Stimme. Er horchte und vernahm, wie es mit so einem recht dumpfen Ton rief: »Laß mich heraus, laß mich heraus.« Er sah sich ringsum, konnte aber nichts entdecken, doch es war ihm, als ob die Stimme unten aus der Erde hervorkäme. Da rief er: »Wo bist du?« Die Stimme antwortete: »Ich stecke da unten bei den Eichwurzeln. Laß mich heraus, laß mich heraus.«

Der Schüler fing an, unter dem Baum aufzuräumen und bei den Wurzeln zu suchen, bis er endlich in einer kleinen

Höhlung eine Glasflasche entdeckte. Er hob sie in die Höhe und hielt sie gegen das Licht, da sah er ein Ding, gleich einem Frosch gestaltet, das sprang darin auf und nieder. »Laß mich heraus, laß mich heraus«, rief's von neuem, und der Schüler, der an nichts Böses dachte, nahm den Pfropfen von der Flasche ab.

Alsbald stieg ein Geist heraus und fing an zu wachsen und wuchs so schnell, daß er in wenigen Augenblicken als ein entsetzlicher Kerl, so groß wie der halbe Baum, vor dem Schüler stand.

»Weißt du«, rief er mit einer fürchterlichen Stimme, »was dein Lohn dafür ist, daß du mich herausgelassen hast?«

»Nein«, antwortete der Schüler ohne Furcht, »wie soll ich das wissen?«

»So will ich dir's sagen«, rief der Geist, »den Hals muß ich dir dafür brechen.«

»Das hättest du mir früher sagen sollen«, antwortete der Schüler, »so hätte ich dich steckenlassen; mein Kopf aber soll vor dir wohl feststehen, da müssen mehr Leute gefragt werden.«

»Mehr Leute hin, mehr Leute her«, rief der Geist, »deinen verdienten Lohn, den sollst du haben. Denkst du, ich wäre aus Gnade da so lange Zeit eingeschlossen worden, nein, es war zu meiner Strafe; ich bin der großmächtige Merkurius, wer mich losläßt, dem muß ich den Hals brechen.«

»Sachte«, antwortete der Schüler, »so geschwind geht das nicht, erst muß ich auch wissen, daß du wirklich in der kleinen Flasche gesessen hast und daß du der rechte Geist bist: kannst du auch wieder hinein, so will ich's glauben, und dann magst du mit mir anfangen, was du willst.«

311

Der Geist sprach voll Hochmut: »Das ist eine geringe Kunst«, zog sich zusammen und machte sich so dünn und klein, wie er anfangs gewesen war, also daß er durch dieselbe Öffnung und durch den Hals der Flasche wieder hineinkroch. Kaum aber war er darin, so drückte der Schüler den abgezogenen Pfropfen wieder auf und warf die Flasche unter die Eichwurzeln an ihren alten Platz, und der Geist war betrogen. Nun wollte der Schüler zu seinem Vater zurückgehen, aber der Geist rief ganz kläglich: »Ach, laß mich doch heraus, laß mich doch heraus.«

»Nein«, antwortete der Schüler, »zum zweiten Male nicht: wer mir einmal nach dem Leben gestrebt hat, den lass ich nicht los, wenn ich ihn wieder eingefangen habe.«

»Wenn du mich freimachst«, rief der Geist, »so will ich dir so viel geben, daß du dein Lebtag genug hast.«

»Nein«, antwortete der Schüler, »du würdest mich betriegen wie das erste Mal.«

»Du verscherzest dein Glück«, sprach der Geist, »ich will dir nichts tun, sondern dich reichlich belohnen.«

Der Schüler dachte: »Ich will's wagen, vielleicht hält er Wort, und anhaben soll er mir doch nichts.« Da nahm er den Pfropfen ab, und der Geist stieg wie das vorige Mal heraus, dehnte sich auseinander und ward groß wie ein Riese. »Nun sollst du deinen Lohn haben«, sprach er und reichte dem Schüler einen kleinen Lappen, ganz wie ein Pflaster, und sagte: »Wenn du mit dem einen Ende eine Wunde bestreichst, so heilt sie; und wenn du mit dem andern Ende Stahl und Eisen bestreichst, so wird es in Silber verwandelt.«

»Das muß ich erst versuchen«, sprach der Schüler, ging an einen Baum, ritzte die Rinde mit seiner Axt und bestrich sie mit dem einen Ende des Pflasters: alsbald schloß sie sich wieder zusammen und war geheilt. »Nun, es hat seine Richtigkeit«, sprach er zum Geist, »jetzt können wir uns trennen.« Der Geist dankte ihm für seine Erlösung, und der Schüler dankte dem Geist für sein Geschenk und ging zurück zu seinem Vater.

»Wo bist du herumgelaufen?« sprach der Vater. »Warum hast du die Arbeit vergessen? Ich habe es ja gleich gesagt, daß du nichts zustande bringen würdest.«

»Gebt Euch zufrieden, Vater, ich will's nachholen.«

»Ja, nachholen«, sprach der Vater zornig, »das hat keine Art.«

»Habt acht, Vater, den Baum da will ich gleich umhauen, daß er krachen soll.« Da nahm er sein Pflaster, bestrich die Axt damit und tat einen gewaltigen Hieb; aber weil das Eisen in Silber verwandelt war, so legte sich die Schneide um. »Ei, Vater, seht einmal, was habt Ihr mir für eine schlechte Axt gegeben, die ist ganz schief geworden.« Da erschrak der Vater und sprach: »Ach, was hast du gemacht! Nun muß ich die Axt bezahlen und weiß nicht womit; das ist der Nutzen, den ich von deiner Arbeit habe.«

»Werdet nicht bös«, antwortete der Sohn, »die Axt will ich schon bezahlen.«

»O du Dummbart«, rief der Vater, »wovon willst du sie bezahlen? Du hast nichts, als was ich dir gebe; das sind Studentenkniffe, die dir im Kopf stecken, aber vom Holzhacken hast du keinen Verstand.« Über ein Weilchen sprach der Schüler: »Vater, ich kann doch nichts mehr arbeiten, wir wollen lieber Feierabend machen.«

»Ei was«, antwortete er, »meinst du, ich wollte die Hände

in den Schoß legen wie du? Ich muß noch schaffen, du kannst dich aber heimpacken.«

»Vater, ich bin zum erstenmal hier in dem Wald, ich weiß den Weg nicht allein, geh doch mit mir.« Weil sich der Zorn gelegt hatte, so ließ der Vater sich endlich bereden und ging mit ihm heim. Da sprach er zum Sohn: »Geh und verkauf die verschändete Axt und sieh zu, was du dafür kriegst; das übrige muß ich verdienen, um sie dem Nachbarn zu bezahlen.«

Der Sohn nahm die Axt und trug sie in die Stadt zu einem Goldschmied, der probierte sie, legte sie auf die Waage und sprach: »Sie ist vierhundert Taler wert, so viel habe ich nicht bar.« Der Schüler sprach: »Gebt mir, was Ihr habt, das übrige will ich Euch borgen.« Der Goldschmied gab ihm dreihundert Taler und blieb einhundert schuldig. Darauf ging der Schüler heim und sprach: »Vater, ich habe Geld, geht und fragt, was der Nachbar für die Axt haben will.«

»Das weiß ich schon«, antwortete der Alte, »einen Taler, sechs Groschen.«

»So gebt ihm zwei Taler, zwölf Groschen, das ist das Doppelte und ist genug; seht Ihr, ich habe Geld im Überfluß«, und gab dem Vater einhundert Taler und sprach: »Es soll Euch niemals fehlen, lebt nach Eurer Bequemlichkeit.«

»Mein Gott«, sprach der Alte, »wie bist du zu dem Reichtum gekommen?« Da erzählte er ihm, wie alles zugegangen wäre und wie er im Vertrauen auf sein Glück einen so reichen Fang getan hätte. Mit dem übrigen Geld aber zog er wieder hin auf die hohe Schule und lernte weiter, und weil er mit seinem Pflaster alle Wunden heilen konnte, ward er der berühmteste Doktor auf der ganzen Welt.

EINER MACHT
SEINEN VATER GESUND

Da war einmal ein reicher Mann, der hatte einen Sohn, der noch ein Schüler war. Nun nahm der Vater eine andere Frau, die dem Schüler nicht wohlgesinnt war. Nichts konnte er ihr recht machen, und sie beklagte sich über ihn bei seinem Vater. Der Sohn war es leid und sprach: »Ich will der Schule nachziehen.« Der Vater gab ihm Geld. Damit studierte der Sohn und eignete sich in der Arzneikunst so viel Wissen an, daß er schon nach wenigen Jahren zum Arzt wurde. Als er wieder in seine Heimat zurückkehrte und seine Kunst ausübte, ward er berühmt im ganzen Land und erwarb sich hohes Ansehen.

Es fügte sich, daß sein Vater krank wurde. Der Sohn begab sich zu ihm und verabreichte ihm einen Trank, worauf sein Vater schon nach wenigen Tagen wieder genas. Nicht lang danach wurde auch die Stiefmutter siech und bekam die gleiche Krankheit wie der Vater. Der Vater berief seinen Sohn, den Arzt, zu sich und bat ihn, er möge seine Frau wieder gesund machen, ihr erginge es jetzt wie ihm.

Der Arzt sprach: »Vater, ich traue mich nicht ihr zu helfen, denn was ich dir gab, das hast du gern angenommen und deine Hoffnung auf mich gesetzt, daß ich dir nichts gebe als das, was dir gut und nützlich ist. Die Hoffnung hat dich mehr gesund gemacht als die Arznei. Aber meine Stiefmutter, die traut mir nicht, sondern sie fürchtet, daß ich ihr etwas Schädliches verabreiche, darum vermag ich sie nicht gesund zu machen.«

Darum die Hoffnung, so ein Kranker zu dem Arzt hat, das ist eine große Ursache der Gesundheit.

DER SIECHE SPRACH, ICH WEISS NICHT WAS

Ein Siecher schickte nach einem Arzt, daß er zu ihm käme. Als er zu ihm kam, klagte er ihm seine Not und sprach: »Lieber Herr Doktor, ich kam an einen Ort, ich weiß nicht wo, und geschah mir, ich weiß nicht wie, und es ist mir weh, ich weiß nicht wo.«

Der Arzt antwortete: »Lieber Freund, schickt jemanden in die Apotheke und etwas kaufen, ich weiß nicht was, und eßt es, ich weiß nicht wie, so werdet Ihr gesund, ich weiß nicht wann.«

Darum soll man die Sache deutlich einem Beichtvater erklären, einem Arzt, einem Fürsprech, will man nicht für einen Narren gehalten werden.

DIE KURZGEFASSTE RESOLUTION

Ein Medicus wurde zu einer kranken Jungfrau gerufen, welche aus überflüssiger Schamhaftigkeit, damit er ihren bloßen Arm nicht betastete, den Hemdärmel über die Hand zog. Als der Medicus dies gesehen, hat er das Äußere seines Mantels genommen und damit die ganze Hand bedeckt, danach den Puls gegriffen und gesagt: »Zu einem leinwandenen Puls gehört ein tuchener Medicus.«

DIE FALSCH VERSTANDENE FRAGE

Die Frau eines Bauern lag krank danieder. So ging er in die Stadt zum Doktor und bat ihn, er möge doch seiner Frau Wasser besehen und ihm sagen, was ihr fehle. Nachdem der Doktor dies getan hatte, befand er, daß sie schwanger sei, und sagte deshalb zum Bauern: »Eure Frau wird bald Euer Haus vermehren.« Der Bauer verstand solches unrecht und meinte, daß sie sterben würde, sagte daher: »Ja, wenn es nicht anders sein soll, dann gönne ich sie Gott lieber als einem andern.«

Der Doktor fing an zu lachen, fragte aber weiter, ob sie auch Sedes oder Stuhlgang hätte? Diesen medizinischen Ausdruck konnte der Bauer nicht verstehen und meinte, er hätte gefragt, ob es auch Stühle zu Hause gäbe. Antwortet ganz entrüstet: »Nicht allein Stühle, auch Bänke, Tische, Betten, Kannen, Schüsseln, hölzerne und zinnene Teller, auch alles, was man im Hause bedürfe, wie Kühe, Schweine, Pferde und dergleichen. Man kann mich doch nicht als Bettler ansehen!« Lief damit ohne weiter zu reden mit großem Zorn aus dem Haus hinaus.

VON EINEM TEUREN FURZ EINES KRANKEN

Ein Reicher lag mit Bauchgrimmen krank darnieder. Und viele Arzneien hatte er schon vergeblich gebraucht. Denn gern hätte er einen Wind im Leib gehabt, wovon sich das Weh gestillt, aber alles hatte nichts geholfen. So ergab er sich zu sterben und bat fleißig alle Heiligen, daß sie ihm in den Himmel helfen sollten.

Davon vernahm ein Tor, den er im Hause hatte, und sprach: »O mein lieber Herr, wie seid Ihr so ein großer Phantast, daß Ihr glaubt, die würden Euch das Himmelreich geben, wenn Ihr ihnen noch nicht einmal ein kleines Fürzlein habt abbitten können!« Darüber mußte der Kranke im Bett lachen, daß er den Bauch erschütterte, wovon ihm ein Wind kam und es ihm besser wurde. Alsbald sprach der Arzt: »Der Wind ist tausend Gulden wert.« Bald ließ der Narr einen großen daherkrachen und sprach: »O Herr Doktor, das ist ja nun ein ganz anderer. Wieviel Geld ist dann der erste wert?«

VON EINEM TRINKER

Es war einmal einer, der hatte zuviel getrunken. So ward er krank und schickte nach dem Arzt. Der Arzt kam und fühlte seinen Puls, da sah er wohl, daß er einen über den Durst getrunken hatte, und sprach: »O lieber Sohn, der Becher hat dich gestochen.« Da sprach der Kranke: »O

318

lieber Herr, hätt' ich es gewußt, so wollt' ich aus einem Glas getrunken haben.« Das Geschirr mißfiel ihm, aber der Wein nicht ...

WEIN IST DES PATIENTEN ELEMENT

Ein alter Mann fühlte sich unpäßlich. Als nun der Arzt zu ihm kam und ihm den Puls fühlte, verbot er ihm alsbald den Wein. Der Alte ließ darauf eine Barbe (Karpfenfisch) besorgen und sie aus dem Wasser nehmen und auf die Erde legen. Der Fisch aber, weil er nicht mehr in seinem Element war, starb darüber. Dieses ließ er den Arzt mit ansehen und sagte zu ihm: Dieweil der Wein sein Element sei, so befremde es ihn nicht wenig, daß er ihm den Wein verbieten wolle. Ohne ihn könne er, wie der Fisch ohne das Wasser, nun ganz und gar nicht leben. Und so mußte der Arzt schamhaft abziehen.

PATIENT FRISST REZEPT

Einer brachte dem Doktor sein Wasser. Nachdem jener solches besehen, schrieb er dem Patienten ein Rezept, gab's ihm und sprach: Dies sollte er dreimal an drei Morgen hintereinander einnehmen, dann würde es ihm wieder bessergehen. Der Patient ging mit dem Rezept nach Hause, zerriß es in drei Stücklein und nahm jeden Morgen ein solches Stück Papierlein ein. Und der Mann wurde endlich gesund.

»Des Patienten Vertrauen und Gunst stärkt des Arztes Rezept und Kunst.«

EIN JUNGES WEIB TRAKTIERT IHREN ALTEN MANN SEHR ÜBEL

Ein alter, betagter Bauer betrachtete eine junge Dirne mit Namen Durtl. Sie lebte kaum zwei Monate mit ihm zusammen, da wurde sie schon seiner überdrüssig und wünschte, sie hätte ihn niemals mit einem Auge gesehen. Ihr alter Mann sah gar wohl, daß sie, als ein junges Mägdelein, ihn nicht liebte, sondern lieber mit dem Knecht lachte und scherzte. Daher ging er einst ganz bestürzt und melancholisch in ein nächstgelegenes Wirtshaus, und zu allem Glück traf er dort einen Arzt an. Dieser fragte ihn, warum er so melancholisch aussehe. »Ach«, antwortete der Bauer, »ich möchte mich gerade gar zu Tod grämen: Ich hab erst kürzlich wieder geheiratet und zuvor ein gutes Weib gehabt, das mich liebte; das jetzige aber hat an mir schon genug und sähe mich lieber heute als morgen sterben. Mein erstes Weib, vergelt's ihr Gott in jener Welt, hat mir oft feiste Schmalznudeln gekocht, jetzt habe ich kaum nur das saure Kraut zu fressen.«

»Nun, mein alter Bauer«, versetzte der Arzt, »folg nur meinem Rate, so wird dir wieder geholfen, du wirst auch schon wiederum Schmalznudeln bekommen. Tu nur dieses: Sooft dir dein Weib feiste Suppen und Schmalznudeln wird aufsetzen, so stelle dich, als wolltest du dadurch blind werden.«

»Ja, mein Herr Arzt«, antwortete der Bauer, »das will ich gerne tun.«

Wenige Tage darauf kam dieser Arzt in das Dorf, wo der Bauer wohnte, errichtete einen Stand auf und schrie neben andern also: »Seht, ihr Herren! Habt ihr dunkle, blöde Augen, schmiert eure Augen mit diesem köstlichen Wasser morgens und abends, es wird euch das Gesicht erhalten, stärken und erfrischen … Ihr müßt euch aber, absonderlich die alten Leute, enthalten von feisten Speisen, geschmalzenen Suppen und Nudeln: Denn alle feisten und geschmalzenen Speisen helfen zur Blindheit.«

Da die Durtl dieses hörte, spitzte sie die Ohren. »Holla«, gedachte sie, »ich habe einen alten Mann, umbringen darf ich ihn nicht, das weiß ich wohl, ich will ihn halt blind machen, Schmalz hin, Schmalz her, soll auch der ganze Schmalzkübel daraufgehen, wenn ich nur einen blinden Mann im Hause habe, der mir nicht mehr auf meine Fußtritte aufsehen kann, so bin ich und mein Hänsel, der Knecht, Frau und Herr im Hause.«

Darauf gab sie ihrem alten Manne fast täglich die besten Schmalznudeln, mit kräftigster Hoffnung, ihn gar bald blind zu machen. Der alte Mann ließ sich's herzlich schmecken.

Über eine Zeit aber stellte er sich, als wollte er erblinden, tappte in der Stube hin und her, wischte die Augen, nicht anders wie einer, dem sein Gesicht vergehen will. »Oh, was ist das«, sprach die Durtl, da ihr doch vor Freude das Herz im

321

Leibe hüpfte, »was ist das, mein allerliebster Mann? Wirst mir ja nicht blind werden?«

»Oh, mein Weib«, sagte er, »ich mein, ich sei schon blind. Oh, jetzt bin ich dreifach elend: ein alter, armer und blinder Mann!« Das war der Durtl eine gemähte Wiese. »Holla«, dachte sie, »jetzt bin ich Frau im Hause.« Ja, sie und ihr Knecht Hänsel wiesen ihm sogleich die Feige mit der Frage: »Mann! Siehst du uns?«

»Ach nein«, antwortete er. »Oh, meine allerliebste Durtl! Jetzt verdrießt mich alles Leben; mein, tu mir halt den letzten Gefallen und bringe mich um.«

»Beileibe nicht!« erwiderte sie. »Ich wollte dir lieber tausend Leben kaufen als dir eines nehmen.« Der Mann aber ließ nicht locker. Das Weib aber, welches es gerne tat, fragte, wessen Todes er sterben wollte. »Mein Weib«, sprach der blinde Mann, »führe mich zu unserm nächsten Weiher hinaus und stoß mich mit aller Gewalt hinein, da werde ich gar bald verzappeln und ertrinken.« Die Durtl, nicht faul, nahm ihn geschwind bei der Hand und führte ihn zum Weiher hin.

»Halt«, sprach er, »jetzt, meine Durtl, steh etliche Schritte weit hinter mir und lauf dann mit allen Kräften auf mich zu, so wirst du mich fein tief und weit hineinstoßen und mir gar bald den Garaus geben.« Sie tat's, nahm einen Ansprung und läuft mit aller Gewalt auf ihren blinden Mann hin.

Der verstellte blinde Mann aber springt urplötzlich auf die Seite, und die Durtl platschte mit allen vieren in den Weiher hinein, daß das Wasser über ihr zusammenschlug. Die Durtl schrie und bat um Hilfe: »Oh, mein allerliebster, mein goldner Mann! Hilf! Ach, hilf! Ich muß sonst ertrinken.«

»Ja, ja, meine liebe Durtl«, versetzte der Alte, »es wäre

schon recht, ich bin aber blind und sehe dich nicht, die Schmalznudeln haben ja mein Gesicht verblendet.« Die Durtl schrie noch heftiger um Hilfe, der Alte schrie aber alle Zeit: »Durtl! O liebste Durtl! Ich bin blind, ich sehe dich nicht.« Und auf solche Weise mußte die arme Durtl zugrunde gehen.

PATIENT GIESST ALLE MEDIZIN ZUSAMMEN

Ein vornehmer Herr hatte ein sehr hohes Alter erreicht, war allzeit frisch und gesund geblieben und hatte deshalb nie einen Arzt gebraucht. Nun wurde er von einer gefährlichen Krankheit heimgesucht, und weil seine Verwandten darauf drängten, einen Mediziner zu Rate zu ziehen, willigte er schließlich ein, daß der vornehmste in Salamanca angefordert wurde. Dieser nun verordnete dem Kranken nach seiner Ankunft und nachdem er sich von der Krankheit ein Bild gemacht hatte, zuerst einen Sirup, sodann Latwerge (eine breiförmige Arznei), danach einen Linderungstrank, dann ein Abführmittel und so weiter. Aber von all diesen Mittelchen rührte der gute Herr keines an, sondern ließ alles in einem Becken zusammengießen.

Als nun der Arzt etliche Tage später den Kranken erneut besuchte und zu besserer Einschätzung besehen wollte, was die Arznei für Wirkung gezeigt habe und was für ein Unflat davongetrieben sei, da ließ der Herr das Becken hervorbringen und dem Arzt weisen. Der verwunderte sich sehr und sprach zu dem Kranken: »Ihr Gnaden könnt selber leichtlich abnehmen, daß dieser Unrat hat hinweg müssen.« Denn er hätte ihm im Leib große Unannehmlichkeiten bereitet. Darauf gab der Herr zur Antwort: »Das wußte ich genau und war gleich davon überzeugt, darum hab ich es erst gar nicht zu mir genommen.«

… Man muß nicht alle Hoffnung auf die Ärzte allein setzen, sondern vielmehr auf Gott, dessen Allmacht den Kräutern und Wurzeln solche Kraft und Wirkung mitgeteilt.

VON EINEM PFUSCHER UND EINEM ARZT

Ein Arzt, reich an Geld, aber arm an Wissen, teilte sich mit einem andern, der wenig Geld, aber viel Wissen hatte, in die Behandlung eines der ersten Edlen der Stadt. Als sie eines Tags miteinander hingegangen waren, ihn zu besuchen, gab der reiche Pfuscher, nachdem er den Puls untersucht und ihn bewegt und ungleich gefunden hatte, den Spruch ab, der Kranke leide an Fieber; der andere Arzt aber blickte wie zufällig unters Bett, wo er Äpfelschalen sah, und war auch schon überzeugt, der Patient habe am Abend Äpfel gegessen. Nun fühlte auch er den Puls und sagte: »Mein Freund, ich sehe, daß Ihr am Abende Äpfel gegessen habt; das ist der Grund Eures Fiebers.« Der Kranke, der nicht leugnen konnte, gab es zu; darauf verordnete er ihm ein rasch wirkendes Mittel, und sie gingen weg.

Der Pfuscher, dem vor Neid die Galle geschwollen war, fragte nun, als er mit seinem Genossen dahinschritt, an welchen Zeichen er erkannt habe, daß der Kranke Äpfel genossen hatte, und bat ihn, ihm sein Geheimnis mitzuteilen, er wolle ihm dafür reichlichen Lohn zahlen.

Der Arzt, der die Unwissenheit des andern bemerkte, belehrte ihn, um ihn zu Schanden zu bringen, auf folgende Art: »Wenn es sich trifft, daß Ihr die Behandlung eines Kranken übernehmen sollt, dann blickt sofort beim Eintritt unters Bett; und was Ihr dort Eßbares findet, davon, das könnt Ihr sicher sein, hat er gegessen! Dieser Kniff stammt von einem hervorragenden Gelehrten.« Der Arzt erhielt hierauf das Geld für die Mitteilung, und sie schieden voneinander.

Am nächsten Morgen wurde der reiche Pfuscher zu irgendeinem Bauern geholt; kaum war er dort, so blickte er unters Bett und sah dort eine Eselshaut. Nun untersuchte er den Puls und die Zahl der Schläge, fand, daß der Bauer stark fieberte, und sprach: »Ich bin mir völlig klar darüber, mein Freund, daß du am Abend einen Esel gefressen und dich damit an den Rand des Grabes gebracht hast.« Der Bauer, belustigt über die närrische Rede des Arztes, antwortete lächelnd: »Verzeiht, Herr, ich bitt Euch; denn, bei Gott, gestern sind es zehn Tage gewesen, daß ich keinen Esel außer Euch gesehn habe, geschweige denn verzehrt hätte.« Mit diesen nicht unwitzigen Worten warf er den Dummkopf hinaus, um einen kundigeren Arzt zu Rate zu ziehen.

DER ARZTBESUCH

Eine junge Frau stellte sich so, als ob sie großes Bauchweh hätte oder die Mutterplage, weil ihr Mann in der Bettarbeit etwas sparsam war. Sie schickte nach einem Arzt, und als er kam, wurde er an das Bett geführt, wo er der Frau an ihrem linken Arm den Puls fühlte. Ein lustiger Kopf, der dabeistand, sagte: »Herr Doktor, Sie hören ja, daß dieser jungen Frau nicht der Arm, sondern der Bauch weh tut, darum lassen Sie den Arm fahren und fühlen nach dem Bauche, vielleicht kann sie bald Linderung empfinden.« Hierüber fuhr die Frau auf und sagte: »Ach ja, mein lieber Freund, das habe ich auch gedacht, gewiß, ich wollte, daß Sie meinen kranken Leib kurierten statt dieses wunderlichen Doktors!« Und dies soll nachher auch mit gutem Erfolg geschehen sein!

DER AUGENARZT

Einer alten und geizigen Frau schwand die Sehkraft, und sie drohte zu erblinden. Da versprach sie ihrem Arzt, wenn er ihr das Gesicht wiederbringen würde, daß sie wie vormals sehen könnte, dann sollte er einhundert Geldstücke erhalten. Der Arzt wußte um ihren Geiz und hatte lange Finger. Und so nahm er alle Tage, wenn er zu ihr kam, etwas Kleines oder Größeres aus ihrem Hausrat mit. Nachdem nun die Alte wieder besser sehen konnte, forderte er seinen versprochenen Lohn ein. Sie aber wollte ihm nichts geben und sagte, daß sie in ihrem Hause so viel Hausrat nicht mehr sehen könnte wie zuvor. Da schämte sich der Arzt, daß sie den Diebstahl entdeckt hatte, und verzichtete auf weitere Bezahlung.

DER DOKTOR MIT DER GOLDENEN KETTE

Ein Doktor der Medizin zu Straßburg prangte sehr schön auf der Straße, denn er war überall mit goldenen Ketten behängt. Dies sah ein Fremder und fragte, wer denn dieser Edelmann wäre? Als ihm aber geantwortet wurde, dies wäre kein Edelmann, sondern ein Arzt, sagte er darauf: »Das wird ja ein treuer guter Arzt sein, der den Kranken die Gelbsucht abnimmt und sie an seinen eigenen Hals hängt.«

ARZT OHNE STRAFE

Als einstmals ein unerfahrener und junger Doktor der Medizin sich rühmte, daß er große Gewalt hätte, sagte darauf ein anderer: »Wie sollte der nicht große Gewalt haben, der so viele um ihr Leben gebracht hat und noch niemals dafür bestraft worden ist.«

DEM ARZT GEHT ES GUT, WENN'S ANDERN SCHLECHTGEHT

Mir geht's gut«, sagte der Arzt, »wenn's andern Leuten schlechtgeht. Wenn es hingegen andern Leuten gutgeht, so daß ich nichts verdienen kann, so ist mir übel.«

ÄRZTE HABEN VORRANG VOR JURISTEN

Einer schlug vor, die Ärzte sollten den Vorsitz vor den Juristen haben, weil das Gebot »Du sollst nicht töten« vor dem Gebot steht: »Du sollst nicht stehlen«.

ÄRZTE HABEN DREI GESICHTER

Einer sagte oftmals: Die Ärzte hätten drei Gesichter: erstlich das Gesicht eines Engels, wenn sie zu einem Kranken gerufen würden, zweitens eines Gottes Angesicht, wenn sie jemandem helfen und ihn gesund machen, und drittens eines Teufels Angesicht, wenn sie ihre Bezahlung forderten.

ALTER MANN NENNT
SEINE BESTEN MEDIKAMENTE

Als einstmals ein alter weiser Mann viel sprechen hörte von Patienten und Apotheken, sprach er: Er sei nunmehr so alt geworden, hätte aber sein Leben lang keine Medikamente aus der Apotheke geholt oder sich vom Arzt geben lassen. Da fragte ihn einer, was er denn dann zur Gesundheit brauche. Da gab er zur Antwort: »Meine Frau ist mein Doktor, meine Zunge ist mein Apotheker, und meine Küche ist meine Arznei, und dieses sind meine besten Medikamente.«

ÄRZTE SIND KÜNSTLER

Einer sagte: Die Ärzte sind wahre Künstler. Sie helfen manchen, in den Himmel zu kommen, die gern noch länger auf Erden gelebt hätten.

EIN KRANKER WILL NICHT VIELE ÄRZTE HABEN

Als ein Sohn sah, daß der Arzt bei seinem kranken Vater nichts ausrichtete, sagte er zu seinem Vater, es solle den Arzt gehen lassen und andere Ärzte zu sich rufen. »Oh, bloß das nicht, mein Sohn«, entgegnete der kranke Vater, »wenn ich dies täte, so würde es mich bald das Leben kosten, denn viel Hunde sind des Hasen Tod.«

DIE SELTSAMEN BERUFE DER SÖHNE

Ein reicher, wohlbegüterter Mann hatte drei Söhne, welche er von klein auf sämtlich zum Studieren angehalten hatte. Als er nun einen seiner guten vertrauten Freunde befragte, ob er ihm einen Rat geben könnte, was er seine Söhne eigentlich werden lassen sollte, erhielt er zur Antwort: »Wenn der eine ein Bettler würde, der andere ein Dieb, der dritte ein Mörder, so sind sie zeitlebens gemachte Leute!«

Der Vater sprach höchst verwundert: »Behüte Gott, das sind ja üble Fertigkeiten, die bringen wenig Ehr und schlechten Lohn.« Sagte der Ratgeber, er müßte solches recht verstehen: »Der eine soll ein Karmeliter werden, das sind Bettler; der andere ein Advokat, der stiehlt den Leuten das Geld aus der Tasche; der dritte ein Medicus, denn diese töten die Leute und werden doch nicht dafür bestraft.«

Magische Heilmittel

1. Das Wasser des Lebens. – Brüder Grimm [d. i. Jacob und Wilhelm Grimm]: Kinder- und Hausmärchen. Nach der Großen Ausgabe von 1857, textkritisch revidiert, kommentiert und durch Register erschlossen. Ed. Hans-Jörg Uther. München 1996, Nr. 97.
2. Die Schlösser am Meer. – Pramberger, Romuald: Märchen aus Steiermark. Seckau 1946, 21–31.
3. Das Zauberroß. – Haltrich, Josef: Deutsche Volksmärchen aus dem Sachsenlande in Siebenbürgen. 3. Aufl. Wien 1882, Nr. 10.
4. Die Königin Angelica. – Comparetti, Domenico: Novelline popolari italiane 1. Rom/Turin 1875, 151–156, Nr. 37 (übers. von Rudolf Schenda, Jona).
5. Der Wunderschimmel. – Vernaleken, Theodor: Kinder- und Hausmärchen, dem Volke treu nacherzählt. Wien ²1892, 28–32, Nr. 8 (Niederösterreich).
6. Der Königssohn, der sich vor nichts fürchtet. – Brüder Grimm [d. i. Jacob und Wilhelm Grimm]: Kinder- und Hausmärchen. Nach der Großen Ausgabe von 1857, textkritisch revidiert, kommentiert und durch Register erschlossen. Ed. Hans-Jörg Uther. München 1996, Nr. 121.
7. Die Krähen. – Brüder Grimm [d. i. Jacob und Wilhelm Grimm]: Kinder- und Hausmärchen. Berlin 1840, Nr. 107.
8. Schneider Hänschen und die wissenden Tiere. – Ludwig

Bechstein's Neues deutsches Märchenbuch. Wien/Pest/ Leipzig 1856, Nr. 4.

9. Kurbads. – Boehm, Max/Specht, F.: Lettisch-Litauische Volksmärchen. Jena 1924, Nr. 1.

10. Beutel, Hütlein und Pfeiflein. – Nach Zingerle, Ignaz und Vincenz: Kinder- und Hausmärchen aus Tirol. Ed. Otto von Schaching. Regensburg/Rom ^{2}1916, 174–184.

11. Die drei Schlangenblätter. – Brüder Grimm [d. i. Jacob und Wilhelm Grimm]: Kinder- und Hausmärchen. Nach der Großen Ausgabe von 1857, textkritisch revidiert, kommentiert und durch Register erschlossen. Ed. Hans-Jörg Uther. München 1996, Nr. 16.

12. Der Doktorwein. – Nach Mcnk, F.: Des Moseltales Sagen, Legenden und Geschichten. Koblenz 1840, 152 f.

13. Vom Ursprung des Moselweins. – Bechstein, Ludwig: Deutsches Sagenbuch. Leipzig 1853, Nr. 83.

Von Krankheiten und Wunderheilungen

14. Die Vision des MacConglinney. – Jacobs, Joseph: More Celtic Fairy Tales. London 1894, 67–74 (gekürzt und übersetzt von Hans-Jörg Uther).

15. Das Rotkäppchen. – Ludwig Bechstein's Märchenbuch. Leipzig 1857, Nr. 9.

16. Vom König und seinen drei Söhnen. – Schleicher, A.: Litauische Märchen, Sprichworte, Rätsel und Lieder. Weimar 1857, 26-34.

17. Schneeweißchen. – Ludwig Bechstein's Märchenbuch. Leipzig 1857, Nr. 51.

18. Bruder Lustig. – Meier, Ernst: Deutsche Volksmärchen aus Schwaben. Stuttgart 1852, 215–223.

19. Der Geist des Theophrastus. – Nach Peter, Anton: Volksthümliches aus Österreichisch-Schlesien 2. Troppau 1865, 27–30.

20. Der treue Johannes. – Brüder Grimm [d. i. Jacob und Wilhelm Grimm]: Kinder- und Hausmärchen. Nach der Großen Ausgabe von 1857, textkritisch revidiert, kommentiert und durch Register erschlossen. Ed. Hans-Jörg Uther. München 1996, Nr. 6.

21. Vom Schwaben, der das Leberlein gefressen. – Ludwig Bechstein's Märchenbuch. Leipzig 1857, Nr. 3.

22. Die Hexe auf der Espe. – Boehm, M./Specht, F.: Lettisch-litauische Volksmärchen. Jena 1924, Nr. 4 (lettisch).

23. Vom Hühnchen und Hähnchen. – Ludwig Bechstein's Märchenbuch. Leipzig 1857, Nr. 27.

24. Der Gotschdorfer Heilbrunnen. – Meiche, A.: Sagenbuch des Königreichs Sachsen. Leipzig 1903, Nr. 834.

25. Fett aus Totenbeinen heilt einen Gelähmten. – Heine, G.: Historische Beschreibung der Stadt und Grafschaft Rochlitz. Leipzig 1719, 370 f.

26. Das Adelheidis-Pützchen bei Beuel. – Zaunert, Paul: Rheinland-Sagen. 2: Das Rheinland von Bonn bis Mainz. Jena 1924, 5.

27. Zwergenkönig am Hübichenstein. – Harrys, H.: Volkssagen, Mährchen und Legenden Niedersachsens 2. 2. Aufl. Celle 1842, 1.

28. Der wundertätige Anno zu Siegburg. – Nach Gräße,

J. G. T.: Sagenbuch des Preußischen Staates 2. Glogau 1871, Nr. 32.

29. Der Wunderarzt Eberhard. – Nach Weier, J.: De praestigiis Daemonum. Von Teuffelsgespenst, Zauberern und Gifftbereytern […]. Frankfurt a. M. 1586, 371 f. (Buch 5, Kapitel 27).

30. Die wunderbare Rettung zu Bensberg. – Nach Mehring, Friedrich Eberhard von: Geschichte der Burgen, Rittergüter, Abteien u. Klöster in den Rheinlanden […]. Köln 1833 ff., hier Bd. 4, 53.

31. Der kluge Mönch von Kamenz. – Gräße, J. G. T.: Der Sagenschatz des Königreichs Sachsen. Dresden ²1874, Nr. 872.

32. Peter Bucher, Barbier von Pirna, wird Erzbischof von Mainz. – Gräße, J. G. T.: Der Sagenschatz des Königreichs Sachsen. Dresden ²1874, Nr. 170.

Ärzte, Heiler und Patienten

33. Der neidische Arzt. – Leskien, August: Balkanmärchen. Jena 1915, Nr. 3.

34. Wie der Bauer ein Doktor ward. – Jahn, Ulrich: Schwänke und Schnurren aus Bauern Mund. Berlin 1890, 67–73.

35. Die drei Soldaten und der Doktor. – Zingerle, Ignaz und Vincenz: Kinder- und Hausmärchen aus Tirol. Ed. Otto Schaching. 2. Aufl. Regensburg/Rom 1916, 52–55.

36. Die drei dummen Teufel. – Ludwig Bechstein's Märchenbuch. Leipzig 1857, Nr. 71.

37. Gevatter Tod. – Ludwig Bechstein's Märchenbuch. Leipzig 1857, Nr. 12.

38. Der Schmied von Jüterbog. – Ludwig Bechstein's Märchenbuch. Leipzig 1857, Nr. 7.

39. Die lange Nase. – Brüder Grimm [d. i. Jacob und Wilhelm Grimm]: Kinder- und Hausmärchen 2. Berlin 1815, Nr. 36.

40. Hinzelmann. – Brüder Grimm [d. i. Jacob und Wilhelm Grimm]: Deutsche Sagen. Berlin 1816, Nr. 75 (gekürzt).

41. Hildegard. – Brüder Grimm [d. i. Jacob und Wilhelm Grimm]: Deutsche Sagen. Berlin 1816, Nr. 437.

42. Die drei Feldscherer. – Brüder Grimm [d. i. Jacob und Wilhelm Grimm]: Kinder- und Hausmärchen. Nach der Großen Ausgabe von 1857, textkritisch revidiert, kommentiert und durch Register erschlossen. Ed. Hans-Jörg Uther. München 1996, Nr. 118.

43. Giovannino ohne Furcht. – Nerucci, Gherardo: Sessanta novelle popolari Montalesi. Florenz 1880, 363–366, Nr. 44 (übers. von Rudolf Schenda, Jona).

44. Wie Eulenspiegel sich für einen Arzt ausgab. – Nach Dyl Vlenspiegel. In Abbildung des Drucks von 1515 (S 1515). Ed. Werner Wunderlich. Göppingen 1982, Historie 15.

45. Eulenspiegel heilt krankes Kind. – Nach Dyl Vlenspiegel. In Abbildung des Drucks von 1515 (S 1515). Ed. Werner Wunderlich. Göppingen 1982, Historie 16.

46. Das Flohpulver. – Nach Wesselski, Albert: Italiänischer Volks- und Herrenwitz. Fazetien und Schwänke aus drei Jahrhunderten. München 1912, 146.

47. Das Verlorene wiederfinden. – Nach Wolgemuth, Haupt-Pillen (1669) II, 89, Nr. 95 (Text im Archiv der Arbeitsstelle »Enzyklopädie des Märchens«, Göttingen).

48. Ein Arzt macht die alten Weiber wieder jung. – Nach Odilo Schregers lustiger und nützlicher Zeitvertreiber [...]. 11. Aufl. Augsburg 1802, Nr. 165.

49. Eine Frau heilt einen Mann mit einer Zwiebel. – Nach Kirchhof, Hans Wilhelm: Wendunmuth. Buch 1–7. Ed. H. Oesterley. Bd. 1–5. Tübingen 1869, Nr. 115.

50. Falsche Augenzettel. – Nach Lyrum larum (1700) 198 f., Nr. 305 (Text im Archiv der Arbeitsstelle »Enzyklopädie des Märchens«, Göttingen).

51. Gottvertrauen. – Die Schwänke und Schnurren des Gian-Francesco Poggio-Bracciolini. Übers. von A. Semerau. Leipzig 1905, Nr. 203.

52. Die unsinnige Diagnose. – Nach Lyrum larum lyrissum (1700), 172, Nr. 279 (Text im Archiv der Arbeitsstelle »Enzyklopädie des Märchens«, Göttingen).

53. Der Wahrsager. – Nach Pauli, Johannes: Schimpf und Ernst 1–2. ed. J. Bolte. Berlin 1924, Nr. 663.

54. Arzt, hilf dir selbst. – Nach Wolgemuth (1669) S. 195, Nr. 63 (Text im Archiv der Arbeitsstelle »Enzyklopädie des Märchens«, Göttingen).

55. Der Zauberer. – Smićiklas, T.: Narodne pripovijetke iz osjećtke okoline u Slavoniji (Volkserzählungen aus der Osijeker Umgebung in Slavonien). In: Zbornik narodni život i obićentaje Južnih Slavena 15, 2. Zagreb 1910, 294 f.

56. Der Räuber und seine Söhne. – Brüder Grimm [d. i. Ja-

cob und Wilhelm]: Kinder- und Hausmärchen. Große Ausgabe. Göttingen 1850, Nr. 191.

57. Der Geist im Glas. – Brüder Grimm [d. i. Jacob und Wilhelm Grimm]: Kinder- und Hausmärchen. Nach der Großen Ausgabe von 1857, textkritisch revidiert, kommentiert und durch Register erschlossen. Ed. Hans-Jörg Uther. München 1996, Nr. 99.

58. Einer macht seinen Vater gesund. – Nach Pauli, Johannes: Schimpf und Ernst 1–2. Ed. J. Bolte. Berlin 1924.

59. Der Sieche sprach, ich weiß nicht was. – Nach Pauli, Johannes: Schimpf und Ernst 1–2. Ed. J. Bolte. Berlin 1924, Nr. 629.

60. Die kurzgefaßte Resolution. – Polyhistor (1729) I, S. 2, Nr. 3 (Text im Archiv der Arbeitsstelle »Enzyklopädie des Märchens«, Göttingen).

61. Die falsch verstandene Frage. – Nach Historien-Schreiber (1729) II, 274 f., Nr. 93 (Text im Archiv der Arbeitsstelle »Enzyklopädie des Märchens«, Göttingen).

62. Von einem teuren Furz eines Kranken. – Nach Pauli, Johannes: Schimpf und Ernst 1–2. Ed. J. Bolte. Berlin 1924, Nr. 812.

63. Von einem Trinker. – Nach Pauli, Johannes: Schimpf und Ernst 1–2. Ed. J. Bolte. Berlin 1924, Nr. 234.

64. Wein ist des Patienten Element. – Nach Scheer-Geiger 2 (1673) 60, Nr. 36 (Text im Archiv der Arbeitsstelle »Enzyklopädie des Märchens«, Göttingen).

65. Patient frißt Rezept. – Nach Johann Talitz von Liechtensee (1663) 57, Nr. 39 (Text im Archiv der Arbeitsstelle »Enzyklopädie des Märchens«, Göttingen).

66. Ein junges Weib traktiert ihren alten Mann sehr übel. – Nach Odilo Schregers lustiger und nützlicher Zeitvertreiber […]. 11. Aufl. Augsburg 1802, Nr. 163.

67. Patient gießt alle Medizin zusammen. – Nach Abraham a Sancta Clara, Huy und Pfuy (1707) S. 170 (Text im Archiv der Arbeitsstelle »Enzyklopädie des Märchens«, Göttingen).

68. Von einem Pfuscher und einem Arzt. – Die Novellen Girolamo Morlinis. Hrsg. von Albert Wesselski. München 1909, Nr. 32.

69. Der Arztbesuch. – Nach Vademecum (1786) 1, 62 f., Nr. 63 (Text im Archiv der Arbeitsstelle »Enzyklopädie des Märchens«, Göttingen).

70. Der Augenarzt. – Nach Mercurius Historicus (1665) S. 215, Nr. 66 (Text im Archiv der Arbeitsstelle »Enzyklopädie des Märchens«, Göttingen).

71. Der Doktor mit der goldenen Kette. – Nach Zincgref/Weidner 1 (1655) S. 244 (Text im Archiv der Arbeitsstelle »Enzyklopädie des Märchens«, Göttingen).

72. Arzt ohne Strafe. – Nach Scheer-Geiger 2 (1673) S. 58, Nr. 4 (Text im Archiv der Arbeitsstelle »Enzyklopädie des Märchens«, Göttingen).

73. Dem Arzt geht es gut, wenn's andern schlechtgeht. – Nach Scheer-Geiger 2 (1673) S. 60, Nr. 9 (Text im Archiv der Arbeitsstelle »Enzyklopädie des Märchens«, Göttingen).

74. Ärzte haben Vorrang vor Juristen. – Nach Scheer-Geiger 2 (1673) S. 60, Nr. 10 (Text im Archiv der Arbeitsstelle »Enzyklopädie des Märchens«, Göttingen).

75. Ärzte haben drei Gesichter. – Nach Scheer-Geiger 2

(1673) S. 60 f., Nr. 11 (Text im Archiv der Arbeitsstelle »Enzyklopädie des Märchens«, Göttingen).

76. Alter Mann nennt seine besten Medikamente. – Nach Scheer-Geiger 2 (1673) S. 94, Nr. 77 (Text im Archiv der Arbeitsstelle »Enzyklopädie des Märchens«, Göttingen).

77. Ärzte sind Künstler. – Nach Scheer-Geiger 2 (1673) S. 80, Nr. 49 (Text im Archiv der Arbeitsstelle »Enzyklopädie des Märchens«, Göttingen).

78. Ein Kranker will nicht viele Ärzte haben. – Nach Odilo Schregers lustiger und nützlicher Zeitvertreiber [...]. 11. Aufl. Augsburg 1802, Nr. 20.

79. Die seltsamen Berufe der Söhne. – Freudenberg, Etwas für alle (1731) S. 34, Nr. 47 (Text im Archiv der Arbeitsstelle »Enzyklopädie des Märchens«, Göttingen).

Literaturauswahl

Andrews, W. (ed.): The Doctor in History, Literature, Folklore, etc. Hull/London 1896 (Nachdr. Detroit 1970).

Artelt, W./Rüegg, W. (edd.): Der Arzt und der Kranke in der Gesellschaft des 19. Jahrhunderts. Stuttgart 1967.

Betz, Felicitas: Heilbringer im Märchen. München 1989.

Blasius, Wilhelm: Krankheit und Heilung im Märchen. Gießen 1977.

Buchner, Eberhard: Ärzte und Kurpfuscher. Kulturhistorisch interessante Dokumente aus alten deutschen Zeitungen (17. und 18. Jahrhundert). München 1922.

De Francesco, Grete: Die Macht des Charlatans. Basel 1937.

De Francesco, Grete: Der Arzt im Märchen. In Ciba Zeitschrift 3, 25 (Berlin 1936) 814–840.

Fauler, Liselotte: Der Arzt im Spiegel der deutschen Literatur vom ausgehenden Mittelalter bis zum 20. Jahrhundert. Diss. Freiburg (Breisgau) 1941.

Fichtner, G.: Christus als Arzt. In: Frühmittelalterliche Studien 16 (1982) 1–18.

Floerke, Hanns: Das aeskulapische Dekameron. Marbach o. J.

Fülöp-Miller, René: Kulturgeschichte der Heilkunde. Neudruck Hamburg 1957.

Grabner, Elfriede: Krankheit und Heilen. Eine Kulturgeschichte der Volksmedizin in den Ostalpen. 2. Aufl. Wien 1997.

Hand, Wayland D.: Arzt. In: Enzyklopädie des Märchens 1. Berlin/New York 1977, 849–853.

Hauck, K.: Gott als Arzt. In: Meier, C./Ruberg, U. (edd.): Text und Bild. Wiesbaden 1980, 19–62.

[Heinemann, Hermann:] Die 111 besten Ärztewitze. Freiburg/Br. 1928.

Herold, K.: Arzt. In: Handwörterbuch des deutschen Märchens 1. Berlin/Leipzig 1930–1933, 124 f.

Hoheisel, Karl/Klimkeit, Hans-Joachim (edd.): Heil und Heilung in den Religionen. Wiesbaden 1995.

Holländer, Eugen: Anekdoten aus der medizinischen Weltgeschichte. Stuttgart 1931.

Holländer, Eugen: Äskulap und Venus. Eine Kultur- und Sittengeschichte im Spiegel des Arztes. 2. Aufl. Berlin 1927.

Holländer, Eugen: Wunder, Wundergeburt und Wundergestalt in Einblattdrucken des 15. bis 18. Jahrhunderts. Stuttgart 1921.

Hopp, E. O.: Medizinischer Humor. Berlin [1889] (2. Aufl. Stuttgart 1893).

Hundsbichler, Helmut: Arzt. In: Lexikon des Mittelalters 1. München/Zürich 1980, Sp. 1098–1101.

Jütte, Robert: Ärzte, Heiler und Patienten. Medizinischer Alltag in der frühen Neuzeit. München/Zürich 1991.

Kerényi, Karl: Der göttliche Arzt. 2. Aufl. Darmstadt 1964.

Lüthi, Max: Gebrechliche und Behinderte im Volksmärchen. In: ders.: Volksliteratur und Hochliteratur. Bern/München 1970, 48–62.

Lyons, Albert S./Petrucelli II., R. Joseph: Die Geschichte der Medizin im Spiegel der Kunst. Köln 1980.

Margotta, Roberto: An Illustrated History of Medicine. Ed. Paul Lewis. Milano 1968.

Moser-Rath, Elfriede: Dem Kirchenvolk die Leviten gelesen ... Alltag im Spiegel süddeutscher Barockpredigten. Stuttgart 1991.

Moser-Rath, Elfriede: »Lustige Gesellschaft«. Schwank und Witz des 17. und 18. Jahrhunderts in kultur- und sozialgeschichtlichem Kontext. Stuttgart 1984.

Nebel, Ernst Ludwig Wilhelm: Medicinisches Vademecum für lustige Aerzte und lustige Kranke, enthaltend eine Sammlung medicinischer Scherze, komischer Einfälle und sonderbarer medicinischer Geschichten und Gewohnheiten aus den besten Schriftstellern zusammengetragen. 1–4. Frankfurt a. M./Leipzig/Berlin 1795-98 (Nachdr. Leipzig 1978).

Paede, Paul: Krankheit, Heilung und Entwicklung im Spiegel der Märchen. Frankfurt a. M. 1986.

Peters, Hermann: Der Arzt und die Heilkunst in der deutschen Vergangenheit. Jena 1900 (2. Aufl. Jena 1924).

Peters, U. H. und J.: Irre und Psychiater. Struktur und Soziologie des Irren- und Psychiaterwitzes. München 1974.

Porter, D./Porter, R.: Patient's Progress. Doctors and Doctoring in Eighteenth-Century England. Cambridge/Oxford 1989.

Probst, Christian: Fahrende Heiler und Heilmittelhändler. Medizin von Marktplatz und Landstraße. Rosenheim 1992.

Radin, Paul, u. a.: Der göttliche Schelm. Zürich 1954.

Ramsey, M.: Professional and Popular Medicine in France. 1770–1830. The Social World of Medical Practice. Cambridge u.a. 1988.

Röhrich, Lutz: Der Witz. Stuttgart 1977.

Schenda, Rudolf: Heilen, Heiler, Heilmittel. In: Enzyklopädie des Märchens 6. Berlin/New York 1990, 655–665.

Schipperges, Heinrich: Die Kranken im Mittelalter. München 1990.

Schipperges, Heinrich (ed.): Geschichte der Medizin in Schlaglichtern. Mannheim 1990.

Schipperges, Heinrich: Zur Tradition des »Christus Medicus« im frühen Christentum und in der älteren Heilkunde. In: Arzt und Christ 11 (1965) 12–20.

Schwarzbaum, Haim: The Physician in Jewish Folklore. In: Mahanayim 123 (1970) 158–165 (in hebr. Sprache).

Schwibbe, Gudrun: Krankheit. In: Enzyklopädie des Märchens 8. Berlin/New York 1996, 338–346.

Sournia/Poulet/Martiny: Illustrierte Geschichte der Medizin 1–9. Salzburg 1981–1984.

Steinbart, Hiltrud: Arzt und Patient in der Geschichte, in der Anekdote, im Volksmund. Eine sittengeschichtliche Studie. Stuttgart 1970.

Stemplinger, Eduard: Von berühmten Ärzten. 202 Anekdoten aus authentischen Quellen gesammelt. München 1938.

Tiggemann, U.: Der Arzt im Märchen. Diss. (masch.) Freiburg/Br. 1958.

Trüb, P.: Heilige und Krankheit. Stg. 1978.

Uther, Hans-Jörg: Behinderte in populären Erzählungen. Studien zur historischen und vergleichenden Erzählforschung. Berlin/New York 1981.

Uther, Hans-Jörg: Schalk und Scharlatan. Eulenspiegel als Wunderheiler. In: Eulenspiegel heute. Kulturwissenschaftliche Beiträge zu Geschichtlichkeit und Aktualität einer Schalksfigur. Ed. Werner Wunderlich. Neumünster 1988, 35–48.

Veth, Cornelis: Der Arzt in der Karikatur. Berlin 1961.

Zglinicki, Friedrich von: Die Uroskopie in der bildenden Kunst. Darmstadt 1982.

Zimmermann, Walther: Arzt- und Apothekerspiegel. Eine Sprichwörtersammlung. Dresden 1924.

DIE SCHÖNSTEN MÄRCHEN AUS ALLER WELT

Zusammengestellt und herausgegeben
von Hans-Jörg Uther

DIE SCHÖNSTEN WEIHNACHTSMÄRCHEN

DIE SCHÖNSTEN MÄRCHEN VON HIMMEL UND HÖLLE

DIE SCHÖNSTEN MÄRCHEN VOM HEILEN

DIE SCHÖNSTEN MÄRCHEN VON MÜTTERN UND TÖCHTERN

DIE SCHÖNSTEN MÄRCHEN VON SONNE, MOND UND STERNEN

Knaur

FOLKE TEGETTHOFF

LIEBESMÄRCHEN

»... UND BESTIMMT WERDEN SIE AUCH
NOCH HEUTE LIEBEN, DENN STERBEN,
STERBEN WIRD DIE LIEBE NIE!«

Einfühlsam und meisterhaft erzählt Folke Tegetthoff moderne Märchen in schwereloser Sprache – über einen Olivenbaum, über Merlin, über die Einsamkeit und immer wieder über die Liebe: Geschichten, die zu Herzen gehen, ohne jemals kitschig zu sein, zum Vorlesen, Verschenken und Selbst-Erleben!

Knaur